Taavi Soininvaara
Finnisches Inferno

TAAVI SOININVAARA, geb. 1966, studierte Jura und arbeitete als Chefanwalt für bedeutende finnische Unternehmen. 2001 ließ er sich von allen beruflichen Verpflichtungen befreien, um sich ganz dem Schreiben zu widmen. Seine Romane um den scharfsinnigen und sympathischen Ermittler Arto Ratamo stehen ganz oben auf den Bestsellerlisten, sie wurden verfilmt und vielfach ausgezeichnet. In der Aufbau Verlagsgruppe liegen außerdem *Finnisches Blut*, *Finnisches Requiem*, *Finnisches Roulette*, *Finnisches Quartett* und *Finnischer Tango* vor.

In Miami stürzt ein Mann aus dem 27. Stockwerk eines Hotels. Bei seiner Leiche findet sich hochbrisantes Material: der Code für »Inferno«, das Datensicherungssystem eines finnischen Softwareunternehmens. Wird es geknackt, droht der größte Bankraub der Geschichte. Die SUPO ermittelt unter Hochdruck, um den Gau abzuwenden. Die Spuren führen nach Helsinki zur Filiale des chinesischen Geheimdienstes, zu einer übermächtigen Mafia-Organisation namens »Swerdlowsk« und zu einer mysteriösen Quelle, dem »Hund«, der für die Preisgabe des Codes verantwortlich ist. Arto Ratamo, der seine Ausbildung zum Polizisten inzwischen fast abgeschlossen hat, soll sich in diesem brisanten Fall erste Sporen verdienen. Doch als sein ältester Freund, der IT-Spezialist Timo Aalto, ins Visier der Ermittler gerät, beginnt nicht nur er selbst an seiner neuen Berufung zu zweifeln: Auch seine Kollegen verdächtigen ihn des Verrats.

Taavi Soininvaara

Finnisches Inferno

Kriminalroman

*Aus dem Finnischen
von Peter Uhlmann*

Die Originalausgabe unter dem Titel
Inferno.fi
erschien 2001 bei Tammi, Helsinki.

ISBN 978-3-7466-2401-3

Aufbau Taschenbuch ist eine Marke der Aufbau Verlagsgruppe GmbH

1. Auflage 2008
© Aufbau Verlagsgruppe GmbH, Berlin 2008
© 2001 by Taavi Soininvaara
Published by agreement with Tammi Publishers, Helsinki,
and Leonhardt & Høier Literary Agency, Copenhagen.
Umschlaggestaltung gold, Kai Dieterich
unter Verwendung eines Fotos von Kai Dieterich/bobsairport
Druck und Binden CPI Moravia Books, Pohořelice
Printed in Czech Republic

www.aufbau-taschenbuch.de

Mit Geld kann man einen wirklich guten Hund kaufen –
aber nicht sein Schwanzwedeln.

Josh Billings

MONTAG

1

Gennadi Protaschenko ahnte nicht, dass ihm schon bald ein Kampf auf Leben und Tod bevorstand. Er hatte am Abend einen langen, anstrengenden Flug vor sich und wollte deshalb noch etwas ausspannen. Es war erst zehn Uhr an diesem Montagvormittag in Miami, aber sein Arbeitstag lag schon hinter ihm. Vor einer Stunde hatte ihm der »Hund« die letzten Dokumente geliefert, die Guoanbu, dem chinesischen Sicherheitsministerium, noch fehlten. Jetzt konnte Guoanbu in *Wiremoney*, das Programm der National Bank für den elektronischen Zahlungsverkehr, einbrechen. Die noch junge Geschichte schwerer Straftaten auf dem Gebiet der Informationstechnologie würde neu geschrieben werden.

Die Balkontür im Hotel »Marriott Biscayne Bay« öffnete sich quietschend, die schwüle Luft schlug ihm ins Gesicht wie der Atem des Teufels. Protaschenko legte seine Tasche auf den Glastisch und zündete sich eine Zigarette an. Er atmete den Rauch tief ein und schaute aus dem siebenundzwanzigsten Stockwerk auf die vor Hitze flimmernde Landschaft und das türkisgrüne Wasser der Biscayne-Bucht. In der Ferne zeichnete sich Miami Beach ab, das eher wie ein Dorf wirkte und für seine Art-Déco-Häuser und wunderbaren Badestrände bekannt war. Rechts sah man einige kleine Inseln, auf einer von ihnen lag der verkehrsreichste Passagierhafen der Welt. Die riesigen Kreuzfahrtschiffe, die Milliarden gekostet hatten, warteten auf ihre Gäste wie Wale auf die Planktonschwärme. Der süßliche Duft des Meeres erinnerte ihn an seine Kindheit und den Sommer in Odessa.

Am liebsten hätte Protaschenko die Badehose angezogen und in einem bequemen Liegestuhl am Swimmingpool des Hotels eiskalte Daiquiris und Margaritas geschlürft. Das »Marriott« war bei den Fluggesellschaften beliebt, am Pool fände sich bestimmt eine einsame Stewardess, die dem gutaussehenden Geschäftsmann gern Gesellschaft leisten würde. Er stellte sich eine aufreizende Schönheit im Bikini vor und konnte das Bild nur mit Mühe wieder verdrängen. Eigentlich gab es guten Grund, zu feiern. Doch die Dokumente, die der »Hund« ihm übergeben hatte, besaßen einen unermesslichen Wert, er durfte sie nicht einen Moment aus den Augen lassen. Wie sollte er sich die Zeit bis zu seinem Flug nach Helsinki vertreiben, es waren noch zehn Stunden?

Schließlich bestellte er beim Zimmerservice in fast akzentfreiem Englisch Riesengarnelen und Wodka Smirnoff. Ob er es wagen könnte, den Girlservice »X-Styles« anzurufen und sich eine Professionelle kommen zu lassen?

Protaschenko kehrte auf den Balkon zurück. Vor seinen Augen lag ein Paradies. Hier bekam man alles, was sich mit Geld kaufen ließ. Er hoffte, dass Miami sein nächster Einsatzort sein würde. Das war durchaus möglich. Die Stadt bildete eine Brücke zwischen den Wirtschaftsgebieten von Süd- und Nordamerika und galt als eines der größten Bankenzentren der Welt. Deshalb unterhielt Guoanbu in Miami eine große Nachrichtendienstfiliale. Es könnte sich als Vorteil erweisen, dass er Spanisch beherrschte. Das war die Muttersprache der Hälfte aller zwei Millionen Einwohner von Groß-Miami. Durch den lateinamerikanischen Lebensrhythmus wirkte die Stadt offen und gastfreundlich. Von der puritanischen Halsstarrigkeit, auf die man an der Ostküste oft stieß, fand sich hier keine Spur.

Am Horizont zogen dunkle Wolken auf. Protaschenko fürchtete, dass der tropische Sturm, der in der Karibik tobte, Miami noch vor dem Abend erreichte. Dann würde möglicherweise der Flughafen geschlossen. Die dreißig Grad warme Luft trieb ihm den Schweiß auf die Stirn. In den Zeitungen war zu lesen, der bald zu Ende gehende Januar sei außergewöhnlich heiß gewesen. Er schloss die Balkontür, setzte die Sonnenbrille ab und stellte gerade die Klimaanlage ein, als es an der Tür klopfte. Der Zimmerservice im »Marriott« funktionierte wie ein Schweizer Uhrwerk

Protaschenko zog das Jackett seines schwarzen Seidenanzugs über, damit man seine Pistole, eine Makarow PM, im Schulterhalfter nicht sah, dann ging er zur Tür und beugte sich zum Spion. Ein schönes Mexicano-Girl hielt ein Tablett in der Hand und wartete ungeduldig. Vielleicht würde sie ein, zwei Stunden für seine Unterhaltung sorgen, wenn er ein entsprechendes Bündel Dollarscheine sehen ließ, überlegte Protaschenko, öffnete die Tür und zeigte sein charmantestes Lächeln.

Plötzlich gruben sich kräftige Finger in seinen Hals und drückten auf die Luftröhre. Angst durchfuhr ihn, als er den Angreifer erkannte. Die falsche Kellnerin schloss die Tür von außen und ließ die beiden allein.

Der Eindringling nahm Protaschenko die Pistole ab, steckte ihm den Lauf in den Mund und prüfte, ob er noch eine zweite Schusswaffe oder ein Messer hatte.

»Setzen Sie sich bitte aufs Bett«, befahl er leise in Russisch, und Protaschenko gehorchte. »Sie wissen sicher, was ich haben will«, sagte der dunkelhaarige Mann mit monotoner Stimme und hielt seine Waffe auf den Bauch des jungen Agenten gerichtet.

Protaschenkos Kehle schmerzte. Er kannte das hagere Gesicht. Voller Angst überlegte er, was wohl zu dem roten Fleck geführt hatte, der von der linken Wange des Mannes bis zum Hals reichte Ein Muttermal konnte es nicht sein, das wusste er. Vielleicht ein Ekzem oder eine Verbrennung? Protaschenkos Gesicht glühte, obwohl die Klimaanlage kalte Luft in den Raum blies. »Du glaubst doch nicht etwa, dass Swerdlowsk stärker ist als Guoanbu? Eure Organisation wird vernichtet, wenn du mir die Dokumente wegnimmst«, erwiderte er schließlich.

»Uns vernichtet niemand mehr. Wir sind stärker als jeder Staat.«

Protaschenko antwortete nicht. Er schaute ins Leere – in die Augen des Besuchers. Sein Kontrahent wirkte zwar furchteinflößend, aber er selbst war zwanzig Jahre jünger und immerhin vor nicht allzu langer Zeit noch Bester im Budo-Kurs an der Akademie des Nachrichtendienstes gewesen.

»Das lässt sich doch bestimmt mit Geld regeln?«, sagte Protaschenko versöhnlich.

»Guoanbu könnte nicht mal einen Bruchteil der Summe zahlen, die wir aus der National Bank herausholen werden«, erwiderte der Mann und entsicherte seine Waffe. »Mir ist es egal, ob Sie mir die Dokumente geben oder ob ich sie selbst suche.«

Protaschenko wusste, dass er sterben würde, wenn er die Dokumente herausgab. »Die Unterlagen sind in meiner Tasche. Wer von uns beiden holt sie?« Er zeigte auf den Balkon.

Der Mann antwortete nicht, er starrte den jungen Agenten in Diensten der Chinesen nur an und deutete dann mit seiner Pistole in Richtung Balkon.

Als Protaschenko die Schiebetür öffnete, spürte er das kalte Metall im Genick und fasste einen Entschluss. Seiner Ansicht nach beging der Veteran einen Fehler, wenn er ihm so nahe kam. Er trat über die Schwelle auf den Balkon hinaus und zog mit aller Kraft an der Tür, die den Eindringling an der Schulter traf. Protaschenko drehte sich blitzschnell um, packte den Pistolenlauf und hatte sofort das Gefühl, seinem Widersacher überlegen zu sein.

Doch urplötzlich bohrten sich Finger in seine Augenhöhlen, ein wahnsinniger Schmerz durchfuhr ihn. Er warf sich nach hinten. Seine Beine krachten gegen den Tisch, Glas splitterte und Blut floss warm die Waden hinab. Er griff nach seinem Gegner, bekam ihn aber nicht richtig zu fassen. Eine Weile drehten sich die beiden Männer auf dem Balkon wie bei einem Tango von Piazzolla. Völlig unvermittelt bekam Protaschenko einen wuchtigen Schlag gegen die Brust, fiel rücklings auf das Balkongeländer, verlor das Gleichgewicht und stürzte ins Leere. Er sah gerade noch, dass der Angreifer einen seiner Schuhe packte, verzweifelt streckte der junge Russe den Arm aus und versuchte das Geländer zu erreichen, doch sein Fuß rutschte dem Mann aus der Hand, und man hörte ein ersticktes Röcheln.

Der Dunkelhaarige hielt noch den schwarzen Lederschuh fest und schaute dem hinabstürzenden Protaschenko hinterher, unter ihm lag der Innenhof des Hotels. Seine Arme ruderten durch die Luft. Schreien konnte er nicht. Menschen, die ins Leere fallen, sterben meist durch den Schock, noch bevor sie auf dem Boden aufschlagen

Der Killer fluchte, der Schwall russischer Schimpfworte wollte gar kein Ende nehmen. Protaschenko sollte erst liquidiert werden, wenn die vom »Hund« überbrachten Dokumente gefunden waren. Womöglich hatte er die Unterlagen gar nicht in seinem Zimmer versteckt, was dann? Jetzt konnte er nicht einmal seine Kleidung durchsuchen.

Als draußen ein dumpfes Geräusch und ein Aufschrei zu hören waren, griff der Mann nach Protaschenkos Tasche und öffnete die Schublade des Schreibtischs. Rasch durchsuchte er jeden Winkel des Zimmers und stopfte alle Unterlagen, die er fand, in die Tasche. Er überprüfte jedes mögliche Versteck, beseitigte dann seine Fingerabdrücke und zog die Tür von außen zu.

Er hoffte, die vom finnischen »Hund« übergebenen Dokumente gefunden zu haben, wenn nicht, war er ein toter Mann.

Irgendwo in der Nähe des Hotels heulte eine Sirene auf.

2

Sheila Franklin wischte sich den Schweiß vom milchschokoladenfarbenen Gesicht, bückte sich und ging unter dem Plastikband mit dem Text CRIME SCENE – DO NOT CROSS hindurch in den abgesperrten Bereich zu der Leiche. Nur in einem solchen Augenblick verabscheute sie Miami. Die Drogen aus Lateinamerika überschwemmten das Land, dadurch kam es ständig zu brutalen Zwischenfällen. Zum Glück war wenigstens die Zeit der Hinrichtungen mit der Motorsäge vorbei.

Die Ermittlerin betrachtete das Bündel, das auf der Terrasse des Marriott-Hotels lag, und spürte einen Kloß im Hals. An den Anblick übel zugerichteter Leichen gewöhnte man sich nie. Leute vom Notarzt-Team, Kriminaltechniker und ein Fotograf waren mit dem Toten und dessen Umgebung beschäftigt. Ein Hotelangestellter hatte Gennadi Protaschenko identifiziert.

In der drückenden Hitze stank es widerwärtig nach Exkrementen. In der Todesangst hatte sich der Darm des herabstürzenden Mannes entleert. Zehn Jahre als Ermittlerin in der Mordkommission der Polizei von Miami hatten Sheila Franklin gelehrt, dass dies oft geschah, wenn das Opfer noch begriff, dass es sterben würde. Die gleiche Schweinerei musste nach jeder Hinrichtung auf dem elektrischen Stuhl oder in der Gaskammer beseitigt werden. Kaum ein Mord war so grausam, kaltblütig und durchdacht wie ein vom Staat erlassenes Todesurteil und seine Vollstreckung. Protaschenko hatte bei dem Sturz nur einige Sekunden auf seinen Tod warten müssen, aber in einer Todeszelle konnten Jahre vergehen.

Sheila Franklin bemerkte, dass der Tote nur einen Schuh trug. Der sah riesig aus, noch eine Nummer größer, und man hätte ihn als Kanu verkaufen können. Der andere Schuh war in Protaschenkos Hotelzimmer gefunden worden. Ein Selbstmörder würde sich nicht so gepflegt kleiden und dann nur mit einem Schuh springen. Außerdem war der Balkontisch zerbrochen. Dafür konnte es eine natürliche Erklärung geben: Vielleicht war der Mann auf den Glastisch gestiegen und über das Geländer gestürzt. Wieso fanden sich dann aber überall auf dem Balkon Blutspuren? Die Ermittlerin war sicher, dass es sich nicht um einen Selbstmord handelte.

Warum musste das ausgerechnet heute passieren, wo sie das erste Mal in diesem Jahr einen Kater hatte? Warum hatte sie im »Rusty Pelican« bis in die frühen Morgenstunden so heftig mit diesem Arzt geflirtet? Die Realität ist das einzige Hindernis auf dem Weg zur Glückseligkeit, sagte sich Sheila Franklin, zog die dünnen Gummihandschuhe an und beugte sich über den zerschmetterten Mann. »Darf man den Toten berühren?«, fragte sie die Kriminaltechniker und den Fotografen. Der Arzt war schon gegangen, nachdem er Protaschenkos Tod festgestellt hatte. Genauere gerichtsmedizinische Untersuchungen würden später vorgenommen.

In dem blutbefleckten Seidenjackett steckte innen eine dicke lederne Brieftasche. Die Angaben im Pass bestätigten, dass es sich um Gennadi Protaschenko handelte, und eine Visitenkarte in Englisch verriet, dass er von Beruf Sicherheitsberater war.

Der Adresse entnahm Sheila Franklin, dass Protaschenko in der Stadt Helsinki in einem Land namens Finnland wohnte. Sie erinnerte sich nicht, wo Finnland lag, tippte aber schließlich auf Europa. Beim Durchsuchen der sonstigen Taschen des Mannes entdeckte sie nichts Interessantes. Dann fiel ihr Blick auf einen Streifen nackter Haut in der Nabelgegend. Dort klebte irgendetwas Graues. Langsam hob sie den Saum des Hemdes an und sah auf dem Unterleib einen breiten Streifen Panzerband. Sie zog das Band vorsichtig von der Haut ab und fand darunter in Plastikfolie eingewickelte Unterlagen.

»DataNorth. Global software solutions from Finland« las sie im Logo auf dem ersten Blatt. Der Firmenname war Sheila Franklin bekannt: In der letzten Zeit hatten die Analysten den Kauf der Aktien von DataNorth empfohlen. Auf das zweite Blatt hatte jemand mit Bleistift etwas geschrieben, womit sie nichts anfangen konnte, es sah asiatisch aus. War Finnland doch einer der kleinen Wirtschaftstiger aus dem Fernen Osten? Plötzlich spürte sie, dass sie sich übergeben musste. Rasch hob sie das gelbe Absperrband hoch, rannte ein paar Meter bis zum Anlegesteg des Bootshafens und schnappte gierig nach Luft, bis ihr schließlich besser wurde. Es war heiß wie in einem Beduinenzelt. Sie hätte sogar ihren Platz im Himmel für eine eisgekühlte Flasche Dr. Pepper hergegeben.

Zum Glück war sie den Fall bald los. Sie würde das FBI über den Tod des Ausländers unterrichten und die Nationale Sicherheitsbehörde NSA über die Unterlagen der IT-Firma.

Die da oben wussten schon, was zu tun war.

DIENSTAG

3

Die Kinder kreischten vor Freude, als an der Wohnzimmertür eine Gestalt in einem violetten Umhang voller Sterne und Mondsicheln erschien.

Arto Ratamo hatte einen riesigen Zylinder auf und hielt in einer Hand einen dünnen weißen Zauberstab und in der anderen einen kleinen Tisch, der mit einem schwarzen Tuch bedeckt war. Nellis achten Geburtstag feierten eine Schar von Mädchen, ihre Großmutter Marketta Julin und ihr Patenonkel Timo Aalto. Jungen waren von den Damen aus der ersten Klasse nicht zur Feier zugelassen worden.

Ratamo stellte den Tisch ab und bat das Publikum um Ruhe. Dann ließ er seinen Umhang schwingen, hob den Zauberstab hoch und hüpfte gebeugt umher wie ein Schamane aus Lappland. Nachdem er ein paarmal mit tiefer Stimme das dazugehörige Abrakadabra aufgesagt hatte, legte er den Zylinder auf den Tisch, schob die Hand durch versteckte Öffnungen im Zauberhut und in der Tischplatte und zog eine Geige samt Bogen heraus. Die Kinder schauten mit offenem Mund zu und klatschten begeistert. Nelli rannte mit wehendem strohblondem Haar zu ihrem Vater und fiel ihm um den Hals.

»Oh, eine neue Geige! Toll, Vati. Ich muss sie gleich ausprobieren.«

»Warte, bis deine Gäste gegangen sind, Schatz. Dann darfst du noch bis um neun spielen. Denk daran, morgen ist Mittwoch, also Schultag.«

Ratamo sagte, er komme gleich wieder, und ging ins Schlafzimmer. Dort nahm er den Zylinder ab und fuhr sich durch seine widerborstigen kurzen schwarzen Haare. Er legte den Zauberumhang zusammen und setzte sich auf die Bettkante, jetzt brauchte er erst einmal etwas Ruhe. Es strengte ihn an, die herumtobenden Kinder zu beaufsichtigen. Solch ein Trubel war nichts für ihn, aber es tat ihm gut, zu erleben, wie Nelli sich freute. Nach dem Tod der Mutter hatte das Mädchen nicht ein einziges Mal so glücklich ausgesehen. Und seit Kaisas Ermordung waren immerhin schon anderthalb Jahre vergangen.

Einmal mehr konnte Ratamo die schlimmen Erinnerungen nicht beiseiteschieben. Im vorletzten Sommer hatte man seine Familie zu einer Irrfahrt durch die Hölle gezwungen. Ein durchgedrehter finnischer General wollte das in Finnland gefundene Ebola-Virus und das von Ratamo entwickelte Gegenmittel an Terroristen verkaufen. Seine Frau hatte man erschossen und Nelli schließlich gekidnappt. Dabei war sie schwer verletzt worden. Angst und Bedrängnis überkamen ihn wieder, als er daran dachte, was er damals in dem Glauben, seine Tochter sei gestorben, empfunden hatte.

Das Kind war schnell genesen, aber schon bald bemerkte Ratamo, dass Nelli ihre ganze Zeit mit ihm verbringen wollte und außer ihrer Großmutter Marketta alle anderen Menschen mied. Im letzten Sommer hatte er auf Anraten von Nellis Therapeutin beschlossen, etwas dagegen zu unternehmen. Sein Antrag auf einen Monat Pause in dem auf ihn zugeschnittenen Studium an der Polizeischule wurde genehmigt, und so war er mit seiner Tochter nach Vietnam gefahren. Er wollte schon lange einmal in die Gegend zurückkehren, in der er als junger Mann die zwei besten Jahre seines Lebens verbracht hatte. Nelli war aus ihrem Panzer herausgekommen, als sie die berühmte Sehenswürdigkeit von Hanoi, das Wasserpuppentheater, und später die Elefanten, Nashörner und Tiger im Nationalpark Nam Cat Tien im zentralvietnamesischen Hochland erlebte. Auch Ratamo selbst hatte die Reise gefallen, obwohl sie nur zu den Orten für Touristen gefahren waren, damit Nelli nicht zu viele Bettler und verstümmelte Kriegsopfer sah.

Zu seinem Kummer hatte sich das Mädchen im Laufe des Winters jedoch wieder in sich zurückgezogen. Ratamo überlegte, ob das Kind so wie er deprimiert war, weil es um sich herum nur griesgrämige Finnen sah, die unter der Dunkelheit im Winter litten. Vielleicht fände Nelli durch das Geigenspiel neue Freunde. Er nahm sich vor, in Erfahrung zu bringen, ob er seine Tochter schon im Juniororchester der Musikschule anmelden könnte, und kehrte dann zu den Geburtstagsgästen zurück.

Die jungen Damen spielten im Wohnzimmer, zeigten aber schon deutliche Ermüdungserscheinungen. Ratamo rief alle an den Tisch: Die Leckerbissen mussten aufgegessen werden. Er wusste, dass die Kinder mit vollem Magen keine Lust mehr haben würden herumzutoben.

Als auch das letzte Stück Kuchen verspeist war und Ratamo die Reste der Limonade eingoss, war es schon fünf vor acht, und der erste Vater kam seine Tochter abholen. Die Kinder, die in der Nähe wohnten, durften allein nach Hause gehen.

Nachdem das letzte Mädchen verabschiedet war, erklang aus Nellis Zimmer ein ohrenbetäubendes Kratzen. Sie probierte ihre neue Geige. Ratamo ging zu ihr, sagte ein paar aufmunternde Worte und schloss dann die Tür. Er war glücklich, dass Nelli überhaupt musizieren konnte. Gleich nach ihrer schweren Verletzung in jenem Sommer schien es so, als hätte ihr Gehör bleibenden Schaden genommen, aber zur Überraschung der Ärzte war nun alles wieder völlig in Ordnung. Schon bald nach ihrer Genesung begeisterte sich seine Tochter für Musik.

Das war dem Vater mehr als recht, vor allem weil Nelli versprochen hatte, nicht mehr um einen Hund zu betteln, wenn sie Geigenunterricht nehmen durfte. Ratamo mochte Hunde, wollte aber im Steindschungel des Stadtzentrums kein Tier halten. Später hatte er festgestellt, dass man eine Geige zwar nicht ausführen musste, dafür jaulte sie aber lauter als jeder Hund.

»Darf ich etwas Stärkeres als Jaffa anbieten?«, fragte er im Wohnzimmer Marketta und Aalto.

Marketta wollte noch Kaffee, und Aalto schüttelte den Kopf, obwohl er in der Regel immer Bier trank, wenn sich die Gelegenheit dazu bot. Der Hausherr ging in die Küche und hörte, wie sich seine Ex-Schwiegermutter nach Timos Befinden erkundigte.

»… und letzte Woche konnte ich das erste Mal seit einem halben Jahr einen Ausflug machen, um Vögel zu beobachten. Das musste sein. In die Nähe von Raahe hatte sich nämlich eine Pagophila eburnea verirrt – eine Elfenbeinmöwe. Deren nächstgelegene Nistplätze befinden sich auf Spitzbergen«, erzählte Aalto gerade voller Begeisterung, als Ratamo mit dem Tablett in der Hand zurückkam.

Marketta trank ihren Kaffee rasch aus. »Arto, vergiss nicht, Nelli ein schwarzes Kleid für das Begräbnis zu kaufen«, sagte sie beim Aufstehen. »Und vielen Dank für die Bewirtung. Den Kindern hat es ja anscheinend wirklich großen Spaß gemacht.«

Das Begräbnis seiner Großmutter hatte Ratamo für die Zeit der Geburtstagsfeier verdrängt. Ihm fiel ein, dass Marketta nicht viel jünger als seine Oma war. Woher nahm die verwitwete siebzig Jahre alte Ex-Schwiegermutter nach dem Verlust ihres einzigen Kindes diese Lebensfreude? Markettas Vorbild gab ihm in schwierigen Zeiten Kraft.

»So, Himoaalto. Wie wär's mit einem Calvados?«, sagte Ratamo.

»Wahrscheinlich ist es besser, wenn ich auch gehe. Sonst kriege ich Ärger, weil ich schon wieder nicht zu Hause bin. Außerdem bin ich vom Flug noch müde. Ich habe in der Maschine nur zwei Stunden geschlafen, und wenn ich mich heute Mittag hingelegt hätte, wäre mein Rhythmus endgültig durcheinandergeraten. Aus irgendeinem Grund ist es verdammt anstrengend, in Richtung Osten zu fliegen«, erwiderte Aalto und gähnte. Er war am Morgen von einer Datenschutzkonferenz aus Miami zurückgekehrt.

»Na, dann gehen wir eben morgen Abend nach langer Zeit mal wieder gemeinsam in die Sauna. Und vorher laufen wir eine Runde«, schlug Ratamo vor.

»Einem gesunden Mann reicht als körperliche Betätigung der Sprung auf die Sportseiten in der Zeitung«, entgegnete Aalto, während er seinen Anorak überzog. Draußen herrschte schon seit vielen Tagen klirrender Frost.

Als Ratamo hörte, wie die Wohnungstür geschlossen wurde, gönnte er sich ein Glas von seiner Neuentdeckung, dem Ålvados-Calvados von den Ålandinseln. Himoaaltos Verhalten fand er seltsam. Sie hatten den Kindergarten und die Schule bis zum Abitur gemeinsam besucht und in den gleichen Vereinen Sport getrieben. Sie waren wie Brüder und hatten immer engen Kontakt gehalten, bis zum vergangenen Jahr, als Timo seine kleine Softwarefirma an SH-Secure verkauft und dafür einen Haufen Geld, Aktienoptionen und den Posten des Direktors für Software bekommen hatte. Die Aktien des Datenschutzunternehmens waren kurz darauf wegen irgendeines Kooperationsvertrags in die Höhe geschnellt. Timo arbeitete fast rund um die Uhr, rief nie an und war immer müde und gereizt. Stand er kurz vor dem Burn-out, oder hatte er ihn aus seinem Bekanntenkreis gestrichen? Sein bester Freund war doch nicht etwa ein neureicher Emporkömmling geworden, der seine Freunde wie die Autos wechselte? Es fiel ihm schwer, das zu glauben, Timos Verhältnis zum Geld war immer so gewesen wie das eines Eunuchen zu Frauen. Einzelheiten zum Verkauf der Firma kannte Ratamo nicht, denn über ihre Arbeit redeten sie nie.

Der Ålvados schmeckte überraschend weich. Durch den Apfelschnaps zirkulierte das Blut schneller, die wohltuende Wärme entspannte die Muskeln, und Ratamos Appetit auf Tabak nahm zu. Er holte aus dem Kühlschrank eine Dose mit gewürztem Kautabak der Marke »General«, schob zwei der kleinen Röllchen unter die Oberlippe und ließ sich in den Biedermeiersessel fallen, den er eine Woche zuvor bei einer Versteigerung erworben hatte. Die Federn gaben nach, die Beine wackelten, und eine Staubwolke stieg auf. In der Stube hing der Geruch vergangener Jahrzehnte.

Kurz nach dem Tod seiner Frau hatte Ratamo eine Dreizimmerwohnung in der Korkeavuorenkatu gekauft, nur ein paar hundert Meter entfernt von seinem früheren Zuhause, mit dem so schreckliche Erinnerungen verbunden waren. Die vertraute Gegend hatte er aber trotzdem nicht verlassen wollen. Vom Erlös des Verkaufs der alten Wohnung war auch noch Geld für die Ausstattung der neuen übrig geblieben. Die von einem Freund Kaisas entworfene moderne minimalistische Inneneinrichtung war Ratamo immer zuwider gewesen, deshalb hatte er sich ernsthaft und intensiv bemüht, das neue Zuhause nach seinem Geschmack einzurichten. Als allererstes hatte er sich ins Bad eine kleine Sauna einbauen lassen und für die Küche einen zweiteiligen Weintemperierschrank angeschafft. Die bei Versteigerungen gekauften Möbelstücke und Dekorationsgegenstände überall in der Wohnung waren alle sehr eigentümlich und in schlechtem Zustand, und sie passten zusammen wie Grießbrei und saure Gurke.

Als die Geige besonders laut kreischte, schreckte Ratamo

aus seinen Gedanken auf. Nelli zähmte ihr Instrument mit solch bewundernswerter Energie, dass Ratamo beschloss, eine CD von J. J. Cale aufzulegen.

Die Gipsbüsten von Lenin und Elvis, die er im Antiquitätenkeller »Holzwerkstatt« gefunden hatte, starrten einander auf dem Fensterbrett an. Ratamo bekam immer gute Laune, wenn er sie betrachtete. Der Ruhm der Legenden war unsterblich, und beide waren von Millionen Menschen verehrt worden. Er fand die zwei Gestalten irgendwie amüsant: Der eine hatte die Massen durch seine Reden in einen Rausch versetzt, der andere durch seinen Gesang. Ratamos Ansicht nach war Elvis der größere von beiden: Er hatte seinen Anhängern Freude geschenkt.

Wie aus dem Nichts tauchte Nelli vor ihm auf und unterbrach seine Gedanken. Sie runzelte die Stirn und schaute ihn mit enttäuschter Miene an.

»Eine Saite ist gerissen!«

Ratamo nahm sie in den Arm und kitzelte Nellis Wange mit seinen pechschwarzen Bartstoppeln. »Die wechseln wir morgen früh. Jetzt werden die Zähne geputzt.«

MITTWOCH

4

Der Beratungsraum A 310 war der sicherste Ort im Hauptgebäude der SUPO in der Ratakatu 12. Er konnte nicht mit elektronischen Mitteln ausspioniert werden. Fußboden, Decke und Wände des fensterlosen Raumes waren mit schalldämmendem Kunstfasermaterial laminiert, darunter lagen drei Korkplattenschichten mit Kupferblech und dann noch eine dicke Betonplatte. Das Pfeifen und Rauschen der Heizkörper hörte man aber trotzdem. Die Zentralheizung arbeitete auf Hochtouren, denn die Außentemperatur betrug achtzehn Grad minus.

In A 310 saßen drei erschöpfte Polizisten und warteten schweigend auf ihren Chef Jussi Ketonen. Der ovale Beratungstisch war vollgepackt mit Unterlagen. Die Besprechung sollte um zehn beginnen, aber es war schon fast viertel elf.

Am Montagabend hatte das FBI der finnischen Kriminalpolizei mitgeteilt, dass man in Miami die Leiche eines in Finnland wohnhaften russischen Sicherheitsberaters gefunden hatte. Am Körper des Toten waren mit Klebeband Dokumente des finnischen Spitzentechnologieunternehmens DataNorth AG befestigt gewesen. Das Unternehmen war das größte europäische Softwarehouse, ein Vorreiter auf dem Gebiet der Softwareentwicklung für das Internet, und trotz der Rezession in der Branche leuchtete sein Stern hell am Himmel des HEX-Tech, des Technologieindexes der Börse von Helsinki, und der New Yorker Technologiebörse Nasdaq. Der Chef der Kriminalpolizei hatte sofort Verbindung zu Ketonen aufgenommen, denn es war eine der Hauptaufgaben der Sicherheitspolizei, Industriespionage gegen finnische Unternehmen zu verhindern. Auch die Feststellung und Abwehr von Gefährdungen und Verletzungen des Datenschutzes in der Internet-Kommunikation gehörten zum Aufgabenbereich der SUPO.

Ketonen hatte am Montagabend seinem Stellvertreter Erik Wrede befohlen, eine Gruppe von Ermittlern zusammenzustellen. Genau wie das FBI hatte die SUPO den Verdacht, dass es sich um Industriespionage handelte. Auch die Nationale Sicherheitsbehörde NSA, die für die Datensicherheit in den Vereinigten Staaten verantwortlich war, interessierte sich für den Fall. Die NSA befürchtete, einer der zahlreichen amerikanischen Kunden von DataNorth könnte Opfer eines IT-Verbrechens werden. Die Ermittlungen im Mordfall Protaschenko waren ausschließlich Sache des FBI, weil der Mann in den Vereinigten Staaten umgebracht worden war.

Ab Dienstagabend lagen die Berichte des FBI und der NSA vor, nun konnten sich die Ermittler der SUPO mit dem Fall vertraut machen. Die ganze letzte Nacht hatten sie die Unterlagen studiert.

Ermattet hockten sie auf ihren Stühlen, richteten sich aber auf, als der kleingewachsene Ketonen geräuschvoll den Raum betrat.

»Du kommst übrigens eine Viertelstunde zu spät«, bemerkte Erik Wrede. Der etwa vierzig Jahre alte Leiter des operativen Bereiches war der erfahrenste Mann in der Ermittlungsgruppe. Und der Einzige, der es wagte, dem Chef zu widersprechen.

Jussi Ketonens Autorität war unerschütterlich. Er hatte mehr Jahre in der SUPO hinter sich, als alle Mitglieder der Gruppe zusammen. Der Workaholic, der auf das Rentenalter zuging, war ein jovialer Mann mit Sinn für Humor, aber im Ernstfall stellte er als Vorgesetzter hohe Anforderungen.

»Ist alles in Ordnung?«, entgegnete Ketonen in aller Ruhe und schob die Hände unter seine Hosenträger. »Was habt ihr herausgefunden?« Ächzend setzte er sich auf den Platz an der Stirnseite des Tisches und öffnete den obersten Knopf seiner Hose, die über dem Bauch spannte.

Wrede sprang so heftig auf, dass seine roten Haare flatterten. »Alle Dateien von DataNorth werden sehr streng überwacht, damit es nicht zu einem neuen Datendiebstahl kommt. Der Generaldirektor der Firma ist schockiert und außerordentlich kooperativ. Er behauptet, DataNorth wäre erledigt, wenn sich in dieser konjunkturellen Situation auf dem Markt herumspräche, dass es in der Firma eine undichte Stelle gibt.« Zwischen Protaschenkos Tod und der Warnung an DataNorth lagen nur ein paar Stunden. Das Unternehmen habe bei einer Prüfung festgestellt, dass in dieser Zeit keine seiner Daten kopiert oder gestohlen wurden. Die vorläufigen Ermittlungsberichte des FBI und der NSA seien von der Gruppe durchgearbeitet worden.

»Der tote Russe ist kein geringerer als der ehemalige SVR-Mitarbeiter Gennadi Protaschenko. An seinem Hals und an den Augen fand man Spuren von Gewalt, in dem Hotelzimmer hat es einen Kampf gegeben. Das FBI hält es für sicher, dass der Mann ermordet wurde.« Wrede berichtete noch, niemand wisse, was Protaschenko nach dem Ausscheiden aus dem russischen Auslandsnachrichtendienst SVR gemacht habe, dann schwieg er und wartete auf Ketonens Fragen.

»Was ist diese DataNorth für eine Firma?«, fragte Ketonen und starrte Riitta Kuurma an. Die Ermittlerin aus der Sicherheitsabteilung trug ein elegantes blaues Tuch um den Hals und ließ ein Perlenband über ihre Handfläche gleiten.

Sie gab eine kurze Zusammenfassung der Informationen über DataNorth. Der Umsatz des Softwarehouses lag im vergangenen Jahr bei mehr als zwanzig Milliarden Finnmark und wuchs weiter. Das IT-Unternehmen hatte seinen Absatz in den letzten fünf Jahren verdoppelt und beschäftigte in Finnland über viertausend Mitarbeiter. Repräsentanzen und Kooperationsunternehmen hatte DataNorth überall auf der Welt, weil viele Staaten den Kauf von Verschlüsselungstechnik im Ausland untersagten. DataNorth bot Großunternehmen verschiedene Softwarekomplexe und Web-Systeme mit dem dazugehörigen Supportservice an. Das Verschlüsselungsprogramm *Inferno* gehörte zu den meistverkauften Produkten der Firma, ein Großteil der Kunden kam aus Nordamerika. Mittlerweile war DataNorth das zweitgrößte finnische Unternehmen auf dem Gebiet der Informationstechnologie und eine der Säulen der Helsinkier Börse. Man erwartete, dass es sich zu einem neuen Nokia entwickelte. Die Börsenanalysten und die Presse beobachteten das Unternehmen mit Adleraugen.

Riitta Kuurma schaute von ihren Unterlagen auf und sah ihre Kollegen mit ernster Miene an. »Der Generaldirektor von DataNorth hat in der Tat Anlass zur Besorgnis. Ich habe mich mit einem Analysten, den ich kenne, unterhalten. Wegen der gegenwärtigen Probleme der IT-Unternehmen reagieren ihre Aktienkurse äußerst empfindlich auf schlechte Nachrichten. Wenn es bei DataNorth einen Datendiebstahl gegeben hat, kann das zum Ruin der Firma an der Börse führen, und viele ihrer Zulieferer würden mit in den Abgrund gerissen. Der addierte Wert der Aktien aller Informationstechnologieunternehmen beträgt heute immer noch mehr als die Hälfte des Wertes der Helsinkier Börse. Eine Krise der IT-Branche wäre fast dasselbe wie eine Krise ganz Finnlands.«

»Ich bin mir der Risiken bewusst«, erwiderte Ketonen trocken und wandte sich Anna-Kaisa Holm zu. »Hast du die Unterlagen geprüft, die bei Protaschenko gefunden wurden?«

Die Computerspezialistin schob ihre runde Brille höher, hustete und fuhr mit den Fingern durch ihre blonde Bubikopffrisur. Sie war erst Anfang Dezember Chefin der Abteilung für Informationsmanagement geworden und fühlte sich in ihrer neuen Stellung immer noch unsicher.

Ketonen lächelte ihr aufmunternd zu. Viele Kollegen waren verärgert gewesen, als er die schüchterne und ständig kränkelnde junge Frau, die erst seit ein paar Jahren im Haus arbeitete, zur Vorgesetzten ernannt hatte, aber er brauchte seinen Entschluss bisher nicht zu bereuen. Die Bedeutung der elektronischen Spionage war in den letzten Jahren sprunghaft gestiegen, und Anna-Kaisa Holm galt auf diesem Gebiet in Finnland als absolute Spitzenkraft. Außerdem besaß sie Willensstärke und Durchhaltevermögen. Trotz ihres Asthmas und ihrer Allergie fehlte sie nie.

»Die Dokumente, die auf Protaschenkos Bauch klebten, enthalten detaillierte technische Daten des Erfolgsprodukts der DataNorth AG, des Verschlüsselungsprogramms *Inferno*«, sagte Anna-Kaisa Holm zum Auftakt.

Wrede lachte. »Warum nehmen die keinen finnischen Namen? ›Hölle‹ hört sich doch originell an.«

»Der Großteil der Inferno-Software wird ins Ausland verkauft«, erwiderte Riitta Kuurma gelassen.

Anna-Kaisa Holm lächelte nicht. »Bei Protaschenko wurden auch Daten von *Charon* gefunden, dem Authentifizierungssystem von Inferno. Charon prüft die Nutzerkennung und das Passwort.« Ihre Kollegen wunderten sich wieder über den exotischen Namen und wurden von ihr aufgeklärt: Charon sei in der antiken Mythologie der gebrechliche Fährmann, der die toten Seelen auf dem Fluss Styx in den Hades übersetzte. Aus irgendeinem Grund bevorzuge man in der Branche aggressive und mythische Softwarebezeichnungen. Die renommierteste technische Universität der Welt, das MIT, habe das von ihr entwickelte Authentifizierungsverfahren *Kerberos* genannt, nach dem dreiköpfigen Hund, der in den antiken Mythen das Tor zur Hölle bewachte. Und das FBI nutzte ein Programm, dessen Name Fleischfresser bedeutete. *Carnivore* suchte im Internet Spuren krimineller Kommunikation ...

»Gibt es auch ein Programm, das ›Alter Klumpfuß‹ heißt?«, unterbrach Wrede sie. Er nutzte jede Gelegenheit, seine Kollegin aufzuziehen. Anna-Kaisa war so schüchtern, dass sie es nie mit gleicher Münze heimzahlte.

»Kommen wir mal wieder zur Sache. Was ist dieses Inferno?«, fragte Ketonen gut gelaunt, und Anna-Kaisa Holms Anspannung schien zu weichen.

Inferno sei eine von DataNorth entwickelte Verschlüsselungssoftware, berichtete sie. Damit könne jedes beliebige Unternehmen die Datensicherheit in seinem ganzen Netz von einem zentralen Punkt aus gewährleisten und überwachen. So sei es möglich, Daten weltweit sicher zu übermitteln. Inferno schütze jeden Datenübertragungsvorgang. Es sei in sechsundvierzig Länder und an über tausend Kunden verkauft worden, unter denen sich zahlreiche Großunternehmen, internationale Banken, Versicherungskonzerne, Börsen und andere Unternehmen befanden, die gewaltige Geldmassen verwalteten. Inferno bestand aus mehreren Programmen, von denen Charon das Wichtigste war.

»Irgendjemand will möglichst viele technische Details von Inferno herausfinden«, sagte Anna-Kaisa Holm und war selbst überrascht, wie einfach und leicht verständlich sie sich ausgedrückt hatte. Es war schwierig, Laien Dinge zu erklären, die mit Computern zusammenhingen. DataNorth habe, so fuhr sie fort, Inferno in Zusammenarbeit mit zwei anderen Firmen, Finn Security und SH-Secure, entwickelt. Auch die Leitung dieser Unternehmen sei aufgefordert worden, ihre Maßnahmen zum Datenschutz extrem zu intensivieren.

»Außerdem wurde bei Protaschenko ein etwa fünfzehn Zentimeter langes Stück eines Codes gefunden«, sagte sie zum Schluss.

Ketonen schien verblüfft zu sein. »Was ist das?«

Anna-Kaisa Holm starrte auf ihre Schuhspitzen. »Das konnte der Generaldirektor von DataNorth nicht erklären. Der Mann ist Firmendirektor und kein IT-Profi. Nach Ansicht der Abendzeitungen scheint er sich in letzter Zeit mehr mit Motorrädern und Models zu befassen als mit dem Geschäftsalltag in der Firma. Die Bedeutung des Codes könnte sich heute um ein Uhr bei DataNorth klären, dann ist der für Inferno verantwortliche technische Direktor anzutreffen.«

Wrede meldete sich zu Wort. »Ich vergaß zu erwähnen, dass am Montag drei Mitarbeiter der Firmen, die Inferno entwickelt haben, in Miami waren. Unsere Abteilung für Sicherheitsüberprüfungen hat in den letzten vier Jahren für alle drei immer eine makellose Bestätigung der Vertrauenswürdigkeit ausgestellt, und auch danach haben sie keine Dummheiten gemacht.« Er bemerkte, dass sein Westover Unebenheiten zeigte, er hatte ihn zu hastig übergezogen und dabei das Hemd darunter zerknautscht.

Es lag auf der Hand, dass sie es mit einem Fall von Industriespionage großen Kalibers zu tun hatten, das wurde Ketonen klar. Würden sie unter den Mitarbeitern des finnischen Unternehmens einen Spion finden? Bekäme der Fall »Wärtsilä Finland« eine Fortsetzung? Er fragte Anna-Kaisa Holm noch, wofür ihrer Ansicht nach jemand die Inferno-Daten haben wollte.

Es gebe zwei Alternativen, antwortete sie. Möglicherweise wolle der Dieb eine Verschlüsselungssoftware der Spitzenklasse stehlen, um sie ein wenig abgeändert in den Entwicklungsländern zu verkaufen, wo das Interesse der Unternehmen für Fragen des Datenschutzes erst allmählich erwachte. Da böte sich ein riesiger Markt. Oder der Dieb plante über das Inferno-Programm einen Einbruch in die Dateien irgendeines Großunternehmens.

Im Raum herrschte für einen Augenblick völliges Schweigen.

»Wollt ihr etwas über die Beweislage hören?«, fragte Riitta Kuurma, und Ketonen nickte.

»In Protaschenkos Taschenkalender fand sich eine Eintragung über ein Treffen um neun Uhr, eine Stunde vor dem Mord. In der russischen Sprache gibt es drei Geschlechter, und das Pronomen in dem Satz verriet, dass es eine Frau war, die Protaschenko treffen wollte.«

Ketonen ließ die Hosenträger knallen. »Menschenskind. Ihr habt ja über Nacht Wunder vollbracht.«

»Und das ist noch nicht alles«, fuhr Riitta Kuurma fort. »In den Unterlagen von DataNorth fanden sich Notizen in Vietnamesisch.«

»Wir suchen also eine Frau, die Protaschenko kurz vor seinem Mord getroffen hat, und einen Vietnamesen oder zumindest jemanden, der Vietnamesisch kann.« Ketonen überlegte einen Augenblick und gab dann energisch seine Anweisungen. Er selbst würde sich um die Information und Berichterstattung kümmern.

Riitta Kuurma erklärte, bei dem Treffen mit dem Direktor von DataNorth brauche sie Anna-Kaisa Holm. Von den Feinheiten der Informationstechnologie habe sie nicht die geringste Ahnung.

Der Chef beendete die Besprechung. Als Letzter verließ Wrede den Beratungsraum, den Blick auf Riitta Kuurmas Hinterteil geheftet.

Ketonen fragte sich verwundert, wie es kam, dass die Männer Riitta Kuurma hinterherschauten? Was fanden sie an einer Frau, die ständig an ihrem Perlenband herumfingerte und immer so ruhig wirkte wie der Abend eines heißen Tages. Anscheinend stand die dreißigjährige dunkelhaarige und ungeschminkte Frau für eine moderne Auffassung von Schönheit, die ihm fremd war.

Jussi Ketonen ging auf dem breiten Flur im alten SUPO-Hauptgebäude so rasch zu seinem Zimmer, dass die Gummisohlen quietschten. Der Mann, der es hasste, im Büro zu sitzen, wäre an einem normalen Arbeitstag mindestens einmal für ein Schwätzchen stehengeblieben, aber jetzt musste er in Ruhe nachdenken.

An seiner Zimmertür hörte man schon ein Kratzen, noch bevor er die Hand auf die Klinke legte. Musti erkannte die Schritte ihres Herrchens bereits von weitem. Ketonen kraulte den alten hellen Labrador. Dann setzte er sich in seinen Ledersessel, legte die Füße auf die Schreibtischkante und steckte sich einen Kaugummi in den Mund. Der neunte Tag, an dem er nicht rauchte, war genauso qualvoll wie alle anderen. Er entspannte sich, als er die Wirkung des Nikotins spürte.

Die finnischen Spitzentechnologieunternehmen wurden immer unverschämter ausspioniert. In wessen Auftrag hatte Protaschenko gearbeitet? Der Mann war doch nicht etwa als Freelancer für den SVR aktiv gewesen? Schon vor Jahren hatte man die Industriespionage per Gesetz zur Hauptaufgabe des russischen Auslandsnachrichtendienstes gemacht, aber Ketonen schien es so, als habe sich die Situation noch verschlimmert, nachdem der ehemalige KGB-Agent Wladimir Putin in Russland die Zügel in die Hand genommen hatte.

Ketonen überlegte, ob FAPSI, der Telekommunikationsdienst der russischen Regierung, in die Dateien von DataNorth eingebrochen war. Ein kleines Land wie Finnland besaß nicht die Möglichkeiten, dem Aufklärungspotential solch einer großen Organisation etwas entgegenzusetzen. FAPSI verfügte für die Übermittlung und Sammlung von Daten über ein eigenes Satellitennetz. In seiner Heimat durfte der Dienst ganz legal Industriespionage betreiben: Er war berechtigt, den elektronischen Kommunikationsverkehr der russischen Unternehmen und sogar die Internetanschlüsse von Privatpersonen zu überwachen. Ketonen nahm sich jedoch vor, den Russen nichts vorzuwerfen, solange es keinen Anlass dafür gab.

Vom Skilaufen am Vortag waren seine Rückenschmerzen stärker geworden, deswegen machte er ein paar Dehnübungen, die er aus einem Yogabuch gelernt hatte. Dabei war ihm allerdings der Rettungsring um die Taille im Wege. Yoga entspannte seinen Rücken besser als Massage und war auch billiger. Im Geiste dankte er seinem Nachbarn. Reiska hatte ihm im letzten Sommer geraten, mit ihm einen Yogakurs zu besuchen, den Studenten der TH organisierten. Damals war Ketonens Bandscheibenvorfall gerade schlimmer und äußerst schmerzhaft geworden. Er hatte das aber strikt abgelehnt. Der Chef der SUPO konnte sich nicht bei Zeremonien obskurer fanatischer Vegetarier sehen lassen. Reiska hatte ihm jedoch ein paar Übungen beigebracht, und die waren so wirkungsvoll gewesen, dass er ein von seinem Nachbarn empfohlenes Yogabuch gekauft hatte. Allmählich wurde er zu einem Experten für Iyengar-Yoga.

Ketonen hatte gelernt, sich auf seinen Instinkt zu verlassen, der sich in über dreißig Jahren Polizeiarbeit entwickelt hatte und ihm jetzt sagte, dass etwas wirklich Großes im Gange war. Er fürchtete, dass es tatsächlich so war – und gleichzeitig hoffte er es. Seine Abende verbrachte der Witwer am liebsten mit einem anspruchsvollen Fall. Urplötzlich fiel ihm etwas ein, und er sprang so ungestüm auf, dass Musti in ihrem Korb zusammenzuckte.

Arto Ratamo konnte Vietnamesisch!

5

Irina Iwanowa lächelte, als die schwarze Dame auf d5 rückte. Mit ihrer königsindischen Angriffstaktik hätte sie ihren Gegner nach ein paar Zügen matt setzen können. Tang Wenge, Handelsattaché der chinesischen Botschaft in Finnland, war ein erbärmlicher Schachspieler. Er beherrschte nur die sizilianische Verteidigung. Doch im Xiangqi, dem chinesischen Schach, sei er ein Meister, behauptete Tang. Das bezweifelte Irina, denn der Mann machte nicht den Eindruck, als wäre er eine große Leuchte. Es war halb eins, Grund zur Eile bestand nicht. Sie warteten in Tangs Dienstwohnung in Oulunkylä auf neue Nachrichten zum Fall Inferno. Irina hatte sich geweigert, in die chinesische Botschaft zu kommen, weil sie vermutete, dass die SUPO das Gebäude schon bald überwachen lassen würde wie ein Sultan seinen Harem.

Tang Wenge konzentrierte sich ganz auf die Jiaozi, die er gierig verschlang. Er hatte den Küchenchef der Botschaft gebeten, ihm schon jetzt das spezielle Essen für das chinesische Neujahrsfest zuzubereiten, obwohl das erst in zwei Wochen, am 12. Februar, gefeiert wurde. Das Jahr 4700, ein Jahr des Pferdes, würde für ihn ein gutes werden: Da er 1954 geboren war, stand er von seinem Horoskop her im Zeichen des Pferdes.

In Helsinki gab es den ersten brisanten Aufklärungsfall, seit Tang Chef der Filiale von Guoanbu in Finnland war. Der Chinese wirkte nervös. Er fürchtete, es könnte ein Fehler gewesen sein, dass er im Sommer 2000 zwei Russen angeworben hatte, die neben anderen Agenten von der Abteilung des SVR in Helsinki entlassen worden waren. Er hatte Irina Iwanowa und Gennadi Protaschenko als Mitarbeiter ausgewählt, weil sie einigermaßen Finnisch sprachen, das Land, die Sitten und Gebräuche kannten, schon Kontakte besaßen und wie Finnen aussahen. Ein Chinese hingegen fiel in Helsinki immer noch auf wie ein Strauß im Hühnerstall. Guoanbu hatte Filialen in einhundertneunundsiebzig Städten in fünfundfünfzig Ländern, und der größte Teil von ihnen beschäftigte Arbeitskräfte aus dem jeweiligen Land.

Finnland war ins Visier der Industriespionage von Guoanbu geraten, nachdem Wen Ho Lee, ein Mitarbeiter im Atomlabor von Los Alamos, 1999 wegen der Weitergabe von Informationen über das US-Kernwaffenprogramm an China gefasst worden war. Daraufhin hatten die USA die Überwachung ihrer Spitzentechnologieunternehmen extrem verschärft, und Guoanbu war gezwungen gewesen, auf andere Länder auszuweichen, die in der Informationstechnologie eine Vorreiterrolle spielten. Ihn hatte man nach Finnland abkommandiert. Die Machthaber hinter den Mauern von Zhongnanhai in Peking erwarteten voller Ungeduld Ergebnisse. Tang legte seine Stäbchen auf den Porzellanteller, wischte sich den Mund am Ärmel ab und klopfte mit dem Finger auf den Rand des hölzernen Schachbretts.

Irina wickelte Machorka in Rizla-Papier, leckte den Rand an und rollte die Zigarette mit den Fingern, bis die dichte, feste Samokrutka fertig war. Verglichen mit ihrem kräftigen, vollen und würzigen Geschmack erinnerte der dünne Rauch westlicher Zigaretten an Wasserdampf. Sie betrachtete ihren Arbeitgeber mit undurchdringlicher Miene und dachte einmal mehr, dass sein aufgedunsenes und rundes Gesicht wie das eines Riesenbabys aussah. Irina hasste an Tang alles. Der fette Aufklärungschef hatte schlechte Manieren, trank zu viel, stank nach Schweiß und behandelte Frauen wie Gegenstände. Wenn sie mit ihm schlief, wurde ihr übel. Manchmal schämte sie sich, was sie alles zu tun bereit war, nur um des Geldes und der Karriere willen. Aber die Befriedigung von Tangs Gelüsten war der Preis für die Macht. Der Mann tanzte nach ihrer Pfeife wie ein Zirkuspferd. Irina hoffte, dass sie bald die Gelegenheit erhalten würde, sich seiner noch schamloser zu bedienen, als er es mit ihr tat.

Die Musik war zu Ende, und Tang ließ die CD noch einmal laufen. Wenn Li Xiangting auf der Qin-Zither uralte chinesische Melodien spielte, fühlte er sich wie zu Hause in Harbin. Doch auch die Musik ließ ihn nicht vergessen, was für eine Katastrophe Protaschenkos Tod bedeutete. Die Idee zu dem Datendiebstahl stammte von dem Russen. Vor einem Jahr hatte er dafür den »Hund« angeworben, einen finnischen Topexperten. Irgendwie war es dem »Hund« gelungen, in das Authentifizierungssystem Charon des Inferno-Programms der National Bank eine versteckte Hintertür einzubauen, durch die man Zugang zu den Konten aller Kunden des Wiremoney-Programms der Bank erhielt.

Wiremoney war das mit Windows arbeitende Programm der National Bank für den elektronischen Zahlungsverkehr von Unternehmen und Privatkunden. Man konnte es von jedem Internetanschluss aus nutzen. Es akzeptierte fast alle bekannten Valuten, und mit ihm ließ sich Geld weltweit an nahezu jede beliebige Bank überweisen.

Wer diese Hintertür kannte, hatte ausreichend Zeit, in Wiremoney sein Unwesen zu treiben und eine Milliarden-Beute zu machen. Zu stehlen gäbe es bei der National Bank genug. Das Aktienkapital der drittgrößten Bank der Welt und der zweitgrößten der USA betrug fünfundvierzig Milliarden Dollar und der Gewinn im Vorjahr belief sich auf 6,9 Milliarden Dollar. Die National Bank besaß eintausendeinhundert Filialen und dreitausendzweihundert Bankautomaten in vierundvierzig Ländern. Sie hatte über zehn Millionen Kunden beim Onlinebanking. Insgesamt verfügten all ihre Kunden über neunundachtzig Millionen Kreditkarten und fünfundzwanzig Millionen Konten.

Vor einer Woche hatte Protaschenko die für den Raub erforderlichen Kontendaten und Kundennummern hunderter Kunden der National Bank von einem bestochenen Angestellten der Bank erhalten.

Am Montag hatte der »Hund« Protaschenko in Miami technische Daten von Inferno und Charon übergeben. Und das Passwort, einen langen Code, mit dem man durch die Hintertür Zugang zu Wiremoney erhielt. Ohne das Passwort ließ sich die Hintertür nicht benutzen, doch jetzt befand es sich nach den Informationen der Technologieabteilung von Guoanbu in den Händen des FBI und der SUPO. Der Fall Inferno steckte in einer Sackgasse.

»Ganbei«, sagte Tang wie gewohnt und trank ein Glas Qingdao-Bier. Aus Peking wurden jede Woche zwei Kästen des Getränks geschickt, das seinen Durst stillen sollte.

Wenn Tang wüsste, wer der »Hund« war, hätte er sich das Passwort mit allen Mitteln noch einmal besorgt. Aber für die Inferno-Operation war Protaschenko verantwortlich gewesen, und der hatte alle Informationen zu diesem Fall und zum »Hund« auf neurotische Weise geheim gehalten wie ein eifersüchtiger Liebhaber. Alle für Guoanbu wichtigen Informanten bekamen Decknamen, aber die Angaben zur Person hätten in einem als geheim eingestuften Ordner gespeichert werden müssen. Die Identität des »Hundes« kannte jedoch außer Protaschenko niemand. Der richtige Name seiner Informationsquelle war dem Russen nicht einmal in volltrunkenem Zustand herausgerutscht. Man hatte jeden Millimeter seiner Wohnung unter die Lupe genommen. Vergeblich. Sie wussten nur, dass Protaschenko über Chatgroups im Internet mit dem »Hund« kommuniziert hatte, der auf die E-Mails von Guoanbu jedoch nicht antwortete. Tang hatte zwei Männern befohlen, Protaschenkos Dateien zum Thema »Hund« rund um die Uhr so lange zu suchen, bis sie gefunden wurden.

Der Chinese starrte Irina an wie ein Sklavenhändler und überlegte, warum er die Frau so unersättlich begehrte. Irina war keine strahlende Schönheit, aber ihr Körper glich einer Skulptur: Er war schlank wie der einer Ballerina und dennoch kurvenreich. Und ihre Augen hatten eine hypnotische Wirkung. Die dunkle Iris sah so groß aus wie ein Markstück. Er machte einen Zug mit einem Bauern und beobachtete Irinas Reaktion. Sie kicherte und hüstelte sofort danach. Tang war nicht sicher, ob sie sich nur räusperte oder über seinen Zug lachte.

Es erwies sich als Tangs Pech, dass den »Hund« die Habgier gepackt hatte. Er wollte seine Informationen nun an mehrere Interessenten verkaufen und hatte auch der russischen kriminellen Organisation Swerdlowsk die Übergabe des Passworts zugesagt. Bei der Überwachung des für die Wirtschaft zuständigen Chefs von Swerdlowsk in Moskau hatte die Technologieabteilung der Chinesen von der Sache Wind bekommen. Tang wunderte sich immer noch, dass der »Hund« glaubte, den Verrat überleben zu können.

Irina zündete sich eine neue Samokrutka an und dachte über ihren nächsten Zug auf dem Schachbrett nach. Ihre Nasenlöcher bebten, als sie den Rauch tief einatmete. Ein paar Tabakkrümel blieben an ihrer Lippe hängen. Der beißende Geschmack beruhigte sie.

Tang betrachtete das gerahmte Foto des Präsidenten Jiang Zemin auf der buntgemusterten Tapete und dann die reichlich geschmückten Lampenschirme und die dicken roten Seidenvorhänge. Die chinesischen Einrichtungsgegenstände linderten das Heimweh. Er war sicher, dass Swerdlowsk hinter dem Mord an Protaschenko steckte. Der Führer der Organisation, Wadim Zenkowski alias Orel, war der Einzige, der Guoanbu so unverhohlen die Stirn bieten konnte. Offiziell leitete Orel ein ganz legales Industrie- und Finanzimperium, aber es war ein offenes Geheimnis, dass Orels weitverzweigtes Netz von Unternehmen und Swerdlowsk in einer engen Symbiose lebten. Orel war auch in der Mafiaorganisation der Alleinherrscher. Sein ganzes Unternehmenskonglomerat war jedoch mit so komplizierten Eigentumsreglungen errichtet worden, dass Orels Beteiligung an kriminellen Handlungen nie nachgewiesen werden konnte.

Als Irina ihren Turm setzte, begriff Tang, dass er vollständig in der Klemme steckte. Er wollte jedoch noch nicht aufgeben, denn dann ginge Irina womöglich. Tang tat so, als würde er sich seinen nächsten Zug überlegen, und seine Gedanken drehten sich wieder um den Fall Inferno. Wie sollte er an das Passwort kommen? Swerdlowsk besaß es wahrscheinlich nicht, denn man hatte es unter einem Klebestreifen an Protaschenkos Körper gefunden. Ein Angriff auf das FBI in den Vereinigten Staaten war unmöglich, die Führung von Guoanbu würde das nicht einmal in Erwägung ziehen. Zum Glück hatten das FBI und die SUPO keine Ahnung von der Hintertür und konnten deshalb die National Bank nicht warnen.

Tang war unschlüssig. Sollte die Technologieabteilung erst versuchen zu klären, wie viel die NSA und die SUPO wussten, ehe er jemanden in die Mangel nahm?

Unsicher ließ Tang mit seinen dicken Fingern den weißen

Läufer los und lachte überschwänglich. Irina schaute ihn an und lächelte: Chinesen lachten in der Regel nur dann laut, wenn sie nervös oder wütend waren. Tang hatte ihr den Fall Inferno sofort nach Eingang der Nachricht von Protaschenkos Tod übertragen. Bekam sie nun endlich die Chance, auf die sie schon seit Jahren wartete? Ihre Möglichkeiten, eine Arbeit zu finden, waren durch den Rauswurf beim SVR zunichtegemacht worden. Weder russische noch ausländische Firmen würden sie einstellen, weil sie nirgendwo von den Sicherheitsbehörden eine Bescheinigung ihrer Vertrauenswürdigkeit bekäme. Dafür hatte der SVR gesorgt, indem er Interpol die Information zuspielte, sie sei nicht zuverlässig. Irina war so angespannt, dass sie ein Kribbeln im Bauch spürte. Sie überlegte, was der Grund dafür sein könnte: War es eher die Angst, gefasst zu werden, oder die Vorfreude auf das Glück, das die Millionen mit sich brächten, die schon greifbar nahe schienen?

Ihr Plan war noch nicht fertig. Sie musste sich noch etwas einfallen lassen, wie sie das Passwort besorgen könnte, ohne erwischt zu werden. Irina schob die Dame auf e7. Das S zischte wie meist bei Russen, als sie auf Englisch sagte: »Schach und matt.«

Sie lächelte nicht. Dafür gab es noch keinen Anlass.

6

Das Foyer des neuen zwölfstöckigen Bürogebäudes von Data-North reichte bis zum Glasdach hinauf, durch das die Januarsonne hereinschien. Schräg unter dem Dach befestigte große Spiegel reflektierten jeden Sonnenstrahl nach unten. Riitta Kuurma setzte sich auf dem Sofa zurecht und warf einen Blick auf Anna-Kaisa Holm, die an einem Fingernagel kaute. An diesem Tag trug Riitta einen lachsfarbenen Blazer und ihre besten Jeans, das nussbraune Haar hatte sie zu einem Pferdeschwanz gebunden. So fast puppenhaft nett richtete sie sich nur selten her. In der Regel trug sie ihr Haar offen und bevorzugte Kleidungsstücke, in denen sie sich wohl fühlte.

Mit den Fingerspitzen bewegte sie ihr Perlenband und rätselte dabei, was wohl die gewaltige Rauminstallation darstellen mochte, die inmitten des lichtüberfluteten Foyers mit Stahlseilen befestigt war. Der Hauptsitz von DataNorth in Ruoholahti war protziger als erwartet, obwohl sie natürlich wusste, dass die Firma im Geld schwamm. Ihr Reingewinn betrug im Vorjahr fast zwei Milliarden Finnmark.

»Haben Sie einen Termin bei Direktor Tommila?«, fragte jemand freundlich, als die große Uhr im Foyer genau dreizehn Uhr anzeigte. Das dunkelblaue Leder des Design-Sofas knarrte, während sich Riitta Kuurma umdrehte, um zu sehen, wer sie angesprochen hatte. Eine elegant gekleidete Frau mittleren Alters lächelte sie an. Die beiden Ermittlerinnen zeigten ihre Dienstausweise.

Auf dem Weg nach oben bemerkte Riitta Kuurma, dass die Sicherheitsvorkehrungen der Firma erstklassig waren. Der Aufzug funktionierte nur mit einem Schlüssel, Kameras und Bewegungsmelder überwachten jeden Winkel der Räume, und auf den Gängen gab es viele Zwischentüren, die elektronisch mit einem fünfstelligen Code geöffnet wurden.

Die Sekretärin begleitete die SUPO-Mitarbeiterinnen bis in ein großes, modern eingerichtetes Eckzimmer in der elften Etage, stellte Tassen auf den Beratungstisch, goss Kaffee ein und verließ den Raum. Überall standen Monitore, Festplattenlaufwerke, Drucker und auch Geräte, die Riitta Kuurma nie zuvor gesehen hatte.

»Bin gerade beim Kodieren. Damit ich meine Lieblingsbeschäftigung nicht verlerne. Was wollen Sie?« Simo Tommila sprach wie zu sich selbst und wandte sich erst seinen Gästen zu, als Riitta Kuurma sich und ihre Kollegin vorstellte.

Tommila sah mit seinen glatten mausbraunen Haaren und dem blassen Gesicht wie ein zu alt geratener Pfadfinder aus. Er trug ein weißes Hemd ohne Krawatte. Sein Gesicht schmückten lange flaumartige Barthaare und etwas dichtere Koteletten, seine rauhen Wangen waren leicht gerötet. Riitta Kuurma vermutete, dass Tommila im Teenageralter eine schlimme Akne gehabt hatte. Der junge Mann entsprach nicht ihrer Vorstellung vom technischen Direktor eines Milliardenunternehmens. Sie wunderte sich, dass Tommila so unfreundlich war. Der Generaldirektor hatte doch versprochen, ihn auf das Gespräch vorzubereiten. Rasch erklärte sie ihm den Grund für ihren Besuch.

»Entschuldigung, wenn ich nicht so aussehe, als würde mich das interessieren. Das tut es nämlich wirklich nicht«, entgegnete Tommila.

Der junge Mann grinste unsicher, und Riitta Kuurma musste gegen ihre Verärgerung ankämpfen. So einen unhöflichen Burschen hatte sie schon lange nicht mehr erlebt. Bloß nicht aufregen, sagte sie sich. Am besten war es, wenn sie sofort zur Sache kam. »Was haben Sie in Miami am Montagvormittag zwischen neun und elf Uhr gemacht?«

Tommila strich über seinen Bartflaum und sagte schließlich, er habe lange geschlafen, seine Sachen gepackt und dann gegen Mittag ein Taxi zum Flughafen Miami International genommen. Mit der Maschine um dreizehn Uhr fünfunddreißig sei er nach New York geflogen und von dort nach Helsinki.

Die Antwort klang ehrlich, fand Riitta Kuurma. Sie nickte Anna-Kaisa Holm zu, die Tommila höflich bat, über Inferno und Charon zu berichten.

Der junge Mann erläuterte die grundlegenden Fakten zu Inferno. Das Programm sei in der Hauptsache als Gemeinschaftsarbeit von DataNorth und einer Firma namens Finn Security entstanden. SH-Secure habe nur das Chiffrierungsverfahren geliefert, das heißt den Algorithmus.

»Woher kommen diese Namen?«, unterbrach ihn Riitta Kuurma.

Tommila räusperte sich. »Hm. Sie scheinen die Geschichte der Verschlüsselungstechnik nicht zu kennen. Mit dem Namen Inferno wird Horst Feistel die Ehre erwiesen, der den ersten nationalen Chiffrierungscode der USA entwickelt hat – den Luzifer-Algorithmus. Der Name Charon ergab sich dann automatisch. Das Programm ist ja eine Art Fährmann: Es bringt den Nutzer in das Datensystem des Unternehmens, so wie Charon die Toten in den Hades.«

Überraschenderweise erinnerte die Sprache des Computerfachmanns Riitta Kuurma an die Sommerferien ihrer Kindheit bei einem Onkel im südschwedischen Schonen. Sie musste sich zusammenreißen, um nicht zu lachen. Der Computerslang ähnelte Onkel Askos Dialekt: Man verstand nur die Hälfte. Aber zum Glück war das nicht ihr Bier, denn Anna-Kaisa saß ja neben ihr. Tommila fuhr in seinen Erläuterungen fort. Die Verschlüsselungstechnologie war eines der wichtigsten Gebiete der IT-Branche. Ihre Entwicklung würde die Zukunft der Informationstechnologie entscheiden: Was für Dienstleistungen per Telefon würde man künftig anbieten, und wie umfangreich würde der Internet-Handel werden. Ohne idiotensichere Verschlüsselungsverfahren könnte niemand Computerprogramme oder das Internet verlässlich nutzen. »Schon jetzt sind alle wichtigen Institutionen von Computern abhängig: Armeen, Handel, Banken, Staaten – alle. Deshalb hat die Datensicherheit so eine enorme Bedeutung.« Damit beendete Tommila seine Vorlesung.

Hatte der junge Mann Protaschenko die Daten gegeben, überlegte Riitta Kuurma. Waren sein ausweichender Blick und das unhöfliche Benehmen Anzeichen von Angst? Wohl kaum. In der Computerbranche wimmelte es von jungen Leuten, die besser mit Maschinen zurechtkamen als mit Menschen.

Anna-Kaisa Holm hatte genug gehört. Es war Zeit, zur Sache zu kommen: »Wissen sie, an wen das Inferno, von dem diese Daten stammen, verkauft worden ist?« Ihre Hand zitterte ein wenig, als sie Tommila eine Kopie der Unterlagen reichte, die man bei Protaschenko gefunden hatte. Wenn sie sich mit jemandem traf, war sie immer aufgeregt, aber selten so sehr wie jetzt. Immerhin war Simo Tommila eine Ikone der finnischen IT-Profis.

»O verdammt! Solche technischen Details werden nicht an die Kunden herausgegeben. Wie sind die in die falschen Hände geraten? Und was sind das für merkwürdige Notizen?«

Jetzt schien Tommila wirklich verblüfft zu sein, bemerkte Riitta Kuurma. Überraschte es ihn, dass es jemandem gelungen war, die Daten zu stehlen, oder dass sie sich in den Händen der SUPO befanden? »Die handgeschriebenen Eintragungen stammen also nicht von hier?«

»Ganz sicher nicht. Das muss irgendeine Sprache aus dem Fernen Osten sein. Unter denen, die an Inferno mitgearbeitet haben, gab es keinen einzigen Asiaten.« Tommila untersuchte die Dokumente eine Weile und beruhigte sich anscheinend wieder. »Diese Unterlagen sagen nichts über den Dieb aus. Oder über die Gründe für den Diebstahl. Das Inferno-Programm sieht bei jedem Kunden gleich aus. Und dieses Stück Code hat überhaupt nichts mit Inferno zu tun.«

Die SUPO-Mitarbeiterinnen beobachteten, wie Tommila den etwa fünfzehn Zentimeter langen Code betrachtete, und schauten einander enttäuscht an.

»Was könnte das dann sein?«, fragte Anna-Kaisa Holm nach.

»Keine Ahnung. Ein Stück von einem Sourcecode, ein Kennwort oder wer weiß was …«

»Wer alles könnte die Dokumente anderen übergeben haben?«, fragte Riitta Kuurma und verfolgte Tommilas Reaktion genau.

»Vollständig kennen nur die Inferno-Verantwortlichen der beteiligten Firmen das Verschlüsselungsprogramm«, antwortete der junge Mann. Also er selbst, Pauliina Laitakari von Finn Security und Timo Aalto von SH-Secure. Die beiden hätten die wichtigsten Teile von Inferno kodiert und er habe die Einzelteile zu einem Ganzen zusammengefügt.

Riitta Kuurma trank gerade Kaffee und hätte sich um ein Haar verschluckt, als sie den dritten Namen hörte. Sie erkundigte sich, ob dieser Timo Aalto ein etwa fünfunddreißigjähriger Mann sei, der gern Vögel beobachtete. Tommila nickte. Timo Aalto war Arto Ratamos bester Freund. Im vorletzten Sommer hatte Ratamo mehrmals von seinem Kumpel gesprochen, der so einen einprägsamen Rufnamen hatte – Himoaalto. Riitta Kuurma hustete ein paarmal, verdrängte Ratamo aus ihren Gedanken und bat Tommila fortzufahren.

Der junge Mann sagte, er verstehe nicht, wie Aalto oder Laitakari einige der geheimsten Inferno-Daten unbemerkt hätten an sich bringen können. Alle Unternehmen würden ihre wichtigsten Dateien äußerst sorgfältig sichern. Auf dem Computer ließen sie sich nur mit den Kennungen der Personen öffnen, die an ihnen arbeiteten, und jedes Aufrufen oder Ausdrucken der Dateien und jede elektronische Übertragung würden registriert. Zudem hätten die Inferno-Verantwortlichen eine Verpflichtung unterschrieben, die ihre Unternehmen berechtigte, all ihre Aktivitäten am Computer zu kontrollieren, sowohl in der Firma als auch zu Hause. Und dieses Recht zur Überwachung werde ungeniert genutzt. Pauliina Laitakari von Finn Security halte er jedoch für so skrupellos, dass sie nötigenfalls sogar in eine Kinderklinik einbrechen würde. Plötzlich zog Tommila so voller Eifer über Finn Security her, als wäre die Firma schuld an allem Übel der Welt.

Tommilas Verhalten beschäftigte Riitta Kuurma. Lagen die Unternehmen miteinander im Streit oder hegte er persönliche Ressentiments gegenüber Finn Security? Das musste umgehend geklärt werden. Warum blieb ihre Kollegin so passiv, sie schaute Anna-Kaisa verwundert an und zog die Augenbrauen hoch.

»Würden Sie darauf wetten, dass kein Außenstehender in die Datensysteme von DataNorth oder seinen Zulieferern einbrechen kann?«, fragte Anna-Kaisa Holm und sah Tommila erstaunt an, als der ein paarmal kurz lachte.

»Vom Hasardspiel weiß ich nur, dass auf den ursprünglichen Spielkarten lediglich ein König einen Schnurrbart hatte – der Herzkönig. Das habe ich irgendwo gelesen. Ich besitze ein gutes Gedächtnis«, erwiderte Tommila stolz, schaute die Ermittlerinnen dabei aber nicht an. Er erzählte, dass die finnischen Unternehmen jährlich Millionen Finnmark in den Schutz ihrer Datensysteme investierten. Es gebe keinen Cracker, der imstande wäre, die Verschlüsselungssysteme, Firewalls und Antivirusprogramme von DataNorth, Finn Security oder SH-Secure zu knacken. Ein Einbruch in ihre Datensysteme würde für die Firmen das Ende ihrer Geschäftstätigkeit bedeuten. Wenn ein Datenschutz- oder Softwareunternehmen nicht einmal in der Lage wäre, seine eigenen Systeme zu schützen, dann würde sich kein einziger Kunde mehr für sein Know-how interessieren.

Riitta Kuurma starrte auf Tommilas Bartflaum und überlegte, ob sich der junge Mann einen Bart wachsen lassen wollte oder noch keinen Rasierapparat gekauft hatte. Plötzlich fiel ihr ein, dass die Absicht, die finnischen Unternehmen zu ruinieren, auch ein Motiv für den Datendiebstahl sein könnte. Vielleicht war der Schuldige ein skrupelloser Konkurrent. »Ist es möglich, dass irgendjemand versucht, Inferno zu stehlen?«

»Womöglich ist jemand so dumm anzunehmen, dass er das Programm ein wenig verändern und dann als neues Produkt verkaufen kann. Das würde aber nur eine ganze Welle von Klagen nach sich ziehen. Wir besitzen jeden erdenklichen IPR-Schutz.« Tommila sah, dass Riitta Kuurma nicht verstand, was er meinte, und erklärte ihr ungeduldig, DataNorth habe alle Rechte an der Inferno-Software weltweit patentiert, registriert oder auf andere Weise geschützt. Das Programm sei eine unerschöpfliche Geldquelle, die ihnen niemand wegnehmen würde.

Tommila verstummte, als eine junge Frau das Zimmer betrat, ohne anzuklopfen. Aufgeregt berichtete sie, der Börsenkurs des Unternehmens sei im Laufe des Vormittags in Helsinki schon um acht Prozent gestiegen. Auf dem Markt gebe es ein Gerücht, wonach das »Time Magazine« DataNorth an die Spitze seiner Liste der fünfzig heißesten europäischen Unternehmen setzen wolle.

Die Tür knallte, als die junge Frau nach ihrer Freudenbotschaft genauso schnell wieder verschwand, wie sie aufgetaucht war. Die Probleme der Technologiebranche in der letzten Zeit betrafen DataNorth anscheinend nicht, dachte Riitta Kuurma und betrachtete ihren Gastgeber. Waren im Gesicht des jungen Mannes Anzeichen von Habgier zu erkennen? Tommilas Vorleben müsste gründlich durchforstet werden. »Haben diese Daten keinen finanziellen Wert? Kann man mit ihnen in die Programme eines Unternehmens einbrechen und Informationen oder Geld rauben?«, fragte sie und hielt dabei die bei Protaschenko gefundenen Dokumente hoch.

Tommila erklärte, diese technischen Daten würden niemandem helfen, Charon, das Authentifizierungssystem von Inferno, zu knacken. Man könne das mit einer Wohnungstür vergleichen, die zusätzlich ein Sicherheitsschloss besaß. Die Tür ging nur auf, wenn das normale Schloss und das Sicherheitsschloss geöffnet wurden. Wer Charon überwinden wolle, brauche zwei Passwörter beziehungsweise Schlüssel: Den allgemein bekannten öffentlichen Schlüssel und den geheimen Schlüssel des Kunden. Anna-Kaisa Holm nickte mit ernster Miene, als Tommila von Zertifikaten, Normen und PKI redete.

Riitta Kuurma unterbrach ihn: »Kann man den geheimen Schlüssel durch längeres Probieren herausfinden?«, sagte sie und fürchtete sogleich, eine dumme Frage gestellt zu haben.

Tommila sah so aus, als hätte er an uralter Milch gerochen, deshalb beugte sich Holm zu Kuurma hin und flüsterte ihr wie einem Kind im Vorschulalter zu: »Die Zahl der möglichen Schlüssel ist unfassbar groß. Leicht gerundet hat sie nach den Ziffern Drei und Vier siebenunddreißig Nullen.«

Das war noch schlimmer als der Dialekt ihres Onkels. Riitta verstand von dem, was sie hörte, genauso viel wie vom Fusionjazz. Sie warf das Handtuch und überließ Anna-Kaisa das weitere Verhör. Die Dokumente von Protaschenko steckte sie in ihre Handtasche.

Die beiden EDV-Profis unterhielten sich angeregt eine ganze Weile. Als Anna-Kaisa Holm schließlich verkündete, sie sei fertig, begleitete Tommila seine Gäste bis ins Foyer, und Riitta Kuurma sagte, man werde auf die Sache zurückkommen.

Der Frost zwickte durch den Mantel und den Blazer, obwohl die Sonne am Himmel strahlte. Sie holte aus der Manteltasche ihr dunkelblaues Lieblingstuch und band es sich um den Kopf. Kälte war ihr lieber als Matschwetter, dennoch hoffte sie, dass der strenge Frost nun endlich nachließ. Anna-Kaisa hustete trocken und suchte etwas in ihrer Handtasche.

Im Auto rief Riitta Kuurma die Überwachungszentrale an und ließ sich mit Ketonen verbinden. Sie berichtete alles von ihrem Besuch, was sie am Telefon zu sagen wagte. Ketonen schwieg lange, als sie zum Schluss sagte, Arto Ratamos bester Freund sei einer der drei Verdächtigen und die vietnamesischen Notizen würden nicht von DataNorth stammen.

Ketonen bat die beiden Frauen zu drei Uhr in den Beratungsraum.

Riitta Kuurma freute sich. Endlich würde sie Arto Ratamo wiedersehen.

7

»Na, wie gefällt's dir?« Nelli drehte sich vor ihrem Vater wie ein Mannequin auf dem Laufsteg.

Ratamo versuchte zu lächeln, obwohl das von Nelli vorgeführte Kleid furchtbar aussah. Die Träger waren dünn wie Bindfäden und unten endete es oberhalb des Knies. Bei dem Teil dachte man eher an Unterwäsche und nicht an eine Beerdigung. Ratamo wusste nicht, was er sagen sollte. Hatte die Verkäuferin denn nicht verstanden, für welchen Anlass sie ein Kleid kaufen wollten?

»Trägt man bei Begräbnissen heutzutage so etwas?«, fragte er die freundliche Verkäuferin in der Kinderabteilung von H&M und schaute sie flehend an. Zu seiner Erleichterung brach die junge Frau in schallendes Gelächter aus. »Dann probieren wir als Nächstes mal etwas Herkömmliches«, versprach sie.

In dem Geschäft war es so heiß, dass Ratamo seinen schwarzen Wintermantel auszog. Ein Teenager rempelte ihn an, als sie zu dem Ständer mit den Blusen eilte, die im Angebot waren. Ratamo hasste Warenhäuser. In dem Gedränge fühlte er sich genauso wohl wie in einem überfüllten Bus an einem heißen Tag. Freiwillig betrat er beide nie. Er schaute sich um und sah Dutzende Menschen, die über die Wühltische herfielen, als ginge es um ihr Leben. Anscheinend befürchteten sie, dass es auf der Welt bald nichts mehr zu kaufen geben würde. Der Konsum war in den westlichen Ländern zum neuen vorherrschenden Glauben geworden.

Für Ratamo war es immer noch ungewohnt, in den Kinderabteilungen von Bekleidungsgeschäften herumzustehen. Als er Witwer geworden war, hatte er sich gar nicht vorstellen können, wie anspruchsvoll die Aufgabe des alleinerziehenden Vaters eines kleinen Mädchens sein würde. Eine vollkommen neue Welt hatte sich vor ihm aufgetan, als er sich eingehend mit Details im Leben von Mädchen beschäftigen musste, von denen Jungs oder Männer nichts wussten. Er war stolz darauf, dass Nelli ihn als Ersatz für ihre Mutter angenommen hatte. Am wichtigsten war jedoch, dass seine Tochter den Tod Kaisas ziemlich gut überwunden hatte. Die Ermordung der Mutter und die Entführung hätten das Mädchen psychisch zerstören können, aber nach Ansicht der Therapeutin litt Nelli nur unter sporadischen Angstzuständen, die dazu führten, dass sie scheu war. Ein stabiles und ausgeglichenes Umfeld könnte diese Schwierigkeiten jedoch im Laufe der Zeit beseitigen.

Ratamo wollte seiner Tochter genau das geben, was die Ärztin verlangte. Er wusste nur allzu gut, was eine unglückliche Kindheit bedeutete. Als seine Mutter starb, war er sieben Jahre alt, danach brach sein Vater völlig zusammen. Ratamo war es gewöhnt, die Verantwortung für alles allein zu tragen. Nelli würde das nicht erleben müssen, das hatte er sich nach Kaisas Tod geschworen.

Ratamo überlegte, ob er die Ereignisse des vorletzten Sommers selbst schon überwunden hatte, als sein Blick auf einen großen Spiegel fiel. Am Bauch hatte sein früher so durchtrainierter Körper ein paar überflüssige Kilo angesetzt, obwohl er mindestens dreimal in der Woche joggen ging. Er war ein schlechter Koch und gab allzu leicht Nellis Wünschen in Bezug aufs Essen nach: Pizza, Würstchen, Pommes frites und Hamburger hinterließen unausweichlich ihre Spuren auf der Taille. Zum Glück war er so groß, dass er noch nicht dick wirkte.

Der Vorhang der Umkleidekabine wurde aufgerissen, und Nelli marschierte erneut wie eine Diva auf ihren Vater zu. Ratamo seufzte erleichtert: Das Kleid war genau so, wie es sein sollte. »Nehmen wir das?«, fragte er sofort.

»Aber ich habe noch gar nicht alles anprobiert«, erwiderte Nelli und schaute ihren Vater an, als hätte der überhaupt nicht kapiert, worum es beim Shopping eigentlich ging.

Ratamo bemerkte, dass man Nellis Grübchen deutlicher sah als früher. Der Gedanke, dass sie die von ihm geerbt hatte, erfreute ihn. Zum Glück sah das Mädchen ansonsten mehr ihrer Mutter ähnlich.

»Du kriegst bei Pick&Mix eine große Tüte Bonbons, wenn wir das Kleid nehmen«, schlug Ratamo vor und bekam sogleich Gewissensbisse. Er bestach sein Kind, um diesen Ort verlassen zu können, an dem er sich nicht wohl fühlte. Ihm wurde etwas leichter ums Herz, als seine Tochter das Angebot annahm, ohne zu zögern.

Nelli ging sich umziehen, und Ratamos Gedanken schweiften ab zum Begräbnis seiner Großmutter. Die letzten zwei Monate war sie ohne Bewusstsein gewesen. In gewisser Weise erschien es gut, dass sie dann einschlafen durfte. Das künstliche Aufrechterhalten der Körperfunktionen war unmenschlich.

Mensch zu sein bedeutete mehr als nur mechanische Atembewegungen.

Dann fiel Ratamo ein, dass sein Vater zur Beerdigung kommen würde, und er runzelte die Stirn. Nicht einmal zu Kaisas Begräbnis war der Alte aus Spanien aufgetaucht. Angeblich war er krank gewesen. Nelli würde ihren Großvater sicher nicht einmal erkennen. Es ärgerte ihn, dass sie keine Gelegenheit gehabt hatte, seine Eltern kennenzulernen. Glücklicherweise besaß Nelli dafür mütterlicherseits eine umso bessere Großmutter. Für Ratamo war Markettas Klugheit und Sensibilität ein unbestreitbarer Beweis dafür, dass die Evolution die Männer benachteiligt hatte.

Ratamo beschloss, sich nicht mehr um den Besuch seines Vaters in Finnland zu kümmern. Das letzte Mal hatten sie sich vor Jahren getroffen und danach keinerlei Kontakt mehr gehabt. Aber war das nicht egal, sagte er sich. Der Vater kam ihm genauso fremd vor wie der Kilimandscharo. Den höchsten Berg Afrikas hätte er allerdings gern gesehen.

Nelli zog ihn am Ärmel, und Ratamo schreckte aus seinen Gedanken auf. Er bezahlte das Kleid und steckte den Plastikbeutel gerade in den Rucksack, als auf seinem Handy die Pink-Panther-Melodie erklang.

»Hier Jussi Ketonen, grüß dich. Was macht unser Student? Bist du gerade in Eile?« Die Stimme des Chefs der Sicherheitspolizei klang gutgelaunt.

»Nein. Ich bin mit Nelli beim Einkaufen.«

Verblüfft hörte Ratamo zu, als Ketonen kurz von den Ereignissen in Miami und Timo Aaltos Rolle im Inferno-Projekt erzählte. Dann bat der Chef ihn, um drei Uhr in der Ratakatu zu sein. Zu Ehren des Abschlusses seiner Ausbildung an der Polizeischule könne er an den Ermittlungen in einem großen Fall teilnehmen.

Er versprach zu kommen, schaltete das Telefon aus, und wusste nicht, was er denken sollte. Sein erster Impuls war, Himoaalto anzurufen, aber dann wurde ihm klar, dass er an Ermittlungen beteiligt war, bei denen Timo als Verdächtiger galt. Was zum Teufel hatte sein Freund angestellt? Eine nicht näher bestimmbare Unruhe erfasste ihn. Als er das letzte Mal in wichtige Ermittlungen hineingezogen worden war, hatte man seine Frau ermordet, Nelli entführt, und er war auf der Flucht vor Killern wie ein Schwachsinniger durch ganz Helsinki gehetzt.

Für den, der nicht weiß, was er tut, ist alles möglich, überlegte Ratamo und ging mit Nelli in Richtung Bonbongeschäft im Bahnhofstunnel.

Jussi Ketonen legte in seinem Arbeitszimmer das Telefon auf, lockerte den Knoten seiner schmalen Krawatte und wunderte sich, warum immer noch zwei rote Lämpchen blinkten. In der vorhergehenden Woche hatte er ein neues, digitales Ericsson bekommen, das aussah wie eine Telefonzentrale.

Arto Ratamo ging ihm durch den Kopf. Von dem Mann erwartete er viel. Mit einer von ihm selbst besorgten Sondergenehmigung hatte Ratamo die Ausbildung an der Polizeischule, die normalerweise mehr als zwei Jahre dauerte, nach einem Jahr erfolgreich abgeschlossen. Anfang Januar hatte Ketonen viel Arbeit investiert und zusammen mit der Polizeifachhochschule in Otaniemi einen für Ratamo maßgeschneiderten Studienplan aufgestellt, der zum Examen für den gehobenen Polizeidienst führen sollte. Den größten Teil der Ausbildung durfte Ratamo zu Hause absolvieren. Diese Regelung brachte auch Ketonen selbst einen Nutzen. Da Ratamo nicht ständig an die Schulbank gebunden war, konnte man ihn trotz seines Studiums flexibel einsetzen und an die praktischen Aufgaben der SUPO heranführen. Schon bei seinem sechsmonatigen Praktikum während der Ausbildung an der Polizeischule hatte Ratamo etliche Observierungs- und Überwachungsaufträge gut gemeistert. In der Schreibtischarbeit war der gelernte Wissenschaftler eine Klasse für sich, aber Ketonen wollte ihn nicht mit Büroroutine eindecken. Vom Sitzen im stillen Kämmerlein war Ratamo schließlich schon an seinem vorherigen Arbeitsplatz in der Nationalen Forschungsanstalt für Veterinärmedizin und Lebensmittelprüfung frustriert gewesen.

Ketonen konnte nicht sagen, warum er sich wegen Ratamo so viel Mühe machte. Vielleicht behandelte er als kinderloser Witwer von über sechzig seinen jungen Mitarbeiter so, wie er einen eigenen Sohn behandelt hätte. Er gestand sich ein, dass er Ratamo beneidete, weil der bewusst sein Leben umgestaltet und damit gezeigt hatte, dass der alte Spruch »Einen Menschen kann man nicht ändern« Unfug war. Seiner Ansicht nach beruhte jede wesentliche Entwicklung in der Welt gerade darauf, dass sich ein Individuum zusammenriss und die Richtung seines Lebens änderte. Ratamos Beispiel hatte auch ihn, einen alten Hasen, dazu gebracht, sich einiges abzugewöhnen.

Draußen herrschten über fünfzehn Grad minus, und Ketonen fror, obwohl die Fenster aus Spezialglas bestanden und die Heizkörper glühten. Die Wände des 1888 errichteten Hauses strahlten Kälte aus. Es ärgerte ihn, dass er vom Bauamt immer noch keine Genehmigung bekommen hatte, den prächtigen Kachelofen in der Ecke seines Arbeitszimmers zu benutzen.

Musti lag in ihrem Korb und beobachtete aufmerksam, wie ihr Herrchen den Computer anschaltete. Als er sich erhob, um die Totozeitung vom Kaffeetisch zu holen, glänzten Mustis Augen, sie glaubte, jetzt würde gespielt, und sprang blitzschnell auf.

Ketonen war jedoch nicht zum Spielen aufgelegt. Er versuchte Musti mit einem Schokoladenkeks zu beruhigen, und wollte gerade selbst einen essen, doch da packte ihn die Gier nach einer Zigarette, und er steckte sich rasch einen Nikotinkaugummi in den Mund. Überrascht bemerkte er an Mustis Flanke ein paar graue Haare. Auch seine alte Freundin trat nun in den Club der vitalen Grauhaarigen ein. Nach dem Tod seiner Frau vor Jahren war Ketonen gezwungen gewesen, Musti mit ins Büro zu nehmen. Er kannte niemanden, der den Hund ausgeführt hätte, während er oft rund um die Uhr arbeitete. Die SUPO-Mitarbeiter hatten sich schnell an den vierbeinigen Gast gewöhnt, und im Laufe der Jahre war Musti zum Maskottchen der Behörde geworden.

Die Ereignisse vom Montag in Miami gingen Ketonen durch den Kopf. Seit längerem ermittelten sie wieder einmal in einem Spionagefall, der so bedeutend war, dass er die Untersuchungen selbst leiten wollte. In der Regel musste er sich auf die Aufgaben als Chef der gesamten Behörde und auf ihre internationalen Beziehungen konzentrieren, obwohl ihm die Schreibtischarbeit zuwider war. Es überraschte ihn nicht im Geringsten, dass es Industriespionage war, bei der man Protaschenko in flagranti erwischt hatte. Aber für wen könnte er gearbeitet haben? Es gab viele Möglichkeiten: Die wissenschaftlich-technische und Wirtschaftsspionage war eine neue Plage der Informationsgesellschaft. Neben Russland hatte man in den letzten Jahren auch den USA, China, Frankreich, Israel, Großbritannien und Deutschland Datendiebstahl vorgeworfen. Dutzende »Diplomaten« waren unter dem Verdacht der Spionage ausgewiesen worden. Die Waffen-, Weltraum- und Kernenergietechnologie der armen Großmächte war zum größten Teil in den westlichen Ländern gestohlen worden. Allein die Vereinigten Staaten bezifferten den Schaden, der ihnen durch die wissenschaftlich-technische Spionage entstand, auf jährlich Hunderte Milliarden Dollar.

Ketonen suchte im Internet die Homepage des australischen Wettbüros Centrebet und prüfte die Quotierungen der Donnerstagsspiele der finnischen Eishockeymeisterschaft. Er war stolz darauf, dass er gelernt hatte, das Internet zu nutzen. Die ausländischen Buchmacher boten erheblich bessere Quotierungen an als das finnische Wettbüro Veikkaus.

Die Liste der Spiele blieb verschwommen im Hintergrund, als er überlegte, an welcher Stelle sich das wirre Inferno-Knäuel aufrollen lassen würde. Bisher kannten sie auf keine einzige der Hauptfragen eine Antwort. Wer hatte Protaschenko ermordet? Wer hatte ihm die Unterlagen von DataNorth übergeben? Nach Ansicht von Kuurma und Holm war es höchstwahrscheinlich ein finnischer Computerexperte, der die Daten verraten hatte. Ihn würde die SUPO schnappen. Aber konnten sie auch herausfinden, wozu man die Dokumente gestohlen hatte? Und warum enthielten sie Notizen in Vietnamesisch?

Die Verbindung mit Vietnam bereitete Ketonen Sorgen. Es war ein merkwürdiges Zusammentreffen, dass Ratamo Vietnamesisch konnte und einer der drei Inferno-Verantwortlichen sein bester Freund war. Ein fast zu großer Zufall. Was hatte Ratamo in jenen zwei Jahren getan, in denen er angeblich durch Südostasien gewandert war? Zudem hatte Ratamo im letzten Sommer einen Monat lang in Vietnam Urlaub gemacht. Ketonen wusste nur zu gut, wie stark die russischen Nachrichtendienste dort immer noch verankert waren. Das Land erlaubte FAPSI sogar die Verwendung der Station für elektronische Signalaufklärung in Cam Ranh Bay. Ratamo nutzte ihn doch nicht etwa aus? Er beschloss, den Graphologen der technischen Abteilung zu bitten, die vietnamesischen Notizen auf Protaschenkos Unterlagen mit Ratamos Handschrift zu vergleichen.

Hoffentlich war Arto nicht in irgendetwas verwickelt.

8

Ein langer Streifen Kokain verschwand rasch in Sam Waisanens bebenden Nasenlöchern. Er starrte im Spiegel sein aufgedunsenes Gesicht an. Das Weiße im Auge war so rot wie Moosbeeren. Er hatte vierundzwanzig Stunden lang kein Auge zugetan.

Es war sieben Uhr am Mittwochmorgen, und die Klimaanlage im teuersten Zimmer des Motels »El Patio« knatterte wie ein Schlagzeugsolo. Doch Waisanen ertrug lieber den Lärm und den Geruch der gekühlten Luft als die brütende Hitze von zweiunddreißig Grad und den muffigen Gestank des Tangs. Er war im Anschluss an die Datenschutzkonferenz in Miami sofort nach Key West gefahren, um ein paar Tage Urlaub zu machen. Dienstag früh hätte er fast seine Zunge verschluckt, als ihn auf der ersten Seite des »Miami Herold« Gennadi Protaschenko mit stechendem Blick anschaute. Die letzten vierundzwanzig Stunden hatte er seine Angst mit Kokain bekämpft und die aktivierende Wirkung des Pulvers mit Valium gebremst.

Doch diesmal blieben die Beruhigungspillen in der Dose. Er musste Key West verlassen, bevor die einhundertsechzig Meilen lange Brückenkette, die nach Miami führte, wegen des von Süden heranziehenden tropischen Sturmes geschlossen wurde.

Waisanen fuhr zusammen, als es an der Tür klopfte. »Ich komme gleich«, rief er, steckte das Kokain-Tütchen in die Tasche seiner Shorts, zog das Pikeehemd über und öffnete die Tür.

»Die Zeitung«, verkündete Eduardo von der Rezeption in seinem gebrochenen Englisch und schwenkte den »Miami Herold« in der Hand.

Waisanen bedankte sich und wollte schon die Tür schließen,

als sich Eduardo unüberhörbar räusperte. Waisanen wurde klar, was er vergessen hatte. Er holte einen zerknitterten Fünfdollarschein aus der Tasche und reichte ihn dem von der Sonne gegerbten Kubaner.

In der Zeitung fand sich kein einziger Artikel über Protaschenkos Tod. Waisanen ging eine Weile nervös im Zimmer auf und ab. Im Flur fiel sein Blick auf den Ankleidespiegel. Das Spiegelbild bestätigte, was er ohnehin wusste. Er war nur noch eine Karikatur jenes Sami Waisanen, der vor zwanzig Jahren das Studium am Institut für Informationstechnologie der Columbia University abgeschlossen hatte, als Bester seines Kurses. Im selben Jahr hatte IBM ihn eingekauft und in der Abteilung für Produktentwicklung eingestellt. Und Evelin hatte »Ja, ich will« gesagt. Danach lebte er fünfeinhalb Jahre wie im Traum: Der warme Geldregen nahm kein Ende, auf eine Beförderung folgte die nächste, und seine Zukunft sah genauso märchenhaft aus wie die der ganzen Branche.

Doch am 19. Oktober 1987 veränderte sich alles. Der Schwarze Montag, der größte Crash innerhalb eines Tages in der Geschichte der New Yorker Börse, kam für ihn genauso überraschend wie für alle anderen. Er war jedoch gieriger gewesen als die meisten und hatte Aktien und gewinnbringende Obligationen mit geliehenem Geld gekauft. Nach dem Schwarzen Montag schuldete er der Bank sechshunderttausend Dollar für Wertpapiere, die auf dem Markt nicht einmal mehr hunderttausend Dollar brachten.

Das Yuppie-Leben endete auf einen Schlag, die Bank verkaufte die Wohnung, Frau und Kinder verließen ihn, und seine Nerven versagten. Schließlich hatte IBM genug von seinen ständigen Krankschreibungen und wies ihm höflich die Tür.

Es war Zeit loszufahren, beschloss Waisanen. Er schaltete seinen Laptop aus und packte ihn ein. Vor Hunger tat ihm der

Magen weh, und im Mund spürte er den Geschmack von Katzenpisse, seit vierundzwanzig Stunden hatte er nichts gegessen. Er bezahlte an der Rezeption seine Rechnung, verabschiedete sich von Eduardo und ging zu seinem Wagen. Vom nahegelegenen Bootshafen hörte man ein Geräusch, das an das Pfeifen einer Dampflok erinnerte. Eine lärmende Touristengruppe ging an Bord eines massiven Sea-Ray-Motorboots. Er vermutete, dass sie Kurs auf Havanna nehmen würden.

Die Altstadt von Key West blieb hinter ihm zurück, und Waisanen beschleunigte seinen Buick LeSabre in Richtung Highway Nr.1 und Miami. Er musste an sein Verbrechen denken. Die Kodierer in der EDV-Abteilung der National Bank bezogen ein ganz passables Gehalt, aber wegen der Unterhaltszahlungen und der Kreditraten lebte er schon seit Jahren fast von der Hand in den Mund. Natürlich läuteten die Alarmglocken in seinem Kopf, als ihm im Herbst jemand aus Finnland ein Treffen mit einem russischen Geschäftsmann vorgeschlagen hatte. Doch seine Neugier siegte. Protaschenkos Angebot war so überraschend gewesen, dass er nicht lange zu überlegen brauchte. Vor einer reichlichen Woche hatte er dem Russen die Kundennummern und Kontendaten der größten Kunden der National Bank übergeben. Das Honorar würde reichen, um all seine Schulden zu bezahlen.

Protaschenkos Tod brachte ihn dann völlig aus der Fassung. Ihm wurde klar, dass er sich auf ein gefährliches Spiel eingelassen hatte. Mit Sicherheit war Protaschenko ermordet worden. Und wenn er nun als Nächster dran wäre? Zur Polizei wollte er nicht gehen. Jedenfalls noch nicht. Wenn herauskäme, was er getan hatte, würde er nie wieder einen anständigen Job finden, und das Schicksal eines Arbeitslosen in den USA war trostlos. Man erhielt so eine geringfügige Unterstützung, dass er über kurz oder lang unausweichlich auf der Straße landen würde. Doch gestern hatte er eine Idee gehabt, wie er sich absichern könnte. Er verfasste eine E-Mail, die in einer Woche automatisch abgeschickt würde, falls er es nicht rückgängig machte. Wenn ihn jemand bedrohte, könnte er sagen, dass im Falle seines Todes das FBI, die National Bank, die finnische Kriminalpolizei und die Sicherheitspolizei erfahren würden, wer hinter dem Wiremoney-Coup stecke. Zum Glück fanden sich im Internet auch die E-Mail-Adressen der finnischen Behörden. Er hatte den Verdacht, dass in die Geschichte auch noch andere Finnen verwickelt waren, nicht nur die Person, die den Kontakt mit dem Russen hergestellt und ihn selbst außerdem durch Bestechung dazu gebracht hatte, zu verraten, wofür die National Bank Inferno einsetzen wollte.

Waisanen schreckte auf, als er das Schild von Big Pine Key sah. Er war schon dreißig Meilen gefahren. Wenig später sah er um sich herum nur noch das offene Meer. Das rot-orangefarbene Licht der aufgehenden Sonne färbte den Golf von Florida verwirrend schön.

Ein Piepen ließ Waisanen zusammenfahren. Auf dem Armaturenbrett blinkte eine Warnleuchte, und das Motorgeräusch hörte sich dumpf an. Er musste auf dem Randstreifen der Brücke anhalten.

Waisanen hob die Motorhaube und stützte sie ab. Er beugte sich vor und hoffte, den Schaden beheben zu können. Der Schweiß lief ihm den Rücken hinunter. Ein schwarzer Plastikschlauch hing lose herab, und aus ihm tropfte Flüssigkeit auf den Asphalt. Er befestigte den Schlauch wieder. Plötzlich wurde der Verkehrslärm ohrenbetäubend. Er richtete sich auf, um zu sehen, was für ein Gefährt einen derartigen Krach machte, und erblickte einen riesigen LKW so nahe vor sich, dass er auf dem Kühlergrill das Wort MACK erkennen konnte.

Er hatte kein sehr schönes, aber ein schnelles Ende.

9

Der Lüfter des alten Käfers jaulte wie ein Marder in der Falle und blies eiskalte Luft in den Wagen, obwohl der Motor schon fünf Minuten lief. Auch das Verdeck des Cabrios funktionierte so miserabel, dass Ratamo trotz der Handschuhe an den Fingern fror. Der VW beging in diesem Jahr seinen dreißigsten Geburtstag und war schon lange museumsreif.

Ratamo hatte das tausend Quadratmeter große Lager des Antiquitätengeschäfts »Antiikkilinja« durchstöbert, und es ärgerte ihn immer noch, dass der Preis des massiven Sofas im funktionalistischen Stil so hoch lag. Aus dem Autoradio erklang Chris Reas »On the beach«, und Ratamo musste lächeln. In der Kantine der Aufklärungskompanie von Immola hatte man den Titel 1987 pausenlos gespielt, im kältesten Januar seit Beginn der Aufzeichnungen in der finnischen Wetterstatistik. Er sehnte sich nach dem Sommer wie das Büblein klein nach der Mutterbrust.

Die Reifen des grellgelben Käfers blockierten beim Bremsen, und der Wagen rutschte ein paar Meter auf der glatten Sturenkatu, ehe er vor dem Kiosk zum Stehen kam. Ratamo kannte in Helsinki nur zwei Kioske, in denen unter dem Ladentisch Kautabak verkaufte wurde, und er besuchte sie abwechselnd. Der Verkauf von Kautabak war verboten – galt das möglicherweise auch für den Kauf, überlegte Ratamo und zögerte. Er beschloss, die Sache erst zu klären, bevor er Probleme bekäme. Schließlich war er jetzt Polizist.

Kurz vor Sörnäinen musste der Käfer auf der Hämeentie an einer Ampel halten, und Ratamo sah linker Hand seine alte Arbeitsstelle. Er erinnerte sich sehr gut, wie er seinen früheren Beruf gehasst hatte, und eine Welle der Erleichterung durchflutete ihn. Jetzt hatte er eine Arbeit, die ihn interessierte. Nach dem Schicksalsschlag im vorletzten Sommer war er endlich reif gewesen, das zu tun, wovon er jahrelang geträumt hatte, nämlich der Nationalen Forschungsanstalt für Veterinärmedizin und Lebensmittelprüfung den Rücken zu kehren. Den Beruf des Forschers, die Medizin und die Virologie hatte er nie gemocht und nur auf Druck seines Vaters und des Geldes wegen gewählt. Doch als der Tod in jenem Sommer so nah gewesen war, hatte er endgültig verstanden, an welch seidenem Faden das Leben hing. Seinem eigenen Willen zu folgen betrachtete er nicht mehr als eine mögliche Alternative, sondern als Verpflichtung. Er wollte nicht nur irgendwie möglichst bequem seine Zeit verbringen und gewissermaßen von außen zusehen, wie er alt wurde. Das Leben musste gelebt werden.

Ratamo glaubte, dass die Arbeit bei der SUPO interessant und abwechslungsreich sein würde, wenngleich er bisher nur kleine Kostproben davon erhalten hatte. Die Polizeischule und die Polizeifachhochschule wollte er so schnell wie möglich absolvieren, obwohl ihm das Studieren nach der jahrelangen Pause schwerfiel. Zum Glück machten sein gutes Gedächtnis und die Prüfungserfahrungen aus dem Medizinstudium das Pauken leichter. Es verwunderte Ratamo, dass auch so viele andere im Erwachsenenalter beschlossen hatten, den Beruf zu wechseln. In seinem Kurs auf der Polizeischule waren noch vier Schicksalsgefährten gewesen, die auch schon einen Universitätsabschluss besaßen.

Das Studienpensum würde auch künftig sehr straff sein, aber er wollte sich nicht unter Leistungsdruck setzen. Beim Verlassen der Forschungsanstalt hatte er sich geschworen, dass er sich nicht mehr verrückt machen lassen würde. Nur bierernste Menschen wollten alles unter Kontrolle haben und beim Lebensspiel auf Nummer sicher gehen. Er arbeitete für sein Studium, übernahm dann und wann Aufträge bei der SUPO und konnte außerdem noch viel Zeit mit Nelli verbringen. Auch wegen seiner Finanzen brauchte er sich keine Sorgen zu machen. Er kam mit dem Gehalt aus, das die SUPO ihm als Praktikanten zahlte. Kaisas Geld wollte er nicht anrühren.

Die Farbe an der Ampel wechselte. Ratamo folgte einer Eingebung des Augenblicks und bog nach links ab. Er wollte kurz bei seiner ehemaligen Kollegin Liisa vorbeischauen.

Das Pflaster war so glatt, dass Ratamo auf dem Laivurinmäki um ein Haar an der Rampe zur unterirdischen Garage der SUPO vorbeigerutscht wäre. Der Plausch mit Liisa hatte doch länger gedauert, so dass er fürchtete, zu spät zu kommen. Die Metalltüren der Garage öffneten sich, als der Sender am Boden des Volkswagens über den Detektor unter dem Asphalt glitt. Die Garage durften nur die Offiziere benutzen, und zu denen zählten auch die Mitarbeiter, die sich auf die Prüfung für den gehobenen Polizeidienst vorbereiteten. Ein grauhaariger Polizist im Wärterhäuschen grüßte ihn feierlich. Ratamo ärgerte es, wie hierarchisch die Polizei als Institution war. Er empfand es als unangenehm, wenn ein älterer Mann vor ihm katzbuckelte.

Ratamo steckte den Schlüssel in das Schloss neben dem Fahrstuhlknopf für die vierte oberirdische Etage und drehte ihn. Was war passiert? Und welche Verbindung bestand zwischen Himoaalto und dem Fall? Er verspürte den brennenden Wunsch, an die Arbeit zu gehen, und das genoss er. Obwohl er sich gleichzeitig auch unsicher fühlte. Worin würde seine Aufgabe bestehen? Für anspruchsvolle Aufträge bei der finnischen Sicherheitspolizei würde die Ausbildung an der Polizeischule sicher nicht genügen.

Die Tür des Beratungszimmers A 310 war zu. Ratamo warf einen Blick auf seine Uhr. Fünf nach drei – er kam wieder zu spät. Manchmal hatte er das Gefühl, als würde man ihn vor einem wichtigen Treffen stets für eine Weile irgendwohin entführen, wo die Zeit doppelt schnell verging.

»Wo zum Teufel hast du dich rumgetrieben?«, schnauzte ihn Ketonen an.

»Kann sein, dass der frühe Vogel den Wurm schnappt, aber den Käse bekommt die zweite Maus«, entgegnete Ratamo ganz locker, verstummte aber, als er Riitta Kuurma erblickte. Es überraschte ihn, wie heftig seine Reaktion war. Mitten im schrecklichen Geschehen des vorletzten Sommers hatten sie für eine Nacht eine leidenschaftliche Beziehung gehabt. Er hatte sich erst in die Frau verliebt und sie dann verflucht und zur Hölle gewünscht. Sie hatte ihn belogen wie Pinocchio.

»Setz dich«, befahl Ketonen in schroffem Ton. Er kannte den Grund für Ratamos Reaktion. Als Riitta Kuurma damals Ratamo angeschaut hatte, war in ihren Augen derselbe Glanz gewesen. Sie hatte sogar gegen Befehle verstoßen, um den Mann zu schützen. Diese beiden verband mehr als nur die Arbeit.

Ratamo schoss das Blut in den Kopf, er konnte es nicht leiden, wenn man ihn herumkommandierte. Doch Ketonen war der erste kompetente Vorgesetzte in seinem Leben. Der Mann war eindeutig der Chef der Polizeiherde – das Alphamännchen. Ketonen besaß echte Autorität und eine menschliche Einstellung. Vielleicht würde er sich an ihn gewöhnen, dachte Ratamo, beruhigte sich und warf verstohlen einen Blick auf Riitta. Das dunkle Haar fiel ihr nachlässig auf die Schultern. Sie sah genauso echt und lebendig aus, wie er sie in Erinnerung hatte. Ob Riitta wohl immer noch so gut duftete wie damals? Es war zwecklos, darüber nachzudenken. Dieser Frau würde er nie wieder vertrauen, beschloss Ratamo und fragte sich, warum sie mit den Fingern ständig ein Perlenband drehte.

Riitta Kuurma stand auf und fasste selbstsicher ihren Besuch bei DataNorth zusammen. Dann berichtete sie, dass sie auch mit den Chefs von Finn Security und SH-Secure gesprochen hatte. Deren Maßnahmen für die Datensicherheit seien ebenfalls extrem verschärft worden, für den Fall, dass der Datendieb versuchen sollte, erneut zuzuschlagen. Die Inferno-Verantwortlichen der beiden Firmen befänden sich heute auf Dienstreise und würden am nächsten Morgen verhört.

Dann las sie ganz ruhig eine kurze Zusammenfassung zu Finn Security und SH-Secure vor. Die beiden Datenschutzfirmen ähnelten einander sehr stark. Beide waren Anfang der neunziger Jahre aus den Tüfteleinen von Studenten des Instituts für Informationstechnologie der Technischen Hochschule in Espoo hervorgegangen und im Sog des IT-Booms Ende des vergangenen Jahrzehnts explosionsartig gewachsen. Ihre Hauptaktienbesitzer waren nach dem Börsengang Multimillionäre geworden. Finn Security und SH-Secure galten noch nicht als große Firmen, zählten aber zur Creme der finnischen IT-Branche. Die Gewinnerwartung für ihre Aktien war immer noch eine der höchsten der an der Helsinkier Börse notierten Unternehmen, obwohl im IT-Bereich zuletzt viele Probleme aufgetaucht waren.

Ketonen unterbrach Riitta Kuurma. »Ist es möglich, dass der Dieb schon andere Inferno-Daten besitzt?«

Die Ermittlerin strich sich eine Haarsträhne aus dem Gesicht. »Ja. Und es ist auch möglich, dass es von den Dokumenten, die bei Protaschenko gefunden wurden, mehrere Kopien gibt. Deshalb müssen die Inferno-Verantwortlichen aller drei Unternehmen sofort in die Box genommen werden. Also ständig überwacht werden«, fügte sie erklärend hinzu, weil sie nicht sicher war, ob Holm und Ratamo wussten, was Box hier bedeutete.

Erik Wrede putzte sich seine sommersprossige Nase und musterte Ratamo voller Interesse. Er war dem Mann noch nicht begegnet, hatte aber an den Ermittlungen im Fall Ebola-Helsinki teilgenommen und kannte Ratamos Geschichte. Wrede fürchtete, der ehemalige Virusforscher könnte eine Gefahr für seine eigene Karriere darstellen. Es machte ihn wütend, dass Ratamo dank Ketonen so leicht in die SUPO gekommen war wie ein Verrückter in die Anstalt.

Riitta Kuurma übergab das Wort an Anna-Kaisa Holm und setzte sich. Sie spürte einen Stich, als sie zu Ratamo hinschaute. Mit seinen schwarzen Bartstoppeln und den kreuz und quer stehenden kurzen Haaren sah er wie ein Penner aus. Nicht einmal die kleine rote Narbe auf seiner linken Wange hatte sie vergessen.

Anna-Kaisa Holm wirkte unsicher und berichtete zunächst, dass es nicht möglich sei, in die Dateien von DataNorth einzubrechen. Wenn die Datensysteme von Finn Security und SH-Secure genauso gut geschützt würden, dann könne die Informationen über Inferno nur jemand geklaut haben, der dort arbeitete. Auch laut Statistik fände man in fünfundachtzig Prozent der Fälle von Industriespionage den Schuldigen innerhalb der Unternehmen. Es sah so aus, als hätten die Inferno-Verantwortlichen – Tommila, Laitakari und Aalto – die besten Möglichkeiten gehabt, das Verbrechen zu begehen. Die Zahl der Verdächtigen könnte nach der Befragung der Verantwortlichen von SH-Secure und Finn Security genauer eingegrenzt werden. »Unter den derzeit drei Verdächtigen befindet sich nur eine Frau. Auf der Grundlage der Kalendernotiz Protaschenkos ist Pauliina Laitakari vorläufig unsere Hauptverdächtige.«

Was Ratamo da hörte, traf ihn wie ein Schlag, obwohl Ketonen ihm schon gesagt hatte, dass die Ermittlungen auch Himoaalto betrafen. Aber er hatte nicht gewusst, dass sein Freund im dringenden Verdacht stand, ein schweres Verbrechen begangen zu haben.

Anna-Kaisa Holm legte eine kurze Pause ein und fuhr dann fort: »Ich glaube immer noch, dass der Dieb die Inferno-Daten haben will, um sie entweder zu verkaufen oder um Inferno zu knacken.«

»Wie kann man ein Verschlüsselungsprogramm knacken?«, fragte Wrede verwundert.

»Indem man sich beispielsweise die geheimen Schlüssel von Nutzern beschafft oder in dem Programm eine verborgene Hintertür einbaut.« Holm ließ ihren Blick Zustimmung heischend von einem Kollegen zum anderen wandern.

»Was ist eine Hintertür?«, erkundigte sich Ratamo und konnte es nicht lassen, kurz zu Riitta Kuurma hinzuschauen, die ihn zufällig gerade ansah. Beide drehten blitzschnell den Kopf zur Seite.

»Eine Hintertür ist ein im Computerprogramm versteckter Code, mit dem man die Sicherheitssysteme des Programms umgehen kann«, erklärte Anna-Kaisa Holm und putzte dabei mit dem Ärmel des schwarzen Kleides ihre Brille. Aus irgendeinem Grund trug sie stets schwarze Kleider.

Ketonen hörte seinen Mitarbeitern zu, die mit Feuereifer bei der Sache waren, und kam der Überzeugung wieder ein Stück näher, dass es an der Zeit war, bald in Rente zu gehen. Früher hatte sich die Sicherheitspolizei darauf konzentriert, Menschen auszuspionieren. Heutzutage suchte man Hintertüren und Codes in einer virtuellen Welt. Die Technik galoppierte wie ein Mastodon, und er kam sich vor wie eine Ameise.

»Was für Maßnahmen schlägst du vor?«, fragte er Anna-Kaisa Holm.

Die Frau straffte ihre Haltung so energisch, dass ihre blonden Haare hin und her schwangen. Das war ihre Chance!

Anfangs stockte sie noch, aber schon bald hielt sie hingebungsvoll einen Vortrag, wie die drei Inferno-Verantwortlichen durchleuchtet werden sollten. Sie wollte ein von ihr entwickeltes Programm einsetzen, das die wichtigsten Register und Datenbänke durchsuchen könnte: die Dateien der Polizei, der Finanzbehörden sowie von Europol und Interpol, die Dateien der Universitäten, der Streitkräfte und der Bibliotheken, die Passagierdaten aus den Flugbuchungssystemen, die Daten von Kundenkarten, Internetanschlüssen, Mobiltelefonen und Eintragungen im Kreditregister, die Dateien des Gesundheitswesens und der Hotels, die Straf- und Aktienregister und die Verzeichnisse der Yachtclubs, die Register des Justizministeriums und die für Immobilien und Waffenscheine und Hunderte andere private, kommunale und staatliche Register. »Durch die Zusammenstellung der Daten kann man ein äußerst umfassendes Persönlichkeitsprofil der Verdächtigen erstellen. In Finnland gibt es bezogen auf die Einwohnerzahl weltweit die meisten Register. Und den besten Suchschlüssel – die Personenkennzahl. Wissen ist Macht. Und Überwachung«, verkündete sie zum Schluss. Sie hatte sich in Trance geredet wie ein Baptistenprediger aus dem tiefsten Süden der USA. Die zierliche Frau schien um etliche Zentimeter gewachsen zu sein.

Ihre Kollegen starrten sie stumm an, es hatte ihnen die Sprache verschlagen. Wrede war der Erste, der sie wiederfand: »Ist das denn alles legal?«

Plötzlich bekam Holm einen Hustenanfall. Sie sprühte ein Medikament in ihren Mund und schob die runde Brille hoch, die auf die Nasenspitze gerutscht war. »Ich habe nur ein Suchprogramm entwickelt, das Informationen findet«, stammelte sie. Statt des selbstsicheren Profis saß da wieder die vertraute, schüchterne Mitarbeiterin. »Ich lasse das Programm nur solche Register durchsuchen, aus denen wir Informationen holen dürfen.« Sie hatte einen trockenen Mund, nahm rasch ihr Glas und trank; es war, als würde man Wasser auf ausgedörrte Blumenerde gießen.

Ratamo fühlte sich unsicher. Wurde wirklich in einem Fall von Industriespionage dieser Dimension ermittelt? War die SUPO tatsächlich dazu in der Lage? Und was war mit dem Schutz der Privatsphäre des Menschen passiert? Er bekam Angst bei der Vorstellung, wozu Nachrichtendienste und Sicherheitsbehörden künftig fähig wären, wenn sich die Entwicklung der Informationstechnologie weiter beschleunigte. Man beabsichtigte, das Leben seines Freundes einer Menge von SUPO-Mitarbeitern vorzuführen wie einen Dokumentarfilm. Würde so seine Arbeit aussehen?

Wrede ergriff wieder das Wort und fuhr sich ungeduldig durch seine rote Mähne. Das FBI wisse noch nicht, wer Protaschenko ermordet hatte. Die Amerikaner hätten alle Spuren analysiert und der SUPO die an Protaschenkos Körper gefundenen Unterlagen geschickt. Sicherheitshalber sollte das Labor der Kriminalpolizei die Dokumente noch einmal untersuchen. Über Protaschenkos Auftraggeber gebe es keine Erkenntnisse, sagte Wrede zum Schluss und setzte sich. Es ärgerte ihn, dass er nicht als Erster zu Wort kam. Immerhin war er Ketonens Stellvertreter. Außerdem wurmte es ihn, dass Anna-Kaisa Holms Abteilung für Informationsmanagement in der letzten Zeit bei vielen Ermittlungen so eine wichtige Rolle gespielt hatte. Früher war er allein Ketonens Kronprinz gewesen.

In dem Raum waren alle mucksmäuschenstill. Ketonen überlegte, ob er Ratamo bitten sollte, mit Timo Aalto zu reden, oder ob er ihn aus der Ermittlungsgruppe ausschließen müsste. Er wollte nicht an eine Verwicklung Ratamos in das Inferno-Verbrechen glauben, war aber gezwungen, auch diese

Möglichkeit in Betracht zu ziehen. Ärgerlicherweise hatte der Graphologe noch nicht mitgeteilt, ob die vietnamesischen Notizen auf Protaschenkos Unterlagen Ratamos Handschrift entsprachen. Er beschloss, das Urteil des Spezialisten abzuwarten und Ratamo zu bitten, sich mit Aalto zu treffen. Jemand musste dann abhören, worüber die beiden sprachen. Ketonen hatte das Gefühl paranoid zu sein. Es überraschte ihn, dass sein Gewissen nach dreißig Jahren beim Nachrichtendienst noch nicht abgetötet war.

Die Hosenträger knallten, Ketonen stand auf und befahl seinen Mitarbeitern, an die Arbeit zu gehen. Nötigenfalls sollten sie Verbindung aufnehmen zur Kommission für IT-Verbrechen und zum Informationsdienst der Kriminalpolizei, der alle Straftaten erfasste, zur Zentrale für Informationsmanagement bei der Polizei, zur Elektronik- und IT-Abteilung der Streitkräfte sowie zu Europol und Interpol. Jede Hilfe musste angenommen und jeder einzelne Stein umgedreht werden.

Gerade als Ratamo glaubte, Ketonen habe seine Anwesenheit völlig vergessen, sagte der Chef, er solle sich die Notizen in vietnamesischer Sprache auf Protaschenkos Unterlagen anschauen und klären, ob sich in dem Text Hinweise auf irgendeinen Dialekt oder Wörter fanden, die entweder Männer oder Frauen häufiger als das andere Geschlecht benutzten. Vielleicht könnte jemand, der in Vietnam gelebt hatte, etwas zwischen den Zeilen lesen. Zum Schluss bat Ketonen ihn wie beiläufig, mit Timo Aalto über den Fall Inferno zu sprechen.

Ratamo war verwirrt. Befahl man ihm etwa, seinen besten Freund auszuspionieren? Er wollte schon protestieren, beschloss dann aber, lieber zu schweigen. Wenn Himoaalto nun doch schuldig war? In den letzten Jahren hatte sich der stets entspannte und lockere Computerfreak und Hobby-Ornithologe in einen gestressten Geschäftsmann verwandelt. Oder war

Timo einfach nur erwachsen geworden? Schockiert stellte Ratamo fest, dass er seinen Kindheitsfreund verdächtigte – dabei kannte er den Mann doch durch und durch. Oder nicht? Wie gut konnte man einen anderen Menschen überhaupt kennen? Er selbst sagte ja auch kein Sterbenswörtchen über das, was er tief in seinem Innern dachte. Ihm entging nicht, dass Riitta Kuurma ihn anstarrte, er tat aber so, als würde er es nicht bemerken.

Am Ende der Besprechung teilte Ketonen mit, er werde den Abteilungsleiter für Polizei im Innenministerium über den Stand der Ermittlungen informieren. Er fürchtete allerdings, Korpivaara könnte Verbindung zum Außenministerium aufnehmen. Wenn sich die Politiker einmischten, würde das die Arbeit der SUPO nur erschweren. Schließlich schickte er seine Mitarbeiter an die Arbeit.

Ein Mitglied der Ermittlungsgruppe hatte es eilig, über die Besprechung zu berichten. Bei Swerdlowsk wartete man nicht gern.

10

Ein Fanghandschuh flog durch die Luft, als der kanadische Verteidiger von HIFK draufgängerisch in vollem Tempo auf den Torwart der Jokerit auflief, der hinter das Tor gerutscht war. In der Arena-Halle brach ein Sturm los: Die eine Hälfte der Zuschauer des Ortsderbys verlangte lauthals eine Zeitstrafe und die andere klatschte stehend Beifall.

»Der Valtonen ist für den Platz zwischen den Pfosten in der Meisterliga viel zu mager«, sagte der Mann, der neben Ratamo saß. »Selbst mit Bleigewichten auf dem Rücken hat der ja kaum siebzig Kilo.« Ratamo machte sich nicht die Mühe, zu antworten. Es ärgerte ihn, dass die Tribünenexperten immer so erpicht darauf waren, die Spieler zu beschimpfen. Er hatte lange genug selbst Eishockey gespielt, um zu wissen, dass die Männer auf dem Eis ihr Bestes gaben. Auch seinen Nachbar würde man mit der Bahre vom Eis tragen, bevor er den Puck überhaupt berührt hätte. Ratamo besuchte selten Ligaspiele. Es war spannender, selbst zu spielen, als den Tricks der anderen zuzuschauen. Er roch das zum Vereisen verwendete Freon und spürte plötzlich das brennende Verlangen, aufs Eis zu stürmen.

Ratamo feierte in einer Loge mit achtzehn Personen den Jahresabschluss des Unternehmens Fortum und fühlte sich nicht wohl. Er fiel in dieser Gesellschaft auf wie bei der Armee ein Fleischstück in der Erbsensuppe. Die anderen Männer trugen dunkle Anzüge und alle drei Frauen Hosenanzüge. Seit anderthalb Jahren hatte sich Ratamo keinen Schlips mehr umgeschnürt. Wie meist war er in Flanellhemd, Jeans und Boots erschienen. Die sprießenden Bartstoppeln vervollständigten das Bild eines Clochards.

Von den anderen Gästen in der Loge kannte er nur Meri, die Juristin des Unternehmens, mit der er sich seit ein paar Monaten ab und zu traf, sie hatte ihn zu der Feier mitgenommen. Meri war nach Kaisas Tod die erste Frau, mit der er ein Verhältnis hatte. Sie sah attraktiv aus, besaß Humor, war schlagfertig und unkompliziert. Ratamo fragte sich, warum Meri in ihm nicht so eine Hitzewelle auslöste wie er sie in Riitta Kuurmas Nähe spürte. Er machte sich selbst etwas vor, wenn er die Beziehung mit einer Frau fortsetzte, für die er keine anderen Gefühle empfand als Lust, da mochte sie noch so perfekt sein. So etwas würde schließlich doch ein böses Ende nehmen, das wusste er aus Erfahrung. Die Ehe mit Kaisa war oberflächlich gewesen, in der letzten Zeit vor ihrem Tod hatten sie am Rande der Scheidung gestanden.

Der Schiedsrichter pfiff ab. In der Drittelpause tanzten die

Cheerleader-Girls auf der Treppe, dabei trugen sie nur knapp sitzende Tops und Miniröcke. Ratamo musste an Nelli denken. Würde er in ein paar Jahren zulassen, dass seine Tochter unter den Augen des Publikums halbnackt herumsprang? Wie würde er mit Nelli zurechtkommen, wenn sie in die Pubertät käme?

Ratamo suchte mit seinem Blick Meri und überlegte, ob andere sofort bemerkten, dass es zwischen ihnen nicht funkte. Doch ihm bereitete noch etwas anderes Kopfzerbrechen: Der Fall Inferno. Die anfängliche Begeisterung, an den Ermittlungen in einem so bedeutenden Industriespionagefall beteiligt zu sein, war längst verflogen. Nach der Besprechung am Nachmittag hatte er sehr schnell verstanden, dass Ketonen ihn ausnutzte. In dem vietnamesischen Satz auf den Dokumenten von DataNorth wurde nur ziemlich knapp festgestellt, dass die Unterlagen echt waren. Niemand konnte aus dem Text etwas über seinen Verfasser ableiten. Das musste Ketonen gewusst haben. Er hatte ihn nur in die Ermittlungen einbezogen, weil Himoaalto auf der Liste der Verdächtigen stand.

Und wenn es nun Timo war, der die Daten an Protaschenko weitergegeben hatte? Konnte es sein, dass die Informationsrevolution und das Geld den Realitätssinn seines Freundes so sehr getrübt hatten wie den vieler anderer auch? Ratamo fand es unfassbar, dass ein ganzes Volk in Verzückung geriet, weil es nun leichter war, Informationen zu übertragen und zu gewinnen. Jetzt sollte alles effizient sein. Man musste Zeit sparen. Die gesparte Zeit wurde dann wieder effizient genutzt, und so sparte man noch mehr Zeit. Mitten in all der Effizienz und Zeitersparnis vergaßen viele zu leben. Verbindung zu anderen hielt man über Maschinen, die Menschen entfremdeten sich voneinander. Für ihn war es kein Wunder, dass psychische und Drogenprobleme explosionsartig zugenommen hatten.

Ratamo wollte seinen besten Freund nicht verlieren. Er war es zwar gewöhnt, sich auf eigene Faust durchzuschlagen, und brauchte auch keinen großen Kreis von flüchtigen Bekannten, aber seine wenigen Freunde wollte er behalten. Nach Kaisas Tod hatte er am eigenen Leib erfahren, dass niemand ganz allein zurechtkam. Ratamo fiel ein, dass er schon seit einer Ewigkeit außer Himoaalto und seiner ehemaligen Kollegin Liisa keinen seiner Freunde getroffen hatte. Zu allem Überfluss plagte ihn ein schlechtes Gewissen, weil er Nelli zu Marketta gebracht hatte, wo sie übernachten sollte. Und Sorgen bereitete ihm auch, was wohl sein Vater bei Omas Begräbnis in zwei Tagen sagen würde.

War er nicht mehr fähig, abzuschalten und sich zu entspannen? Er beschloss, sich noch ein Glas Rotwein zu holen, als die Zuschauer aus vollem Halse zu brüllen anfingen. Auf dem JumboTron, der riesigen Anzeigetafel, wurde gemessen, wie viele Dezibel das Publikum zustande brachte.

Ratamo stand schwankend auf und steuerte den Imbissraum an, in dem ein Edelholztisch reichlich mit Snacks und Getränken gedeckt war. Meri knabberte gerade an einer Hühnerkeule und schaute ihn fröhlich an. Ratamo lächelte zurück, verwünschte sich aber, weil er zuließ, dass sich ihre Beziehung so weit entwickelt hatte.

Ein Lichtblick an diesem Abend war der Rotwein, ein Chorey Les Beaune, ein Bourgogne-Wein, wenn auch nicht aus seinem Lieblingsanbaugebiet, der Côte de Nuits. Ratamo war ungewollt zum Weinliebhaber geworden, als er bei den Partys seiner verstorbenen Frau die Rolle des Mundschenks gespielt und allmählich gelernt hatte, guten Rotwein zu genießen. Er goss sich an diesem Abend schon das sechste oder siebente Glas ein, obwohl er sehr wohl wusste, dass er schon allzu betrunken war.

Ratamo setzte sich auf einen Barhocker, schob sich verstohlen zwei Prieme unter die Oberlippe und versuchte sich nicht auf Gespräche mit den schon reichlich angeheiterten Fortum-Leuten einzulassen. Small Talk mochte er so sehr wie Schlangenbisse. Wohl oder übel musste er aber mit anhören, wie jemand von seinen Abenteuern im Trubel der internationalen Finanzwelt erzählte. Die überschwänglich positive Einstellung zum Business regte ihn auf. Allen schien es so verdammt gutzugehen, dass man denken konnte, die Armut, die er im Sommer in Vietnam gesehen hatte, wäre nur eine Szene aus irgendeinem französischen Film.

Er hatte sein Glas gerade zur Hälfte geleert, da vibrierte sein Handy am Schenkel. Ihm wäre beinahe der Rotwein aus dem Mund gespritzt, als Riitta Kuurma ihn ganz seelenruhig fragte, ob ihr Anruf ungelegen käme. Plötzlich heulten die Sirenen als Zeichen dafür, dass ein Tor gefallen war. Der Lärm wurde so laut, dass Ratamo die Loge verließ und mit dem Weinglas in der Hand auf den Gang hinaus trat.

»Ich bin bei einem Eishockeyspiel, aber ich kann natürlich trotzdem reden.«

»Da wir jetzt in derselben Ermittlungsgruppe sind, wäre es gut, wenn wir uns mal treffen könnten. Um uns über das, was gewesen ist, auszusprechen«, schlug Riitta vor.

»Also heute passt es wirklich nicht«, brachte Ratamo mühsam hervor. »Das geht hier bestimmt bis spät in die Nacht. Aber morgen können wir uns unterhalten, wenn du willst.« Er hörte sich unfreundlicher an als beabsichtigt. Wollte sich Riitta vergewissern, dass er ihre Arbeit bei der SUPO nicht erschweren würde, oder wollte sie wirklich über eine gewisse Nacht im vorletzten Sommer reden? Dann fragte sich Ratamo wieder einmal, ob Riitta mit ihm geschlafen hatte, weil sie ihn mochte oder weil sie ihre Arbeit gern machte. Er schämte sich.

Ihm fiel ein, wie Riitta ihn damals angesehen hatte. Wenn das nicht echt gewesen war, dann besaß er die schlechteste Menschenkenntnis auf der ganzen Welt.

Sie vereinbarten, sich am kommenden Tag nach der Besprechung der Ermittlungsgruppe zu unterhalten, und beendeten das Gespräch.

Ratamo hatte die Nase gestrichen voll. In den nächsten zwei Tagen musste er das Vertrauen seines besten Freundes enttäuschen, die Beziehung mit Meri beenden, mit der Lügnerin Riitta reden, zum Begräbnis seiner Oma gehen und seinen Vater treffen. Die Aussichten waren so unerfreulich, dass er innerhalb der nächsten halben Stunde eine ganze Flasche Rotwein in sich hineinschüttete. Er war nicht der Typ, der glaubte, »knallen erst die Korken, verschwinden alle Sorgen«, aber heute wollte er dem Stress wenigstens für eine Weile entfliehen.

Langsam wurde er so blau wie ein Veilchen. Als Saufkumpan fand sich ein Direktor, der unablässig vom Erdgas laberte und ihm dann und wann einen Koskenkorva-Schnaps ausgab. Sein Savoer Dialekt war auch im internationalen Geschäftsleben nicht verschwunden. Der joviale Mann mit seinem geröteten und aufgedunsenen Gesicht erinnerte Ratamo an den Herrn Puntila. Wenn sie einen Schnaps hinunterkippten, rief er immer, und zwar jedes Mal lauter: »Das ist aber ein außerordentlich trockener finnischer Weißwein!«

Als das Spiel zu Ende war, sah Meri, dass Ratamo nicht mehr dazu taugte, ihr Gesellschaft zu leisten. Sie versprachen, einander anzurufen, und Meri verließ mit der Hauptgruppe die Loge.

Eine Flasche Rotwein und mehrere Schnäpse später befanden sich in der Loge nur noch Ratamo, der Erdgasmann und die Logenkellnerin, die langsam auf die beiden Männer böse wurde, weil die nicht die geringsten Anstalten machten zu gehen.

Der Erdgasmann starrte die Frau interessiert an. »Ein fremdes Gesicht, aber ein vertrauter Geruch«, stammelte er und wandte sich dabei Ratamo zu, der auf dem Barhocker hin und her schwankte, nicht mehr geradeaus gucken konnte und mit den Lautsprechern um die Wette sang. Mit der unfehlbaren Logik des Betrunkenen interpretierte der Erdgasmann das Verhalten der Frau so, als sei sie an ihm interessiert. »Gleich raschelt's im Schilf«, verkündete er zu Ratamos großem Vergnügen.

Schließlich war das Maß der Frau voll, die Situation spitzte sich zu, es kam zum Streit, und dem Erdgasmann riss nun auch der Geduldsfaden. »Um Winston Churchill zu zitieren: ›Gute Frau, ich bin morgen wieder nüchtern, aber Sie sind dann immer noch hässlich.‹« Sein Schlusswort sorgte dafür, dass er und Ratamo von Sicherheitsleuten aus der Arena hinausbegleitet wurden.

DONNERSTAG

11

Genau um neun Uhr am Donnerstagvormittag drückte Pauliina Laitakari, Director of Engineering, im Fahrstuhl den Knopf zum Bunker. Die Inferno-Verantwortliche von Finn Security betonte gegenüber Riitta Kuurma und Anna-Kaisa Holm, dass nur äußerst wenige Gäste den Stolz der Datenschutzfirma, den Bunker, also die Computerhalle, je gesehen hätten. Dort wurden die Zertifikate aufbewahrt, elektronische Personalausweise, die für Dienstleistungen und Handel im Internet erforderlich waren. Finn Security stellte sie her und verkaufte sie.

Der Knopf leuchtete erst auf, als Pauliina Laitakari ihren Schlüssel in das Schloss steckte und drehte. Sie erklärte ihren Gästen, der Lift würde sie jetzt dreißig Meter tief unter die Erdoberfläche bringen.

Als sich die Fahrstuhltüren öffneten, lag vor ihnen eine Betonebene, auf der eine merkwürdig aussehende Plexiglaskabine stand. Der Reihe nach stiegen alle drei in der Kabine auf eine Waage. Beim Verlassen des Bunkers würden sie erneut gewogen werden, sagte die Inferno-Verantwortliche. Wenn das Gewicht des Besuchers gestiegen war, bestand der begründete Verdacht, dass er etwas aus dem Bunker hinausschmuggeln wollte.

Pauliina Laitakari steckte ihre Zugangskarte in ein digitales Lesegerät, das an der Hartplastikwand der Computerhalle befestigt war, und tippte eine lange Zahlenreihe ein. Man hörte ein Surren und ein Knacken, als sich das Schloss der durchsichtigen Tür öffnete.

An der Decke des Bunkers hingen etliche Überwachungskameras, und das Rauschen Dutzender Computer übertönte alle anderen Geräusche. In dem Saal roch es nach Strom.

Mitten im Bunker bat die Computerspezialistin ihre Besucher stehenzubleiben. »Der Kern unseres Zertifikatsystems befindet sich dort in dem Tresor mit der roten Tür. Die Schlüssel dafür liegen daneben in dem Tresor mit der blauen Tür, für den wiederum zwei Schlüssel erforderlich sind. Den einen hat der Vorstandsvorsitzende, und der andere wird in einem Tresor aufbewahrt, der im Büro des geschäftsführenden Direktors steht.«

Plötzlich wirkte sie besorgt. »Sie dürfen niemandem etwas von diesem Ort erzählen. Unser Geschäft mit Zertifikaten ist schlagartig zu Ende, wenn hier eingebrochen wird.«

Während Anna-Kaisa Holm nach technischen Details fragte, überlegte Riitta Kuurma, warum Pauliina Laitakari ihre Gäste zuerst in den Bunker führte. Vielleicht wollte sie damit demonstrieren, dass die Sicherheitsvorkehrungen bei Finn Security absolute Spitze darstellten.

Die Inferno-Verantwortliche berichtete von den Finessen der Computerhalle und hob hervor, dass die Zentraleinheit nicht ans Internet angeschlossen sei. Hacker könnten auf keinen Fall in ihre Dateien einbrechen. »In diesen Bunker dringt nicht einmal eine Fliege ein«, prahlte sie. Dann bedeutete sie den SUPO-Mitarbeiterinnen, ihr zu folgen, und ging zum Fahrstuhl, dabei klapperten ihre Absätze auf dem Laminatfußboden.

Sie holten sich Kaffee in der Kochnische der Direktorenetage und ließen sich dann in Pauliina Laitakaris Arbeitszimmer nieder. Die Tür stand offen. Man hörte ein lebhaftes mehrsprachiges Stimmengewirr, auf dem Flur liefen junge und energisch wirkende Computerexperten hin und her, alle waren sehr salopp gekleidet.

»Ihre Mitarbeiter scheinen sich hier wohl zu fühlen«, sagte Anna-Kaisa Holm, die einen sehr nervösen Eindruck machte. In der Nähe der vor Selbstvertrauen strotzenden Pauliina Laitakari fühlte sie sich unsicher und blass. Sie bekam schlecht Luft und hoffte, von einem Asthmaanfall verschont zu bleiben.

Die Gastgeberin sah stolz aus. »Wir konzentrieren uns nur auf unsere Arbeit und pfeifen auf jede Hierarchie, Bürokratie und Kleiderordnung. Diese Arbeit ist eine Berufung, deshalb ist hier jeder bereit, sein Bestes zu geben. Bei uns ist ein Arbeitstag mit zwölf Stunden zu kurz. Vor Weihnachten hat man mir die Schlüssel weggenommen, damit ich an den Feiertagen nicht arbeiten gehe. Nicht alle Menschen haben die Chance, so eine interessante Arbeit zu finden.«

Riitta Kuurma schniefte ablehnend. Niemand konnte seine Arbeit so sehr lieben. Die Aktien und Optionen von Finn Security, die Pauliina Laitakari besaß, vergrößerten sicherlich ihre Freude an der Arbeit.

Die Ermittlerin nannte den Grund für ihren Besuch und bat die Gastgeberin dann, den Anteil von Finn Security an der Herstellung der Inferno-Software zu erläutern. Da Anna-Kaisa dabei war, brauchte sie zum Glück gar nicht erst zu versuchen, die Beschwörungsformeln der blonden Bit-Zauberin zu verstehen.

Die beiden EDV-Profis gaben sich ganz ihrem leidenschaftlich geführten Gespräch über technische Einzelheiten hin, und Riitta Kuurma beobachtete Pauliina Laitakari. Die Frau sah nicht aus wie ein Computerfreak. Sie war fast eins achtzig groß und leger, aber gepflegt gekleidet. War ihr blondes, ganz kurz geschnittenes Haar ein Zeichen für einen rebellischen Geist? Riitta Kuurma verstand nicht viel von Schmuck, vermutete aber, dass Pauliina Laitakaris Kette mit dem Anhänger ungefähr so viel kostete wie eine Weltreise. Warum hätte sie diesen Betrug begehen sollen? Riitta Kuurma war sicher, dass die Direktoren erfolgreicher IT-Unternehmen auch so schon im Geld schwammen. Sie arbeitete erst seit drei Jahren bei der SUPO, hatte aber bereits gelernt, dass die menschliche Phantasie nicht ausreiche, eine Geschichte zu erfinden, die das Leben nicht noch besser schreiben würde. Die Ermittlerin, die reichlich zehntausend Finnmark im Monat verdiente, versuchte sich vorzustellen, wie beim Zählen von Millionen der Verstand getrübt wurde und keine noch so große Summe mehr genügte. Aber wie sehr sie sich auch bemühte, es gelang ihr nicht. Schon mit einer Million könnte sie ihre Schulden bezahlen, und es bliebe noch jede Menge Geld für die Nichtigkeiten des Lebens übrig. Doch Pauliina Laitakaris Motiv konnte auch ein anderes sein als Geld.

Riitta Kuurma schreckte aus ihren Gedanken auf, als sie bemerkte, dass die Gastgeberin sie anstarrte. Ihr wurde klar, dass Anna-Kaisa auf all ihre Fragen eine Antwort erhalten hatte. Sie musste erst einen Moment überlegen, bis ihr wieder einfiel, was sie alles noch wissen wollte. »Wie viele Personen hätten geheime Daten des Inferno-Programms stehlen können?«

Pauliina Laitakari wurde wütend: »Garantiert stecken die Leute von DataNorth dahinter. Diese Emporkömmlinge interessiert doch nichts anderes als Geld«, entgegnete sie und schnaufte vor Wut.

Anna-Kaisa Holm erschrak über die bissige Antwort: »Sie arbeiten doch aber ständig zusammen.«

»Gezwungenermaßen. Die Parasiten von DataNorth haben uns bei dem Kooperationsabkommen übers Ohr gehauen, und wir kommen aus dem Vertrag nicht heraus. Wir dürfen unser Authentifizierungssystem Charon, das wir für Inferno liefern, nur an DataNorth verkaufen«, schimpfte Pauliina Laitakari. Etwas ruhiger erzählte sie dann, dass ihre Zusammenarbeit mit

DataNorth, was Inferno anging, etwas weniger problematisch verlief, weil auch SH-Secure beteiligt war. Timo Aalto hatte den Schiedsrichter und Schlichter zwischen den Streithähnen gespielt.

Das Verhältnis zwischen Finn Security und DataNorth war anscheinend in einem mehr als erbärmlichen Zustand. Beide warfen dem jeweils anderen Inkompetenz und Habgier vor. Riitta Kuurma überlegte gerade, ob möglicherweise ein Konflikt zwischen Unternehmen der Anlass dafür war, dass jemand Inferno-Daten verkaufte, doch da ergriff Pauliina Laitakari wieder das Wort.

»Nur drei Personen können geheime technische Daten von Inferno weitergeben – die drei Inferno-Verantwortlichen. Ich verstehe allerdings nicht, wie Aalto oder Tommila die Daten hätten ausdrucken können, ohne dass es im Datensystem registriert worden wäre.« Pauliina Laitakari klang überzeugend und fügte in entschiedenem Ton hinzu, sie hätte noch nie etwas gestohlen. Sie habe sogar eingewilligt, dass die Firma alles überwachen durfte, was sie im Büro und zu Hause an ihrem Computer tat. Die Überwachungssysteme von Finn Security hätten einen Missbrauch sofort festgestellt.

»Gibt es in Ihrer Inferno-Gruppe Ausländer?«, fragte Anna-Kaisa Holm und fand, dass ihre Bubikopffrisur schöner aussah als die kurzen Haare Laitakaris. Das ließ ihr Selbstvertrauen ein wenig steigen.

»Das hängt davon ab, aus welchem Land der Mensch kommt, dem man diese Frage stellt«, erwiderte Laitakari lachend. »Wir haben jedenfalls ausschließlich mit einheimischen Kräften gearbeitet.«

Also gab es auch hier keine Verbindung zu Vietnam, erkannte Riitta Kuurma enttäuscht. »Was haben Sie in Miami am Montag zwischen neun und elf Uhr gemacht?«, fragte sie.

»Carlos ist um acht gegangen. Ich war dann frühstücken, habe gepackt und wohl noch ein Nickerchen gemacht, denn ich war müde. Wir sind erst früh aus dem ›Coconut Grove‹ ins Hotel gekommen und haben kein Auge zugemacht.«

Pauliina Laitakaris Gesichtsausdruck ließ keinen Zweifel, warum sie und Carlos nicht geschlafen hatten. Die Ermittlerin merkte sich, dass die einzige Frau in der Inferno-Arbeitsgruppe kein Alibi besaß. Dann stellte sie Fragen zur wirtschaftlichen Situation von Finn Security und zu all den anderen Dingen, die sie in Erfahrung bringen wollte. Die Gastgeberin antwortete präzise, aber schon bald sah man, dass die ständigen sehr detaillierten Nachfragen sie langweilten.

Anna-Kaisa Holm wollte noch wissen, ob sie eine Ahnung hätte, was das Stück Code bedeutete, das man bei Protaschenko gefunden hatte.

Pauliina Laitakari lachte schrill. »Das werden Sie wohl nie herausbekommen. Es kann nahezu alles Mögliche sein. Tommila ist der einzige, der Inferno durch und durch kennt. Fragen Sie diesen Teenagerclown.«

Bis zum Schluss hatte sich Riitta Kuurma die aus ihrer Sicht wichtige Frage nach der Hintertür aufgehoben. Wenn die nun ganz entspannte Frau darauf überrascht reagieren würde, könnte das etwas verraten. Bei der SUPO wurde oft trainiert, wie man Gesten und Mimik erkannte und interpretierte.

»Ist es möglich, dass jemand im Inferno-Programm irgendeines Unternehmens eine versteckte Hintertür installiert hat?«

Riitta Kuurma war sich nicht sicher, ob die Verdächtige zusammenzuckte oder nur zufällig gerade ihre Haltung änderte. Pauliina Laitakari antwortete jedoch ganz gelassen, sie glaube nicht, dass sich irgendwo ein Kodierer fände, der im Inferno eine Hintertür so verstecken könnte, dass keiner der Profis bei Finn Security, SH-Secure, DataNorth oder den Kunden sie bemerkt hätte. Offensichtlich hielt sie ihre Antwort für selbstverständlich. Nun wirkte sie deutlich gelangweilt und schaute immer wieder auf ihre teure Armbanduhr.

Die beiden anderen Frauen schienen erleichtert zu sein, als Riitta Kuurma schließlich feststellte, das sei alles gewesen. Pauliina Laitakari rief die Sekretärin an, die ihre Gäste hinausbegleiten sollte.

12

»Spasibo, Boris!«, sagte Orel und reichte seinem von Leibwächtern umgebenen Gast in der Künstlerbar des Moskauer Hotels »Metropol« entspannt die Hand. Auch viele andere kreative Talente hatten die Bar als ihr Wohnzimmer angesehen: Leo Tolstoi, Sergej Rachmaninow, Fjodor Schaljapin. Nach den Vorstellungen im gegenüberliegenden Bolschoi-Theater hatten sich die großen Künstler hier getroffen.

Es war Viertel nach elf am Donnerstagvormittag. Bei der Begegnung mit Boris Beregowski, dem Haupteigentümer des zweitgrößten russischen Medienkonzerns, hatten beide einen Optionsvertrag unterzeichnet, der Orel die Aktienmehrheit und das Bestimmungsrecht in den Medienunternehmen Beregowskis sicherte. Im Gegenzug würde Boris fünfzig Millionen Dollar und einundfünfzig Prozent der Aktien von Orels Banken erhalten.

Orel kontrollierte die russischen Medien schon seit Jahren: Er besaß zwei große Fernsehkanäle, etliche Kabelkanäle, Rundfunksender, fünf große Tageszeitungen und die zwei größten Wochenzeitungen Russlands. Im Januar hatte er Optionsverträge über die Medienbesitzrechte des Konzerns Gazprom und des Ölunternehmens Lukoil abgeschlossen. Von Lukoil würde er die beliebten Fernsehkanäle »TV-6« und »TSN-TV« bekommen. Als Gegenleistung hatte er neben Geld Aktien seiner eigenen Öl-Firmen abgetreten.

Nach Abschluss dieser Transaktionen besäße sein Medienimperium keine anderen Konkurrenten mehr als den Fernsehkanal »ORT«, dessen Mehrheitseigentümer der Staat war, und den kleinen Medienkonzern Juri Lozenkos. Dessen »TV-Zentr« und das Moskauer Kabelfernsehen würde er entweder kaufen oder zerschlagen. Das ORT hingegen brauchte er. Die Bürger mochten kein absolutes Medienmonopol wie zu sowjetischen Zeiten, viele erinnerten sich noch, dass die eine Wahrheit, die verkündet wurde, nicht unbedingt wahr sein musste.

Danach würde er über neunzig Prozent der Fernseh- und Rundfunknachrichtensendungen Russlands sowie der Tageszeitungen und Zeitschriften beherrschen und dafür sorgen, dass die Nachrichten des Fernsehkanals ORT als staatliche Propaganda wie zu Zeiten der Sowjetunion abgestempelt wurden. Alle als zuverlässig geltenden Informationskanäle in Russland wären dann unter seiner Kontrolle. In einem Land, in dem das Volk Fremdsprachen nicht gut genug beherrschte, um ausländische Fernsehsendungen zu verfolgen, und in dem sich nur wenige einen Satellitenempfänger leisten konnten, wurde das Nachrichtenangebot von den einheimischen Medien dominiert. Und das bedeutete wirkliche Macht. Orel wollte zunächst einen seiner Vertrauten auf den Posten des Bürgermeisters von Moskau bringen, dann würde er seine eigene Partei zur größten in der Duma und ihren Vorsitzenden zum Ministerpräsidenten wählen lassen.

Wenn die Zeit der nächsten Präsidentenwahl kam, wäre er bereit. Als Strohmann würde jeder taugen, der sich seinen Rollentext merken konnte. Die einzige Voraussetzung war absolute Zuverlässigkeit. Lebens- und politische Geschichte der

Marionette würden sorgfältig nach einem genauen Drehbuch verfasst und den Leuten über alle Kommunikationskanäle so lange eingetrichtert, bis die sie für naturgegeben hielten. Nur wenige wüssten, dass es eine Lüge war, doch die besäßen kein Mittel, sich Gehör zu verschaffen. Die Katastrophe der Präsidentenwahl von 2000 durfte sich nicht wiederholen. Die russischen Großfinanziers, die Oligarchen, hatten Wladimir Putin mit Boris Jelzins Hilfe an die Macht gehievt und versprochen, über die Bestechungsgelder für Jelzins Familie zu schweigen und alle Schulden der Familie zu vergessen, wenn der farblose Beamte zum Präsidenten gemacht würde. Während der Wahlkampagne hatte Putin den Oligarchen gegenüber seine Kooperationsbereitschaft beteuert, um seine Wahl sicherzustellen. Als Präsident hatte er jedoch seine Macht voller Eifer gegen sie eingesetzt.

Orel ordnete seine Unterlagen fein säuberlich, steckte sie in seine Tasche und verließ die Künstlerbar, ohne zu bezahlen. Er war in Moskau so bekannt, dass er sich auf seiner Datsche in Pereslawl-Salesski, einer Kleinstadt hundert Kilometer von Moskau entfernt, im Kreise seiner Familie am wohlsten fühlte. Das Idyll am Ufer des Pleschtschejewo-Sees hatten vor ihm schon viele andere russische Legenden entdeckt: Als erste Prinz Juri Dolgoruki und der Heerführer Alexander Newski. In Moskau hielt sich Orel nur auf, wenn es die Geschäfte erforderten. Dann wohnte er in der Doppelsuite im obersten Stockwerk des »Metropol«, die pro Nacht dreitausend Dollar kostete. Die brauchte Orel allerdings nicht zu bezahlen: Seine Organisation schützte das »Metropol«.

Es war Mittagszeit. In der Regel speiste Orel im Restaurant »Bojarski«, dessen Spezialität die traditionelle russische Küche war, doch heute wollte er etwas Leichtes essen und frisch und munter bleiben. Also entschied er sich, ins Restaurant »Metropol« zu gehen. Unter dessen Glasdach, das in zwanzig Meter Höhe funkelte, hatte der junge Lenin viele flammende Reden gehalten.

Die Möglichkeit, Medienzar zu werden, eröffnete sich Orel, als die russischen Großunternehmen im Laufe des letzten Jahres begonnen hatten, ihr Eigentum auf bestimmte Bereiche zu konzentrieren. Beregowski entschied sich dafür, in die Banken zu investieren, die Ölkonzerne in Kraftstoffe und er selbst in Medienunternehmen. Zur Wahl dieser neuen Strategie war er gezwungen gewesen. Seine Organisation Swerdlowsk war im Laufe der letzten zehn Jahre so groß und mächtig geworden, dass sie nun an die Grenzen ihres Wachstums stieß. Der Handel mit Waffen und Kernmaterial lief aus, weil es keine erstklassige Ware mehr gab. Die Aktivitäten auf dem Gebiet der Schutzgelderpressung im Inland waren bereits so ausgeweitet, dass keine Wachstumsmöglichkeiten mehr bestanden. Das Geschäft mit der Prostitution blühte sogar schon im Fernen Osten mit Hilfe einer Hongkonger Triade. Der Markt für den Drogenhandel war zusammen mit den Kolumbianern erweitert worden, und die Kooperation mit den amerikanischen Kollegen wurde immer enger. In die einheimischen Öl-Konzerne zu investieren lohnte sich nicht, weil Russland seine wirtschaftlichen Schwierigkeiten anscheinend nicht überwand und die riesigen Ölvorräte in Sibirien und den arktischen Meeresregionen, die nur darauf warteten, ausgebeutet zu werden, nicht nutzen konnte. Und die russischen Banken wiederum waren nicht imstande, mit den westlichen Finanzinstituten zu konkurrieren.

Er konnte sein Geschäftsimperium nicht vergrößern, wenn er nicht in der Lage war, Einfluss auf die politischen Entscheidungen auszuüben. Und das gelang nur innerhalb des politischen Systems. Sein für Bestechungen verantwortlicher Direktor hatte schon den größten Teil der einflussreichsten Männer Russlands für seinen Rennstall eingespannt, aber das genügte nicht. Er musste das Volk auf seine Seite bekommen. Und das wiederum war nur möglich, indem man das Denken der Menschen über die Medien beeinflusste.

Zusätzlich zur politischen Macht wollte Orel auch die Legalisierung seiner Geschäftstätigkeit. Die Medien würden das Image der verschiedenen »Unternehmen« von Swerdlowsk Tag für Tag aufpolieren und immer wieder behaupten, dass sie eine gesellschaftlich wertvolle Arbeit leisteten. Die Tätigkeit der Organisation sollte heroisiert werden. Allmählich würde die Gesellschaft verändert, bis sie schließlich den Werten und Verhaltensmodellen von Swerdlowsk entsprach. Unter Ausnutzung der Medien und durch Bestechung würde Swerdlowsk die Moral der Gesellschaft von innen her zerstören wie Krebsgeschwüre. Zu guter Letzt würde man seiner Organisation eine hohe Wertschätzung entgegenbringen und sie legal arbeiten lassen.

Im Restaurant »Metropol« schlug Orel die Zeitung »Nowyje Iswestija« auf und knurrte verärgert. In der größten Schlagzeile wurde die russische Mafia beschuldigt, einen Bankier der Deutschen Bank ermordet zu haben. Swerdlowsk war keine Mafiaorganisation. Das Wort Mafia widerte Orel an. Es wurde in Russland lax für jede Tätigkeit verwendet, die irgendwie auf eine Verletzung der Gesetze hindeutete. Seiner Ansicht nach war Swerdlowsk nicht einmal eine kriminelle Organisation, sondern ein Geschäftsimperium, das nach seinen eigenen Regeln funktionierte, die ein großer Teil der Russen akzeptierte. Er sah nicht ein, warum der Staat die Regeln bestimmen durfte. In der Sowjetunion war das so gewesen, obwohl nur wenige ihre Berechtigung dazu anerkannt hatten. Er besaß das gleiche Recht, sich der jetzigen Staatsmacht zu widersetzen wie der früheren.

Orel betrachtete das prächtige *Pisanka* auf dem Tisch, ein Porzellanei, auf das mit drei Farben Maria, das Jesuskind und die Heiligen wunderschön gemalt waren. Nach Ansicht seiner Frau galt so ein Pisanka als Symbol der Geburt des Lebens. Mit schnellen Schritten eilte ein Kellner herbei. Orel bestellte einen Cäsar-Salat und ein Glas trockenen italienischen Weißwein. Er hatte ein Problem. Der Kauf der Medienbeteiligungen von Gazprom, Lukoil und Beregowski verschlang weit über einhundert Millionen Dollar, und ihm blieb nur ein Monat Zeit, die fehlende Finanzierung zu besorgen, sonst wurden die Optionsverträge ungültig. Er hatte bei dem Tausch schon alle Teile seines Besitzes verkauft oder zugesagt, auf die er verzichten konnte, ohne seine Organisation zu gefährden.

Nun hing alles von den Fähigkeiten des Chefs seiner Aufklärungsabteilung ab. Doch der hatte schon einen Fehler begangen. Die Art, wie Protaschenko gestorben war, ärgerte Orel immer noch. Die kriminellen Organisationen Russlands waren dafür bekannt, dass sie ihre Feinde immer auf dieselbe Weise hinrichteten. Die eine tat es mit einer Autobombe, eine andere durch Verstümmelung oder durch Ertränken … Diese eigene Hinrichtungsmethode teilte der ganzen Welt mit, wie eine Organisation, die betrogen wurde, ihre Gegner behandelte. Das weckte Respekt und Angst. Swerdlowsk eliminierte Feinde mit dem von Chemikern entwickelten synthetischen Schmerzmittel Fentanyl, also dem gleichen Mittel, das die Organisation bereits im Wert von Dutzenden Millionen Dollar an Drogenabhängige verkauft hatte. Die Droge Fentanyl war Hunderte Male stärker als Heroin und hatte in Russland schon Tausende Sklaven.

Orel brauchte die Millionen, die ihm sein Aufklärungschef versprochen hatte, um die Medienunternehmen von Beregowski, Gazprom und Lukoil zu bekommen.

Hoffentlich enttäuschte der Mann sein Vertrauen nicht.

13

Paavo Merikallio, der geschäftsführende Direktor von SH-Secure, erwartete die SUPO-Mitarbeiter an seiner Zimmertür. Der blass und bierernst wirkende Mann um die fünfzig zeigte sich erschrocken und besorgt. Riitta Kuurma überlegte, ob er in Rasierwasser gebadet hatte. Sie verabscheute den Duft von Pierre Cardin, mit ihm waren schlechte Erinnerungen an einen Mann namens Seppo verbunden.

»Nun erzählen Sie doch um Himmels willen endlich genauer, was passiert ist. Wie konnten Unterlagen von Data-North in Miami gefunden werden? Und warum interessiert sich die SUPO für die Angelegenheit?« Merikallio stellte seine drängenden Fragen, während die Sekretärin ihnen Kaffee eingoss. Der Mann sah so aus, als würde er vom Arzt die Mitteilung erwarten, dass seine Tage gezählt waren. Auf seinem kahlen Schädel glänzten kleine Schweißtropfen.

»Wir wissen noch nicht sehr viel über die Ereignisse in Miami, aber wir haben den Verdacht, dass sie mit Industriespionage zusammenhängen. Sie können sich darauf verlassen, dass die Sache aufgeklärt wird. Es ist Aufgabe der Sicherheitspolizei, für die nationale Sicherheit Finnlands Sorge zu tragen, und ein wichtiger Teil unserer Arbeit besteht darin, Industriespionage gegen finnische Unternehmen zu verhindern«, erwiderte Riitta Kuurma ruhig und dachte, der Direktor würde jeden Augenblick vor Schreck in Ohnmacht fallen. Der Mann war so rot wie die Mitte der japanischen Flagge und bekam kein Wort heraus. Die Ermittlerin berichtete schnell alles über die Ereignisse in Miami, was sie sagen konnte.

Anna-Kaisa Holm korrigierte ein paar technische Details. Sie wirkte hier viel weniger aufgeregt als bei Finn Security.

Kaum war sie fertig, brach aus Merikallio ein Redeschwall

hervor, der kein Ende nehmen wollte. Der Mann war völlig außer sich.

Riitta Kuurma glaubte ihren Augen nicht zu trauen. Der geschäftsführende Direktor eines führenden Technologieunternehmens besaß nicht die geringste Fähigkeit zur Stressbewältigung. »Wir sollten doch die für Inferno verantwortliche Person treffen?«, sagte sie und unterbrach damit ganz sachlich Merikallios Erguss.

»Timo Aalto erwartet Sie. Er ist unser Softwaredirektor«, erwiderte Merikallio peinlich berührt und verstummte.

»Können wir uns jetzt sofort mit ihm unterhalten? Am besten in seinem Zimmer. Wir möchten nicht noch mehr von Ihrer kostbaren Zeit in Anspruch nehmen.« Riitta Kuurma freute sich, dass ihr eingefallen war, wie sie Merikallio auf höfliche Weise loswerden konnten.

Der Direktor rief Aalto an und teilte ihm mit, dass die SUPO-Mitarbeiter ihn jetzt besuchen würden. Er begleitete seine Gäste bis zur Tür von Aaltos Zimmer, ging aber nicht mit hinein. Auf dem Flur dröhnte einer der neuesten Top-Ten-Hits. Anna-Kaisa Holm überlegte verwundert, wie sich hier wohl jemand konzentrieren konnte.

»Haben Sie es also endlich bis hierher geschafft«, sagte Timo Aalto verdrossen, während er den Ermittlerinnen die Hand gab.

»Ihr Vorgesetzter machte einen erschrockenen und besorgten Eindruck«, erwiderte Riitta Kuurma. Aalto schnaufte. »Die Befähigung verhält sich umgekehrt proportional zur eingebildeten Wichtigkeit. Der Titel des geschäftsführenden Direktors ist das einzige, was Merikallio als Leiter auszeichnet.«

Riitta Kuurma war verdutzt, dass Aalto seine Abneigung so offen zeigte. In der Regel verbarg man solche Antipathien Außenstehenden gegenüber. Sie betrachtete den großgewachsenen blonden Mann. Dass er Ingenieur war, ließ sich leicht erraten. Er trug Jeans, und in der Brusttasche seines Hemdes steckte eine ganze Serie von Stiften. Auf der Stuhllehne hing ein Sakko, das ziemlich teuer aussah. Aalto wirkte ein wenig schludrig, aber irgendetwas an seinem kantigen Gesicht fand Riitta Kuurma anziehend. In diesen Typ könnte man sich leicht verlieben, überlegte sie, obwohl die Männer sie in letzter Zeit nicht interessiert hatten. Selbst der dümmste Mensch war schlau genug, einen großen Bogen um ein Sumpfloch zu machen, wenn er oft genug hineingefallen war.

Aalto goss Mineralwasser in ein Glas und trank gierig. Er wirkte müde und nervös. Riitta Kuurma fragte sich, ob er überanstrengt war oder einen Kater hatte. Der Mann war fünfunddreißig Jahre alt, sah aber aus wie über vierzig.

Riitta Kuurma erklärte noch einmal, was sie zu den Ereignissen in Miami sagen konnte, und bat Aalto dann, über seine Rolle in der Inferno-Arbeitsgruppe zu sprechen.

Aalto sagte, er habe den Algorithmus von Inferno schon vor Jahren in seiner eigenen Firma entwickelt. Später hatte SH-Secure seine Firma und all ihre Produkte und Rechte aufgekauft. Riitta Kuurma glaubte aus seinen Worten Verbitterung herauszuhören, als er erzählte, SH-Secure habe sofort nach dem Kauf einen Traumvertrag abgeschlossen. Finn Security wollte sein äußerst schnelles und zuverlässiges Verschlüsselungsverfahren haben, das er für Großunternehmen entwickelt hatte. Der Aktienwert von SH-Secure war auf das Doppelte gestiegen, und eine Menge Geld floss in die Kassen der Firma.

»Sie profitieren doch wohl auch, wenn SH-Secure erfolgreich ist? Ein Mann in Ihrer Position hat bestimmt Optionen wie Sand am Meer, oder?«, entgegnete Riitta Kuurma. Sie schaute sich in dem Raum um und versuchte daraus Schlüsse zu ziehen, was für ein Mann Aalto war. Auf den Tischen stapelten sich die Unterlagen, den Monitor zierten drei Familienportraits, und an den Wänden hingen Fotos von Vögeln. Den Rahmen nach zu urteilen, hatte er die Bilder selbst gemacht.

Man hätte ihm vor dem Kauf seiner Firma sagen müssen, was SH-Secure mit seinem Verschlüsselungsverfahren plante, erwiderte Aalto mit Groll in der Stimme. Dann murmelte er irgendetwas von einem niedrigen Kaufpreis und verstummte. Urplötzlich warf er mit aller Kraft einen Flummi an die Wand und fing ihn wieder auf.

Riitta Kuurma vermutete, dass man ihn bei dem Geschäft übers Ohr gehauen hatte. Vielleicht würde sich das herausstellen, wenn man seinen Hintergrund untersuchte. Ihr Blick fiel auf das Foto eines ungewöhnlich hässlichen Vogels, das zwischen zwei Monitoren an der Wand befestigt war.

»Das ist ein Gänsegeier. Ein äußerst seltener Gast in Finnland. Ich habe ihn im Sommer vor zwei Jahren in Korppoo fotografiert.«

Anna-Kaisa Holm stellte Aalto die gleichen Fragen wie bei DataNorth und Finn Security und erhielt im Großen und Ganzen die gleichen Antworten. Sie machte sich mit konzentrierter Miene Notizen.

Als Aalto versicherte, es sei nicht möglich, in die Datensysteme von SH-Secure einzubrechen, fragte sie, wer alles Zugang zu den technischen Daten von Inferno hätte haben können. Er antwortete ausweichend und sagte schließlich, im Laufe der monatelangen Entwicklungsarbeit hätten viele Daten kopieren können.

Das überraschte Riitta Kuurma. Tommila und Laitakari waren absolut sicher gewesen, dass außer einem der Inferno-Verantwortlichen niemand anders Zugang zu den Daten bekommen könnte. Warum vertrat Aalto eine andere Auffassung?

Wollte der Mann den Kreis der Verdächtigen erweitern und dafür sorgen, dass die SUPO in mehrere Richtungen ermitteln musste?

Anna-Kaisa Holm beobachtete Aalto. »Wir haben es so verstanden, dass niemand in der Lage wäre, im Inferno eine versteckte Hintertür einzubauen.«

Wieder prallte der Flummi an die Wand und sprang zurück in Aaltos Hand. Dann klopfte der Mann entspannt mit einem Stift auf sein Knie: »Theoretisch ist das möglich. Allerdings wird sich so ein glänzender Kodierer kaum irgendwo finden«, sagte er, und es klang aufrichtig.

Bevor sie gingen, fragte Riitta Kuurma ihn noch, was er am Montagvormittag in Miami gemacht hatte, und war überrascht. Aalto besaß ein Alibi. Er hatte um zehn Uhr ein Treffen mit Ryan Draper gehabt, dem Softwareingenieur der Niederlassung seiner Firma in Miami. Riitta Kuurma notierte sich die Kontaktdaten des Amerikaners, und Aaltos Sekretärin begleitete die SUPO-Mitarbeiter hinaus auf die Runeberginkatu. Die Sicherheitsvorkehrungen bei SH-Secure waren noch strenger als bei DataNorth und Finn Security. In den Unternehmen der Informationstechnologie wurde anscheinend bei den Ausgaben für die Sicherheit nicht gespart.

Am letzten Tag im Januar zeigte der Winter sein trostlosestes Gesicht. Der Himmel war so dunkel wie der Boden eines leeren Kessels, der Frost hatte nachgelassen, und im Schneematsch wurden die Schuhe sofort nass. Die trockene, durch die Abgase stickige Luft reizte Anna-Kaisa Holms Lungen, sie holte das Asthmamittel aus der Tasche.

Die Lichter des Wagens gingen nicht an, und der Motor murrte nur müde, als Riitta Kuurma den Schlüssel im Zündschloss drehte.

14

Das gierige eiserne Maul der Rolltreppe verschlang den Saum seines Mantels, und er schaffte es nicht, ihn sich vom Leibe zu reißen, so sehr er auch zog und zerrte. Das obere Ende der Rolltreppe rückte immer näher. Die stählernen Zähne würden ihn zerstückeln. Der Notschalter! Er entdeckte ihn im allerletzten Augenblick und griff mit beiden Händen nach dem Hebel. Ein ohrenbetäubendes Heulen erklang, aber die Rolltreppe hielt nicht an. Urplötzlich tauchte am Ende der Treppe wie aus dem Nichts der Erdgasmann auf. Er hatte eine feuerrote Haut und ein behaartes Gesicht. Das Ungeheuer lachte wie ein Wahnsinniger und rührte keinen Finger, um ihm zu helfen.

Ratamo riss die Augen weit auf, als er wach wurde und der Stahlreifen zerbrach, der bei dem Alptraum seine Brust umspannt hatte. Er war schweißgebadet. Ihm wurde klar, dass sein Telefon bereits eine ganze Weile klingelte. Alpträume hasste er, schon als Kind hatte er genug von ihnen gehabt.

Er stürzte zum Telefon und spürte, wie der Schmerz in seinem Schädel explodierte. Es war ein Gefühl, als hätte man seinen Kopf in einen Fahrradhelm für Kinder gezwängt. Im Mund hatte er den Geschmack einer alten Socke, und die Augenlider waren wie zugemauert. Er murmelte irgendetwas in den Hörer und legte auf. Ketonen hatte ihm mitgeteilt, dass die Besprechung der Ermittlungsgruppe um ein Uhr beginnen würde. Ratamo warf rasch einen Blick auf die zwei Meter hohe Standuhr im Flur und seufzte vor Erleichterung. Er hatte noch etwa zwei Stunden Zeit.

Zwei Burana-Tabletten und eine kalte Dusche munterten seinen mitgenommenen Körper etwas auf, aber der moralische Kater wurde immer schlimmer. Wie zum Teufel konnte er nur so blöd sein, sich volllaufen zu lassen, um für eine Weile

Erleichterung zu finden? Jetzt musste er hoffen, dass er wenigstens keine Dummheiten angestellt hatte oder nicht etwa Bekannten über den Weg gelaufen war. Plötzlich fiel ihm ein, dass er mit dem Erdgasmann noch im »Mikado« in der Mannerheimintie hängengeblieben war, wo der Direktor, ein Mann mittleren Alters, den Frauen hinterhergetrabt war wie ein wildes Fohlen der Stute in der Prärie. Ob das Objekt seiner Begierde gut aussah, spielte keine Rolle. Ihm wäre jede recht gewesen, Hauptsache, der Puls schlug noch.

Ratamo hatte es schnell sattgehabt, sich die Vorschläge der Gelegenheitsarbeiterinnen auf dem Gebiet der Liebe anzuhören. Die Schwachen erlagen der Versuchung auf ihrem Lebensweg, aber viele auch auf dem Mannerheimweg, dachte er. Dunkel erinnerte er sich, dass er noch auf ein Bier im »Schweinestall« Station gemacht hatte. Das letzte, dessen er sich noch entsinnen konnte, war eine Frau mit kurzgeschorenen Haaren in einer uralten Steppjacke. Ihr Haar hatte sie wegen eines Autounfalls verloren. Über ihre Kopfhaut zog sich eine riesige Narbe, aber das einzige, was ihr Sorgen bereitete, war das leichte Grau in ihren millimeterkurzen Haaren.

In der letzten Zeit betrank sich Ratamo nur selten, ein Kater war ein Gefühl, als hätte man ihn lebendig begraben. Er überlegte, welche unangenehmen Verpflichtungen er auf den nächsten Tag verschieben könnte, und versuchte sich so etwas Erleichterung zu verschaffen. »Verschiebe das, was du nicht ganz streichen kannst« – diesen Grundsatz galt es jetzt anzuwenden. Drei Dinge ließen sich aber nicht verschieben: Er musste unbedingt Himoaalto anrufen, zu der Besprechung gehen und sich mit Riitta treffen. Mit Meri könnte er auch später telefonieren, und seinen Vater würde er einfach vergessen, so wie bisher.

Als sich Ratamo von dem Schock durch sein Spiegelbild erholt hatte, schlurfte er nackt in die Küche, mahlte Kaffeebohnen mit einer erst kürzlich erstandenen uralten Mühle und kochte sich einen besonders starken Kaffee. Dann bereitete er sich eine »Auferstehung« zu. Er schlug zwei Eier in ein Glas, gab einen Teelöffel Sambal Oelek dazu und rieb schließlich noch frischen Ingwer in das Glas. Das Gemisch schmeckte ekelhaft, aber er zwang sich, es auszutrinken. Seine vietnamesische Freundin Hoang hatte ihm das Rezept vor langer Zeit beigebracht.

Das war so ein Morgen, an dem er sich wünschte, dass ihm jemand das Frühstück ans Bett brachte. Aber ein Single-Mann musste in der Küche schlafen, wenn er sein Frühstück am Bett wollte.

Er rief Marketta an, die ihm ganz unbekümmert erzählte, dass Nelli früh genauso begeistert zur Schule gegangen war wie immer. Danach fühlte er sich etwas besser. Seine Ex-Schwiegermutter war zum Glück umgezogen und wohnte jetzt nur ein paar Häuser weiter. Ratamo hatte mit Nelli den Schulweg sowohl von zu Hause als auch von Marketta geübt; von beiden Wohnungen waren es bis zur Grundschule in der Tehtaankatu nur etwa zweihundert Meter.

Der Stundenplan am Kühlschrank verriet, dass Nellis letzte Stunde am Donnerstag – Muttersprache – um drei zu Ende war. Er beschloss, dann nach Hause zu gehen und Nelli einen Imbiss zu machen. Das war er ihr nach dem gestrigen Abend schuldig. Eigentlich erfüllte er sonst die Routineaufgaben im Alltag eines alleinerziehenden Vaters zumeist pünktlich. Bei dem Gedanken ließen seine Gewissensbisse ein wenig nach. Ihm ging durch den Kopf, um wie viel leichter er es gehabt hatte, als Kaisa noch lebte.

Jetzt musste er sich um seine Arbeit kümmern, die er am Vorabend vernachlässigt hatte. Ratamo erschrak, als er Himoaalto anrief. Sein Freund wirkte äußerst gereizt und sagte, er habe extrem viel zu tun und in den nächsten Wochen für nichts anderes Zeit als für seine Arbeit. Ratamo musste all seine Überredungskünste aufbieten, um ihn zu einem gemeinsamen Saunabesuch am nächsten Abend zu bewegen. Er bereute aber sofort, dass er angedeutet hatte, es ginge um wichtige Dinge. Nun war er gezwungen, etwas über die Ermittlungen zu sagen. Doch anders hätte er es auf keinen Fall erreicht, dass Timo ihn besuchte.

Ratamo beschloss, an die frische Luft zu gehen, und zog sich warm an. Er spazierte eine Viertelstunde im Schneetreiben am Merisatamanranta entlang, aß ein paar Tortillas im Restaurant »Mexicana« in der Pursimiehenkatu und spürte, wie seine Lebensgeister zurückkehrten. Doch er hatte immer noch einen üblen Geschmack im Mund, also machte er einen Abstecher zu dem Kiosk an der Ecke von Fredrikinkatu und Merimiehenkatu, um sich »Sisu«-Pastillen zu kaufen.

Vor dem Verkaufsfenster stand ein großer alter Mann, ein Ärmel war leer und am Mantel festgenäht. Der Opa war bestimmt über achtzig Jahre alt und sah so aus, als könnte er nicht mehr selbst für sich sorgen. Seine Kleidung war schmutzig, und die grauen Haare standen ihm zu Berge. Er kaufte Spielzeug. Für insgesamt fast dreihundert Finnmark. Das dürfte für den Mann eine gewaltige Summe sein. Ratamo empfand Mitleid und zugleich Zorn. Musste der Veteran seine Enkel bestechen?

Diesmal war Ratamo rechtzeitig in der Ratakatu. An der Tür des Beratungsraumes hing ein Zettel, die Mitglieder der Ermittlungsgruppe sollten in Ketonens Zimmer kommen.

Ein ganzer Schwall von Lästerungen ergoss sich über Ratamo, als seine Kollegen sahen, in was für einem jämmerlichen Zustand er sich befand.

»Möge Gott den Schmerz mehren«, verkündete Wrede lauthals. Der Stellvertreter des Chefs trug heute einen Westover fast im Farbton seiner Haare.

Ratamo nahm sich eine Flasche Mineralwasser und hielt es für sinnlos, so zu tun, als wäre er nicht verkatert. »Der Schnaps schreit nach Wasser«, stellte er apathisch fest.

»Ist alles in Ordnung, Arto?«, fragte Ketonen und zog Musti, die von dem Trubel ganz begeistert war, am Halsband neben sich. Ratamo kam sich unter den neugierigen Blicken der anderen vor wie ein Seehund im Zirkus, und das wurmte ihn. Er sagte, er habe den Jahresabschluss von Fortum gefeiert. Das hörte sich angenehm sachlich an.

Riitta Kuurma traf als letzte ein und warf schon an der Tür einen Blick auf Ratamo. Der Mann sah ja ganz verlebt aus, er hatte doch nicht etwa angefangen zu trinken?

Die Erinnerung daran, wie Riitta Kuurma ihn damals betrogen hatte, tat Ratamos ohnehin schon angeschlagenem Selbstbewusstsein weh. Wenn sie doch bloß keine Jeans tragen würde, er konnte sich nicht von dem Anblick losreißen.

Ketonen bemühte sich, einen gutgelaunten Eindruck zu machen, obwohl er befürchtete, dass ihnen nichts Gutes bevorstand. Er hatte eben den Abteilungsleiter für Polizei im Ministerium angerufen und sich von Korpivaara einiges anhören müssen. Angeblich hätte er schon am Montagabend über den Fall Inferno Bericht erstatten müssen. Die Volkswirtschaft sei in Gefahr, hatte Korpivaara gebrüllt, wenn DataNorth und damit die ganze finnische IT-Industrie ihren guten Ruf verlören. Ketonen war sicher, dass der Abteilungsleiter überreagieren würde, und die Folgen müsste er dann ausbaden. »So, liebe Brüder und Schwestern. Wie stehen die Aktien? Fasst euch kurz. Fang du diesmal an, Anna-Kaisa.«

Wrede schaute verdrossen drein. Holm schien Ketonens

neuer Liebling zu werden. In einer hierarchisch organisierten Institution müsste das Wort nach der Rangordnung erteilt werden. Hatte die Frau sich einen engen schwarzen Rock angezogen, um Ketonen den Kopf zu verdrehen?

Anna-Kaisa Holm gab eine kurze Zusammenfassung der Gespräche bei Finn Security und SH-Secure. Ihrer Überzeugung nach sei es nicht möglich, in die Datensysteme eines der drei Unternehmen einzubrechen, also müsse derjenige, der die Informationen weitergegeben hatte, einer der drei Inferno-Verantwortlichen sein. Legte man die Kalendernotiz Protaschenkos zu Grunde, war Pauliina Laitakari weiterhin die Hauptverdächtige. Ein möglicherweise tatbeteiligter Vietnamese sei nicht gefunden worden.

Ketonen war so begeistert, dass er fast seinen Kaugummi ausgespuckt hätte. »Wir suchen also einen finnischen Verräter, der das elfte Gebot vergessen hat: Stehle nicht mehr, als du tragen kannst.«

»Und wenn Protaschenko nur einen Boten des Verräters getroffen hat?«, schlug Ratamo vor.

»Das ist möglich, aber unwahrscheinlich. Dann hätte der Verräter seinen Kontakt zu Protaschenko zumindest einem Menschen gegenüber offenbaren müssen. Laut Statistik handelt ein intelligenter Krimineller nur dann so, wenn er gezwungen ist oder wenn er sicher sein kann, dass der Einsatz eines Helfers sein Risiko, erwischt zu werden, verringert. In diesem Fall konnte der Verräter nicht annehmen, dass es ihm nützen würde, einen Boten zu beauftragen – im Gegenteil«, antwortete Anna-Kaisa Holm und starrte Ratamo mit wässrigen Augen an. Sie wollte Ketonen nicht sagen, dass sie auch auf Hunde allergisch reagierte. Die anderen würden sie dann für jemanden halten, der sich ständig über irgendetwas beklagte.

Das war ein Schlag unter die Gürtellinie. Eine kürzere Belehrung hätte auch genügt, Ratamos Selbstbewusstsein wurde heute auf eine harte Probe gestellt. Er beschloss, bei seinem ersten Priem an diesem Tag Trost zu suchen. Doch kaum lag das kleine Röllchen unter der Oberlippe, wurde ihm übel. Unauffällig holte er ihn mit dem Zeigefinger wieder heraus, wickelte ihn in ein Papiertaschentuch und steckte es in die Tasche. Er bemerkte, dass Riitta Kuurma ihn dabei beobachtete, und zwinkerte ihr aus lauter Bosheit zu.

»Was würde geschehen, wenn es jemandem gelänge, in das Inferno-Programm einzubrechen?«, fragte Riitta Kuurma.

»DataNorth, SH-Secure und Finn Security müssten wahrscheinlich ihre Geschäftstätigkeit einstellen. Wenn irgendeinem Großunternehmen Schaden zugefügt würde, könnte das weltweite Auswirkungen haben. Möglicherweise würden der elektronische Bankverkehr und Handel für längere Zeit unterbrochen. Das brächte Hunderten Unternehmen große Verluste. Schon viel weniger hat ausgereicht, um ganze Staaten in eine Krise zu stürzen«, antwortete Anna-Kaisa Holm.

Ihrer Ansicht nach durfte man die Theorie von der Hintertür nicht vergessen, obwohl die Inferno-Verantwortlichen sie für unwahrscheinlich hielten. Zum Schluss erinnerte sie ihre Kollegen daran, dass anscheinend niemand wusste, was dieses mysteriöse, etwa fünfzehn Zentimeter lange Stück Code bedeutete. Sie holte tief Luft. Für einen Augenblick sah es so aus, als würde sie wieder einen Asthmaanfall bekommen.

»Findet sich bei jemandem ein Motiv?«, fragte Ketonen.

Zwischen Timo Aalto und SH-Secure gebe es Unstimmigkeiten, die geklärt werden müssten, berichtete Riitta Kuurma. Das gelte auch für das Verhältnis von DataNorth und Finn Security. Aalto habe möglicherweise ein Alibi für die Zeit des Mordes an Protaschenko, das FBI überprüfe die Angelegenheit gerade. Die Alternative, dass die Inferno-Verantwortlichen das Verbrechen gemeinsam begangen hatten, könne man aber auch nicht ausschließen.

Ratamo seufzte erleichtert. Er war sicher, dass Himoaalto ein wasserdichtes Alibi besaß. Nun bereute er es, dass er gestern überlegt hatte, ob sich Timo in seinem gestressten Zustand möglicherweise zu illegalen Dingen hatte hinreißen lassen. Er strich über sein Kinn und bemerkte, dass er vergessen hatte, sich zu rasieren. Die Bartstoppeln waren schon einen halben Zentimeter lang.

Sein Bericht fiel kurz aus. In dem vietnamesischen Text gab es keine Hinweise auf den Verfasser, und Aalto würde er morgen treffen.

»Erik!«, rief Ketonen mit grimmiger Miene.

Wrede sagte, man habe die Inferno-Verantwortlichen unter ständige Beobachtung gestellt. Das Gericht hatte die Genehmigung für das Abhören und Überwachen der Telekommunikation aller Verdächtigen und für ihre technische Überwachung erteilt. Die Anträge der SUPO wurden nie abgewiesen.

Ketonen nickte zustimmend, und Wrede fuhr fort. Das FBI käme bei den Ermittlungen zu dem Mord nur langsam voran. Es habe Kopien von den Aufzeichnungen der Überwachungskameras in Protaschenkos Hotel am Montag beschafft. Am Nachmittag würden in der Ratakatu Fingerabdrücke und Haarproben der Inferno-Verantwortlichen entnommen und dem FBI und dem Kriminaltechnischen Labor der Kriminalpolizei zur Analyse übersandt. Das hiesige Labor hatte auf Protaschenkos Unterlagen auch nicht mehr gefunden als das FBI. Sie befanden sich jetzt im Tresor der SUPO. Zu Protaschenkos Auftraggeber konnte Wrede nichts Neues vermelden. Für den SVR hatte der Mann wohl kaum gearbeitet. Die Russen machten überraschenderweise einen passiveren Eindruck als sonst.

»Wozu will jemand dieses Inferno haben?« Ketonen starrte Wrede streng an. Eine graue Haarsträhne klebte auf der Stirn des Chefs.

Diese Seite Ketonens hatte Ratamo schon vergessen gehabt. Wenn es darauf ankam, war der Mann eine Verkörperung der Zielstrebigkeit, ein strenger Leiter, der die Dinge durchzog, bis erreicht war, was er wollte. Und das war meistens das Richtige.

»Ich habe da eine Idee«, sagte Ratamo, bevor Wrede antworten konnte. Er erinnerte seine Kollegen daran, dass alle drei Inferno-Verantwortlichen eine Verpflichtung unterschrieben hatten, die dem Arbeitgeber erlaubte, ihre Computer zu Hause und alles, was sie in der Firma taten, zu überwachen. Wenn sich die Unternehmen kooperativ zeigten, könnte die SUPO ihnen ihr Know-how zur Verfügung stellen und helfen, die Verdächtigen elektronisch zu überwachen.

Wrede war überrascht. Ratamos Vorschlag hatte einiges für sich. Doch etwas an dem Mann störte ihn. Warum hatte Ketonen den Freund eines der Verdächtigen in die Ermittlungsgruppe aufgenommen? Seiner Ansicht nach war Ratamo ein Sicherheitsrisiko.

Während die anderen Ratamos Vorschlag noch verdauten, lief Ketonen schon auf Hochtouren. »Gut, Arto. Was für Maßnahmen empfehlt ihr?«, sagte er und schaute Anna-Kaisa Holm dabei fragend an.

Die überlegte so lange, dass die anderen schon unruhig wurden. Dann antwortete sie knapp und energisch, es sei jetzt an der Zeit, die neuen Vollmachten zur Verhinderung von EDV-Verbrechen voll zu nutzen. Ihrer Ansicht nach sollten alle drei Inferno-Verantwortlichen unter totale elektronische Überwachung gestellt werden. Wenn die Unternehmen zur Kooperation bereit wären, würde in allen Computern der Verdächtigen ein Programm installiert, das jeden getippten Text auf den

Computer des Kontrolleurs weiterleitete. Mit einem anderen Programm würden die Computermikrofone der Verdächtigen in Abhörvorrichtungen umgewandelt. Wenn man die Verdächtigen auch physisch überwachte, wäre es für sie nahezu unmöglich, mit irgendjemandem Kontakt aufzunehmen, ohne dass die SUPO davon wusste, sagte Holm zum Schluss voller Stolz.

Ketonens Gier nach einer Zigarette war so stark geworden, dass er einen Nikotinkaugummi aus der Blisterpackung herausdrückte und sich nicht darum scherte, ob es jemand sah. Dann knallten seine Hosenträger, er schürzte die Lippen und fasste die Hauptfragen dieser Ermittlungen zusammen: »Wer ist der Verräter? Für wen arbeitete Protaschenko und wer hat ihn ermordet? Und warum haben es der Dieb oder die Diebe auf Informationen über Inferno abgesehen?«

Ketonen setzte sich wieder hin und beschloss, Ratamo künftig von den Besprechungen auszuschließen. Wegen Timo Aalto war der Mann ein Risiko. Möglicherweise drangen durch ihn Informationen über die Ermittlungen nach außen. Ketonen ärgerte es, dass der Handschriftenspezialist nicht imstande gewesen war, aus der finnischsprachigen Handschriftprobe Ratamos irgendwelche Schlüsse zu ziehen. Der Graphologe behauptete, der Text sei zu kurz, er brauche von Ratamo eine Probe in Vietnamesisch. Die war jedoch in Ratamos Zimmer nicht zu finden gewesen.

Der Chef befahl seinen Mitarbeitern, an die Arbeit zu gehen. Riitta Kuurma und Ratamo verließen den Raum gleichzeitig.

Es gab unter denen, die nun auf den Gang hinaustraten, jemanden, der die betäubende Kälte der Angst spürte und das Gefühl hatte, in eine Sackgasse zu treiben.

15

Anna-Kaisa Holm hängte den Hörer des Telefons im Foyer langsam ein, obwohl sie große Lust gehabt hätte, ihn dem Anrufer an den Kopf zu werfen. Am Donnerstagnachmittag war das Restaurant »Bulevardi 2« um drei Uhr noch geschlossen. Sie ging die Treppe hinunter in die Bar »Klaus Kurki« und stand regungslos wie eine abgestorbene Kiefer mitten in dem trendig eingerichteten Lokal. Zwei farbenfroh gekleidete Frauen um die Dreißig waren die ersten Gäste und stimmten sich schon mit einem Cidre auf ihren akademischen Samstagabend ein. Anna-Kaisa Holm fuhr sich mit der Hand durchs Haar und versuchte zu begreifen, was ihre eben gegebene Zusage bedeutete. Hatte sie gerade ihre Zukunft zerstört?

Warum musste sie im vergangenen Herbst auch versprechen, Alina zu helfen? Aber was hätte sie sonst tun sollen? Der EU-Beitritt Finnlands hatte die Existenzgrundlage des kleinen Bauernhofes ihrer Familie zerstört. Nach etlichen Jahren mit Arbeitstagen von sechzehn Stunden für weniger als den Mindestlohn war ihrer bedauernswerten Schwester eingefallen, wie sie ihr Zuhause behalten und weiter am Ufer des Pielinen-Sees leben könnten. Alina und Turo wandelten den Bauernhof in ein Tourismusobjekt um. Sie ließen Ferienhäuser, Tiergehege, Bootsstege und einen Spielpark für Kinder errichten. Doch die wenigen Touristen aus der Stadt, die sich bis zu ihnen in die Nähe von Lieksa verirrten, brachten nicht einmal genug Geld für die erste Rate der Kreditabzahlung. Zu alledem kam für den Betrieb, der »Ferien auf dem Bauernhof« anbot, eine Unternehmenssanierung nicht in Frage. Da das Vieh und die landwirtschaftlichen Maschinen verkauft waren, hätte der Hof nie genug Geld für die Rückzahlung der Schulden abwerfen können.

Jemand musste aber die alten Schulden zahlen, sonst wäre der Hof zwangsversteigert worden. Ihre Eltern, die damals gerade ihre Frührente zur Förderung des Generationswechsels bekommen hatten, wären dann auch gezwungen gewesen, in die Stadt zu ziehen. Also übernahm sie die Verantwortung, wie immer.

Die kalte Luft und der schneidende Wind munterten sie kurz auf, doch die Angst und Bedrängnis verdüsterten ihre Gedanken wieder. Mit offenem Mantel und ohne Kopfbedeckung ging Anna-Kaisa Holm auf dem Bulevardi in westliche Richtung, bis ihre Schuhe im Schneematsch pitschnass geworden waren. Sie beschloss, sich im Restaurant »Sand« aufzuwärmen, bevor sie einen Asthmaanfall bekam. Im Winter brauchte sie zwar keine allergischen Reaktionen zu befürchten, aber die trockene Luft durch den Frost und die Fernheizung verschlimmerten das Asthma.

Ihre Brillengläser beschlugen, als sie das kleine Lokal betrat. Lautes Stimmengewirr von Studenten der Technischen Fachschule und der Erziehungswissenschaftlichen Fakultät und das Aroma vieler verschiedener Kaffeesorten empfingen sie. Anna-Kaisa Holm bestellte sich einen Caffè Latte. Im Hintergrund erklang ein Salsa-Titel, den sie noch nicht kannte.

Gerade jetzt, als sie die Angelegenheiten ihrer Familie soweit geregelt hatte, bat man sie, etwas zu tun, was unmöglich war. Vielleicht wäre es ihr gelungen, die Entscheidung um ein paar Tage aufzuschieben, aber sie hatte begriffen, dass sich beim Pokern Tricks nicht lohnten, denn wenn sie misslangen, hatte man verloren.

Sie würde Zeit gewinnen, wenn sie ihren Entschluss sofort traf.

16

Die Leuchtstoffröhren in dem fensterlosen Verhörraum mit kahlen Betonwänden strahlten Wärme aus. Ketonen schwitzte und schaltete die Hälfte der Beleuchtung ab. Er wartete mit Wrede und Riitta Kuurma auf Anna-Kaisa Holms Zusammenfassung aller Daten zur Person der drei Inferno-Verantwortlichen, die schon bald zum Verhör eintreffen würden. Im Gegensatz zur gängigen Praxis wollte Ketonen die Verdächtigen gemeinsam verhören. Es könnte sich dabei etwas Wesentliches über ihr Verhältnis zueinander herausstellen.

Ketonen kaute seinen Nikotinkaugummi und wartete gespannt auf das, was nun kommen würde. Ratamo nahm nicht an dem Verhör teil. Ketonen hatte jedoch nicht gewagt, ihn unter ständige Überwachung zu stellen, denn Arto könnte seine Beschatter bemerken oder von irgendeinem SUPO-Mitarbeiter einen Tipp bekommen, dass man ihn verdächtigte. Ketonen hatte viel Aufwand betrieben, um Ratamos Ausbildung zu organisieren, und wollte nicht, dass der seine neue Laufbahn wegen eines möglicherweise unbegründeten Verdachts beendete. Morgen würde er erfahren, ob Ratamo kriminell war, denn dessen Treffen mit Aalto wurde überwacht, und Wrede sollte einen von Ratamo geschriebenen vietnamesischen Text besorgen.

Anna-Kaisa Holm ordnete ihre Unterlagen in drei Stapel. Sie musste sich ganz normal verhalten, obwohl sie befürchtete, jeden Augenblick zusammenzubrechen. Zum Glück hatte sie die Beta-Blocker. Die unterbanden die Wirkung des Adrenalins, hielten die Schlagfrequenz des Herzens im Zaum und linderten die Anspannung. Ihre Fingerspitzen taten weh, weil sie ihre Nägel völlig abgekaut hatte.

Die Abteilung für Informationsmanagement habe herausgefunden, berichtete sie, dass der Lizenzstreit zwischen

DataNorth und Finn Security vor einem Schiedsgericht ausgetragen wurde. Charon, das Authentifizierungssystem für Inferno, sei das einzige Produkt von Finn Security, das sich gut verkaufte, aber das Alleinrecht an Charon besaß DataNorth. Die Lizenzgebühr sei lächerlich gering. Wenn Finn Security den Streit verlor, bedeutete das möglicherweise den Ruin der Firma.

Alle drei Inferno-Verantwortlichen seien glänzende IT-Profis und Kodierer der Spitzenklasse, stellte Anna-Kaisa Holm fest und fasste dann das Personenprofil von Timo Aalto zusammen. Schulausbildung, Armee, Hochschulabschluss, Eintritt ins Arbeitsleben und Gründung einer Familie waren aufeinander gefolgt wie am Fließband. Zwei Kinder, ein Volvo-Kombi und eine Doppelhaushälfte im Espooer Stadtteil Hanikka vervollkommneten das Bild eines Mittelklasseidylls.

»Der große Denker von Hanikka!«, rief Wrede in Anspielung auf einen Buchtitel und lachte über seinen Scherz. Als einziger.

Aalto habe an der Volkshochschule jahrelang Russisch gelernt, Vietnamesisch könne er aber nicht, fuhr Anna-Kaisa Holm fort. Bemerkenswert sei, dass er im Vorjahr nur hundertfünfzigtausend Finnmark Steuern gezahlt hatte und laut Aktienregister keine Aktien von SH-Secure besaß. Daraus schloss sie, dass Aalto seine Firma zu einem Spottpreis verkauft haben musste. Abgesehen von Computern beschäftigte sich Aalto mit Vögeln und Kriminalliteratur und gehörte zu einer Studentenvereinigung namens »Club Hyäne«. Merkwürdig fand sie, dass der Mann mit seinen fünfunddreißig Jahren noch Mitglied eines Fanclubs der Band »Black Sabbath« war.

Sie rückte ihre runde Brille zurecht und wartete auf Fragen. Wrede meldete sich als Erster zu Wort. »Wir sollten den geschäftsführenden Direktor von SH-Secure um Informationen über den Vertrag für den Verkauf von Aaltos Firma bitten. Wenn der Mann bei dem Geschäft über den Löffel balbiert worden ist, dann hat er möglicherweise noch eine alte Rechnung zu begleichen. Vielleicht ist Rache das Motiv«, sagte Wrede und überlegte, was Ratamos Motiv gewesen sein könnte, die vielversprechende Karriere als Wissenschaftler aufzugeben und bei der SUPO einzusteigen. Er befürchtete das Schlimmste und beschloss, eine Schriftprobe Ratamos in Vietnamesisch zu beschaffen, selbst wenn er deswegen bei ihm zu Hause einbrechen müsste.

»Ein guter Vorschlag«, meinte Ketonen mürrisch und bedeutete Holm fortzufahren. Anna-Kaisa sah blass und müde aus. In der Regel merkte man ihr an, dass sie ihre Arbeit gerne tat und um perfekte Ergebnisse bemüht war. Doch jetzt schien sie nur noch ein Schatten ihrer selbst zu sein. Das war ihr erster großer Fall als Abteilungschefin. Sie würde doch nicht etwa unter dem Druck zusammenbrechen, fragte sich Ketonen besorgt.

Anna-Kaisa Holm trank einen Schluck Mineralwasser und berichtete dann über Simo Tommila von DataNorth. Sein Vorleben wich erheblich vom Durchschnitt ab. Das junge Genie hatte das Gymnasium mit Sechzehn abgeschlossen und die Technische Hochschule mit neunzehn. Mit dreiundzwanzig hatte er am MIT seine Dissertation verteidigt. Im letzten Jahr war er zum Ehrendoktor der Universität Stanford ernannt worden, und er hatte das H-1B-Visum für die USA, das IT-Fachleuten gewährt wurde. Er war eines der meistgeschätzten Computergenies der Welt. An der Entwicklung des Betriebssystems Linux hatte er einen großen Anteil. Tommila war ledig, besaß einen Jaguar XK8 Coupé und ein Haus in Kaivopuisto und lebte sehr asketisch. Er schien für nichts anderes

Geld auszugeben als für Fachbücher. Bei seinem Vermögen hätte er Schafe mit Geldscheinen füttern können: Im letzten Jahr hatte er Optionen im Wert von dreiundzwanzig Millionen Finnmark eingelöst. Russisch konnte Tommila nicht, aber bei der Doktorandenausbildung hatten zu seiner Gruppe auch zwei vietnamesische Kollegen gehört. Es gab jedoch keine Hinweise darauf, dass er sich mit ihnen angefreundet hätte. Tommila war der einzige, der Inferno durch und durch kannte, das vor allem sprach für seine Schuld. Der junge Mann war der Koordinator gewesen, als die Teile des Programms zu einem Ganzen verschmolzen wurden. Zum Schluss las Anna-Kaisa Holm noch eine ganze Menge einzelner Informationen über Tommila vor. Ihr zitterten die Beine, ließ die Wirkung der Beta-Blocker etwa schon nach?

»Die Reichen werden immer reicher und die Armen dünner«, sagte Wrede gerade mit saurer Miene, da klopfte es an der Tür.

Ein junger Polizist teilte mit, Pauliina Laitakari sei eingetroffen. Ketonen bat seine Mitarbeiter, Holms Zusammenfassung über die Frau zu lesen, und dann wurde die Verdächtige hereingebeten. Sie trug über dem Arm einen teuren halblangen Pelzmantel und war deutlich größer als Ketonen. Die Polizisten gaben ihr die Hand, und alle setzten sich hin, um auf die beiden anderen Inferno-Verantwortlichen zu warten. Pauliina Laitakari fuhr sich nervös durch ihr kurzgeschnittenes Haar, als sie hörte, dass auch Tommila gleich eintreffen würde.

Ketonen hatte absichtlich den schmucklosen unterirdischen Verhörraum gewählt, damit den Computergenies klar wurde, dass es um schwerwiegende Verbrechen ging. Noch wirkungsvoller wäre es gewesen, sie in ihrer Firma abzuholen, aber das erschien Ketonen dann doch zu gewagt. Korpivaara hatte verlangt, die Arbeit von DataNorth möglichst wenig zu beeinträchtigen. Die Ermittlungen sollten geheim bleiben, damit die

Börsenkurse nicht außer Rand und Band gerieten. Analysten reagierten schneller auf Gerüchte als die Abendzeitungen.

Simo Tommila und Timo Aalto betraten zusammen den Verhörraum. Verdutzt betrachteten sie die blanken Betonwände, und Tommila ächzte deutlich hörbar, als er Laitakari erblickte. Er versuchte gar nicht erst, seine feindselige Haltung zu verbergen und gab ihr nicht die Hand.

Die Inferno-Verantwortlichen nahmen an dem langen laminierten Tisch den SUPO-Mitarbeitern gegenüber Platz. Ketonen wiegte sich auf den Fersen wie ein Grundschuldirektor, strich sich die grauen Haare aus der Stirn und zog den Bauch ein.

»Einer von Ihnen hat sich eines schweren Diebstahls schuldig gemacht. Wir wollen klären, wer und warum. Und wir wollen auch erfahren, was Sie von dem Russen Gennadi Protaschenko wissen, der in Miami ermordet wurde.« Ketonen beobachtete die Reaktionen der Computerzauberer. Aalto wirkte nervös. Seine Sachen sahen zerknittert und die blonden Haare ungekämmt aus.

Tommila starrte Ketonen mit ausdrucksloser Miene an. »Ich habe im Internet gelesen, dass Sie Jurist sind. Wussten Sie, dass der Begriff ›Daumenregel‹ von einem alten englischen Gesetz hergeleitet ist, nach dem ein Mann seine Frau nicht mit einem Gegenstand schlagen darf, der breiter ist als sein Daumen?«

Erst nahm Ketonen an, Tommila mache nur einen Spaß. Dann hatte er den Verdacht, dass der junge Mann ihn auf die Schippe nehmen wollte. Doch Tommilas ernste Miene ließ ihn schließlich zu der Überzeugung gelangen, dass er einfach die Absicht hatte, eine Unterhaltung in Gang zu bringen. Anscheinend las der junge Spund zu viel, vermutete Ketonen. »Nun bleiben Sie mal ganz locker in Ihren Strampelhosen. Es sind nicht viele Fragen«, sagte er väterlich. Wrede kicherte.

Pauliina Laitakari schien sich über Ketonens Eingangsbemerkung aufzuregen. »Die ganze letzte Zeit habe ich rund um die Uhr gearbeitet. Ich werde doch wohl nicht klauen, was ich selbst geschaffen habe, und damit mein Lebenswerk zerstören«, sagte sie großsprecherisch. »Sollte man sich bei den Ermittlungen nicht auf jene konzentrieren, die von allen die besten Möglichkeiten haben, an die Daten von DataNorth heranzukommen«, fügte sie hinzu und starrte dabei Tommila an.

Der junge Mann schaute sie an und lächelte verblüfft. Aber nur kurz, dann strich er über seinen Bartflaum und wirkte sehr konzentriert.

Ketonen beschloss, Tommila auf die Probe zu stellen. »In welchem Unternehmen würden Sie das Inferno knacken?« Tommila wandte den Blick nicht von Pauliina Laitakari ab. Ketonen fand, dass er einen merkwürdigen Eindruck machte.

»Inferno wurde an über tausend Unternehmen verkauft. Da ist die Auswahl groß. Ich selbst würde mich auf die internationalen Banken konzentrieren, die Inferno zum Schutz ihrer Programme für den Zahlungsverkehr einsetzen. Wer imstande ist, Inferno zu umgehen, kann mit ein paar Mausklicks unendlich viel Geld rauben. Es ist verwunderlich, dass Sie nicht selbst darauf gekommen sind«, erwiderte Tommila.

Riitta Kuurma sah, dass Ketonen im Begriff war, mit dem jungen Millionär Klartext zu reden, und fragte deshalb schnell Aalto, was mit SH-Secure geschehen würde, wenn das Inferno-Programm vom Markt genommen werden müsste.

Aalto wirkte schon die ganze Zeit so nervös, dass sie sich nun nicht sicher war, ob er wegen der Frage erschrak. Seine Augen waren gerötet, und er sah noch gestresster aus als am Vormittag. Mit leidenschaftlicher Stimme erklärte er, was es für eine große Katastrophe wäre, wenn Inferno ruiniert würde.

Alle Antworten entsprachen genau Ketonens Erwartungen.

Plötzlich wurde ihm klar, wie einfach es für die drei Inferno-Verantwortlichen gewesen wäre, den Datendiebstahl gemeinsam zu planen. Wrede unterbrach Ketonens Gedankengänge.

»Was würde passieren, wenn alle Inferno-Programme vorläufig abgeschaltet werden müssten?«

Jetzt verlor Tommila die Beherrschung. »Das ist unmöglich!«, rief er. »Das würde wahrscheinlich einen Zahlungsverkehr mit einem Volumen von Hunderten Milliarden Dollar und die Tätigkeit einiger Börsen zum Erliegen bringen. Und Simbabwe vom Zugang zu den Datennetzen ausschließen. Ericsson würde unseren Kooperationsvertrag sofort kündigen. Sie sind doch hier die Polizisten. Haben Sie denn nicht irgendeine Ahnung, warum die Inferno-Unterlagen gestohlen wurden?«

Alle schauten Ketonen an, der mit versteinerter Miene dastand, die Hände unter den Hosenträgern. Das war eine gute Frage. Jetzt sah es so aus, als säße die SUPO auf der Anklagebank. Dies war der richtige Augenblick, um die Stimmung etwas anzuheizen. »Wen verdächtigen Sie, die Inferno-Daten verkauft zu haben?«, fragte er Pauliina Laitakari.

Wrede hörte sich die Antwort an, die heraussprudelte wie das Wasser aus einem Springbrunnen, und überflog gleichzeitig die Zusammenfassung der Daten zu ihrer Person. Die finanzielle Lage der Computerspezialistin war nicht sonderlich gut. Sie besaß zwar Optionen auf zweitausend Aktien von Finn Security, deren Marktwert zum Tageskurs betrug aber nur ein paar Hunderttausend. Auch Pauliina Laitakari hatte eine Top-Ausbildung absolviert. Sie war ein Workaholic der schlimmsten Sorte und verbrachte täglich mindestens zwölf Stunden in der Firma. Trotzdem schaffte sie es, unbegreifliche Mengen Geld auszugeben. Die alleinstehende Frau besaß ein Eigenheim in Westend, einen Porsche Boxster, eine teure Kunstsammlung, und nach den Rechnungen zu urteilen nahm es ihr Kleiderschrank mit einer gut ausgestatteten Modeboutique auf. Laitakari konnte Russisch, eine Verbindung zu Vietnam gab es aber nicht.

»... wenn Sie unsere Erzeugnisse analysieren«, sagte sie mit erregter Stimme, »werden Sie bemerken, dass wir eine Vorreiterrolle spielen. Wir haben das erste Programm entwickelt, den Datenschutz bei WLAN ...«

Tommilas trockenes Lachen unterbrach ihren Redefluss: »Was heißt das Erste, das bedeutet noch gar nichts. Die Spannweite der Tragflächen einer Boeing 747 ist länger als der erste Flug der Gebrüder Wright. Wir haben euer einziges brauchbares Produkt erst so weit entwickelt, dass es auch funktioniert«, sagte er.

Diese Schmähung brachte Laitakari noch mehr in Rage, und sie feuerte eine derartige Schimpfkanonade auf Tommila ab, dass Ketonen laut werden musste. Sein Rücken schmerzte. Er hatte genug von dem Fachchinesisch dieser vorlauten jungen Leute und verließ mit seinen Mitarbeitern den Raum. Auf dem Flur befahl er Wrede, jeden der drei Inferno-Verantwortlichen einzeln zu verhören. Er sollte die Verdächtigen mit detaillierten Fragen zu allem, was ihm einfiel, unter Druck setzen. Vor allem zu den Ereignissen in Miami.

Tommila trug die Nase so hoch, dass es hineinregnete, dachte Ketonen, als er in raschem Tempo die Treppen hinaufstieg bis in die vierte Etage. Man hatte die Computergenies auf einen zu hohen Sockel gehoben. Wie zum Teufel war aus Finnland ein riesiges IT-Wunderland geworden? Würde man bald Eintrittskarten für einen Besuch in Suomi verkaufen? Ein ganzes Volk schien in Telefone und Computer vernarrt zu sein. Warum hörte man keine abweichenden Stimmen, keinen Widerspruch mehr, obwohl die Gesellschaft zweigeteilt war wie ein Hintern. Früher hatte es wenigstens noch Irwin Goodman, den Folksänger mit seinen kritischen Texten, die rechtsgerichtete Partei der finnischen Landgebiete und die Linksradikalen gegeben. Warum hatten die Armen kein einziges vernehmliches Sprachrohr mehr? Die Skins und auch die Mädchen, die Nerze aus ihren Käfigen auf Pelztierfarmen befreiten, vertraten nur kleine Minderheiten. Was brachte die Menschen zum Schweigen? Hatten die Medien die Armen einer Gehirnwäsche unterzogen, konnten die ihre Stimme nicht mehr zu Gehör bringen, oder hatten sie aufgegeben? Die Wetterlage bei den Stimmungen und Meinungen war so ruhig, dass Ketonen schon bald einen Sturm befürchtete.

Seit dem Eintreffen des ersten FBI-Berichts waren schon drei Tage vergangen, und die SUPO wusste immer noch nichts. Protaschenko war ihr einziger echter Anhaltspunkt. Diese Trödelei, bei der nichts herauskam, hatte jetzt ein Ende. Wrede musste unbedingt so lange bohren, bis sich herausstellte, für wen der Russe gearbeitet hatte.

Ketonen fand, dass es für ihn an der Zeit war, mehr Verantwortung für die Ermittlungen zu übernehmen. Und Musti zu füttern. Er riss die Tür zu seinem Zimmer auf und fluchte innerlich, als er sah, wer ihn erwartete.

17

Der Föhn summte, und Riitta Kuurmas dunkles Haar flatterte. Die heiße Dusche hatte sie angenehm entspannt. Um sechs würde sie Ratamo im Restaurant »Saslik« treffen. Bis zu der Gaststätte an der Ecke von Tehtaankatu und Kasarmikatu waren es nur fünf Minuten zu Fuß, sie hatte also noch ausreichend Zeit, sich vorzubereiten.

Ihr letztes Date lag schon Monate zurück. Sie hätte ihre Nervosität gern mit einem Glas Weißwein bekämpft, wollte aber nicht nach Alkohol riechen. Also legte sie die CD mit Donizettis »Ave Maria« auf, gesungen von Maria Callas. Das beruhigte sie immer. Dann zog sie das in Neapel gekaufte Baumwollkleid an.

Die Ereignisse im vorletzten Sommer lagen Riitta Kuurma schon die ganze Zeit auf der Seele. Sie war froh, dass sie endlich Gelegenheit bekam, darüber zu reden, unabhängig davon, wie sich Ratamo verhalten würde. Ihrer Ansicht nach hatte sie ihm gegenüber nur einen Fehler begangen – sie hatte sich in ihn verliebt. Wenn sie Ratamo während der Ermittlungen im Fall Ebola-Helsinki kühl und mit Vernunft begegnet wäre, hätte es für sie beide danach möglicherweise eine gemeinsame Zukunft gegeben. Bei Gefühlsangelegenheiten fiel es leicht, hinterher klüger zu sein, dachte Riitta Kuurma. Fehler in der Vergangenheit erschienen einem unbegreiflich, weil man vergessen hatte, wie sehr Empfindungen das eigene Verhalten beeinflusst hatten. Oder anders gesagt: Je größer die Dummheiten, die man gemacht hat, umso stärker sind die Gefühle gewesen, die im Spiele waren.

Riitta Kuurma freute sich auf das Treffen, fürchtete jedoch, dass Ratamo nicht verstehen würde, warum sie damals lügen musste. Nur wenige Männer waren imstande zu vergessen, dass eine Frau sie offen angelogen hatte. Sie hoffte, dass Ratamo durch seine Arbeit bei der SUPO nun begriff, was von einem Ermittler der Sicherheitspolizei verlangt wurde.

Draußen regnete und schneite es gleichzeitig. Der Wind trieb klumpige Schneeflocken mit solcher Wucht durch die Luft, dass man hätte denken können, es schneite waagerecht. Riitta Kuurma bestellte sich ein Taxi: Sie wollte nicht pitschnass im Restaurant erscheinen.

Der Kellner in traditioneller russischer Tracht führte sie in den gemütlichen kleinen separaten Raum des Restaurants, wo

Ratamo schon wartete. Er sah irgendwie jünger aus als vor zwei Jahren. Sein Äußeres gefiel Riitta Kuurma seit ihrer ersten Begegnung. Am Tag zuvor hatte sie Ratamo das erste Mal mit gekämmtem Haar und ohne Bartstoppeln gesehen. Jetzt ähnelte er eher einem italienischen Schlagersänger als einem baskischen Terroristen. Die Atmosphäre war verkrampft. Es herrschte Schweigen, keinem von beiden fiel etwas ein, bis der Kellner die Speise- und Weinkarte brachte, und Riitta Kuurma sagte, sie hoffe, dass sich außer Fisch und Fleisch auch noch etwas anderes auf der Karte fand.

Ratamo war überrascht: »Ich wusste gar nicht, dass du Vegetarierin bist.«

»Es gibt viele Dinge, die du von mir nicht weißt. Ich konnte damals nicht sehr offen und ehrlich sein. Du wirst wohl auch kaum wissen, dass meine Mutter Italienerin ist.« Es stellte sich heraus, dass Riitta Kuurmas Mutter Ende der sechziger Jahre aus der Campania zum Studium an die Sibelius-Akademie nach Helsinki gekommen war, einen Finnen geheiratet hatte und für immer geblieben war.

Ratamo hoffte, dass man ihm nicht ansah, wie verwirrt er war. Er hatte nicht die geringste Ahnung gehabt, dass Riitta Halbitalienerin war.

»Bist du katholisch? Drehst du deswegen immer diese Perlen zwischen den Fingern?«

»Die Perlenkette ist der alte *Rosario* meiner Großmutter, ihr Rosenkranz. Er hat für mich einen großen emotionalen Wert.« Riitta Kuurma erzählte, ihre Mutter stamme aus Amalfi in Süditalien, wo der Glaube immer noch einen Teil des Alltags der Menschen bestimmte. Auch sie sei katholisch erzogen worden, obwohl ihre Mutter alles andere als religiös war.

Der Kellner kam und erkundigte sich nach ihren Wünschen. Ratamo sagte, er sei leider noch nicht dazu gekommen, einen

Wein auszusuchen. Ihm ging durch den Kopf, was für eine bemerkenswerte Gemütsruhe Riitta ausstrahlte. Und dass sie katholisch war. Sie schien ganz mit sich im Reinen zu sein.

Ratamo pflegte nicht lang und breit Glaubensdinge zu erörtern. Gleichwohl war ihm klar, dass er sich nicht selbst geschaffen hatte. Und er glaubte auch nicht, dass Hunderte Millionen Menschen im Laufe der Geschichte systematisch gelogen hatten, wenn es um ihre religiösen Erfahrungen ging. Auch er vertraute auf irgendetwas, wusste aber nicht, worauf. Doch er wollte Riitta nicht von seinem Seelenleben erzählen, sondern beschloss, sich in die Weinkarte zu vertiefen. Er wog die verschiedenen Alternativen entnervend lange ab. Auf der Liste stand kein einziger Bourgogne-Wein, also entschied er sich schließlich für den chilenischen Viña Tarapaca Gran Reserva. Als sie bestellt hatten, senkte sich wieder Schweigen über den Tisch.

Es war ein gutes Zeichen, dass der Mann einen Wein für hundertachtzig Finnmark bestellte, überlegte Riitta Kuurma. Vielleicht wollte auch er sich mit ihr aussprechen.

Er fragte, was sie studiert hatte, und Riitta antwortete, sie sei immer noch an der Gesellschaftswissenschaftlichen Fakultät immatrikuliert. Aber die Arbeit bei der SUPO habe ihre Zeit so in Anspruch genommen, dass sie ihr Examen wohl nie schaffen würde.

Ratamo erzählte von Nelli. Am Vortag sei das Mädchen über Nacht bei seiner Großmutter gewesen und heute passe die Großmutter bei ihnen auf Nelli auf. Zu allem Überfluss lief ihr die Nase wie die Niagarafälle. Ratamo klagte gerade, er habe Gewissensbisse, da brachte der Kellner den Wein und die Vorspeise – eine Julienne mit Pilzen und Schwarzbrot.

Riitta Kuurma wünschte guten Appetit, biss in das getoastete Brot und kam zur Sache. »Schon anderthalb Jahre lang würde ich mich gern für das, was damals geschehen ist, entschuldigen. Für das, was Nelli zugestoßen ist, dürfte ich in gewisser Weise verantwortlich sein. Ich hätte mich unter den Bedingungen nicht auf ein Verhältnis mit dir einlassen dürfen. Vermutlich habe ich dabei zumindest gelernt, dass man einem Menschen entweder ganz oder gar nicht vertrauen sollte«, sagte sie offen und ehrlich.

»Der Nachteil einer Erfahrung besteht darin, dass man sie erst später nutzen kann und nicht, wenn man sie gebraucht hätte«, entgegnete Ratamo und bereute seine Worte sofort. Er hatte nicht die Absicht gehabt, so unfreundlich zu antworten. Es ärgerte ihn, dass er wegen der letzten Nacht nicht in bester Verfassung war. Gerade heute hätte er zu einer geistvollen Unterhaltung fähig sein müssen. Er schaute Riitta Kuurma an und spürte, wie ihn eine warme Welle durchströmte. Riitta benutzte kein Make-up und kein Parfüm, sie wirkte frisch und natürlich. Er hob sein Glas, und sie kosteten den Wein, der vollmundig und süffig, aber dennoch leicht schmeckte.

Ratamo war froh, dass er sich vor diesem Treffen ein Herz gefasst und Meri angerufen hatte. Es wäre doppelzüngig gewesen, Riitta zu treffen, bevor mit Meri alles geklärt war. Sie hatten sich geeinigt, ihr Verhältnis zu beenden, so als hätten sie einen gemeinsamen Kinobesuch abgesagt. Das einzige Verbindungsglied zwischen ihnen war der Sex gewesen. Auf so eine Beziehung wollte er nicht sein Leben bauen. Wer nicht wagt, etwas zu geben, der bekommt auch nichts, sagte er sich. Plötzlich wurde ihm klar, dass er Riitta die ganze Zeit anstarrte. Er füllte ihre Gläser nach und löffelte dann aus einem kleinen Gefäß mit Henkel die in Smetana geschmorten Pilze. Sie waren schwer, schmeckten aber sehr saftig.

Riitta Kuurma empfand Ratamos Kommentar als gemein. Sie bereute schon, ein gemeinsames Abendessen vorgeschlagen zu haben. Ratamos Mannesehre würde bestimmt nicht erlauben, dass sich zwischen ihnen wieder etwas entwickelte. Ihrer Erfahrung nach gehörte es nicht zu den Stärken der Männer, einer Frau zu verzeihen. Irgendetwas in seinem Blick hatte sie am Tag zuvor jedoch dazu getrieben, ihn anzurufen. Was es gewesen war, wusste sie nicht.

Völlig überraschend fing Ratamo an zu reden: »Theoretisch verstehe ich natürlich, warum du so gehandelt hast. Das Schlimmste war, dass du Nelli in Gefahr gebracht hast, weil du Ketonen nicht alles erzählen wolltest. Mir ist nicht klar, wie du dir damals vorgestellt hast, das Ganze allein zu schaffen.« Er hatte gar nicht beabsichtigt, so offen über die Vergangenheit zu sprechen, aber er fand es gut, endlich auszusprechen, was er dachte. Für ihn war die Sache damit erledigt. Er trank einen Schluck Wein, wie um sich zu belohnen.

Genau solche verbitterten Kommentare hatte Riitta erwartet. Arto hatte nicht vergessen, was geschehen war, und es sah so aus, als wäre er dazu auch nicht imstande.

Das Hauptgericht wurde gebracht. Ratamo bekam »Iwans Schwert« und Riitta eine Kulebjaka, gefüllt mit Pilzen. Der Kellner erklärte ihnen, dass Ratamos Gericht auf Russisch »Basturma« genannt wurde. Kaukasische Krieger hatten es seinerzeit ihren Damen auf der Schwertspitze serviert.

Riitta schnitt ein Stück von der Pilzpastete ab und wechselte das Thema. »Habt ihr beide, du und Nelli, schon den Tod deiner Frau überwunden?«

»Für das Pferd ist es eine Erleichterung, wenn die Alte vom Wagen fällt«, antwortete Ratamo und wurde das erste Mal seit Jahren rot. Warum zum Teufel gab er solchen Blödsinn von sich, er benahm sich ja wie ein Schuljunge. Er schaute Riitta in die Augen und versuchte zu retten, was zu retten war. »Das war schon eine schwere Zeit. Zum Glück scheint Nelli das

Trauma ziemlich gut zu überwinden. Meine Ehe mit Kaisa war nur noch Kulisse, aber natürlich habe ich nicht gewollt, dass sie stirbt. Wie endgültig der Tod ist, versteht man erst, wenn man jemanden verliert.« Er bemerkte, dass er Riitta Kuurma Dinge erzählte, über die er nicht einmal mit seinen Freunden gesprochen hatte. Warum vertraute er ihr genauso instinktiv wie damals? Er sollte vielleicht lieber den Mund halten.

Die beiden SUPO-Mitarbeiter verspeisten ihre Portionen und bestellten danach Kaffee und Calvados. Sie waren zu gesättigt, als dass sie noch Nachtisch hätten essen können. Ihr Gespräch drehte sich wieder um die Arbeit, und Ratamo war sicher, dass er seine Chance, die Dinge mit Riitta zu klären, vertan hatte. Das empfand er als deprimierend.

Um acht verließen zwei verwirrte Polizisten das Restaurant. Beide hatten den Funken gespürt, aber beide fürchteten, dass ihr Gefühl einseitig war.

FREITAG

18

Die wilden schneebedeckten Gipfel der Alpen zeigten sich zwischen den Wolken und wurden zusehends größer, als die Maschine an Höhe verlor. In den Tälern waren hier und da stecknadelkopfgroße Punkte zu erkennen. Gewundene Gebirgswege verbanden die Häuser miteinander.

Ein Klingeln ertönte, die Anschnall-Zeichen leuchteten auf, und die monotone Stimme des Stewards erklang aus den Lautsprechern auf dem gemeinsamen Flug von Swissair und Finnair nach Zürich. Anna-Kaisa Holm hörte aufmerksam zu. Sie wunderte sich, warum der Flugplatz nicht mehr Zürich-Kloten, sondern Unique hieß.

Die erste Maschine am Freitagmorgen war fast ausgebucht. Sie hatte ein teures Ticket der Business-Class kaufen müssen, aber in der kurzen Zeit nicht mehr als drei Gläser Champagner in sich hineinschütten können. Um ihre Nerven unter Kontrolle zu bringen, hätte sie jedoch ein paar Deziliter mehr gebraucht.

Sie hielt die Armlehne so fest, dass ihre Knöchel ganz weiß wurden, als die Reifen die Landebahn des Flughafens berührten. Die Maschine sprang noch einmal hoch, bremste und rollte schließlich im Schneckentempo zum Terminal. Trotz des morgendlichen Gedränges bekam sie ihre Koffer schnell und eilte durch die Passkontrolle ins Hauptfoyer des Flughafengebäudes. Die beiden großen Koffer, die sie am Vorabend gekauft hatte, gab sie in der Gepäckaufbewahrung ab, dann fuhr sie die

Rolltreppe hinunter zum Bahnsteig des Schnellzugs. In zehn Minuten würde sie im Zentrum von Zürich sein.

Im Zug setzte sich Anna-Kaisa Holm auf einen Fensterplatz, obwohl sie wusste, dass ihr auch der Blick auf die Postkarten-Landschaft nicht helfen würde, sich zu entspannen. In Kürze würde sie spurlos verschwinden wie der Tau auf dem Gras. Es lag ihr schwer auf der Seele, dass sie Jussi Ketonens Vertrauen enttäuschte: Er hatte sie wie ein Vater angespornt und unterstützt. In einer E-Mail am Abend vorher hatte sie ihm mitgeteilt, dass sie wegen der Erkrankung eines Verwandten nach Lieksa reisen müsse. Ketonen würde vielleicht versuchen, sie anzurufen, aber wohl kaum gleich am ersten Tag die Suche nach ihr einleiten, selbst wenn er keine Verbindung mit ihr bekäme. Niemand wusste etwas von ihrer Flucht, da war sich Holm ganz sicher.

Schlagartig wurde ihr die harte Realität bewusst: Sie konnte sich an niemanden wenden. Nur ein Mensch wäre imstande, ihr zu helfen, aber auch erst irgendwann in einer fernen Zukunft. Sie floh aus Finnland, dem Ort ihrer Familie und Freunde, ins Unbekannte. Sie war absolut allein.

Zürich lag von Hügeln umgeben da. Ein hoher Funkmast störte die Harmonie des Eigenheimviertels. Anna-Kaisa Holm setzte die Brille ab und fuhr sich mechanisch durchs Haar.

Der Zug traf im Hauptbahnhof auf Gleis sechs ein. Anna-Kaisa Holm lief unter den hässlichen Stahlkonstruktionen hindurch zur großen Eingangshalle. Die von vier Stahlsäulen getragene quadratische Mondaine-Uhr zeigte 09.47 Uhr. Am Rande der Halle von der Größe eines Fußballfeldes befanden sich Restaurants, und die Stirnseite schmückte eine prächtige sieben Meter hohe, dicke Frauenfigur in einem violetten Badeanzug. Der Luftballon hatte die Flügel eines Engels.

Anna-Kaisa Holm war zweimal in der Clariden-Bank gewesen, aber auf ihr Ortsgedächtnis und ihren miserablen

Orientierungssinn konnte sie sich nicht verlassen. Ihren Freunden sagte sie oft scherzhaft, sie sei die amtierende Vorsitzende des Vereins der Finnen ohne Orientierungssinn, der eigentliche Vorsitzende fände nie den Weg zu ihren Versammlungen. Sie trat hinaus auf den Bahnhofquai, entdeckte den spitzen Kirchturm und erinnerte sich zu ihrer Überraschung sofort, dass sie nach rechts gehen musste. Hundert Meter weiter sah sie in der Mitte der Straße Springbrunnen, las auf einem Schild, dass sie sich auf dem Bahnhofsplatz befand, und erkannte den Anfang der Bahnhofstraße wieder. Jetzt würde sie den Weg zur Clariden-Bank finden.

In der Mitte der von leidend aussehenden Laubbäumen gesäumten Straße lagen Straßenbahnschienen. Anna-Kaisa Holm überlegte, ob die Bäume Linden waren. Die Kette der auserlesenen Geschäfte mit bekannten Namen riss nicht ab: Raymond Weill, Bally, Louis Vuitton, Chanel, Bruno Magli, Bulgari, Salvatore Ferragamo. Für einen Augenblick blieb sie vor dem Schaufenster des Schmuck- und Antiquitätengeschäftes La Serlas stehen.

Nach der Kreuzung Bärengasse sah sie am Ende der Bahnhofstraße den Zürichsee schimmern. Am Paradeplatz bog sie nach rechts ab und überquerte die Straße zwischen zwei Trams. Sie ging über den Talacker und eine kleine Brücke und erkannte schließlich auf der linken Seite die Claridenstraße und wenig später das hellblaue Gebäude der Clariden-Bank.

Die Detektoren öffneten die durchsichtige Schiebetür, und Holm betrat den Windfang. Nachdem die Überwachungskamera sie als ungefährlich eingestuft hatte, öffnete sich die zweite Schiebetür, und vor ihr lag das Hauptfoyer der Bank. In dem Meer von Marmor und Edelholzmöbeln ragten zwei Palmen einsam in die Höhe.

Holm ging zum Schalter des Angestellten, der für die Schließfächer verantwortlich war, und nannte den Namen Anna Tohkeinen. Dabei konnte sie sich ein Lächeln nicht verkneifen. Die SUPO besaß für Einsätze mit verdeckter Identität gefälschte Pässe. Die Namen der SUPO-Ermittler waren allen Nachrichtendiensten bekannt, sie hätten sich also verraten, wenn sie unter ihrem eigenen Namen reisten. Die Passagierdaten aller kommerziellen Fluggesellschaften befanden sich im internationalen Flugbuchungssystem.

Der gutaussehende junge Mann schaute auf den Pass und die unauffällige junge Frau, nahm eine Unterschriftprobe und begleitete Holm zu einer Glastür, die aufging, als er einen sechsstelligen Code eintippte. In der Halle wurde die linke Hand der Kundin gescannt. Dann öffnete sich langsam die gepanzerte Tür, und sie betraten den Tresor.

Am Ohrläppchen des Bankangestellten hing ein dicker goldener Ring. Holm wunderte sich, dass der Mann in einer erzkonservativen Schweizer Bank einen Ohrschmuck tragen durfte. Ein Lächeln huschte über ihr Gesicht, als sie sich an ein Bonmot ihrer Freundin Saara erinnerte: »Ohrringträger werden gute Ehemänner: Sie kennen den Schmerz und wissen, wie man Schmuck kauft.«

Der Angestellte und Holm drehten gleichzeitig ihre Schlüssel in den beiden Schlössern des Schließfachs Nummer 976 um. Der Mann zog den Metallkasten aus der langen Reihe von Hunderten Fächern heraus, begleitete Holm in die Kabine und schloss die Tür ab, als er den Raum verließ. Holm zählte das Geld, obwohl sie wusste, dass alle neunzigtausend Dollar noch vorhanden waren. Das entsprach etwa einer halben Million Finnmark, und damit würde sie, wenn es sein musste, in irgendeinem Entwicklungsland gut leben können, bis sie sich eine neue Identität geschaffen hatte. Mit ihren Computerkenntnissen wäre das möglich. Es dürfte auch kein Problem sein, Arbeit zu bekommen: Die IT-Branche kannte keine Ländergrenzen. Doch dann musste sie wieder an ihre Eltern und Alina und deren Familie denken. Was würde man ihnen sagen? Sofort geriet sie wieder in Panik, ihr Herz hämmerte, obwohl sie einen Beta-Blocker genommen hatte. Sie stopfte die gebündelten Scheine in ihre Handtasche und drückte auf einen im Türrahmen versenkten Knopf, um den Angestellten zu rufen.

Die Visite in der Bank war überraschend schnell verlaufen. Ihr blieb noch reichlich Zeit, Mittag zu essen. Das Wetter war nach dem Schneetreiben und dem eisigen Wind in Finnland so schön, dass sie beschloss, einen Spaziergang zu machen. Sie konnte ohne Beschwerden atmen; es tat gut, wenn man keinen Asthmaanfall zu befürchten brauchte. Auf der Bahnhofstraße lief sie bis ans Ufer des Zürichsees. Doch dann kehrte sie um, weil ihr einfiel, dass es dort keine Restaurants gab. Sie spazierte etwa zweihundert Meter am Ufer der Limmat entlang, überquerte die Münster-Brücke und ging dann weiter in Richtung Bahnhof.

Anna-Kaisa Holm erkannte den roten Hund, der an die weiße Wand eines alten Hauses gemalt war, und bog in eine kleine Gasse mit vielen Restaurants ein. Mitten in der Ankengasse fand sich ein Lokal, das einen gemütlichen Eindruck machte. Das »Taffelschoffel« war mit modernen Holzmöbeln ausgestattet. Sie ging am langen Bartresen vorbei in den hinteren Teil des Restaurants und setzte sich an einen ruhigen Tisch.

Auf der Speisekarte mit vielen verschiedenen Schnitzelgerichten fand sich überraschend auch eine preiswerte Vorspeise. Ganz gegen ihre Gewohnheit bestellte sie einen Drink, einen Gin Tonic. Sie kostete ihn und spürte, wie sie sich endlich entspannte, als die Wärme sich vom Magen bis in die Muskeln ausbreitete.

Sie fuhr zusammen, als ihr jemand einen Stadtplan direkt vor die Nase hielt und mit tiefer Stimme und in schlechtem Deutsch fragte, wo das Hauptgebäude der ETH liege. Sie schob den Stadtplan weiter weg und antwortete auf Englisch, sie sei selbst Touristin und könne deshalb leider nicht helfen.

Der Mann erklärte, die ETH sei die Technische Universität von Zürich. Er sah eigenartig aus. Sein Haar war pechschwarz und das hohlwangige Gesicht gerötet. Der purpurne Fleck, der links vom Kiefer bis zum Hals reichte, weckte ihr Mitgefühl. Wodurch mochte diese Narbe entstanden sein? Anna-Kaisa Holm wollte nicht sagen, dass sie Diplom-Ingenieurin war. Sie hatte das Gefühl, den Mann früher schon einmal gesehen zu haben. Oder kam ihr an der tiefen Stimme etwas vertraut vor? Sie lächelten sich an, und der Mann fragte, ob er ihr auf einen Drink Gesellschaft leisten könne. Englisch sprach er bedeutend besser als Deutsch. Sein Versuch, mit ihr anzubändeln, war so durchsichtig, dass es Anna-Kaisa Holm amüsierte. Aber der Mann wirkte auf eine kantige Art attraktiv und war überdies sehr freundlich. Ein kleiner Flirt könnte sie vielleicht entspannen. Sie lehnte es ab, noch einen Drink zu nehmen, sagte aber, er könne für sich selbst ruhig etwas bestellen.

Der dunkelhaarige Mann entschied sich für eine »Bloody Mary« und starrte seine Tischnachbarin dann lächelnd an. Allmählich wurde ihr unbehaglich zumute. War das ein Ganove, der es auf Touristinnen abgesehen hatte und nur auf einen geeigneten Augenblick wartete, um ihr die Handtasche zu entreißen? Sie wickelte den Henkel ihrer Tasche eng um ihr Handgelenk; nach den Drinks würde sie versuchen, den ungebetenen Gast loszuwerden.

Der Mann bekam die »Bloody Mary«, erhob sein Glas und sagte, er trinke auf das Wohl der freundlichen und schönen Frau, die ihm Gesellschaft leistete.

Anna-Kaisa Holm nahm einen Schluck von ihrem Drink und fragte mit einem Lächeln. »Mit wem habe ich das Vergnügen?«

»Ich bin Igor Sterligow, ihr Verbindungsmann zu ›Swerdlowsk‹, und Sie sind schon so gut wie tot«, antwortete der Mann auf Finnisch und wies mit dem Finger auf Holms Drink.

Sie starrte ihn mit weit aufgerissenen Augen an und spuckte alles, was sie noch im Mund hatte, auf das Tischtuch.

Der Russe drehte mit den Fingern einen Kugelschreiber. »Ich habe Fentanyl in Ihr Glas getan. Sie sterben, sobald es in Ihren Blutkreislauf gelangt«, sagte er.

Sie stand auf, steckte den Finger in den Hals und erbrach eine gelbliche Flüssigkeit auf den Tisch. Jemand kreischte laut, als der Mann in aller Ruhe die Geldscheine aus ihrer Handtasche nahm und dann hinausrannte.

Holm spürte, wie ihr der Atem stockte, und sank zu Boden.

19

Tang Wenge drehte das Sprungseil im kleinen Fitness-Studio seiner Dienstwohnung so schnell er konnte. Die kugelsichere Titanweste, die sechzehn Kilo wog, erschwerte die Übung und ließ ihn schnaufen, als wäre der Sauerstoff ausgegangen. Vor fünfzehn Jahren hatten die angehenden Spione im Ausbildungszentrum der Partei in Suzhou Fußball mit Titanwesten gespielt. Damals hatte es ihm nichts ausgemacht, über eine Stunde mit dem Gewicht über den Platz zu rennen, aber jetzt waren seine Beine schon nach einer Minute Seilspringen wie Pudding.

Tang hörte auf zu hüpfen, als er Irina kommen sah. Er öffnete die Klettverschlüsse und zog die Weste aus. Es war ein Gefühl, als würde er sich in die Luft erheben.

»Es ist etwas passiert«, sagte Irina mit ernster Miene, schaute ihren Arbeitgeber an und versuchte ihre Abscheu zu verbergen. Tang war pitschnass und so rot im Gesicht, dass Irina hoffte, er bekäme einen Infarkt. Der Geruch war widerlich. Der Mann sah noch abstoßender aus als sonst, falls das überhaupt möglich war.

»Ich kann eine kleine Pause einlegen«, sagte Tang mit seiner näselnden Stimme auf Englisch, griff nach dem Handtuch auf der Scheibenstange und setzte sich auf die Unterlage für das Bankdrücken. »Dann mache ich eine lange Serie Bizepsübungen mit leichten Hanteln. Ich will nicht mehr Masse, sondern feste Muskeln«, erklärte er stolz und glaubte in den schönsten Augen der Welt Bewunderung zu erkennen.

Irina wäre um ein Haar in schallendes Gelächter ausgebrochen. Unter Tangs dicker Fettschicht wären sogar die Muskeln eines Bodybuilding-Champions verschwunden. Ein Schlag gegen die Kehle, und der Mann würde fallen wie ein Anker, vermutete Irina. Sie berichtete, dass jemand von »Swerdlowsk« Anna-Kaisa Holm, die Leiterin der Abteilung für Informationsmanagement der SUPO, am Vormittag in Zürich mit Fentanyl betäubt hatte.

Tang fluchte und schrie auf Chinesisch so laut, dass ihm die Stimme versagte. Er stützte die Ellbogen auf die Knie und versuchte sich zu beruhigen. Es gehörte sich nicht, seine Wut so offen zu zeigen. Aber bei dieser Operation geriet die Lage außer Kontrolle. Vor Protaschenkos Tod hatte es Tang keine Sorgen bereitet, dass auch Swerdlowsk den Schlüssel zu Inferno haben wollte. Wenn der »Hund« das Passwort für die Hintertür zwei Organisationen übergeben hätte, wäre Guoanbu dennoch in der Vorhand gewesen. Sie hätten vor Swerdlowsk in der National Bank zugeschlagen, und die Mafiosi wären leer ausgegangen, weil die Bank Wiremoney sofort nach der Entdeckung des Einbruchs schließen würde. Doch jetzt war die Konstellation eine andere. Wenn Swerdlowsk allein in den Besitz des Passworts gelangte, schnappten die ihm womöglich die Beute vor der Nase weg.

Würde es ihm so ergehen wie dem Leiter der Nachrichtendienstfiliale in Seattle? Im Herbst 2000 war Guoanbu mit Hilfe des QAZ-Virus in das Datensystem von Microsoft eingebrochen und hatte sich Zugang zu Programmcodes der Software verschafft, die noch gar nicht auf dem Markt war. Doch die Agenten von Guoanbu in Seattle hatten die Dateien zu lange untersucht: Die Datenschutzverantwortlichen von Microsoft kamen ihnen auf die Schliche und trennten die Systeme des Unternehmens vom öffentlichen Netz. Das zögerliche Verhalten des Filialleiters hatte die Operation zunichte gemacht. Der Mann wurde in den Jemen versetzt.

Tang hatte sich geschworen, dass es ihm nicht so ergehen würde. Er wollte nicht gerade in einer Zeit auf ein Nebengleis abgeschoben werden, in der auch die letzten Hemmnisse fielen, die noch verhinderten, dass sich China wie die westlichen Länder entwickelte und Privatpersonen reich werden konnten. Die Mitgliedschaft in der Welthandelsorganisation und die stabilen Handelsbeziehungen zur USA garantierten, dass es nur eine Frage der Zeit war, wann das Wirtschaftswachstum und der zunehmende Wohlstand die Reste des Totalitarismus beseitigen würden. Der Kommunismus würde in der fünftausendjährigen geschriebenen Geschichte Chinas nur eine marginale Episode bleiben. In der Provinz Sinkiang hatten schon separatistische Unruhen begonnen.

Nach Auskunft der Technologieabteilung befand sich das Passwort, das man bei Protaschenko gefunden hatte, im Besitz der SUPO. Hatte Swerdlowsk es sich in Zürich von Holm beschafft, überlegte Tang. Es würde eine Ewigkeit dauern, bis sie eine Antwort darauf fänden.

Tang schaltete das Radio ein und hörte das Zeitzeichen, es war dreizehn Uhr, in China Radio International begannen die Nachrichten. Möglicherweise besaß Swerdlowsk das Passwort, dieses Risiko konnte er nicht eingehen. Er fluchte innerlich über seine Männer, die Protaschenkos Unterlagen oder die Angaben zur Identität des »Hundes« immer noch nicht gefunden hatten. Irgendetwas musste er tun, und zwar schnell.

Irina genoss es, als sie sah, wie Tang angesichts der hoffnungslosen Situation nahe am Verzweifeln war. Das alles würde er nie ehrenvoll überstehen. Dafür würde sie sorgen. Sie wusste, wer versucht hatte, Anna-Kaisa Holm zu ermorden, und sie wusste auch, dass Swerdlowsk das Passwort nicht besaß. Die Informationsquelle der Organisation war sie selbst, und sie kannte Igor Sterligow gut, den Mann, der dort die Verantwortung für den Fall Inferno trug. Es gab nur einen Menschen, der wusste, was Guoanbu und auch Swerdlowsk beabsichtigten, und das war sie. Irina war im Sommer 2000 vom SVR entlassen worden, gleichzeitig mit dem Chef der Nachrichtendienstfiliale des SVR in Helsinki. Igor Sterligow hatte gegen zahlreiche Dienstvorschriften verstoßen, den Tod von drei Agenten verschuldet und die Russische Föderation in eine unangenehme Lage gebracht – Finnland hatte wegen der Aktivitäten des SVR offiziell Protest eingelegt.

Allerdings wusste Irina noch nicht, wie sie an das Passwort gelangen sollte. Konnte sie es schon wagen, Kontakt zu ihrem Bruder aufzunehmen? Andrej war der Kommandeur der Bojewiki oder Kämpfer einer kriminellen Organisation aus Sankt Petersburg. Kinder einer bettelarmen Familie besaßen nicht viele Möglichkeiten, aus dem Slum herauszukommen. Irina hatte ihr Universitätsstudium finanziert, indem sie sich verkaufte, und ihr Bruder hatte sich schon als Teenager in kriminellen Kreisen herumgetrieben. Da Irina nicht mit einem eingefleischten

Kriminellen gesehen werden wollte, hielten sie nicht regelmäßig Verbindung, sondern trafen sich nur selten und heimlich in Petersburg. In Andrejs Organisation fänden sich bestimmt Computerspezialisten, die fähig wären, über die Hintertür in Wiremoney einzubrechen. Es half alles nichts, sie musste abwarten, bis Guoanbu den Wettlauf mit Swerdlowsk gewann, dann wäre es für sie einfach, an das Passwort zu kommen. Die von Protaschenko beschafften Kundennummern und Kontendaten der National Bank hatte sie sich schon in der vorhergehenden Woche kopiert und auch an Sterligow geliefert.

In dem Fitnessraum war es heiß. Irina nahm den gelben Seidenschal ab, den sie von Tang bekommen hatte. In seiner Gegenwart durfte sie nur Kleider in den Farben der Freude tragen: Rot, Gelb und Rosa. Sie hasste diesen gelben Fetzen, er machte sie alt. Zum Glück sah es niemand.

Tang war klar, dass die Zeit knapp wurde. Wenn die russische Mafia das Passwort an sich gebracht hatte, könnte sie jeden Moment die Konten der National Bank leer räumen. Was sollte er tun? Ein Angriff auf Swerdlowsk wäre eine Kriegserklärung, zu der er noch nicht bereit war. Und er wusste ja nicht einmal mit Sicherheit, ob die Russen das Passwort besaßen. Den »Hund« konnte er nicht finden, solange dessen Identität nicht geklärt war. Und auch ein Einbruch bei der SUPO wäre ausgeschlossen. Wenn man sie dabei in der Ratakatu erwischte, würde das einen diplomatischen Konflikt auf internationaler Ebene und das Ende seiner Laufbahn bedeuten. Außerdem hätte er dann noch auf Verstärkung warten müssen.

Eine Alternative wirkte verlockend, aber zu seinem Ärger setzte sie voraus, dass er auch auf finnischem Boden zu harten Mitteln greifen müsste. Er war jedoch schon an den Grenzen seiner Vollmachten gewesen, als er bei seinen Kollegen der Filiale in Miami die Liquidierung von Sam Waisanen in Auftrag gegeben hatte. Doch dazu war er gezwungen gewesen: Der Amerikafinne wusste zu viel.

Tang war klar geworden, von wem er das Passwort bekommen würde: Der »Hund« hatte es Protaschenko gegenüber erwähnt. Wäre er imstande, die Operation selbst zu organisieren?

20

Ketonen drückte die Haupteingangstür des Außenministeriums mit aller Kraft auf und wäre auf dem Asphalt im großen abgeschlossenen Innenhof der Merikasarmi fast ausgerutscht. In Katajanokka fing es an zu schneien, und seine Gummigaloschen waren jetzt gefährlich glatt. Ihnen hatte er es jedoch zu verdanken, dass er seine Lieblingsschuhe im Sommer und im Winter tragen konnte. Er steckte sich zwei Kaugummis in den Mund und mahlte mit seinen Kiefern wie eine wiederkäuende Kuh. Es war schon nach ein Uhr. Sein Fahrer wartete zehn Meter entfernt im schwarzen Saab 9000 CD. Ketonen wollte jedoch nach der Tortur, die er gerade überstanden hatte, frische Luft schnappen, obwohl ihm der feuchte Schnee ins Gesicht rieselte. Er zog sich die Pelzmütze tiefer in die Stirn, band den Schal fester und schlug den Kragen seines Wintermantels hoch.

Der Chef der SUPO war wütend auf sich selbst. Dem Abteilungsleiter für Polizei im Ministerium von dem Fall Inferno zu berichten war ein Fehler gewesen. Korpivaara hatte, ohne das mit ihm abzusprechen, den Innenminister unterrichtet, der sofort den Ministerpräsidenten angerufen hatte. Auf dessen Anordnung sollten sich der Innen-, der Außen- und der Verteidigungsminister sowie der Abteilungsleiter für Polizei mit dem Fall befassen. Das Quartett hatte ihn gerade knapp drei Stunden lang mit Fragen bombardiert, von denen eine dümmer als die andere war. Dieser Braintrust fürchtete, dass die finnische Volkswirtschaft in Gefahr geriet, wenn Informationen durchsickerten und die Medien Wind von dem Fall Inferno bekämen.

Nach Auffassung des Verteidigungsministers war die Verteidigungsfähigkeit Finnlands bedroht, wenn man sich nicht auf die Verschlüsselungsprogramme verlassen konnte. Fast alle lebenswichtigen Dateien der Streitkräfte für den Ausnahmezustand und die Landesverteidigung waren in die EDV-Netze eingegeben worden. Wenn sie vernichtet oder geknackt würden, wäre die Armee lahmgelegt. Der Mann hatte ihm wie einem Anfänger eine Predigt über die Risiken der elektronischen Spionage und die Verwundbarkeit der Informationsgesellschaft gehalten. Vorschläge für Maßnahmen hatte das Quartett allerdings wohlweislich nicht gemacht.

Ketonen kaute noch wütender auf seiner Nicorette herum. Er wusste genau, wie solche Blödmänner an die Macht gelangten – mit einem Parteibuch der richtigen Farbe. Die Politiker mit ihrem Geiz trugen die Schuld daran, dass der Datenschutzstandard des finnischen Staates und der Streitkräfte niedriger war als in den meisten westlichen Ländern und selbst in den finnischen Datenschutzfirmen. Die wichtigsten Datensysteme des Staates konnten so lange von Topcrackern geknackt und außer Kraft gesetzt werden, bis bei der SUPO und der Nationalen Telekommunikationsbehörde für den landesweiten Datenschutz verantwortliche CERT-Einheiten gebildet würden, das hieß Einsatzkommandos für den Kampf gegen Datenschutzverletzungen, Viren und Netzterrorismus.

Sollte er die Präsidentin anrufen, bevor sich die Politiker in den Fall einmischten und mit ihrer Pfuscherei die ganzen Ermittlungen gefährdeten? Vielleicht hatte die Frau den Mut, Entscheidungen zu treffen.

Das Fenster auf der Beifahrerseite des Saab ging auf, und sein Fahrer schwenkte den Hörer des Autotelefons in der Hand. Ketonen warf den Kaugummi an einen kahlen Baum, zwängte sich auf den Rücksitz und nahm den Hörer.

»Hier Erik. Es ist etwas sehr Schlimmes passiert. Man hat in Zürich versucht, Anna-Kaisa zu ermorden«, sagte Wrede leise. Er wagte es, am Telefon zu reden, weil er aus der Überwachungszentrale der SUPO anrief. Deren Telefonleitungen konnte man nicht abhören, und in Ketonens Wagen war eine kleine Verschlüsselungseinheit eingebaut.

»Was zum Teufel hat sie dort gemacht? Ist sie ... in Ordnung?«, fragte Ketonen und räusperte sich.

Als das bejaht wurde, schwieg er einen Augenblick. Dann murmelte er etwas Unverständliches, sagte, er sei in zehn Minuten in der Ratakatu und klopfte seinem Fahrer auf die Schulter. Die Einzelheiten wollte er im Büro hören.

»Warte!«, rief Wrede, bevor er auflegen konnte. »Anna-Kaisa hat gestern herausgefunden, dass an der Technischen Hochschule ein vietnamesischer Verschlüsselungsspezialist arbeitet. Er ist in den Fall Inferno verwickelt, und er hat Verbindungen zur chinesischen Botschaft.«

Ketonen sagte, er habe verstanden, und beendete das Gespräch. Der Stress packte ihn, und der Appetit auf eine Zigarette. Er fühlte sich so angespannt wie ein Stahlseil, das ein Gewicht von einer Tonne trug. Hatte Guoanbu Inferno bei Protaschenko bestellt?

Die Flügel des hohen Metalltors im Hof des Außenministeriums öffneten sich, und sein Fahrer beschleunigte den Wagen in Richtung Laivastokatu. Vier Eisbrecher warteten dort in Doppelreihe auf Einsätze. Bei drei von ihnen sah Ketonen die Namen: Voima, Otso und Sisu.

Jemand hatte versucht, eine seiner Mitarbeiterinnen zu

ermorden. Was zum Teufel war mit ihr passiert? Der kalte Schweiß trat ihm auf die Stirn. Anna-Kaisa war für ihn wie eine Tochter. Was um Himmels willen suchte sie in Zürich? Irgendein Mann, natürlich! Ketonen wurde klar, dass er von den Privatangelegenheiten seiner Mitarbeiter nichts wusste

Man hatte versucht, eine Ermittlerin der SUPO umzubringen. Jetzt musste er sich zusammenreißen und alles tun, was erforderlich war, um den Verräter zu finden, beschloss Ketonen und versank in Gedanken.

Musti begrüßte ihr Herrchen freudig an der Tür. Ketonen warf Mantel und Mütze auf das Sofa und ging in Richtung Beratungsraum, wo Wrede und Riitta Kuurma ihn bereits erwarteten.

»Was zum Teufel ist passiert?«, fragte Ketonen schon an der Tür.

Wredes sommersprossiges Gesicht war noch blasser als sonst. »Eine finnische Frau wurde am Vormittag in einem Züricher Restaurant vergiftet. Dem Rettungsarzt gelang es, sie wiederzubeleben. Sie befindet sich jetzt im Universitätsspital von Zürich. Die Kantonspolizei hat der Zentrale unserer Kriminalpolizei die Angaben im Pass und das Foto der Frau übermittelt. Anna Tohkeinen ist ein Deckname in einem unserer Pässe. Das Foto hat bestätigt, dass es sich bei der Frau um Anna-Kaisa handelt. Und das Gift war nach dem vorläufigen Bericht der Kantonspolizei Fentanyl.«

Es herrschte absolutes Schweigen. Die drei vermieden es, sich anzuschauen.

»Kann Anna-Kaisa schon sprechen?«, fragte Ketonen schließlich.

»Nach Ansicht der Ärzte erst morgen. Wir haben gedacht, dass du ihre Eltern anrufen willst«, sagte Wrede leise.

Das war ein Tag, an dem Ketonen eine andere Arbeit lieber gewesen wäre. Er sammelte sich einen Augenblick. »Fentanyl ist die Visitenkarte von Swerdlowsk«, sagte er wie zu sich selbst, und der Zorn war ihm anzusehen. »Stecken also die Leute von Swerdlowsk hinter dem Mord an Protaschenko?« Einen Augenblick überlegte Ketonen, ob es eine Fehleinschätzung gewesen war, Holm als Chefin der Abteilung für Informationsmanagement einzusetzen? Könnte es sein, dass Anna-Kaisa in den Fall Inferno verwickelt war? Nein. Sie hätte sich die Inferno-Daten auf keinen Fall verschaffen können, und sie war auch nicht in Miami, als die Unterlagen von DataNorth übergeben wurden.

»Worauf hat sich Swerdlowsk spezialisiert?«, fragte Riitta Kuurma gedämpft.

»Auf alles Legale und Illegale. Sie kaufen, verkaufen, tauschen, stehlen und vermieten«, erwiderte Ketonen schroff. »Und sie erpressen, verkuppeln und morden.« Dann berichtete er schon etwas ruhiger, dass die kriminelle Organisation von Wadim Zenkowski alias Orel ihren Namen von einer Stadt im Osten des Ural erhalten hatte, an deren Rand eine geheime Kernwaffeneinheit der Armee stationiert war. Zenkowski hatte nach dem Zusammenbruch der Sowjetunion Plutonium aus dem Objekt gestohlen und sich so das Anfangskapital für sein Imperium beschafft.

Heutzutage war Swerdlowsk eine weltweit operierende kriminelle Organisation und ein Staat im Staate Russland. Sie besaß eine klare hierarchische Struktur, eine beneidenswerte technische Ausstattung, eine topausgerüstete Infanterie von der Größe der Armee eines kleinen Landes und eine Kasse ohne Boden. Auf ihren Gehaltslisten standen Juristen, Militärs, Ökonomen, Beamte der Justizverwaltung, Geschäftsleute, Journalisten und Politiker. Die verschiedenen Gruppen der

Fachleute und andere Helfer arbeiteten in Bereichen, die genau wie in einem Staat gegliedert waren. Es gab die Bereiche Finanzen, Technische Angelegenheiten, Juristische Fragen und Produktentwicklung, außerdem eine Aufklärungsabteilung, eine Armee und Polizei – sie alle waren eigene Institutionen innerhalb von Swerdlowsk. Plötzlich bemerkte Ketonen, dass der unterste Knopf seines Hemdes fehlte. Entweder war das Hemd eingegangen oder sein Bauch dicker geworden. Er kannte die Wahrheit und stopfte das Hemd tiefer in die Hose.

Als nächstes wollte Ketonen von Riitta Kuurma etwas über den vietnamesischen EDV-Spezialisten wissen. Sie berichtete, Anna-Kaisa habe nach dem Verhör der Inferno-Verantwortlichen herausgefunden, dass Bui Truong, ein vietnamesischer Topfachmann auf dem Gebiet der Verschlüsselungstechnik, der an der Technischen Hochschule Helsinki arbeitete, den Auslandsnachrichtendienst von Guoanbu unterstützte. Die SUPO hatte am Vormittag in der Wohnung des Mannes etliche Unterlagen fotografiert, die eine Verbindung zu Inferno und zu Guoanbu bestätigten. Um aber die Unterlagen genau durchzugehen, würden Ratamos Sprachkenntnisse gebraucht. Niemand hatte eine Ahnung, wo sich Truong aufhielt.

Ketonen überlegte, ob die Tatsache, dass dieser Bui Truong plötzlich eine Rolle spielte, ein Täuschungsmanöver war, das von Ratamo ablenken sollte. Der Chef befahl Wrede, die Überwachung von Swerdlowsk und Guoanbu zu organisieren und zu klären, was sie in den letzten Wochen getrieben hatten.

Jetzt platzte Wrede der Kragen. Mit den ihm zur Verfügung stehenden Ressourcen wäre er nicht imstande, die Inferno-Verantwortlichen, einen effizienten Auslandsnachrichtendienst und eine riesige kriminelle Organisation zu überwachen, schimpfte er. Um eine Person in die »Box« zu stecken und rund um die Uhr vollständig technisch zu überwachen, brauche man zwei Gruppen von jeweils vier Ermittlern, die in Schichten von zwölf Stunden arbeiteten. Zwei beschatteten die Person, zwei überwachten den Datenverkehr, zwei hörten das Telefon ab und zwei kümmerten sich um die Videoüberwachung. Er wäre gezwungen, von der Polizei zusätzliche Kräfte für einfache Beschattungsaufgaben auszuleihen. Und auch Anna-Kaisa habe die Zentrale für Informationsmanagement der Polizei schon um Hilfe bitten müssen, wetterte er. Die Amtshilfe innerhalb der Polizei koste aber auch Geld. »Da kann man nur hoffen, dass der Schuldige schnell gefunden wird. Sonst wird es schwer, so eine Geldverschwendung zu begründen«, sagte er zum Schluss. Es wurmte ihn, dass er der Einzige war, der den Mut hatte, Ketonen gegenüber den Mangel an Ressourcen zu beanstanden. Die Autorität des Chefs war allzu unerschütterlich.

Ketonen betrachtete Wrede ungehalten und zählte innerlich bis drei. Er mochte Leute nicht, die sich beklagten. Es war nicht seine Schuld, dass der SUPO zu wenig Mittel gewährt wurden. Er wusste, dass Wrede recht hatte, aber der Eifer, mit dem der Schotte ständig die Zustände kritisierte, ging ihm allmählich auf die Nerven. Er hatte Wrede als seinen Nachfolger vorgesehen, aber die Fähigkeit des Mannes, Stress auszuhalten, müsste noch getestet werden. »Mach auch eine Zusammenfassung über den Mordversuch an Anna-Kaisa, sobald du ausreichend Informationen aus der Schweiz erhalten hast. Vorher kannst du ihren Hintergrund durchforsten. Und ihre finanzielle Lage klären.«

Wrede stöhnte demonstrativ und fuhr sich so heftig durch die rote Mähne, dass die Schuppen rieselten. Ketonen hatte die Hände unter die Hosenträger geschoben und starrte ihn an wie eine Statue. Wrede wurde klar, dass der Chef ihm zeigen wollte, wo der Hammer hing. Diese Menge an Arbeit, die man ihm gerade aufgebürdet hatte, konnte er nicht ehrenvoll bewältigen.

»Warum ist übrigens Arto nicht hier?«, fragte Riitta Kuurma.

Ketonen beschloss, sie über seinen Verdacht zu informieren, allerdings in gefilterter Form. Es gebe schon so viele merkwürdige Zusammentreffen, dass man Ratamo vorläufig mit Vorbehalt gegenüberstehen müsse, sagte er ganz ruhig. Dass Ratamos Treffen mit Aalto an diesem Abend abgehört werden würde und dass man auf der Jagd nach einer Handschriftenprobe Ratamos in Vietnamesisch war, erwähnte er nicht. Riitta Kuurma glaubte ihren Ohren nicht zu trauen. Ratamo wurde wie ein Krimineller behandelt. Und sie durfte es ihm wieder nicht sagen. Gerade als ihre Freundschaft neu auflebte, musste sie sein Vertrauen wieder enttäuschen.

Der Chef fragte, ob man schon neue Informationen über die Inferno-Verantwortlichen erhalten habe.

Die Unternehmen hätten eingewilligt, ihre Angestellten auszuspionieren, und auch die letzten Überwachungsvorrichtungen seien nun installiert worden, berichtete Riitta Kuurma. Bei Finn Security und SH-Secure besaß die operative Leitung über die Hälfte der Firmenaktien, die das Bestimmungsrecht beinhalteten, somit war es einfach gewesen, diese Entscheidungen zu treffen. Das Eigentum an DataNorth hingegen sei so aufgeteilt, dass der Generaldirektor den Vorstand hatte einberufen müssen.

Ketonen unterbrach sie: »Die Vorstandsmitglieder werden doch wohl dichthalten?«

»DataNorth ist erledigt, wenn auf dem Markt das Gerücht durchsickert, dass in die Dateien des Unternehmens eingebrochen worden ist. Die meisten Datendiebstähle auf der Welt werden gerade aus diesem Grunde totgeschwiegen. Die Vorstandsmitglieder wissen das. Sie haben einstimmig beschlossen, keine Börseninformation über den Dateneinbruch herauszugeben, die gestohlenen Unterlagen befinden sich ja jetzt im Besitz der SUPO«, antwortete Riitta Kuurma und fuhr in ihrer Zusammenfassung fort. Der geschäftsführende Direktor von SH-Secure habe versprochen, der SUPO eine Kopie des Vertrages über den Kauf von Aaltos Firma zu faxen. Der Vertrag enthalte keine Geheimhaltungsklausel.

Ketonen schien zufrieden zu sein. Er befahl ihr, Mikko Piirala von der Abteilung für Informationsmanagement mit dem Fall vertraut zu machen.

Das Alibi Aaltos für den Zeitpunkt des Mordes an Protaschenko sei noch nicht bestätigt worden, berichtete Wrede. Der Programmierungsingenieur der Repräsentanz von SH-Secure in Miami befand sich im Urlaub in Kanada. Ryan Draper war ein leidenschaftlicher Wanderer und Kanufahrer, und in der Wildnis von Manitoba gab es kein Mobilfunknetz. Nach Ansicht seiner Kollegen schaute Draper jedoch von Zeit zu Zeit in sein E-Mail-Fach, so dass man ihn bald erreichen würde.

»Na toll, das passiert ja genau zum richtigen Zeitpunkt«, brummte Ketonen und bombardierte dann Wrede und Kuurma mit Fragen, er wollte genau wissen, was Anna-Kaisa Holm am Vortag getan hatte. Als alle Informationen besprochen waren, befahl Ketonen Wrede, ständig Kontakt zur Polizei in Zürich zu halten. Zum Schluss verkündete er, dass er Ratamo bitten werde, sich mit den Unterlagen zu beschäftigen, die man in Bui Truongs Wohnung fotografiert hatte. »Das Tempo bei diesen Ermittlungen ändert sich jetzt. Niemand ruht sich aus, solange nicht geklärt ist, wer versucht hat, Anna-Kaisa zu ermorden. Meine Mitarbeiter bringt man nicht um.«

Ketonen hatte Angst. Was sollte er den Eltern von Anna-Kaisa Holm sagen?

21

Das grelle Licht blendete. Alles sah weiß und sauber aus. Diese Frau dort war jedoch kein Engel, im Himmel trug man wohl kaum Namensschilder. Sie lebte also noch. Die Frau redete anscheinend mit ihr, aber sie hörte nur ein regelmäßig wiederkehrendes Piepen. Der Geruch erinnerte an die Schwimmhalle im Itäkeskus. Ihre Augenlider waren tausend Kilo schwer und ließen sich nicht offenhalten, so sehr sie sich auch bemühte. Sie fielen wieder zu.

»Guten Morgen.«

Es dauerte eine Weile, bis Anna-Kaisa Holm begriff, dass sie wach war. Eine junge Schwester befestigte einen Plastikbeutel mit einer Flüssigkeit an dem Ständer neben ihrem Bett. Dann drückte die Frau einen Knopf an der Seite des Bettes. Holm verstand von dem, was die lächelnde Schwester in flüssigem Deutsch sagte, nur zwei, drei Wörter.

Das Piepen ging ihr auf die Nerven. In der Armbeuge schmerzte es, als sie versuchte, durch ihre Haare zu fahren. Ihr wurde klar, dass sie am Tropf hing und verkabelt war. Dann betastete sie ihr Gesicht und fühlte mit den Fingerspitzen da und dort kleine Pickel: Irgendein Medikament hatte wahrscheinlich eine allergische Reaktion hervorgerufen. Plötzlich packte sie das Entsetzen so heftig, dass es ihr den Atem verschlug: Das Gesicht des Killers von Swerdlowsk tauchte vor ihren Augen auf. Sie fühlte sich wie die Beute eines Raubtiers. Ihr Gehirn war immer noch benebelt. Wusste der Mann, wo sie sich befand? Nicht unbedingt: Er war gleich nachdem sie das Fentanyl getrunken hatte, hinausgerannt. In Sicherheit befand sie sich dennoch nicht. Ganz im Gegenteil. Das Piepen wurde schneller. Holm wandte den Kopf und sah, wie der grüne Strich auf dem Monitor hüpfte. Ihr Puls lag bei einhundertdreiundsechzig.

Sie war eine Informationsquelle der Swerdlowsk-Mafia geworden, weil sie versprochen hatte, ihrer Schwester zu helfen. Ihr Gehalt war jedoch so schlecht, dass der ihr gewährte Bankkredit nur für einen Bruchteil der Summe gereicht hätte, die gebraucht wurde, um die Schulden von Alinas Tourismusunternehmen zurückzuzahlen. Deshalb hatte sie nur ein paar Tage gezögert, als der Russe im letzten Herbst Kontakt zu ihr aufgenommen und eine Zusammenarbeit vorgeschlagen hatte. Sein Angebot hätte auch Bill Gates nicht abgelehnt. So hatte sie ein Mittel gefunden, wie sie den väterlichen Hof und ihre Familie retten konnte.

Getroffen hatte sie ihren Verbindungsmann bei Swerdlowsk nie. Informationen wurden elektronisch ausgetauscht, und ihr Honorar traf immer pünktlich auf dem Konto in der Schweiz ein.

In den letzten Tagen änderte sich das Verhalten des Mafioso jedoch. Er reagierte aggressiv und ungeduldig und kommandierte sie herum wie einen Lehrling. Vor allem der vietnamesische Text auf Protaschenkos Unterlagen und Timo Aalto hatten ihn interessiert.

Am Vorabend hatte er ihr befohlen, Protaschenkos Unterlagen zu kopieren. Das war jedoch unmöglich: Sie befanden sich im Tresor der SUPO, man durfte sie nicht ohne begründeten Anlass und auch niemals allein ausleihen.

Anna-Kaisa Holm hatte alles unternommen, um den Mann von Swerdlowsk davon zu überzeugen, dass der Versuch eines Diebstahls der Dokumente bei der SUPO zu riskant wäre. Sie hatte versprochen, die Ermittlungen zu verzögern und zu erschweren, aber der Russe war unerbittlich geblieben – er wollte die Unterlagen unbedingt.

Sie hatte gelogen und versprochen, die Dokumente zu beschaffen, denn Alternativen gab es nicht. Swerdlowsk war ein zu starker Gegner. Sie hätte sich gern selbst angezeigt und ihre Informationen preisgegeben, aber dann wäre sie mit Sicherheit ermordet worden. Nach Zakon, dem Gesetz der russischen Unterwelt, stand auf Verrat ausnahmslos die Todesstrafe. Die kriminellen Organisationen besaßen keinen anderen Rechtsschutz. Ihre Grundlage waren absolutes Vertrauen und Ehrlichkeit untereinander und die Einhaltung der Regeln der Unterwelt. Zu alledem hätte Alina möglicherweise noch das Geld verloren, das sie ihr gegeben hatte, und der Hof wäre zwangsversteigert worden. Alles wäre umsonst gewesen. Ihr blieb nichts anderes übrig, als unterzutauchen.

Die Tür ging auf. Eine freundlich lächelnde Frau mittleren Alters stellte sich als Doktor Wessner vor und fragte, ob sie Deutsch spreche. Englisch könne sie besser, erwiderte sie und erinnerte sich, das Gesicht der Ärztin im Traum gesehen zu haben. Doktor Wessner prüfte den EKG-Ausdruck und brummte zufrieden.

Es stellte sich heraus, dass man sie gerade noch rechtzeitig wiederbelebt hatte. Als das Rettungsteam im Restaurant »Taffelschoffel« eintraf, litt sie unter Krämpfen, Halluzinationen und extremen Nervenschmerzen. Der Kellner hatte gehört, wie sie beim Phantasieren mehrmals das Wort Fentanyl erwähnte, also konnte man unverzüglich die richtigen Maßnahmen einleiten. Zwei Injektionen von je einem Milligramm Naloxon hatten ihr das Leben gerettet. Es war ein Glück im Unglück, dass sie die Überdosis Fentanyl gerade in Zürich erhalten hatte: Die Drogenprobleme in der Stadt waren so schwerwiegend, dass die Rettungsteams dank ihrer Erfahrungen auf diesem Gebiet Todesfälle durch Drogen oft verhindern konnten. In Lebensgefahr war sie nun nicht mehr, aber die Magenspülung hatte sie geschwächt. Sie würde Salzlösung erhalten, bis es ihr wieder besser ging.

Anna-Kaisa Holm dankte ihrem Schöpfer, dass sie am Leben war. Die Freude wäre aber nur von kurzer Dauer, wenn sie im Krankenhaus wartete, bis der Mann von Swerdlowsk zurückkehrte, um seine Arbeit zu vollenden.

Die Ärztin zog einen Stuhl ans Bett, setzte sich hin und erkundigte sich, was geschehen sei. Holm könne offen sprechen, sie habe sich keines Vergehens schuldig gemacht.

Holm antwortete nicht. Sie kniff ein paarmal die Augen zusammen, bemühte sich, so erschöpft wie möglich auszusehen, und fragte, wo sie sei.

Doktor Wessner sagte, sie befände sich in der Überwachungsstation der Poliklinik des Universitätsspitals Zürich.

Drogenkonsum war in der Schweiz also nicht verboten. Dann dürfte sie das Krankenhaus vielleicht verlassen, hoffte Anna-Kaisa Holm. Sie musste vor Swerdlowsk fliehen. Nach dem Rhythmus des Piepens zu urteilen, schlug ihr Herz offensichtlich schon ruhiger. »Kann man diesen Apparat abschalten?«, fragte sie und versuchte zu lächeln.

»Ich denke schon.« Die Ärztin nickte der Krankenschwester zu, die drei EKG-Elektroden von ihrer linken Seite und eine von jedem Schlüsselbein entfernte.

Anna-Kaisa Holm tat so, als würde sie einschlafen. Die Schweizerinnen unterhielten sich kurz, dann hörte sie, wie Doktor Wessner zu den Apparaten auf ihrer rechten Seite ging.

Als die beiden Frauen das Zimmer verließen, lauschte sie eine Weile, wie sich die Schritte entfernten und setzte sich dann auf. Für einen Augenblick wurde ihr schwarz vor Augen. Warum war sie so naiv gewesen, einer russischen kriminellen Organisation zu vertrauen? Vor ihrer Anwerbung hatte man versprochen, sie zu nichts zu zwingen, doch je wichtiger die

Informationen wären, die sie lieferte, desto höher wäre ihr Honorar.

Dennoch glaubte sie, verschwinden zu können, ohne Spuren zu hinterlassen. Schließlich wusste sie viel mehr über die Ermittlungsmethoden der Polizei und die Suche nach Kriminellen als die meisten, die versuchten unterzutauchen. Vielleicht bekäme sie im Laufe der Zeit die Lage unter Kontrolle. Wer weiß, möglicherweise wurde ihr Verbindungsmann bei Swerdlowsk umgebracht.

Sie hielt sich am Kopfteil des Bettes fest und setzte die Füße vorsichtig auf den Boden. Zwar fühlte sie sich schwach, aber ihr wurde nicht schwindlig. Der Fußboden war kalt, und sie hatte keine Strümpfe. Sie nahm den Ständer, an dem der Tropf hing, und ging damit zu den Schränken auf der anderen Seite des Zimmers. Hinter den ersten Türen befanden sich Decken, Kissen, ein Kunststoffschieber und Metallgefäße. Sie seufzte vor Erleichterung, als sie im zweiten Schrank ihre Sachen entdeckte. Nun entfernte sie die Kanüle aus der Armbeuge, das tat weh. Auf dem Beistelltisch fand sich ein Wattebausch, sie drückte ihn auf die Wunde und klebte ihn mit Pflaster fest. Dann durchwühlte sie ihre Tasche so schnell wie möglich. Außer dem Geld fehlte nichts. Ihre Uhr zeigte Viertel nach eins. Sie war also etwa zwei Stunden bewusstlos gewesen. Ob die SUPO schon informiert war, wo sie sich befand?

Mühsam zog sie sich an und überlegte gleichzeitig, ob man sie wohl daran hindern würde, das Krankenhaus zu verlassen, wenn jemand auf dem Gang bemerkte, dass sie eine Patientin war. Vielleicht hatte die SUPO oder die Züricher Polizei verboten, sie vor einem Verhör gehen zu lassen.

Sie war gezwungen, Make-up aufzulegen, um die Pickel zu verdecken, denn sie musste wie eine Besucherin aussehen, nicht wie ein drogensüchtiger Teenager mit pickligem Gesicht. Ihre

Hände zitterten so, dass sie sich kaum richtig schminken konnte. Ein Beta-Blocker hätte geholfen, aber den wagte sie nicht zu nehmen, weil sie nicht wusste, wie er in Verbindung mit den anderen Medikamenten wirken würde. Endlich einmal war sie glücklich über ihre Bubikopffrisur. Die schnurgeraden Haare sahen immer ordentlich aus.

Rasch setzte sie die Brille auf, hielt das Ohr an die Tür und hörte das gedämpfte Geräusch von Schritten, das immer leiser wurde. Vorsichtig schaute sie hinaus. Auf der rechten Seite ging der Flur endlos weiter, aber links sah sie zehn Meter entfernt eine Art Foyer. Und Menschen ohne weißen Kittel oder Schlafanzug. Dort musste sie hin.

Anna-Kaisa Holm bemerkte, dass sie schwankte. Sie brauchte schnell einen Platz in einem Zug oder ein Hotelzimmer, wo sie sich verstecken und ausruhen konnte, bis sie Hilfe bekam. Alles andere war jetzt völlig egal. Aber es gab ja auch gar nichts anderes. Sie hatte ihr bisheriges Leben aufgekündigt, und ein neues existierte noch nicht. Und würde vielleicht auch nie existieren …

Plötzlich erblickte sie eine Krankenschwester und erschrak so, dass sie fast gestolpert wäre. Die wildfremde Frau wandte sich ihr zu und grüßte sie freundlich.

Unten im Foyer beachtete man sie nicht. Sie wagte nicht einmal, zu den Angestellten am Empfang hinüberzuschauen. Die Menschen unterhielten sich leise wie immer in Krankenhäusern.

Sie stieg langsam die letzten Stufen hinunter und hastete auf den Hof hinaus. Das Sonnenlicht blendete sie; das musste an den Medikamenten liegen. Gierig atmete sie die frische Luft ein und betrachtete dann mit zusammengekniffenen Augen die pfeilförmigen Schilder, die nach rechts wiesen: Kantonsapotheke, Augenklinik, Frauenheilkunde, Neurologie, Verwaltungsdirektion. Das Krankenhausgelände war riesig. Sie ging in die andere Richtung. Nach links wies nur ein einziger Pfeil: Rämistrasse 100/Portier.

Sie schaute in die Richtung des Pfeils und sah, wie eine Straßenbahn vorbeiraste.

22

Ratamo lachte schallend und legte den Hörer auf. Irgendein entfernter Bekannter hatte gehört, dass er jetzt bei der Polizei arbeitete, und ihn deshalb hartnäckig gebeten, seine innerhalb eines Jahres kassierten acht Strafen für falsches Parken zu streichen. Glaubte der Mann ernsthaft, ein Polizist könne Verstöße einfach so unter den Tisch fallen lassen wie ein Klassenlehrer?

Die Unterlagen von Bui Truong brachten für die Ermittlungen im Fall Inferno keinen Nutzen, dachte Ratamo und hob den großen Keramikbecher an die Lippen. Der Kaffee war kalt geworden. In den letzten zwei Stunden hatte er einen Stapel Zusammenfassungen zu Technikthemen, Notizen, Vorlesungspläne und Berichte gelesen und nichts gefunden, was der SUPO weiterhelfen würde. Auch sonst war er in gedrückter Stimmung. Das Begräbnis seiner Oma rückte näher. Und Ketonen hatte von Anna-Kaisa Holm erzählt, als er ihm Truongs Unterlagen übergab.

Schockiert musste Ratamo einsehen, dass die Arbeit eines Ermittlers tatsächlich enorme Risiken mit sich brachte. Anna-Kaisa war jünger als er. Wer alles hätte sie vermisst? War ihm wirklich klar, auf was er sich bei seiner Entscheidung, Polizist zu werden, eingelassen hatte? War es eine Dummheit gewesen, die sichere und gutbezahlte Arbeit eines Virusforschers aufzugeben? Vielleicht hatte er sich zu sehr darauf konzentriert, die äußeren Umstände zu ändern, und sich nicht intensiv genug mit seinem Innenleben beschäftigt?

Schluss damit! Er hatte es satt, diese Dinge immer wieder durchzukauen. Gerade als er sich einen neuen Kaffee holen wollte, trat Wrede durch die offene Tür herein. Der rothaarige und sommersprossige Mann sah wirklich so schottisch aus, dass sich niemand gewundert hätte, wenn er im Kilt aufgekreuzt wäre, dachte Ratamo.

Die beiden unterhielten sich eine Weile über Anna-Kaisa. Beide bekräftigten, dass man den Schuldigen früher oder später fassen werde. Ratamo wunderte sich, warum Wrede nicht über die Einzelheiten des Falls sprechen wollte. Dann wurde ihm klar, dass Wrede das Recht hatte, die Gesprächsthemen auszuwählen. Der Schotte war immerhin Leiter des operativen Bereiches und zweiter Mann in der SUPO. Wrede trug die Verantwortung für die wichtigsten Einheiten der SUPO: Die Sicherheitsabteilung, der es oblag, Aktivitäten zu überwachen und zu unterbinden, die Finnlands innere Sicherheit oder internationale Beziehungen gefährdeten, und die Abteilung für Gegenspionage, deren Aufgabe darin bestand, jede gegen Finnland gerichtete nachrichtendienstliche Tätigkeit und Spionage zu verhindern.

»Hast du schon Mittag gegessen? Ich wollte in das nepalesische Restaurant gehen, mein Magen schreit wie ein ganzer Möwenschwarm«, klagte Wrede. Er war schon angezogen und sah aus wie ein Tiefseetaucher.

»Ein gutes Kalb lebt vom Trinken«, entgegnete Ratamo locker. Er wäre gern mit Wrede zusammen essen gegangen. Der Schotte war der erste Kollege, der versuchte, ihn näher kennenzulernen. Ketonen und Riitta Kuurma kannte er schon von früher. »Ich muss leider um drei zu Hause sein und für meine Tochter etwas zu essen machen. Das sind so die Sorgen eines alleinerziehenden Vaters. Ich wohne ganz in der Nähe. Wenn du willst, kannst du mit zu uns kommen. Aber ich warne dich, verglichen mit meinem Pamps ist selbst ein Leberauflauf aus dem Supermarkt ein Gourmetessen.«

Wrede bedankte sich aufrichtig für die Einladung und sagte, eine Stunde Pause täte ihm gut. Ketonen habe ihm eine solche Menge Arbeit aufgeladen, dass er wahrscheinlich die ganze Nacht in der Ratakatu verbringen und schuften müsste. Er koche leidenschaftlich gern und könnte Ratamo, wenn er wollte, ein leichtes Rezept beibringen. Endlich hatte er einmal Schwein gehabt, jetzt bekäme er wie auf dem Tablett serviert die Gelegenheit, eine vietnamesische Schriftprobe Ratamos zu beschaffen.

Es schneite nicht mehr, aber die Kälte und der Wind hatten zugenommen. Die beiden gingen auf der Laivurinkatu in südlicher Richtung, die Kragen hochgeschlagen und die Hände tief in den Manteltaschen vergraben. Ihr Atem bildete kleine Wolken, die ihnen der heftige Wind ins Gesicht trieb.

An der Ecke von Laivurinkatu und Vuorimiehenkatu passierten sie ein vierstöckiges Haus, an dessen Wand geschrieben stand: »SCHUTZ UND SCHIRM, 1902«. Ratamo schaute sich die Fenster des Eckzimmers in der ersten Etage genau an und war sich fast sicher, dass dort 1972 rot-weiß karierte Gardinen hingen. Er erinnerte sich noch lebhaft, dass er als Fünfjähriger in seine Tagesmutter Iiris verliebt gewesen war. Nach einem Monat hatte die Studentin genug von Klein-Arto und seiner Wasserpistole.

Die Korkeavuorenkatu 1 war ein altes sechsstöckiges Haus. Ratamo hatte erst sein massiver Eckturm gefallen und dann die Aussicht. Vom Kinderzimmer, vom Schlaf- und vom Wohnzimmer schaute man auf Parkanlagen, den Vuorimiehen puistikko und den Neitsytpuisto.

Als Ratamo die Haustür aufriss, hörte er sofort das vertraute Geräusch. Nelli war schon mit ihrer Geige beschäftigt. Er wunderte sich, dass die Nachbarn sich noch nicht beschwert hatten.

»Was gibt's zu essen?«, fragte Nelli im Flur und schaute unsicher den Begleiter ihres Vaters an, der vor Kälte zitterte. Sie hatte Angst vor fremden Männern.

»Schauen wir mal, sagte der Astronom. Im Schrank wird sich schon irgendwas finden. Das ist mein Kollege Erik, er hat versprochen, uns etwas zu kochen. Läuft die Nase noch?« Ratamo bemerkte, dass Nelli immer noch schmollte. Er hatte sie schon zwei Abende hintereinander in Markettas Obhut geben müssen, und auch heute würde Himoaalto zu Besuch kommen. Sein Gewissen regte sich wieder.

Nelli antwortete ihrem Vater nicht und kam auch nicht zu den Männern in die Küche. Damit ihr Vater sie beachtete, sägte sie so eifrig mit dem Bogen auf den Saiten, dass Ratamo fürchtete, die Scheiben könnten zerspringen. Er schloss die Küchentür. »Ich würde diesen Lärm jederzeit gegen eine Feueralarmsirene eintauschen. Deren Geräusch ist wenigstens regelmäßig, da weiß man, was kommt«, klagte er.

Die Küche war der einzige zumindest teilweise modern eingerichtete Raum der Wohnung. Trotz beharrlicher Bemühungen war es Ratamo nicht gelungen, bei Versteigerungen oder in Antiquitätengeschäften alte Küchenschränke zu finden. Er untersuchte den Inhalt des Speiseschranks: »Erbsensuppe, Basmatireis, zwei Sorten Nudeln, Bohnen, Tomatenpüree, Mais ...«

Auch Wrede durchstöberte nun die Sammlung von Büchsen und Dosen und hob schließlich eine Dose mit braun-weißem Etikett hoch, als wäre es der Grand Prix: »Sauvon Pilzwürfel. Das wird die Basis für die Pastasoße.« Plötzlich machte er ein ernstes Gesicht. »Mindestens haltbar bis 30.6.2001. Ob man die noch essen darf? Das scheinen ja alte Erbstücke zu sein.«

»Alle Pilze sind essbar – manche allerdings nur einmal«, erwiderte Ratamo und lachte überschwänglich.

Wrede fragte, ob es in der Küche auch frisches Gemüse gäbe, dann wühlte er im Besteckkasten herum und lamentierte wortreich, weil sich kein Gemüsemesser fand. Er erzählte, dass er Küchenmesser sammelte und gewöhnt war, beim Schneiden das Werkzeug zu benutzen, das genau für die jeweiligen Lebensmittel bestimmt war.

Ein Gemüsemesser hielt Ratamo für genauso notwendig wie eine aufblasbare Dartscheibe, aber er erkundigte sich dennoch höflich nach dem Hobby seines Gastes. Dunkel erinnerte er sich, dass irgendein Kollege mal von Wrede als dem Küchenmessermann gesprochen hatte.

Schon bald garte in der Kasserolle ein Gemisch aus Zwiebeln, Pilzen, Tomatenpüree, Gewürzen, Knoblauch und verschrumpeltem Gemüse aus den Tiefen des Kühlschranks und verbreitete einen himmlischen Duft. Wrede bat Ratamo, die Nudeln in das kochende Wasser zu geben und die Soßenmischung von Zeit zu Zeit umzurühren. Dann sagte er, dass er die Toilette benutzen müsse, und schloss die Tür hinter sich. Zum Glück hatte das Mädchen aufgehört, die Geige zu traktieren.

Der Spiegel im Badezimmer zeigte gnadenlos die schwarzen Augenringe. Wrede schuftete so sehr, dass er vor Erschöpfung fast umfiel, aber bei ihm zu Hause verlangte man, er müsse noch mehr für seine Karriere tun. Kariina begriff nicht, dass er nie ähnliche Einkünfte haben würde wie sein Schwager, ein Geschäftsmann. Wrede verdrängte das Bild vom BMW-Kombi seines Schwagers und konzentrierte sich auf Ratamo. Der Neue war sympathisch – vielleicht zu sympathisch. Seiner Ansicht nach konnte es kein Zufall sein, dass Ratamo und Aalto befreundet waren und zu den Verdächtigen gehörten. Er würde sein Bestes tun, um die Männer zu enttarnen. Und dabei würde gleichzeitig ein potentieller neuer Konkurrent eliminiert.

Wrede drückte auf die Spülung und betrat den Flur. Die Küchentür war immer noch zu. Er schaute sich im Wohnzimmer um: Die Einrichtung war die eigenartigste, die er seit seiner Studentenzeit gesehen hatte. Kein einziger Gegenstand schien zu irgendeinem anderen zu passen. Er musste sich allerdings eingestehen, dass die meisten Möbelstücke äußerst bequem wirkten.

Auf der anderen Seite des Wohnzimmers standen ein kleiner Schreibtisch und ein großes Bücherregal. Wrede trat vor das Regal und betrachtete die chaotisch auf und zwischen die Bücher gestopften Zettel und Seiten. Auf Tolstois vierteiligem »Krieg und Frieden« lag ein Stapel karierter Blätter mit handgeschriebenen Notizen, die so aussahen, als könnte es Vietnamesisch sein. Rasch nahm er einige Seiten, faltete sie zusammen und steckte sie ein. Ratamo würde wohl kaum ein paar lose Blätter vermissen. Er hatte seinen Auftrag erfüllt und kehrte in die Küche zurück.

Als die Pasta gar war und der alte Bauerntisch gedeckt, holte Ratamo Nelli zum Essen. Das Mädchen war mittlerweile aufgelebt, die Gefahr einer Grippe hatte sich verflüchtigt. Ratamo fragte, ob Wrede Rotwein trinken wolle. Er öffnete die Tür seines Weintemperierschrankes und fluchte innerlich: Sein einziger Wein war ein Les Cailles. Der kostete im Alko knapp dreihundert. Allerdings hatte er den Wein für einen Spottpreis auf dem Saigoner Ho-Chi-Minh-Flughafen gekauft. Vietnam war das einzige Land in Südostasien mit einer Weinkultur. Die französischen Kolonialherren hatten sie seinerzeit eingeführt. Es ärgerte ihn, dass er den Nektar jetzt nicht kosten konnte, weil sie abends ein paar Runden laufen wollten. Doch dann wurde ihm klar, dass er die Flasche mit Aalto zusammen nach dem

Saunabier leeren könnte, wenn Wrede nur ein oder zwei Gläser trank.

Schon bald saß das Trio am Tisch und stopfte sich die Pasta in den Mund, als wäre zu befürchten, dass sie sich vom Teller schlängelte und verschwand. Im uralten Küchenradio erklang ein flotter Hit. Während des Essens gelangte Ratamo zu der Überzeugung, dass Wrede Humor besaß und es ausgezeichnet verstand, andere zu unterhalten. Ein Mann in der Position des stellvertretenden SUPO-Chefs hätte ein Streber und Wichtigtuer sein können, Wrede jedoch stellte interessiert Fragen und ließ ihn reden. Die Vietnam-Verbindung bei dem Fall Inferno und die Tatsache, dass sein guter Freund auch Gegenstand der Ermittlungen war, boten ihnen reichlich Gesprächsstoff.

Erst erzählte Ratamo alles Mögliche von dem Jahr, das er in Vietnam verbracht hatte, vom Schattenboxen *Thai cuc quyen* und von seiner und Nellis Vietnamreise im letzten Sommer. Wegen ihr ließ er seine Freundin Hoang aus Hanoi unerwähnt. Dann lobte er Timo Aalto. Er kenne den Mann, seit sie beide von der Mutterbrust entwöhnt worden waren. Er wollte schon darüber reden, wie sich Aalto in der letzten Zeit verändert hatte, beschloss dann aber, lieber zu schweigen. Wrede hätte es sicherlich geschätzt, wenn er sich ihm anvertraute, aber er wollte nichts Schlechtes über seinen Freund sagen. Und außerdem hatten die Privatangelegenheiten Himoaaltos nichts mit den Ermittlungen wegen einer Straftat zu tun, sagte sich Ratamo und gönnte sich als Nachtisch zwei Prieme.

Nelli rieb sich den Bauch. »Ich bin so voll, dass ich gleich platze.«

23

Special Agent Jeff Murray schaute müde auf den Wegweiser aus Marmor, als sein blauer Dodge Stratus die Kreuzung von Canine Road und Route 32 überquerte. Er erinnerte sich daran, wie man die Steinplatte 1991 vor dem Besuch von Präsident George Bush dem Klügeren im Hauptquartier der NSA in Fort George G. Meade aufgestellt hatte. Es nieselte und war immer noch ziemlich dunkel, obwohl es schon zehn Uhr am Vormittag war. Der Winter im Bundesstaat Maryland galt als der feuchteste seit Menschengedenken.

Murray wurde von Sodbrennen geplagt. Er hatte die ganze Nacht Kaffee getrunken und gearbeitet. Am frühen Morgen war er dann kurz nach Hause gefahren, um zu duschen und ein Nickerchen zu machen. Jetzt fühlte er sich wieder einigermaßen fit und wollte sich in das Inferno-Problem vertiefen.

Zweimal hielt Murray an Sicherheitskontrollen an und parkte dann seinen Stratus auf einem mit seinem Namen versehenen Stellplatz vor dem Hauptgebäude. Fort Meade war ein riesiges Gelände, fast so groß wie das Pentagon. Neben den zwanzigtausend NSA-Angestellten arbeitete hier noch einmal die gleiche Zahl von Kommunikationsfachleuten der Armee und der staatlichen Behörden. Die NSA war im Zuge der Revolution in der Informationstechnologie seit Ende der achtziger Jahre angeschwollen wie die Leber eines Säufers. Sie beschäftigte zweiundvierzigtausend Mitarbeiter, und ihr Jahresbudget wurde in Milliarden Dollar angegeben.

Murray steckte seine Zugangskarte in das Lesegerät am Haupteingang des Headquarters Building und tippte die Kennung ein. Er begrüßte die Wachposten im Foyer, drei bewaffnete Agenten, und rannte zum Fahrstuhl, dessen Tür sich gerade schloss.

In der fünften Etage saßen die Direktoren, Abteilungsleiter und Special Agents der verschiedenen Bereiche von SIGINT, der elektronischen Aufklärung. SIGINT war für die Sicherheit der elektronischen Dateien und der elektronischen Kommunikation der US-Verwaltung und der Armee verantwortlich und analysierte außerdem den ausländischen Nachrichtenverkehr. SIGINT gliederte sich in drei Hauptabteilungen, in der wichtigsten von ihnen, in COMINT, arbeitete Murray. COMINT sammelte und verarbeitete jene ausländische Kommunikation, die auf der Basis elektromagnetischer Verfahren erfolgte. Die von Murray geleitete Gruppe A kümmerte sich um die Überwachung der osteuropäischen Staaten.

Murrays Gruppe nahm ihre Arbeit äußerst ernst. Bei der NSA glaubte man, dass der dritte Weltkrieg in den Datennetzen geführt werden würde. Das Funktionieren der Streitkräfte, der Energieunternehmen, der Kommunikationsverbindungen, der Banken, des öffentlichen Personenverkehrs, des Rettungswesens und der Alarmsysteme beruhte auf elektronischen Datensystemen. Wurden sie lahmgelegt, war das Land nicht mehr verteidigungsfähig. Und dabei handelte es sich nicht um irgendeine vage Bedrohung: Das Pentagon hatte man schon viele Male attackiert. Die Gefahr des Computerterrorismus war real und lauerte ständig und überall in der Gesellschaft. In den Kampf gegen diese Bedrohung waren in den letzten Jahren staatliche Mittel in Milliardenhöhe geflossen.

Sein Sekretär stichelte ihn, weil er unausgeschlafen aussah, und Murray bat ihn, einen Kaffee zu holen. Erstaunlicherweise war er nicht zu einem natürlichen und ungezwungenen Verhalten gegenüber dem Mann fähig, den die Personalabteilung kürzlich für ihn eingestellt hatte.

Der neueste Inferno-Bericht wartete auf seinem Schreibtisch. Murray las ihn sofort, und man sah ihm die Enttäuschung an. Es war eine Schande, dass die NSA nicht herausgefunden hatte, in welchem Unternehmen die Hintertür zum Inferno versteckt war. Wenn sie das wüssten, verlöre der Fall seine Dringlichkeit. Man könnte das betroffene Unternehmen warnen und die Schuldigen in aller Ruhe suchen.

Er war sich schmerzlich bewusst, wie wichtig die Aufklärung des Falls für die nationale Sicherheit der Vereinigten Staaten war. Zahlreiche amerikanische Unternehmen, von den Banken bis zu den wichtigen Konzernen, die Komponenten der Rüstungs- und Elektronikindustrie herstellten, nutzten Inferno. Man konnte die Programme nicht einfach alle sicherheitshalber schließen, zu viele Unternehmen, vielleicht auch einige für die Landesverteidigung notwendige Systeme, würden dadurch lahmgelegt. Seiner Ansicht nach könnte das Ziel der Diebe sehr wohl ein großes amerikanisches Unternehmen sein, denn dort war ja schließlich mit die größte Beute zu holen. Ein gelungener Datendiebstahl könnte zu einer Katastrophe führen: In der Entwicklung der Informationstechnologie käme es möglicherweise zum Stillstand, bis zuverlässigere Verschlüsselungssysteme gefunden wären, und die Wirtschaft der USA geriete in noch größere Schwierigkeiten. Die Sachkenntnis der NSA würde in Frage gestellt werden. Und die Taskforce des FBI für Computerstraftaten erhielte vielleicht künftig auf Kosten der NSA mehr Befugnisse. Es war sicher, dass im selben Moment, in dem das Inferno irgendeines amerikanischen Unternehmens geknackt wurde, auch die Sprossen seiner Karriereleiter zerbrechen würden.

Der Sekretär brachte den Kaffee und einen Donut, und Murray dankte mürrisch. Mike hatte wieder nicht daran gedacht, dass er keine Donuts mit Schokoladenüberzug mochte. Er tunkte den Ring in den Kaffee und steckte dann den ganzen Leckerbissen auf einmal in den Mund.

Murrays Gruppe hatte von der Hintertür und dem »Hund« Wind bekommen, als sie E-Mails von Protaschenko an eine Moskauer Adresse abgefangen hatte. Der Mann hatte den Fehler begangen, das Wort »Inferno« zu erwähnen. Die englische SIGINT-Station in Meanwith Hill erkannte das Wort und zeichnete die Nachricht auf. Von Meanwith Hill aus wurde das Projekt »Moonpenny« geleitet, dessen Aufgabe darin bestand, die Satellitenverbindungen Russlands auszuspionieren. Zur Enttäuschung der NSA hatte Protaschenko jedoch nie erwähnt, auf wen man es bei dem Raubzug abgesehen hatte oder wer die Informationsquelle mit dem Decknamen »Hund« war. Murray musste also unbedingt das Verbindungsglied zwischen Protaschenko oder dem »Hund« und dem Opfer des Dateneinbruchs finden. In einem der zahllosen Informationssplitter war garantiert der entscheidende Hinweis versteckt.

Ein Vorkommnis ging ihm hartnäckig immer wieder durch den Kopf: Der Tod des Amerikafinnen und Kodierers der National Bank Sam Waisanen in Big Pine Key. Es sah so aus, als wäre er überfahren worden, aber irgendetwas daran störte Murray. Es gab keine Augenzeugen, und der Fahrer des Lkw war wie vom Erdboden verschluckt.

Er musste die Angelegenheit genauer überprüfen, denn die National Bank verwendete das Inferno-Programm.

24

Igor Sterligow saß in einem Jacuzzi des Yorokobi-Bades im Hotel »Haikon kartano« und versuchte die behagliche Wärme des Wassers zu genießen. Er hatte eine ShinDo-Behandlung bestellt, um sich zu beruhigen. Das zweite Mal in seinem Leben war eine Liquidierung fehlgeschlagen. Am meisten ärgerte ihn, dass es sich auch diesmal um einen Finnen handelte. Er verstand nicht, wie der Rettungswagen rechtzeitig in dem Restaurant hatte eintreffen können. Zu allem Übel hatte er erst in Finnland erfahren, dass Anna-Kaisa Holm gerettet worden war. Jetzt musste er sich darauf verlassen, dass seine Mitarbeiter die Frau umbrachten, bevor sie ihn der SUPO oder jemand anderem verriet. Sie könnte die ganze Operation Inferno zunichtemachen.

Wie immer an einem Freitagabend waren die Becken mit wohlhabenden Gästen gefüllt. Neben dem Bad im japanischen Stil gefiel Sterligow die Lage des »Haikon kartano«. Am Rande von Porvoo war es sehr viel unwahrscheinlicher, auf alte Bekannte zu treffen als in Helsinki. Er betrachtete die großbusige Frau, die aus dem Becken nebenan stieg, griff nach dem Wodka-Glas auf dem Tablett und sagte sich zum hundertsten Mal, dass die Arbeit als Aufklärungschef von Swerdlowsk Vorzüge hatte, von denen man beim SVR nicht einmal träumen konnte. Einer davon war das unbegrenzte Konto für Repräsentationszwecke.

Der Fall Inferno hatte ihn zum ersten Mal seit dem Desaster bei der Operation Ebola-Helsinki vor anderthalb Jahren wieder hierhergeführt. Finnland war für Swerdlowsk zu klein. Sie betrieben hier nur Prostitution, und manchmal wurde das Land für den Transit von Rauschgift und zum Testen neuer synthetischer Drogen benutzt.

Der gefälschte Pass, die farbigen Haftschalen, die mit Silikonspritzen veränderte Form der Wangenknochen und der Nase und die schwarz gefärbten Haare garantierten, dass man ihn nicht erkennen würde. Außerdem hatte er von seinen Maulwürfen Holm und Irina erfahren, dass die Suche nach ihm schon vor geraumer Zeit eingestellt worden war. Alle glaubten, er sei tot. Anfangs war er verbittert gewesen, dass er beim

Ebola-Helsinki-Fall versagt hatte und den SVR verlassen musste. Mit Zwanzig war er zum KGB gekommen und hatte den Auslandsaufklärungsdienst von da an als sein Zuhause angesehen. Die Freiheit und der Überfluss im privatwirtschaftlichen Sektor hatten ihn jedoch später schnell in ihren Bann gezogen. So war es vielen seiner Kollegen ergangen. Fast die Hälfte der ehemaligen KGB-Offiziere arbeitete jetzt entweder in Wachschutzfirmen, Banken, Industrieunternehmen, kriminellen Organisationen oder im Auftrag ausländischer Nachrichtendienste. Finnland hatte er nicht einen Augenblick vermisst. In die Helsinkier Geheimdienstfiliale hatte man ihn seinerzeit geschickt, weil seine Eltern Weißmeerkarelier waren und er Finnisch sprach. Dafür durfte er sich sein ganzes Leben lang schämen.

Im warmen Wasser schwoll die Haut an. Er trank den Rest des Wodkas in einem Zug aus, ging unter die Dusche und fluchte gedämpft, als plötzlich Anna-Kaisa Holms verzerrtes Gesicht vor seinem inneren Auge auftauchte. Diese Grimasse in dem Züricher Restaurant war doch nicht ihre letzte gewesen.

Ohne sie wäre es schwieriger, das Inferno-Projekt zu realisieren. Nun würde er nicht mehr im Voraus erfahren, was die SUPO plante. Er hatte ihre Hinrichtung verschieben wollen, bis der Bankraub im Wiremoney ausgeführt war, aber Orel verlangte die sofortige Liquidierung. Sterligow war der Ansicht, dass Morde mit Visitenkarte ihnen schadeten. Die Verwendung von Fentanyl hatte der SUPO sicher schon verraten, dass Swerdlowsk an dem Fall Inferno beteiligt war. Doch einen Befehl Orels musste man ausführen. Wenn er sich geweigert hätte, Holm unter die Erde zu bringen, würden ihn jetzt selbst schon die Würmer fressen.

Aber er beklagte sich nicht. Er war stolz auf Swerdlowsk – darin lag die Zukunft Russlands. Swerdlowsk war eine stabile, vielseitige und unabhängige kriminelle Organisation, größere und besser organisierte fand man nur in den USA. Und schon bald auch dort nicht mehr. Das sozialistische Wirtschaftssystem war in Russland nicht durch die Markwirtschaft ersetzt worden, sondern durch die Mafiawirtschaft.

Die von Sterligow geführte Aufklärungsabteilung war eine kleine Gruppe von sechzig Agenten, aber jeder der Männer war auf seinem Gebiet absolute Spitze. Hauptaufgabe der Abteilung war es, Unternehmer zu finden, die Wirtschaftsdelikte begingen, dabei betrogen wurden und nicht vor Gericht ziehen konnten, um zu ihrem Recht zu kommen. Sterligows Männer boten den Unternehmern die »rechtliche« Hilfe ihrer Organisation an, unterwanderten die Firmen und nahmen sie unter Kontrolle. Bei den größten und gut funktionierenden Unternehmen kassierte Swerdlowsk das Honorar in Form von Aktien und bei kleineren wurden die Gewinne abgeschöpft. Die anderen Firmen hatte sich Orels gewaltiges Unternehmenskonglomerat einfach einverleibt. Sterligows Abteilung knüpfte Beziehungen zu ausländischen Diplomaten und Geschäftsleuten und verwendete die beschafften Informationen zur Erpressung und für feindliche Übernahmen von Firmen. Wichtig war es auch, die Berichterstattung in den russischen Massenmedien von innen her zu beeinflussen und das Image der Organisation und insbesondere von Orel in der Öffentlichkeit zu verbessern. Eine allzu kritische Nachricht konnte zum Tod durch Fentanyl führen.

Nach der kalten Dusche fröstelte Sterligow, und er eilte in die Sauna. Die Finnen, diese Idioten, priesen auch die als ihre Erfindung, dabei war es eine historische Tatsache, dass man die ältesten Banjas in Nordrussland gefunden hatte.

Er riss die hölzerne Saunatür auf und wäre fast mit einem spindeldürren Lulatsch zusammengestoßen. »Erst rein, dann raus, sagte der Bräutigam«, stichelte der Mann. Sterligow antwortete nicht. Erfreut stellte er fest, dass die Sauna völlig leer war. Er setzte sich in die Ecke der Pritsche, die am weitesten vom Saunaofen entfernt war, das sogenannte Dampfnest, und saß in Gedanken versunken da. Im letzten Herbst hatte Irina ihm von Protaschenkos Plänen erzählt und ihm die Internetadresse der Chatgroup gegeben, die der »Hund« benutzte. Das war der einzige Verbindungskanal zu ihm, den Irina kannte. Der »Hund« zeigte sofort Interesse für sein Angebot, das Passwort der Inferno-Hintertür zu kaufen. Die Habgier war, wie Sterligow wusste, der zuverlässigste Charakterzug des Menschen. Aus irgendeinem Grund hatte der »Hund« jedoch beschlossen, Guoanbu das Passwort eher zu liefern als Swerdlowsk.

Wenn er doch nur wüsste, wer sich hinter dem Decknamen »Hund« verbarg. Seinen Männern war es nicht gelungen, ihm anhand seiner E-Mails auf die Spur zu kommen. Er war Protaschenko überallhin gefolgt in der Hoffnung, die Identität des »Hundes« herauszufinden. In Miami hätte es beinahe geklappt. Doch der »Hund« war noch vorsichtiger gewesen als erwartet und hatte das Passwort Protaschenko unbemerkt übergeben. Ohne sein Eingreifen hätte Guoanbu die National Bank leergeräumt, die hätte Wiremoney geschlossen, und alles wäre vorbei gewesen.

Sterligow goss zum Abschluss rasch noch einmal auf und schwitzte wie ein Bierglas an einem heißen Tag. Er fluchte einmal mehr, weil er nicht hatte verhindern können, dass Protaschenko vom Balkon des Marriott-Hotels gefallen war. Wenn er Zeit gehabt hätte, den Mann zu untersuchen, wäre jetzt alles in Ordnung.

Die Hitze wurde unerträglich, und er stieg hinunter. Jetzt war eine Dusche angebracht, und ein zweiter Wodka. Erfrischt ging er in den Salon, bestellte telefonisch den Wodka und setzte sich in einen Sessel. Als er sein Gesicht im Spiegel sah, zuckte er zusammen. Er hatte sich immer noch nicht an die Brandnarbe gewöhnt, sein Andenken an die Explosion in Hernesaari. Auch dafür gebührte der Dank Arto Ratamo. Der Fleck erinnerte ihn an Gorbatschow, den armseligen Kerl, der in seiner Schwäche die Sowjetunion zerstört hatte.

Erst knackte der Zigarrenschneider und dann das Butanfeuerzeug. Der üppige Rauch einer Hoyo de Monterrey Double Coronas liebkoste seinen Gaumen.

Der Einbruch in Wiremoney wäre ein glänzender Nachweis seiner Fähigkeiten, überlegte Sterligow. Die IT-Spezialisten von Swerdlowsk hatten über Jahre versucht, mit Hackermethoden in die Datensysteme der großen internationalen Banken einzudringen. Das erforderte einen riesigen Aufwand und war höllisch teuer. Man benötigte mindestens ein halbes Dutzend Spitzenprogrammierer, eine Kontaktperson innerhalb der Bank und redegewandte Leute, die Bankangestellten Informationen entlockten. Für die Programmierer, die Bestechungsgelder und die Anlagen brauchte man ungeheure Summen. Und die Arbeit ging nur langsam voran. Man musste die Details der Computerprogramme einer Bank ermitteln, deren Schwachstellen testen und Passwörter von Mitarbeitern beschaffen. Trotz der riesigen Anstrengungen war es Swerdlowsk nur einmal gelungen, in das Datensystem einer großen Bank einzubrechen. Mitte der neunziger Jahre schafften sie es, von den Konten der Citibank mickrige zehn Millionen Dollar zu stehlen, und selbst dafür hatte man Monate gebraucht. In Wiremoney würde man nicht von außen, sondern von innen eindringen und innerhalb weniger Minuten eine unbegrenzte Menge Geld rauben.

Sterligow wollte den Fall Inferno auch aus persönlichen Gründen stilvoll zu Ende bringen. Der Grund hieß Arto Ratamo, der Mann, der seine Laufbahn beim SVR ruiniert hatte. Von Holm wusste er, dass Ratamo wegen seiner Vietnamesisch-Kenntnisse an den Inferno-Ermittlungen beteiligt war. Also hatte er der SUPO mit ihrer Hilfe den Hinweis auf Bui Truong untergeschoben und so sichergestellt, dass es für Ratamo bei den Ermittlungen auch weiterhin genug zu tun gab. Zugleich hatte er damit die SUPO den Chinesen auf den Hals gehetzt.

Was sollte er als Nächstes tun? Ohne Holm hatte er nicht die geringste Hoffnung, das Passwort von der SUPO zu bekommen. Der »Hund« antwortete auf seine E-Mails nicht mehr. Und Simo Tommila? Der »Hund« hatte geschrieben, Tommila sei der einzige, der das Passwort auswendig kenne.

Als Erstes musste er jedoch klären, was Tang plante. Zum Glück war Irina ihm treu ergeben, obwohl man sie seinetwegen beim SVR gefeuert hatte. Sie war in all den Jahren seine beste Geliebte gewesen.

Vor einer Woche hatte Irina ihm die Kundennummern und Kontendaten von Kunden der National Bank übergeben. Irina würde er auch künftig ausnutzen können.

25

Ratamo betrachtete Himoaalto, der neben ihm rannte und schnaufte wie ein asthmatisches Kamel. Er musste ihm einen kleinen Vorsprung lassen. Wenn er zu ihm aufschloss, gab Timo Gas, und das Ende vom Lied wäre ein Wettrennen gewesen. Dann würden die Muskeln durch die Milchsäure steif werden, und am nächsten Tag liefe er wie ein Astronaut. Himoaaltos Drang, möglichst der Beste zu sein, war schon immer sehr ausgeprägt gewesen. Im Fußball bei den Junioren hatte Timo wie verrückt trainiert, aber es reichte trotzdem meist nur für die

Ersatzbank. Den Erfolg, der ihm damals verwehrt blieb, suchte Timo nun anscheinend bei allem, was er in Angriff nahm, dachte Ratamo und wunderte sich, dass Himoaalto ihm keine einzige Frage zu den Ermittlungen gestellt hatte. Da die Lage aus Timos Sicht so ernst war, hatte er angenommen, dass sein Freund sich im Unterschied zu sonst nach seiner Arbeit erkundigen würde.

Gegen sechs Uhr abends waren beide am Reitplatz von Laakso losgelaufen und trabten nun auf dem Radfahrweg im Zentralpark, auf dem der Schnee geräumt war, in Richtung Pirkkola. Aalto trug einen Goretex-Anzug und eine Schirmmütze mit Ohrenschützern, Ratamo Trainingshosen und ein wollenes Trainingshemd, auf dessen Rücken zu lesen war: »MOTOR«. Es herrschten ein paar Grad minus, die Sonne war gerade untergegangen. Der nasse Schnee vom Vortag war auf den Zweigen gefroren und glitzerte im Licht der Laternen. Der Weg war nicht gestreut und stellenweise so vereist, dass sie genau aufpassen mussten, wo sie die Füße hinsetzten. Von den kurzen Trippelschritten schmerzten die Waden, aber Ratamo wollte trotzdem weiterlaufen. Er brauchte die Bewegung, und zwar fast jeden Tag: Zu viel Energie machte ihn unruhig. Timo würde niemals mitten im Lauf das Handtuch werfen. Das erlaubte sein Ego nicht.

Seit dem Mittagessen waren schon etliche Stunden vergangen, aber Ratamo hatte eine solche Riesenladung von Wredes Pilznudeln verschlungen, dass er glaubte, ihm läge ein ganzer Findling im Magen. Um unangenehme Dinge kreisten auch seine Gedanken: der versuchte Mord an Holm, das Begräbnis seiner Oma am nächsten Tag und das Wiedersehen mit seinem Vater.

Auch Ketonens Auftrag machte ihm zu schaffen. Er wollte Timo erst in der Sauna oder beim Saunabier Fragen zu Inferno stellen. Die durften aber nicht zu direkt sein, damit Himoaalto nicht bemerkte, dass er ihn aushorchte. Die Konstellation ließ ihn an Riitta Kuurma denken. Er benutzte Timo als Sprungbrett für seine Karriere haargenau so, wie Riitta ihn damals ausgenutzt hatte. Wie würde Himoaalto reagieren, wenn er doch erkannte, dass dieses Treffen nichts anderes war als ein taktvolles Verhör? War er im Begriff, seine beste Freundschaft zu ruinieren? Sollte der Arbeitsplatz bei der SUPO wirklich wichtiger sein als ein Mann, mit dem er zusammen aufgewachsen war und den er besser kannte als jeden anderen Menschen? Plötzlich fiel ihm ein, was Riitta am Abend vorher gesagt hatte: »Einem Menschen sollte man entweder ganz oder gar nicht vertrauen.« Er kam sich wie ein Verräter der allerschlimmsten Sorte vor. Aber wenn Himoaalto nun doch schuldig war? Ratamo fühlte sich unsicher und beschloss, den Dingen ihren Lauf zu lassen. Man konnte nicht alles kontrollieren, also war es zuweilen am besten, die Entscheidungen einfach dem Drehbuch des Lebens zu überlassen.

Ratamos Blick fiel auf eine wunderschön mit einer Eisglasur überzogene Felswand, und er versuchte an etwas Angenehmes zu denken. Im dämmrigen Licht der Lampen sah die Natur im Zentralpark genauso schön und ruhig aus wie immer, obwohl die Aussicht nicht mit der im Sommer in Viikki zu vergleichen war. Dort lief er von April bis November – die ganze schneefreie Saison. Das einige Kilometer vom Zentrum entfernte Gut der Fakultät für Agrar- und Forstwissenschaften mit seinen Tieren und den mehrere Hundert Hektar großen Anbauflächen und das daneben gelegene Vogelschutzgebiet von Vanhankaupunginlahti waren sein Zufluchtsort. Als er nach Kaisas Tod seine Lebenswerte neu geordnet hatte, hatte er sogar darüber nachgedacht, wie es wohl wäre, auf dem Lande zu wohnen.

War er naiv, weil er sich nach Freiheit sehnte? Beruflich tat er jetzt etwas, was er wirklich wollte, dennoch konnte er sich nicht an ein Leben voller Routine anpassen. Sollte er Lotto spielen oder erwachsen werden? Wollte er das ganze Jahr über auf dem Lande wohnen? Nein. Seine Freunde, die Eckkneipen, die ethnischen Restaurants und all die vertrauten Orte würden ihm zu sehr fehlen. Doch er hatte das Gefühl, zu sehr auf ein vorprogrammiertes Muster festgelegt zu sein, wenn er nur im Urlaub richtig abschaltete. Dann wusste man, dass man sich in einem sonst fremden Zustand befand, »im Urlaub« eben, der nur für eine Weile den Alltagstrott durchbrach. Die Dinge hätten genau andersherum sein müssen.

Ratamo schreckte aus seinen Gedanken auf, als die Lichter der Wohnhäuser von Länsi-Pasila aus der Dunkelheit auftauchten. Sie waren schon so nahe an ihren Autos, dass er seinen Freund ärgern wollte und das Tempo beschleunigte. Das Ergebnis war ein Wettlauf, der erst auf dem Parkplatz endete. Die Männer schnauften und dampften wie finnische Pferde nach einem Trabrennen.

Himoaalto ließ sich auf den vereisten Rasen am Rande des Parkplatzes fallen, streckte ein Bein, zog das andere an und versuchte mit den Händen die Zehen des ausgestreckten Beines zu erreichen. »Die Akkusäure muss aus den Beinen raus.«

»Nur die trainieren, die kein Talent haben, und bei Lockerungsübungen verliert man zu viel Kraft«, entgegnete Ratamo wie immer, wenn sich Aalto nach dem Laufen dehnte.

Der Ermittler Ossi Loponen übergab sich im Gebüsch neben dem Reitplatz von Laakso. Er war kein Sportler. Das Richtmikrofon ER-4 und die Kopfhörer lagen zu seinen Füßen. Er war den Männern umsonst hinterhergerannt, verdammt noch mal, sie hatten den Fall Inferno mit keiner Silbe erwähnt.

Loponen hatte jedes ihrer Worte gehört. Die Reichweite des Parabolspiegels betrug mehr als einen Kilometer, und der Windfilter minimierte wirkungsvoll alle Störgeräusche. Er war stolz auf die technischen Überwachungsgeräte der SUPO, wusste aber sehr wohl, dass sie im Vergleich mit den Vorrichtungen der großen Nachrichtendienste Spielzeug waren. Der NSA stand ein sogenanntes Fliegenmikrofon zur Verfügung, das seinem Zielobjekt in der Luft folgen konnte. Den Gerüchten nach kostete so ein Meisterwerk der Feinelektronik Millionen.

Loponen konnte die beiden Männer nicht länger belauschen. Das Gesetz verbot es, Ratamos Wohnung abzuhören. Er fürchtete, dass Ketonen ungemütlich werden würde, wenn er seinen Bericht hörte.

Nellis Geigenlehrerin, eine junge Studentin am Konservatorium, erwartete in der Korkeavuorenkatu den Vater ihrer Schülerin. Ratamo drückte ihr einen Geldschein in die Hand und fragte, was für Fortschritte Nelli mache. Überrascht erfuhr er, dass Nelli begabt sei. Er hatte angenommen, Nelli habe kein Gehör, weil er selbst musikalisch eine absolute Null war. Es ließ sich leicht erraten, von wem sie ihr Talent geerbt hatte.

Nelli hatte sich vor dem Fernseher hinter den großen Sofakissen verschanzt, starrte auf den Bildschirm, wo eine einheimische Seifenoper lief, und tat so, als würde sie ihren Vater und den Patenonkel nicht bemerken.

»Sind die Hausaufgaben gemacht?«, fragte Ratamo und bemühte sich, seine Stimme so klingen zu lassen wie die eines fürsorglichen Vaters.

»Mutti hätte mich nie drei Abende hintereinander allein gelassen!«, rief Nelli und stürzte in ihr Zimmer.

Ratamo schaute ihr betroffen hinterher. Er durfte seine

Tochter wegen der Arbeit nicht vernachlässigen. Das hatte er sich geschworen. Diese Ermittlungen waren jedoch eine Ausnahme: Man hatte versucht, eine seiner Kolleginnen zu ermorden, und sein Freund stand im Verdacht, einen Diebstahl und noch alle möglichen anderen Dinge begangen zu haben. Er löffelte einen großen Berg Vanilleeis auf einen Teller, verzierte die Portion mit Karamellsoße und ging in Richtung Nellis Zimmer, um sie zu versöhnen.

Aalto saß schon auf der Pritsche, als Ratamo mit der in Alufolie eingewickelten Wurst die kleine Sauna betrat. Er hatte sich einen größeren Saunaofen besorgt, als vom Verkäufer empfohlen worden war, weil er auf einem Teil der heißen Steine seine Wurst braten wollte.

Beide genossen es, wie die durch Kälte und Anstrengung verhärteten Muskeln weich und geschmeidig wurden, und schütteten abwechselnd Wasser auf den Ofen. Der Scheitel des fast zwei Meter großen Aalto berührte die Bretter an der Decke. Ratamo empfand die Stille als so natürlich, dass er sie nicht stören wollte, zumindest nicht mit Fragen nach Inferno. Die ganze Aufgabe kam ihm jetzt blöd vor. Timo hätte dem Russen nie Daten verkauft; er war schließlich Nellis Patenonkel und wusste, was man dem Mädchen angetan hatte, redete er sich ein. Doch er hatte leider auch nicht vergessen, dass Himoaalto im Teenageralter der am meisten gefeierte Dieb der Schule war. Bei den Mädchen hatte er sich beliebt gemacht, weil er freigebig Zigaretten und andere Dinge verteilte, die er in Kiosken und kleinen Läden geklaut hatte. Und dieses Hobby hatte er aus irgendeinem Grund auch dann noch lange beibehalten, als es seine Altersgefährten schon für kindische Faxen hielten. Natürlich war das damals nur dumme Angeberei eines Schuljungen gewesen, dennoch störte die Erinnerung Ratamo.

Sie duschten und wickelten sich danach Handtücher um die

Lenden. Ratamo legte die CD »Eden« von Kroke auf. Seit einiger Zeit fand er Gefallen an der traditionellen Klezmer-Musik der Juden. Aalto setzte sich in den alten Schaukelstuhl des kleinen Kamin- und Gästezimmers und Ratamo auf den Kugelstuhl, der in seiner Kindheit Mode gewesen war. Nach der Sauna schmeckten die gebratene Wurst und das Bier.

»Ist die aus dem Supermarkt?«, fragte Aalto mit ernster Miene.

»Na klar. Für Männer der A-Klasse gibt es eine Wurst der B-Klasse«, erwiderte Ratamo fast stolz. An Traditionen musste man festhalten.

»Wie geht's zu Hause?«, fragte Ratamo undeutlich mit halbvollem Mund.

»Ich müsste weniger arbeiten. Seit dem Einstieg bei SH-Secure bin ich immer so gestresst, dass sich Seija beklagt, weil ich keine Lust auf Sex mehr habe. Seija sagt, wenn ein Ehepaar nicht miteinander schläft, weil einer von beiden nicht will, dann wäre das so, als würden alle beide nichts essen, weil einer von beiden keinen Hunger hat. Und früher war ich derjenige, der immer wollte und zu selten durfte«, sagte Aalto, als müsste er Rechenschaft ablegen.

Ratamo murmelte irgendetwas als Antwort. Himoaaltos Offenheit überraschte ihn nicht. Es war nicht das erste Mal, dass Timo solche Einzelheiten ausbreitete, die er lieber nicht hören wollte.

»Und was ist mit deinem Liebesleben?«, erkundigte sich Aalto.

Ratamo wäre überhaupt nicht auf die Idee gekommen, Timo von Riitta zu erzählen. Er redete nie über seine Frauengeschichten, allerdings auch kaum über seine anderen Privatangelegenheiten. Seit jeher war er daran gewöhnt, alles für sich zu behalten. »Ich bin doch immer verliebt. Nur das Objekt wechselt«, erwiderte er scherzhaft. Dann fiel ihm Meri ein, und ihm wurde klar, wie dumm sein Macho-Witz war. Timo hatte ihn immer für einen großen Frauenhelden gehalten. Diese falsche Vorstellung wollte er jetzt aber nicht korrigieren, denn das wäre ein unangenehmes Gespräch geworden.

»Deinen Hosenstall könnte man Helsinki Open nennen. Wenn du eine Frau wärst, würde man dich in einem ypsilonförmigen Sarg begraben«, frozzelte Aalto. Plötzlich wurde sein Gesichtsausdruck ernst. »Andere gehen nur einmal in zehn Jahren fremd und leiden dann für den Rest der Zeit unter einem moralischen Kater.«

Was meinte Himoaalto damit? Er redete doch nicht etwa von sich selbst? Ratamo hatte die Ehe der Aaltos für rundum glücklich gehalten.

Widerwillig beschloss er, zur Sache zu kommen: »Ich habe auf der Arbeit gehört, dass Informationen über das Inferno-Programm nach außen gedrungen sind«, sagte Ratamo so beiläufig wie möglich.

Aaltos Miene verriet, dass man ihm soeben den Abend verdorben hatte. Er seufzte hörbar. »Auch das noch. Stets und ständig muss man auf eure Fragen antworten, als hätte man nicht ohnehin genug zu tun.«

»Du hast doch nicht irgendeine Dummheit gemacht?«, fragte Ratamo und spürte einen Stich in der Brust.

»Na, nun hast du es endlich rausgebracht. Das dürfte wohl dieser wichtige Grund sein, weswegen wir heute unbedingt eine Runde laufen mussten«, erwiderte Aalto aufgebracht in schroffem Ton und fuhr dann etwas ruhiger fort: »Arto, du kennst mich doch. Sicher habe ich in meinem Leben auch Fehler gemacht, aber ich bin doch nicht dumm. Kein Wort mehr über diese Sache.« Aaltos Gesichtsausdruck verriet mehr Enttäuschung als Zorn.

Ratamo kam sich wie ein Idiot vor. Natürlich war Himoaalto klar gewesen, warum er ihn so bekniet hatte, mit in die Sauna zu gehen, ausgerechnet jetzt, da die Inferno-Ermittlungen auf Hochtouren liefen. Und noch dazu, wo er sonst nicht einmal versehentlich über seine Arbeit redete. Er schämte sich und bereute es. Sonst log er nur noch, wenn es sein musste, denn er wusste aus Erfahrung, dass Lügen meist ein peinliches Ende nahmen. Zum Schluss wusste man nicht mehr, was man sich alles ausgedacht hatte. Und die Wahrheit konnte man ja doch nicht ändern. »Alle Inferno-Verantwortlichen stehen unter Verdacht, aber wir haben einen Hauptverdächtigen, und das bist nicht du. Ich habe nur gefragt, um mich zu vergewissern«, versuchte er zu erklären. Zu seiner großen Erleichterung sah Aalto nicht sehr wütend und beleidigt aus. Doch er zog sich schon an.

Das Schweigen war greifbar wie eine durchsichtige Folie.

26

Simo Tommila umarmte seine Mutter auf der Treppe vor dem Haus seiner Eltern in Länsi-Käpylä oder Tönöriffa*, wie er das Helsinkier Viertel mit seinen alten Holzhäusern nannte. Er schüttelte dem Vater die Hand, wünschte eine gute Nacht und ging im leichten Schneetreiben bis zum Gartentor in der jetzt kahlen Weißdornhecke. Das Taxi würde gleich kommen. Im Dunkeln wollte er nicht selbst fahren.

Er wäre vielleicht nie von zu Hause weggezogen, wenn das Unternehmen DataNorth nicht seinem Wunderknaben umsonst ein Millionen teures Haus in Kaivopuisto zur Verfügung gestellt hätte. Er hatte nicht darum gebeten, sondern die Firma

* tönö (finn.): Hütte, Häuschen (Anm. d. Ü.)

wollte ihn um jeden Preis zufriedenstellen. Die einfallsreichsten Unternehmen entwickelten für die Bedürfnisse ihrer Mitarbeiter neue Methoden zur Umgehung der Steuer, seit die durch Optionsprogramme erzielten Gewinne als Einkünfte versteuert werden mussten. DataNorth hatte 1997 in Kaivopuisto ein kleines Zwei-Familien-Haus erworben und umgehend für einen reellen Preis an Tommilas Unternehmen verkauft. Der ganze Kaufpreis wurde zwei Jahre später fällig als einmalige Zahlung. Tommilas Unternehmen hatte das Haus sofort vermietet und bezahlte den Kaufpreis nach zwei Jahren mit den Mieteinnahmen. Ein anderes Mittel zur Verminderung der Steuer bestand darin, einen Teil von Tommilas Gehalt über die Konten der Tochterfirmen von DataNorth als »Beraterhonorar« an seine Firma zu zahlen. Er löste die Dividende seines Unternehmens ein und zahlte nur neunundzwanzig Prozent Kapitalsteuer.

DataNorth hatte auch seine Freizeitgestaltung leicht gemacht. Er besaß ein unbegrenztes Repräsentationskonto und das Recht, die Sommerhütte der Firma in Lappland, ihre Sommervilla in den Schären vor Hanko, die Logen in drei Mehrzweckhallen und die Repräsentationswohnung in Eteläranta zu nutzen. Zu seinen Vergünstigungen zählte auch ein Catering-Service. Seine Urlaubsflüge bezahlte er mit den Flugbonuspunkten der Oneworld-Allianz, die er für seine Geschäftsreisen erhalten hatte. Alle diese Regelungen waren völlig legal.

Tommila hatte den Eltern vorgeschlagen, mit in sein Haus zu ziehen, aber Vater und Mutter interessierte diese teure und renommierte Gegend nicht. Sie wollten ihr gemütliches Holzhaus nicht verlassen, das voller Erinnerungen steckte. Simo Tommila war immer bereit gewesen, alles Erdenkliche für seine Eltern zu tun. Sie waren eine Familie, die fest zusammenhielt.

Seine Mutter glaubte vermutlich immer noch, die einzige Frau in seinem Leben zu sein.

Tommilas Gedankengänge wurden unterbrochen, als ihm urplötzlich einfiel, dass die Venus der einzige Planet war, der die Sonne im Uhrzeigersinn umkreiste. Dann bemerkte er, dass seine Barthaare und Koteletten gefroren waren.

Sterligow saß mit seinem Gehilfen an der Kreuzung von Kimmontie und Vipusentie im Mercedes und beobachtete mit dem Fernglas einen VW Golf, der etwa zweihundert Meter entfernt stand, näher am Haus der Tommilas als sie. Die Männer in dem VW hießen Harju und Keronen, erinnerte sich Sterligow. Noch immer erkannte er die Ermittler der SUPO. Er war nicht überrascht, dass die finnischen Idioten ihr Auto unter der Straßenlaterne geparkt hatten. Ihre Gesichter lagen im hellen Licht.

Irina hatte ihm berichtet, dass Guoanbu Tommila entführen wollte. Wenn sie doch auch gewusst hätte, wie der Plan der Chinesen für die Aktion aussah. Sein eigener Plan für die Entführung Tommilas war fertig, aber er musste auf Verstärkung warten, und die würde erst nachts in Helsinki eintreffen.

Sterligow hasste das Warten. In Russland war es ein Volkssport. Er öffnete das Fenster, zündete sich eine Zigarette an und schaute auf die Uhr – 21.17. Schon zwei Stunden lauerten sie in der Kälte. Das Starten des Motors hätte sie verraten. In dem Viertel war es völlig ruhig, man hätte denken können, es läge leer und verlassen, wenn die Fenster nicht erleuchtet gewesen wären. Plötzlich sah er eine pechschwarze Katze, die selbstsicher wie der Sonnenkönig die verschneite Straße überquerte.

»Suka!«, zischte Sterligow und drehte sich so, dass er über seine linke Schulter hinausspucken konnte. Fußspuren waren nirgendwo zu sehen.

Als ein Taxi vor dem Haus der Tommilas hielt, leuchteten die Lichter des VW der SUPO auf. Sterligow klopfte dem Fahrer auf die Schulter, befahl ihm, den Mercedes zu starten und flüsterte ihm auf Russisch eine ganze Liste von Anweisungen zu. Plötzlich bog hinter dem Golf ein Schaufellader auf die Vipusentie ein. Der Lichtkegel seiner orangefarbenen Warnleuchte wurde an die Häuserwände geworfen. Sterligow drückte das Fernglas noch fester an die Augen, als der Schaufellader am Golf der SUPO-Mitarbeiter eine Drehung um neunzig Grad machte und seine Schaufel herabließ. Er fuhr auf den Golf zu, die Schaufel hob sich, der Wagen kippte auf die Seite und landete schließlich auf seinem Dach. Der Fahrer des Schaufelladers sprang heraus und verschwand in der Dunkelheit.

Jetzt ging es los! Bis die von den SUPO-Leuten angeforderte Verstärkung einträfe und sich Tommila an die Fersen heften könnte, würde eine Weile vergehen. Während dieser Zeit würde Guoanbu zuschlagen. Sterligow lud und entsicherte seine Waffe. Die Maschinenpistole SIG Sauer, eine Maßanfertigung, verfügte über einen eingebauten Schalldämpfer, und die damit abgefeuerten Geschosse konnte man nicht zurückverfolgen. Der Polygonlauf hinterließ keine Spuren am Geschoss.

Tommilas Taxi fuhr etwa zehn Meter entfernt an ihrem Mercedes vorbei, bog nach rechts ab und beschleunigte auf der Mäkelänkatu in Richtung Süden. Als an dem Schaufellader ein alter Ford Taunus vorbeiraste, stellte Sterligow die Schärfe des Fernglases ein. Er sah die Gesichter der Männer in dem Auto nicht, war aber sicher, dass sie für Guoanbu arbeiteten.

Der Taunus bog in die Mäkelänkatu ein, und der Mercedes folgte ihm. Als die Autotroika eine Minute später die Sturenkatu erreichte und die Fahrt in Richtung Westen fortsetzte, ohne dass etwas passierte, nahm Sterligow schon an, die Leute von Guoanbu hätten ihren Plan aufgegeben. Doch in einer engen Häuserschlucht gab der Taunus Gas und setzte sich neben das Taxi, die Bremslichter des Taunus leuchteten auf, und der Mann auf dem Beifahrersitz stellte durch das Fenster ein Blaulicht auf das Dach des Wagens.

Am Kulttuuritalo verlangsamte Tommilas Taxi die Geschwindigkeit. Sterligow musste etwas tun. Er befahl seinem Gehilfen, näher an den Taunus heranzufahren, öffnete das Fenster mit einem Knopfdruck, zielte auf den linken hinteren Reifen des Taunus und schoss. Der Wagen von Guoanbu schwankte, der Reifen schien ein wenig Luft zu verlieren, platzte aber nicht. Anscheinend war er mit einer Kunststoffmasse gefüllt, vermutete Sterligow. Das Taxi beschleunigte und wurde immer schneller, der Fahrer hatte seine Waffe gesehen. Eine junge Frau mit einem Kinderwagen blieb auf dem Fußweg stehen und zeigte den Rasern den erhobenen Mittelfinger.

Zwei Männer von Guoanbu starrten durch die Heckscheibe des Taunus herüber, und Sterligow fluchte. Er hatte vergessen, sein Gesicht zu verdecken. Rasch holte er aus der Brusttasche seines Schafspelzmantels eine schwarze Stoffmaske, zog sie über den Kopf und wetterte wie ein Seemann. Wenn Guoanbu wusste, dass er die Inferno-Operation von Swerdlowsk leitete, dann bliebe er in Helsinki genauso unbemerkt, wie ein Rabbi in Mekka.

Der Taxifahrer zuckte zusammen, als der Taunus auf der Höhe von Linnanmäki versuchte, ihn zu schneiden. Im Innenspiegel sah er, dass sich sein Kunde auf dem Sitz zusammenkauerte. Die Diakonissenanstalt huschte vorüber, als er Gas gab. Doch der Taunus blieb neben ihm. Er warf einen Blick in den Rückspiegel, wenn er jetzt bremste, würde der Mercedes ihn rammen.

In hohem Tempo näherte sich das Autotrio dem nördlichen

Ende der Töölöbucht und der Eisenbahnunterführung. Sterligow zischte dem Fahrer etwas ins Ohr, der Mann trat aufs Gaspedal, und die Stoßstange des Mercedes rammte genau vor dem Tunnel das Heck des Taunus. Der prallte gegen einen Begrenzungsstein, stellte sich quer und rutschte über die Straßenbahnschienen auf einen Betonpfeiler der Eisenbahnbrücke zu. Der Mercedes blieb an der Seite des Taxis, während der Taunus gegen den Beton krachte. Metall zerbrach und Glas splitterte, der Lärm war ohrenbetäubend.

»Verdammte Idioten!«, rief der Taxichauffeur in seiner Not nach hinten zu Tommila, der sich auf seinem Sitz duckte. Der Fahrer bog nach rechts auf die Vauhtitie ab, lenkte seinen Wagen an den Straßenrand und tippte die Notrufnummer ein.

Alle Spaziergänger in einem Umkreis von ein paar hundert Metern waren stehengeblieben und starrten auf das lichterloh brennende Autowrack.

Sterligow schaute über die Schulter zurück und sah, wie zwei Gestalten einen Gefährten in Richtung Alppiharju schleppten. Nur einer war also tot.

27

Ketonen schaltete den Videotext ein und fluchte ausgiebig, als er die richtige Seite fand. »Geölter Blitz« war im vierten Start beim Trabrennen in Metsämäki nur Dritter geworden. Der zusammengeknüllte Wettcoupon flog auf den Fußboden. Musti schnupperte träge an der Papierkugel und kletterte dann neben ihr Herrchen aufs Sofa. Ketonen hätte den dämlichen Gaul gern auf der Stelle in die Wurstfabrik geschickt. Zum Glück begannen in einer Woche die Olympischen Winterspiele von Salt Lake City. Vorher würde er nicht mehr wetten, beschloss Ketonen. Auf die Spiele freute er sich. Nach der Katastrophe im letzten Winter, als Myllylä & Co. erwischt wurden, dürfte man nun endlich einmal finnische Skiläufer verfolgen, die ganz sicher nur mit Haferbrei gedopt waren.

Der Bildschirm erlosch, Ketonen stand auf und zog seine Trainingshosen hoch. Für die brauchte man wenigstens keine Hosenträger. Er beugte seinen Körper in die Salabhasana-Position, eine Yoga-Übung, die den Rückenschmerz linderte. Es ärgerte ihn, dass er wegen der Bandscheibenbeschwerden gerade in diesem Winter, in dem das Loipennetz von Helsinki ausgezeichnet präpariert war, nicht Ski laufen konnte.

Schon vor dem Reinfall mit der Wette war er in schlechter Stimmung gewesen. Er hatte am frühen Abend erfahren, dass Anna-Kaisa Holm aus dem Züricher Krankenhaus verschwunden war, und daraufhin ihre Eltern angerufen. Die Verzweiflung der Mutter hatte sich so herzzerreißend angehört, dass er am liebsten geheult hätte. Anna-Kaisas Schicksal traf ihn tiefer als alles andere seit dem Tod seiner Frau. Ihm fiel keine vernünftige Erklärung für die Fentanyl-Überdosis und ihr Verschwinden aus dem Krankenhaus ein. Endlich einmal war er froh, dass er keine Kinder hatte.

Er ging unruhig durch seine Dreizimmerwohnung in Kruununhaka, blieb schließlich im Schlafzimmer stehen und betrachtete die vielen Fotos von Hilkka auf der Kommode. Früher hatte ihn das beruhigt, aber jetzt wirkte es entgegengesetzt. Er war nun schon vier Jahre Witwer. Es wurde Zeit, nach vorn zu blicken und seinem Leben einen neuen Inhalt zu geben. Die Rentnerjahre rückten immer näher. Er hatte beschlossen, seine Freizeit nicht mehr allein mit Wetten und minderwertigem Fast Food zu verbringen. Arto Ratamo hatte sein Leben nach dem Tod seiner Frau auf den Kopf gestellt, warum sollte er das nicht auch schaffen? Er war schließlich erst einundsechzig. Die Männer in seiner Familie wurden alt: Mit etwas Glück hatte er noch mindestens zwanzig Jahre vor sich. Er rauchte nicht mehr und machte Yoga-Übungen, aber das war nur der Anfang. Müsste er vielleicht umziehen? In dieser Wohnung war die Erinnerung an Hilkka allgegenwärtig. Oder sollte er sich eine Freundin suchen? Wäre er überhaupt dazu imstande?

Seit seinem letzten Rendezvous war schon ein Jahr vergangen. Brita hatte ihn zu einem Konzert mitgenommen, sie wollte im Savoy-Theater die KalmukkisinFonia hören. Er erinnerte sich noch, wie der Vorhang hochging und sechs Geiger auftauchten, von denen vier ein halbes Hirschgeweih auf dem Kopf trugen. Den Zuschauern hatte die extrem moderne Fusion-Volksmusik gefallen, aber für ihn war das zu hoch gewesen. Seiner Auffassung nach war die Unterhaltungsmusik nach Tapio Rautavaaras Schlagern in den 50er und 60er Jahren zum bloßen Lärm verkommen.

Plötzlich fiel ihm Anna-Kaisa Holm wieder ein, und er schämte sich. Eine seiner Mitarbeiterinnen war verschwunden, und er träumte von Frauen. Und das in seinem Alter.

Er beschloss, ein paar fettarme Würstchen zu essen. Gerade als er überlegte, ob er sich die Mühe machen sollte, sie in die Mikrowelle zu legen, klingelte das Telefon.

Loponen berichtete, dass beim Abhören von Ratamo und Aalto nichts herausgekommen war.

Ketonen überraschte das nicht. Er bedankte sich für die Information und legte auf. Auch Wrede hatte bei Ratamo zu Hause nichts anderes herausgefunden, als dass der Mann auffällig offen und ehrlich wirkte. Vielleicht wusste Ratamo von seinem Verdacht, überlegte Ketonen besorgt. Möglicherweise hatte irgendein SUPO-Mitarbeiter eine Andeutung gemacht.

Er setzte sich an seinen Schreibtisch und blätterte nervös in den Berichten über Guoanbu und China. Die Unterlagen, die man in der Wohnung des vietnamesischen Verschlüsselungsexperten gefunden hatte, brachten Guoanbu mit den Inferno-Ermittlungen in Verbindung. Welche Rolle spielte China? Bekam der Satz »Die Gefahr kommt aus dem Osten« allmählich eine neue Bedeutung? Guoanbu galt als beängstigend effiziente Organisation. Die totalitären Staaten waren völlig von ihren Aufklärungsdiensten und der Unterdrückung der nach Demokratie strebenden Kräfte abhängig. Und wenn Ratamo nun für die Chinesen arbeitete? Vielleicht hatte Guoanbu den damals etwa zwanzigjährigen Mann ausgebildet, als er angeblich durch Vietnam und Südostasien gewandert war? Hatte Guoanbu in der Gestalt von Ratamo einen Spion in die SUPO eingeschleust? Oder stellte er selbst gerade einen neuen Paranoia-Rekord auf?

Dass China Industriespionage betrieb, war nichts Besonderes. Alle großen Staaten wilderten in diesem Revier. Nach Ketonens Auffassung waren es andere Gründe, die China zu einer besonders großen und furchteinflößenden Gefahr werden ließen. Jeder fünfte Mensch war ein Chinese. Innerhalb eines Jahrzehnts hatte sich das Land von einer Agrargesellschaft in die zweitgrößte Wirtschaftsregion der Welt verwandelt. Sollte China die weltgrößte Wirtschaftsmacht werden, wie es die Experten vermuteten, könnten die Folgen schwerwiegend sein. Wenn eine halbe Milliarde Chinesen im Laufe von zehn, zwanzig Jahren in die Städte zöge, würde die Erde an den Schadstoffen ersticken. Und im Gefolge der Urbanisierung würde die gegenwärtige Zahl von über fünfzig Millionen Arbeitslosen in China explosionsartig steigen. Der Konflikt zwischen Arm und Reich könnte zu einer Katastrophe führen.

Ketonen zerbrach sich den Kopf, ob er Ratamo doch in die Box nehmen oder die elektronischen Überwachungsmittel einsetzen sollte. Ihm gefiel die Allmacht der Datenüberwachung nicht. Sie hatte während der letzten Jahre so viele neue Spionagemethoden in die Arbeit der Nachrichtendienste gebracht, dass er sich schon Sorgen machte, wohin das alles führen sollte. Der Rechtsschutz des Individuums und der Schutz seiner personenbezogenen Daten wurden einer harten Prüfung ausgesetzt. Finnland war eines der wenigen Länder, in denen alle drei Kriterien der Überwachungsgesellschaft schon existierten: umfassende Systeme personengebundener Daten, entwickelte Kommunikationsnetze und ein effektives Instrument für die Datensuche – die Personenkennzahl. Obendrein galt das Recht der Bürger auf Dateneinsicht nicht für die Register, die zum Schutz der staatlichen Sicherheit und zur Verhinderung schwerer Verbrechen geführt wurden.

Ketonen bemerkte, dass seine Gedanken abschweiften, er konzentrierte sich wieder auf die Ermittlungen, bei denen ständig neue Fragen auftauchten, wie aus einer unerschöpflichen Quelle. Er musste unbedingt sehr schnell zumindest auf eine der Hauptfragen eine Antwort finden. Die Suche nach der Lösung eines Kriminalfalls glich dem Hieven eines Ankers: Es war egal, an welcher Stelle der Kette man zufasste; wenn sie hochgezogen wurde, kam der Anker schließlich zum Vorschein.

Wieder schrillte das Telefon. Wrede berichtete aufgeregt von der versuchten Entführung Tommilas.

Ketonen brummte etwas, als er hörte, dass man in dem zerstörten Auto einen toten Esten gefunden hatte. Er fürchtete, dass sich die Politiker nun noch stärker für den Fall interessieren und seine Arbeit noch mehr erschweren würden. Verdrossen befahl er Wrede, die Anzahl der Polizisten, die alle drei Inferno-Verantwortlichen beschatteten, zu verdoppeln.

»Mit welchen Ressourcen, verdammt ...«, schimpfte Wrede, doch Ketonen knallte den Hörer hin. Er wollte das Gemecker nicht hören und überlegte, ob dieser ewige Nörgler als nächster Chef der SUPO geeignet wäre. Wrede, ein Mann um die Vierzig, sammelte Küchenmesser. Ein weiteres Hobby waren alberne Scherze. Im Herbst hatte er in den Kaffeeautomaten der Sicherheitsabteilung den normalen Saludo durch koffeinfreien Kaffee ersetzen lassen und damit seine Kollegen innerhalb weniger Tage zu Nervenbündeln gemacht. Ketonen hielt das für einen guten Witz, allerdings am völlig falschen Ort.

Die Zuspitzung des Falls hatte seiner Freizeit schlagartig ein Ende gesetzt: Er war wieder der Chef der SUPO. Die Entführung Tommilas bedeutete, dass der Mann unschuldig war. Oder hatte man den Entführungsversuch inszeniert, damit es so aussah, als sei Tommila unschuldig? Ignorieren konnte man den Zwischenfall jedoch nicht. Und wenn nun alle drei Inferno-Verantwortlichen entführt würden? Er wagte jedoch nicht, alle drei Bit-Experten in die Obhut der SUPO zu nehmen. Dann könnte der Datendieb keinen Kontakt zu seinen Komplizen aufnehmen und sich somit auch nicht verraten.

Doch mit diesem ewigen Hin und Her war jetzt Schluss. Es gab nur ein Mittel, den Fall zu lösen. Das Tempo musste erhöht werden.

Das Telefon klingelte.

SAMSTAG

28

Die Dunkelheit an diesem Wintermorgen wurde innerhalb weniger Sekunden von blendendem Licht verdrängt, als eine einsame Wolke die aufgehende Sonne freigab. Der »Hund« lief auf dem Eis von der Insel Rajasaari in Richtung Hietaniemi. Das erste Mal seit Jahren war der Winter so kalt, dass die Eisdecke sogar Autos aushielt. Er überlegte, ob die Skiläufer auf dem Eis Rentner oder Arbeitslose waren.

Der Höhepunkt im Fall Inferno rückte näher. Wie der Entführungsversuch am vergangenen Abend zeigte, ging man im Wettbewerb zwischen Guoanbu und Swerdlowsk nun zu harten Bandagen über. Und genau das war auch seine Absicht gewesen.

Im letzten Sommer hatte man den »Hund« zur Beteiligung an der Operation Inferno gezwungen. Er war in Moskau gewesen, um eine Bank in Fragen der Verschlüsselung zu beraten. Im Restaurant »Praha« hatte Gennadi Protaschenko das starke Beruhigungsmittel Rohypnol in einen Drink des »Hundes« gegeben. Dadurch war der völlig passiv geworden und hatte wirres Zeug geredet, so als hätte er überhaupt keinen eigenen Willen mehr. Auf dem alten Arbat war er ins Hotel »Arbat« in der Plotnikow Pereulok geführt worden. Protaschenko hatte Fotos inszeniert, die den »Hund« angeblich bei der Übergabe geheimer Kundenunterlagen an andere zeigten und ihn später in Sexszenen verewigten, von denen ihm immer noch übel wurde, wenn er nur daran dachte.

Vier Tage nach der Betäubung, als auch die letzten Spuren des Rohypnols aus seinem Blut verschwunden waren, hatte Protaschenko ihm alles erzählt und die Fotos gezeigt. Der »Hund« besaß keine Möglichkeit, zu beweisen, dass man ihn erpresst hatte. Protaschenko hätte ihn mit den Fotos vernichten können. Die Unternehmen, deren Unterlagen er angeblich übergeben hatte, wären gezwungen gewesen, ihre Server zu schließen und ihre Sicherheitssysteme zu überprüfen. Das hätte den Verlust von Einnahmen und zahlreichen Kunden bedeutet, ihr Firmenimage ruiniert und finanzielle Schäden in Millionenhöhe nach sich gezogen. Eine Flut von Schadenersatzklagen hätte ihn überrollt und jahrelang auf die Anklagebank verbannt. Als Protaschenko die Negative der Fotos und eine geringe Geldsumme als Honorar für die Installation der Hintertür angeboten hatte, war der »Hund« gezwungen gewesen, auf die Erpressung einzugehen.

Er hatte Protaschenko dazu überredet, als Ziel des Datendiebstahls das Inferno-Programm der National Bank zu akzeptieren, über dessen Kauf noch verhandelt wurde. Dann hatte er Sam Waisanen bestochen, der herausfand, dass Inferno als Verschlüsselungssoftware für Wiremoney eingesetzt werden sollte. So blieb dem »Hund« genug Zeit, die Hintertür im Authentifizierungsprogramm Charon zu installieren und für die Experten von Guoanbu die gewünschten technischen Daten von Inferno zu kopieren. Er hatte den Verdacht, dass China damit ein Programm ähnlich wie Inferno herstellen wollte. Sicherheitshalber hatte er die Daten mit dem Scanner auf seinem Laptop gespeichert. Das Ausdrucken vom Terminal wäre im Datensystem registriert worden.

Der riskanteste und komplizierteste Teil der Operation war der Einbau der versteckten Hintertür im Charon. Zu seinem Glück wurde Charon von einer Arbeitsgruppe kodiert, zu der

Dutzende Experten gehörten. Einem Spitzenkodierer gelang es, die Hintertür als Teil eines Programmcodeabschnitts zu tarnen, den ein Mitglied der Arbeitsgruppe hergestellt hatte. Die Hintertür war so kodiert, dass man sie mit einem langen Passwort aktivieren konnte. Zusätzlich zum Passwort musste der Dieb die Kunden- und Kontennummern jener Kunden der National Bank kennen, die er ausrauben wollte. Und genau die hatte Protaschenko kürzlich von Waisanen erhalten.

Seit man ihn erpresst und angeworben hatte, war der »Hund« sicher gewesen, dass er früher oder später erwischt werden würde, entweder auf frischer Tat oder durch eine Denunziation der Chinesen. Für Guoanbu wäre es ideal gewesen, ihn nach dem Raub auffliegen zu lassen. Die Polizei hätte dann einen Schuldigen gehabt. Deswegen kam für den »Hund« die Person wie auf Bestellung, die im letzten Herbst als Vertreter von Swerdlowsk Kontakt zu ihm aufgenommen hatte. Damals war er auf die Idee gekommen, wie er sich retten könnte. Er wollte das Passwort auch Swerdlowsk verkaufen und damit erreichen, dass die beiden Organisationen um seine Ware kämpften. Vielleicht würde eine von beiden an seiner Stelle die Verantwortung für den Datendiebstahl übernehmen müssen.

Der »Hund« war überrascht. Warum hatte Guoanbu ihn nicht gesucht? Warum begnügten sich die Chinesen damit, ihm Nachrichten in die Chatgroup zu schreiben? Konnte es sein, dass Protaschenko der einzige Mitarbeiter von Guoanbu gewesen war, der seine Identität kannte?

Er dachte so konzentriert nach, dass er beinahe auf die Insel Taivalluoto gelaufen wäre. Deswegen änderte er seinen Kurs um einen Deut nach links; Hietaranta war nur ein paar hundert Meter entfernt. Das Sonnenlicht wurde vom Schnee reflektiert, eine Sonnenbrille wäre angebracht gewesen. Weit entfernt vom blau schimmernden offenen Meer erhob sich eine weiße Nebelsäule und verdeckte ein Stück des Horizonts.

Protaschenko hatte das Inferno-Projekt krankhaft eifersüchtig für sich behalten und den »Hund« keinem einzigen seiner Kollegen vorgestellt. Auch für seine Anwerbung hatte Protaschenko Helfer benutzt, die nicht zu seiner Organisation gehörten. Vielleicht wollte er sichergehen, dass ihm bei einem Erfolg seiner Operation keiner den Ruhm nehmen könnte. Ein Datendiebstahl mit einer Beute von Hunderten Millionen Dollar wäre für einen jungen Spion eine enorme Leistung und ein gewichtiger Punkt auf seiner Meritenliste gewesen. Und die Fotos? Hatte Protaschenko das Material über ihn vor seinen Kollegen geheim gehalten?

Der »Hund« war zuversichtlich. Wenn bei Guoanbu niemand mehr seine Identität kannte, dann war er vielleicht schon bald verdammt reich.

29

Simo Tommila saß starr und mit versteinerter Miene wie eine Buddha-Figur in der wöchentlichen Besprechung der Inferno-Verantwortlichen im Beratungsraum von DataNorth. So schlecht geschlafen hatte er das letzte Mal vor Jahren. Damals war es dem Viruslabor von Finn Security gelungen, den Code des weltweit verbreiteten Virus »Boogieman« schneller zu knacken als er.

Sein Gehirn analysierte pausenlos die Taxifahrt am vorhergehenden Abend. Die Ermittlerin der SUPO hatte am Telefon versichert, das Geschehene habe nichts mit dem Fall Inferno zu tun, er sei in eine Auseinandersetzung zwischen Drogendealern geraten. Doch das glaubte er nicht. Tommila faltete die Tagesordnung der Besprechung zweimal zusammen und steckte sie in seine Gesäßtasche. Ihm fiel ein, dass man ein trockenes quadratisches Blatt Papier nicht öfter als siebenmal genau in der Mitte zusammenfalten konnte.

Aalto zuckte zusammen, als Pauliina Laitakari neben ihm aufsprang und Tommila anschrie. Sie sah verkatert aus und war im Gegensatz zu ihren sonstigen Gewohnheiten nicht geschminkt und ungekämmt. Sicher hatte Pauliina erst nach Ausschankschluss irgendein Promilokal schwankend verlassen.

Bei dem Treffen um neun Uhr morgens sollte die Zukunft des Inferno-Programms und das Problem der verratenen Daten besprochen werden. Laitakari und Tommila lagen sich wie üblich die ganze Zeit in den Haaren, und Aalto durfte schlichten. Ratamo tat ihm immer noch leid. Die Fragen zu Inferno waren seinem Freund so schwergefallen, dass Aalto schon nahe daran gewesen war, ihm unaufgefordert alles zu erzählen. Artos Vorgesetzter musste so hart wie ein Diamantbohrer sein. In der Regel ließ sich Ratamo von niemandem etwas vorschreiben: Nach außen wirkte er zwar ruhig und geduldig, aber dahinter verbarg sich ein eiserner Wille.

Ein paar Pillen fielen auf den Tisch, und Pauliina Laitakari fluchte ungehemmt. Die Kopfschmerzen waren so stark, dass sie noch ein viertes Disperin nehmen musste. Sie überlegte eine Weile, ob sie gleich noch einige Magnesium/Kalium-Tabletten schlucken sollte, die Wasser im Gewebe abbauten. »Diese Weekly Meetings bringen nichts mehr. Wer will denn schon Verbesserungsvorschläge zu einem Verschlüsselungsprogramm machen, wenn irgendjemand versucht, es an Kriminelle zu verkaufen«, schimpfte sie und setzte sich bequemer hin. Warum war sie bloß nicht im Bett geblieben? Nachts hatte sie einen phantastischen Betriebswirt abgeschleppt. Zum Glück waren die finnischen Männer bemitleidenswert simpel. Wenn eine Frau es fertigbrachte, in eine Kneipe zu gehen, dann fand sie genauso schnell einen Bettgefährten wie ein Lagerfeuer in der Mittsommernacht.

»Nun beruhige dich mal, junge Frau. Die Arbeit muss normal weitergehen. Oder sollen wir Hunderten Kunden mitteilen, dass Inferno nicht mehr aktualisiert und gewartet wird. Das wäre für uns alle das Ende«, sagte Tommila übertrieben ruhig.

»Was heißt hier junge Frau! Verfluchter Chauvinist!«, fuhr Pauliina Laitakari ihn an und drehte ihm dann den Rücken zu. »Ich diskutiere nicht mit diesem Esel«, sagte sie zu Aalto und schnaufte. »Der drückt das Gespräch erst auf sein imbeziles Niveau und gewinnt dann, weil er da Heimvorteil hat.«

»Wusstet ihr, dass Esel jährlich mehr Menschen töten als bei Flugzeugunglücken umkommen?«, verkündete Tommila ganz sachlich.

Allmählich reichte es Aalto. Man hatte ihn in diesen Raum eingesperrt, zusammen mit einem Wunderkind, das ständig belanglose Fakten vor sich hin plapperte, und einer Löwin, die unter einer Überdosis Östrogen litt. Wohl oder übel musste er das gestreifte Schiedsrichtertrikot überziehen. »Es ist doch schon vereinbart, dass den Kunden nichts mitgeteilt werden kann. Die Polizei weiß ja nicht einmal, warum die Daten gestohlen wurden. Vielleicht sollten wir das nächste Weekly Meeting erst ansetzen, wenn die Ermittlungen der Polizei abgeschlossen sind. Bis dahin ist der technische Service in der Lage, die Bedürfnisse der Kunden zu befriedigen«, schlug Aalto vor. Tommila und Laitakari murmelten etwas und packten ihre Sachen zusammen. Die Beratung war beendet.

Als die anderen gegangen waren, schloss Tommila die Tür und blieb sitzen. Es war zehn Uhr. Die Taxifahrt hatte ihn so durcheinandergebracht, dass er danach nicht fähig gewesen war, zu arbeiten. Deswegen müsste er jetzt einige Dinge zu

Hause erledigen. Wenn es die aggressiven Raser gestern nun aber doch auf ihn abgesehen hatten, obwohl die SUPO etwas anderes behauptete? Tommila hatte Angst.

Ein Mann, der bis ins Detail genauso gekleidet war wie Simo Tommila, trat auf den von einer niedrigen Ziegelmauer umgebenen Innenhof des zweistöckigen Hauses. An der Haustür holte er aus der Tasche einen elektronischen Dietrich, der aussah wie ein kleines Diktiergerät. Er wählte einen geeigneten Schlüssel und steckte ihn hinein. Das Schloss schnappte auf, und der Mann ging ins Haus. Er wusste, dass die SUPO das Gebäude nur überwachte, wenn Tommila da war.

Rasch stieg er die Treppe in den Keller hinunter, öffnete mit dem Dietrich die Metalltür und schaltete das Licht an. Der Betonboden strahlte Kälte aus. Am Ende des Flures befanden sich die beiden inneren Garagentüren. Der Mann blieb vor der linken stehen, betrachtete das Schloss und überlegte, welcher Dietrich passen würde.

»Was machst du da?« Ein Junge, nicht größer als ein Barhocker, tauchte plötzlich wie aus dem Nichts neben ihm auf.

Wo zum Teufel kam der her? Der Mann sprach kein Wort Finnisch. Wenn der Bengel seiner Mutter erzählte, dass sich ein Ausländer im Keller herumtrieb, könnte die Polizei sehr schnell hier sein.

Er stürzte sich auf den Jungen, aber der Bursche entwischte ihm, flitzte in den Fahrradkeller und schloss die Tür ab.

Im selben Augenblick ging die Kellertür auf und ein kleingewachsener Mann mittleren Alters betrat den Kellergang. Der Familienvater sah friedlich aus, aber sein muskelbepackter Rottweiler zerrte an der Leine.

»Vati! Vati!« Der Steppke brüllte so durchdringend, dass der ganze Flur widerhallte. Der Mann, der wie Tommila aussah, griff gerade mit der linken Hand in die Brusttasche, als der laute Befehl »Fass!« erklang und der große Hund mit gefletschten Zähnen zum Sprung ansetzte. Blitzschnell kniete sich der Mann mit dem rechten Bein hin und hob den linken Arm vor seinen Hals. Der angreifende Hund packte den Arm mit solcher Wucht, dass er den Mann um ein Haar umgerissen hätte. Der Schmerz durchfuhr ihn, und die Augen der Bestie glühten. Der Mann legte den rechten Arm um das Genick des Köters und zog das Tier mit einem Ruck an sich heran, während er gleichzeitig den Arm im Maul des Hundes mit aller Kraft nach vorn drückte. Das Genick des Rottweilers brach wie Knäckebrot.

Der Hundebesitzer, der eben noch voller Stolz zugesehen hatte, schaute ihn erst verblüfft und dann angstvoll an. Er griff nach der Klinke der Kellertür, doch der Mann drückte ihm eine Hand auf den Mund und setzte ihm mit der anderen eine Injektionsspritze an den Hals.

Durch Gasdruck wurden dem Opfer die kurze Nadel und eine kleine Dosis des Betäubungsmittels Carfentanyl in die Haut gejagt. Ein paar Sekunden sträubte sich der Familienvater, dann sackte er schlaff zusammen. Der Mann schaute auf seinen Arm, die Zähne des Hundes hatten die Jacke durchdrungen und die Haut verletzt. Und dieser verdammte Knabe brüllte immer noch.

Der Mann öffnete mit dem Dietrich die Tür zum Fahrradraum, betäubte den Junior und überlegte, ob sein Carfentanyl auch noch für Tommila reichen würde. Auf so viele Betäubungen war er nicht vorbereitet. Er schleppte den Hund und sein Herrchen in den Fahrradraum und hoffte, nicht noch mehr Überraschungsgäste ausschalten zu müssen.

Vater und Sohn schliefen, und der Mann wartete in dem dunklen Fahrradraum, die Hand auf der Klinke. Er erschrak, als es in seinem Ohr knackte, und drückte den Knopfhörer tiefer ins Ohr. Der Sender war das allerneuste Modell, er ließ sich nicht abhören und hatte eine Reichweite von fast dreihundert Kilometern. »Die Zielperson ist auf der Armfeltintie«, sagte sein Kollege auf Russisch. Ein paar Minuten später hörte er die Tür, Schritte auf dem Flur und dann ein metallisches Geräusch. Tommila ging von der Garage zum Treppenflur. Jetzt durfte er nicht angreifen, sondern musste warten, bis Tommila später in die Garage zurückkehrte, denn von nun an beobachtete die SUPO die Wohnung des jungen Mannes. Sie würde sicherlich nachschauen, ob etwas nicht stimmte, wenn Tommila nicht in seiner Wohnung ankäme oder der Jaguar sofort wieder aus der Garage herausfahren würde.

Der Mann verließ den Fahrradraum und brach einen Dietrich im Schloss ab. Niemand würde die Pechvögel finden, bevor er seine Aufgabe erfüllt hatte. Er betrat Tommilas Garage und kauerte sich neben der Tür an die Wand. Der Lichtkegel der Mag-Lite-Stifttaschenlampe beleuchtete einen schmalen Streifen des Raumes. Der Motorlüfter des Jaguar summte immer noch, und sein Arm schmerzte.

Ratamo sagte Loponen, er drehe eine Runde um Tommilas Haus, und wollte die Tür des Wagens öffnen, hatte aber plötzlich die Klinke in der Hand. »Die Gebrauchsanweisung eines Lada müsste eigentlich ›Mein Kampf‹ heißen«, bemerkte er trocken, fluchte und stieg aus. Das Haus ließ sich leicht überwachen, es war auf drei Seiten von Straßen umgeben, und die vierte grenzte an ein anderes Gebäude. Ratamo betrachtete die Erkerfenster und die Ecktürme des Jugendstilschlosses und überlegte, ob das Haus über oder unter zehn Millionen Finnmark kostete.

Tommila war schon fast eine Stunde zu Hause. Der junge

Mann wurde doppelt überwacht: Der Wagen des anderen Ermittlerduos parkte auf der Ostseite des Hauses in der Ehrensvärdintie. Zusammen überblickten die SUPO-Mitarbeiter alle drei Seiten, von denen man das Haus verlassen konnte. Zum Glück hatte Wrede ihn für die Frühschicht eingeteilt. Am Nachmittag musste er zu Omas Begräbnis.

Das Schulterhalfter drückte auf der Brust. Ratamo fühlte sich unsicher, wenn er seine Dienstwaffe, eine Smith & Wesson, tragen musste. Der Frost zwickte in die Ohren, seine Ohrenschützer hatte er zu Hause vergessen. Die Schneewehen reflektierten das Sonnenlicht so stark, dass die Augen brannten.

Plötzlich sah er in einem Kellerfenster des Hauses eine Bewegung, als würde jemand winken. Eine Frau im Pelzmantel, die einen Einkaufsbeutel schleppte, blieb auf dem Hof stehen und starrte das Fenster an. Ratamo lief mit großen Schritten zum Hinterhof, um zu klären, was da los war. Ihm fiel ein, dass Tommila nicht allein in dem Haus wohnte. Die Hälfte des Hauses war vermietet; tausend Quadratmeter Wohnfläche brauchte selbst ein Genie nicht.

Die winkende Hand am Fenster rutschte nach unten und verschwand, gerade als Ratamo neben der Frau stehenblieb.

»Ist etwa jemand im Fahrradraum eingeschlossen worden?«, fragte sie besorgt. Ratamo stellte sich vor und zeigte seinen Dienstausweis. Er unterbrach den Redeschwall der Frau und bat sie, den Keller aufzuschließen.

Der Arm schmerzte, und auf dem kalten Betonboden der Garage taten die Knie weh. Er schien schon eine Ewigkeit zu warten. Die Gruppe, die ihn unterstützte, konnte nicht sehen, wann die Zielperson ihre Wohnung verlassen würde, und er fürchtete, Tommilas Schritte nicht rechtzeitig zu hören, wenn er sich nicht voll konzentrierte.

Die Tür öffnete sich, und das Licht ging an. Der Mann sah Tommilas verdutztes Gesicht, schlug ihm mit der Handkante hinters Ohr und hörte, wie jemand im Kellergang etwas rief.

Ratamo war noch dabei, seine Pistole unter dem Mantel hervorzuholen, als der Mann, der aussah wie Tommila, ihn schon fast erreicht hatte. Die Frau schrie vor Angst. Der Mann blieb stehen, zielte mit seiner Waffe auf Ratamos Brust und befahl ihm auf Englisch, seine Hände zu zeigen und sich hinzuknien. Die schreiende Frau verstummte, als ihr der Eindringling mit dem Griff der Waffe auf den Kopf schlug. Ratamo sprang auf und packte den Mann an den Händen. Doch der stieß ihn gegen die Wand, befreite seine Hände und warf etwas auf ihn. Ratamo spürte einen Stich im Oberschenkel und sah, dass eine Spritze, wie er sie nicht kannte, in seinem Bein steckte. Er begriff noch, dass Loponen nicht wusste, was hier passierte, dann wurde ihm schwarz vor Augen.

Der Mann fluchte leise auf Russisch und rannte in die Garage. Jetzt musste er sich beeilen. Er drehte Tommila auf den Rücken und schleppte ihn hinter das Auto. Der junge Mann war so schwer, dass es entnervend lange dauerte, bis er ihn in den Kofferraum bugsiert hatte. Dann holte er aus der Tasche einen kleinen Scanner und überprüfte schnell, ob sich an dem Auto oder an Tommila ein Sender befand. Er fürchtete, die SUPO-Leute könnten jeden Moment in die Garage stürmen, wenn er zu lange brauchte. Rasch fesselte er Tommilas Fuß- und Handgelenke, weil das Carfentanyl alle war.

Über den Knopfhörer kamen Anweisungen. Der Lada, der in der Merikatu parkte, und der Golf in der Ehrensvärdintie waren Autos der SUPO, andere verdächtige Wagen hatte man nicht geortet.

Der Mann holte ein paarmal tief Luft und öffnete dann die Garagentür. Er vermied es, zur Straße hin zu schauen, die im

Sonnenlicht lag. Wenn die Leute von der SUPO erkannten, dass er nicht Tommila war, müsste er sich jahrelang mit dem Knastessen zufrieden geben.

Als er mit dem Jaguar XK8 am Lada der SUPO vorbeigefahren war, entspannte er sich etwas. Die erste Phase war erfolgreich verlaufen. Über das Mikro auf der Brust gab er seiner Gruppe einen knappen Lagebericht und erhielt auf Höhe der Werft Anweisungen, wie er fahren sollte. Die Bisswunde brachte sich in Erinnerung.

Der Jaguar erreichte das östliche Ende des Bulevardi und glitt dann auf die Mannerheimintie. An der Oper bog er in die Runeberginkatu ein und etwa zweihundert Meter weiter in die Sandelsinkatu. Der Lada folgte ihm auf den Fersen; die SUPO-Leute glaubten offensichtlich, dass Tommila seinen Schatten nicht bemerkte. Das andere Auto der SUPO war im Rückspiegel nicht zu sehen.

Es knackte im Kopfhörer, und er bekam die nächsten Anweisungen. Der Jaguar fuhr am Alko-Geschäft auf dem Töölöntori vorbei und blieb vor dem Fußgängerüberweg stehen. Plötzlich taumelte ein stockbetrunkener Mann vor den Wagen und gestikulierte mitten auf der Straße wie ein Dorftrottel. Dann schien der Betrunkene in Richtung Runeberginkatu zu verschwinden, drehte sich aber plötzlich um, lief schwankend vor den Lada und übergab sich auf die Motorhaube. Ein paar Fußgänger blieben stehen und missbilligten das ungehörige Benehmen. Loponen hupte vergeblich, stieg aus und packte den Suffkopp am Mantel; in dem Moment beschleunigte der Jaguar, bog nach rechts in die Töölöntorinkatu ab, fuhr die Laderampe eines Lkw hinauf, der für Karjala-Bier warb, und verschwand im Laderaum. Die Hecktür des Lasters wurde geschlossen, und vor dem LKW schoss ein Jaguar los, der genauso aussah wie Tommilas Wagen.

Nur ein paar Sekunden später bog das Auto der SUPO in die Töölöntorinkatu ein, und Loponen entdeckte den Jaguar.

Als der Lada dem Jaguar in Richtung Pohjoinen Hesperiankatu gefolgt war, fuhr der Bier-Laster in aller Ruhe los.

30

Ketonen stieß die Tür des Raums A 310 mit dem Fuß zu und knallte die Abendzeitung auf den Tisch. »SUPO-ERMITTLERIN IN ZÜRICH VERSCHWUNDEN« lautete die reißerische Schlagzeile auf der Titelseite. Er starrte Wrede an, schnaufte vor Wut und war im Gesicht so rot wie die Muleta eines Matadors. Riitta Kuurma und Mikko Piirala, der vorläufig Anna-Kaisa Holms Aufgaben übernommen hatte, rutschten auf ihren Stühlen noch tiefer. Die Wanduhr zeigte 12.45 Uhr.

»Gott verdammich! Erik! Wie konntest du zulassen, dass Tommila entführt wird, verflucht noch mal! Und die Geschichte von Holm und der Unfall von gestern stehen in der Zeitung. Hat dir jemand das Gehirn amputiert oder warum hast du so jämmerlich versagt!«

Wrede lief nun auch rot an, seine Gesichtsfarbe wetteiferte mit der seiner Haare. »Die Verwandten wissen, dass Anna-Kaisa verschwunden ist. Ich kann sie nicht daran hindern, mit der Presse zu reden. Und natürlich wird über einen tödlichen Verkehrsunfall in der Zeitung geschrieben, verdammt noch mal. Der ist schließlich auf einer öffentlichen Straße passiert.«

»Der Teufel soll dich holen, du spuckst Ausreden aus wie ein Wechselautomat Münzen. Und für alles findest du Erklärungen wie ein Lexikon«, wetterte Ketonen und lief auf und ab, die Hände unter den Hosenträgern. Am meisten regte ihn auf, dass die Zeitungsmeldungen die Politiker aufscheuchten. Es würde nicht lange dauern, bis das Telefon klingelte und er seine Zeit wieder mit Erläuterungen vertun müsste, statt die Ermittlungen zu leiten. Er beschloss, selbst die Präsidentin anzurufen und zusätzliche Vollmachten zu erbitten. Da würde sich zumindest zeigen, ob sie ihm genauso vertraute wie ihr Vorgänger.

So wütend hatte Wrede den Chef noch nie gesehen. Da halfen jetzt keine Rechtfertigungen, am besten war es, den Mund zu halten. Er wollte seine Männer auch gar nicht verteidigen. Sie hätten Tommila keinen Moment aus den Augen lassen dürfen. Und auch Ratamo hatte seine Chance vertan, den Entführer zu schnappen, was sein Misstrauen ihm gegenüber nur noch verstärkte.

Wrede schien sich für den Mist, den seine Männer gebaut hatten, so aufrichtig zu schämen, dass sich Ketonen ein wenig beruhigte. Durch den Stress wurde die Gier nach einer Zigarette noch schlimmer. Er kümmerte sich nicht mehr darum, was seine Mitarbeiter dachten, sondern stopfte sich den dritten Nikotinkaugummi in den Mund. Das ewige Kauen ging ihm schon auf die Nerven, und die Kiefermuskeln taten auch langsam weh.

»Was zum Teufel ist eigentlich passiert?«, fragte Ketonen streng.

Wrede berichtete, was er wusste. Die Familie, die im Keller von Tommilas Haus betäubt worden war, hatte man befragt. Sie und Ratamo gingen im Moment gerade die Archivbilder von Kriminellen und Spionen durch. Der Fahrer des Doubles von Tommilas Jaguar war gefunden worden. Der fünfundzwanzigjährige arbeitslose Musiker Esko Järvelä hatte von einem Unbekannten fünftausend Finnmark erhalten. Dafür sollte er Kleidungsstücke anziehen, die man ihm gab, und zwei

Stunden lang mit dem Wagen durch die Stadt fahren. Der Startbefehl war Järvelä über Kurzwellenradio erteilt worden. Die Ermittler hatten den Jaguar gestoppt, als ihnen klar wurde, dass er ziellos durch die Stadt fuhr. Der Musiker war nicht vorbestraft, er dürfte am Nachmittag ebenfalls die Archivbilder durchgehen.

»Wer hat sich den Flegel geschnappt, die Russen oder die Chinesen?«, fragte Ketonen in forderndem Ton.

»Ich weiß es nicht.« Wrede hörte sich niedergeschlagen an. Guoanbu nutze bei der Inferno-Operation Helfer von außerhalb, und Swerdlowsk zu überwachen sei so schwierig wie Eis trinken, erklärte er und verteilte gleichzeitig ein Arbeitspapier über die kriminelle Organisation an seine Kollegen. Wrede sagte, er wisse nicht, wer bei den Russen der Verantwortliche für die Operation Inferno sei, falls es die überhaupt gab. Swerdlowsk habe, soweit bekannt, in Finnland keinen einzigen ständigen Helfer, mit Ausnahme von Zuhältern und Drogenhändlern, die schon überwacht würden. Die Organisation sei nach außen so abgeschottet, dass sich seiner Ansicht nach alle wichtigen Informationen in Moskau befänden, wo man sie mit den Mitteln der SUPO nicht beschaffen könne.

Erleichtert stellte Wrede fest, dass Ketonen konzentriert zuhörte. Er beschloss, nicht zu erwähnen, dass man den Penner, der auf die Karosserie des Lada erbrochen hatte, nicht auftreiben konnte. Der Säufer war sicher auch ein Gehilfe der Entführer. Er berichtete weiter, dass hinter dem gestrigen Entführungsversuch oder der Entführung am Vormittag kein Agent der chinesischen Botschaft in China steckte, da sei er ganz sicher. Keiner von ihnen war aus der Box ausgebrochen.

Ketonen fragte nun schon etwas ruhiger, was über den Unfall vom Vortag bekannt sei. Er beruhigte sich genauso schnell, wie er in Wut geriet.

Wrede räusperte sich und sagte, bei dem Aufprall sei der estnische Bürger Erki Kolk umgekommen. Der Mann habe in Finnland Aufträge ausschließlich für Guoanbu ausgeführt. Und nach den Telefondaten hatte er während des letzten halben Jahres engen Kontakt zu Protaschenko gehalten.

»Die ›Swerdlowsk‹-Mafia und Guoanbu versuchen also beide gleichzeitig, Tommila zu kidnappen?«, dachte Ketonen laut nach.

Die anderen Insassen des Unfallautos konnten fliehen, fuhr Wrede fort. Die Krankenhäuser hätten nichts von verdächtigen oder ausländischen Verletzten mitgeteilt, aber die Verkehrsüberwachungskamera in der Unterführung hatte den Unfall gefilmt. Vom Fahrer des zerschmetterten Autos gebe es ein besonders gutes Bild. Die Leute in dem anderen Auto, das Tommilas Taxi gefolgt war, hatten ihr Gesicht verdeckt. Die Ergebnisse der kriminaltechnischen Untersuchungen wurden gerade analysiert und die Visa für Russen überprüft. Wrede glaubte jedoch nicht, dass die Leute von Swerdlowsk so dumm waren und ein Visum beantragten. Seiner Ansicht nach waren sie aus einem EU-Land oder illegal über die Grenze nach Finnland gekommen.

Ketonen musterte seinen Stellvertreter. Wrede beherrschte zwar sein Handwerk, aber ihm fehlte etwas, was man brauchte, um so ein Knäuel zu entwirren – der Instinkt. Plötzlich fiel ihm ein, dass er die Eltern Tommilas über die Entführung ihres Sohnes informieren musste. Er dachte an sein Gespräch mit der Mutter von Anna-Kaisa Holm und wurde sofort wieder nervös.

»Ist Timo Aaltos Alibi bestätigt worden?«, fragte Ketonen.

»Aalto hat gelogen. Er war zum Zeitpunkt des Mordes an Protaschenko nicht mit seinem Kollegen Ryan Draper zusammen«, erwiderte Wrede prompt und genoss für einen Augenblick die erstaunten Gesichter seines Publikums. Dann berichtete er, dass Draper schon am Sonntagabend von Miami in Richtung kanadische Einöde aufgebrochen sei, lange vor Protaschenkos Tod.

»Himoaalto hat auch ein Motiv«, ergänzte Riitta Kuurma voller Eifer. Es dauerte eine Weile, bis ihr klar wurde, warum ihre Kollegen sie so verblüfft anstarrten. »Das ist Ratamos Spitzname für seinen Freund«, erklärte sie und berichtete dann, sie habe mit den Experten für Wirtschaftskriminalität der Kriminalpolizei über den Kaufvertrag zwischen SH-Secure und Aalto gesprochen. Man hatte ihn dabei übers Ohr gehauen. Für einen Spottpreis war SH-Secure so in den Besitz schon halb fertiger Programme gelangt, die man dann schnell zu Erfolgsprodukten weiterentwickeln und erfolgreich verkaufen konnte. Aalto hatte bei dem Geschäft nur eine geringe Summe bekommen und weniger Optionen als die Kodierer, die bei SH-Secure neu anfingen. Den verblüfften Experten war es unverständlich, warum Aalto seine Firma so billig verkauft hatte.

»Allmählich kommen wir ja voran. Aalto muss zum Verhör geholt werden«, sagte Ketonen und dachte einen Augenblick nach. Dann wandte er sich wieder an Wrede. »Gibt es vom FBI Neuigkeiten?«

Das FBI hatte von der SUPO die Zusammenfassungen zum Hintergrund und zu den Verhören aller drei Inferno-Verantwortlichen erhalten. Wrede sagte, er sei überrascht, weil das FBI keine zusätzlichen Verhöre oder Berichte anforderte. Er habe den Verdacht, dass die Yankees mehr wussten als sie. Wären Fingerabdrücke oder DNA von Finnen im Hotelzimmer Protaschenkos gefunden worden, hätte das FBI sicher eine Verhaftung verlangt. Seiner Ansicht nach wusste das FBI, wer Protaschenko ermordet hatte.

Plötzlich wurde Wredes Gesichtsausdruck sehr ernst, und

er zögerte einen Augenblick. »Ich habe noch mehr schlechte Nachrichten. Möglicherweise hat Anna-Kaisa für Swerdlowsk gearbeitet. Die Züricher Polizei hat herausgefunden, dass sie kurz vor dem Mordversuch in der Clariden-Bank war. Es wurde auch bestätigt, dass es sich bei der Droge um Fentanyl handelte. Es kann sein, dass Swerdlowsk einen Verräter bestraft hat.«

»Das würde auch den gefälschten Pass und die Lüge, sie sei zu Besuch in Lieksa, erklären«, sagte Riitta Kuurma leise.

Eine heiße Welle der Enttäuschung durchflutete Ketonen. Er hatte die Augen vor der Wahrheit verschlossen und sich eingeredet, Holm habe persönliche Probleme. Die junge Frau hatte ihre Seele verkauft, sonst hätte sie sich schon gemeldet. Ketonen fiel die vor Sorge zitternde Stimme ihrer Mutter ein. Die Frau würde zusammenbrechen, wenn sie erfuhr, dass ihre Tochter ein schweres Verbrechen begangen hatte. Ketonen fühlte so starkes Mitleid, dass er einen Schmerz in der Brust spürte.

Er wischte die grauen Haare aus der Stirn und überlegte einen Augenblick. »Wir müssen klären, wer der Verräter ist.« Ketonen wandte sich Riitta Kuurma zu, und der nachdenkliche Gesichtsausdruck verschwand: »Wir verhören Aalto und Laitakari noch einmal. Und diesmal ohne Seidenhandschuhe.«

Ketonen dankte Piirala für die gute Arbeit und bat ihn, Tommilas Hintergrund weiter zu untersuchen. Vielleicht sei er freiwillig verschwunden. Es könne gut sein, dass Guoanbu oder Swerdlowsk ihren Helfer in Sicherheit gebracht hatten, bevor ihn sich die konkurrierende Organisation schnappte oder die SUPO das ganze Knäuel entwirrte, sagte Ketonen.

Der Chef saß da und sah so aus, als sei die Besprechung damit beendet. Wredes Puls beschleunigte sich. Sollte er gehen oder fragen, was Ketonen von ihm erwartete? Der wollte ihn doch nicht etwa aufs Abstellgleis schieben?

Riitta Kuurma unterbrach das Schweigen: »Informiert irgendjemand Arto über diese Besprechung?« Sie hoffte von ganzem Herzen, dass Ketonen ihr erlaubte, mit Ratamo zu reden. Sie wollte nicht zur Front jener gehören, die Arto übergingen.

»Ich rede mit Ratamo, wenn ich es für erforderlich halte«, erwiderte Ketonen mit einer Stimme, die keinen Widerspruch duldete. Er hatte beschlossen, dass Ratamo auf einem Nebengleis der Ermittlungen blieb, bis seine zweite Handschriftprobe analysiert war.

Wenn ich Chef wäre, würde Ratamo wie jeder andere Verdächtige verhört werden, empörte sich Wrede gerade innerlich, als Ketonen sich vor ihm aufbaute.

»Und für dich, Erik, wäre es das Beste, wenn du etwas zustande brächtest, sonst lasse ich dich in die Protokollabteilung des Außenministeriums versetzen, wo du Berichte schreiben darfst. Wenn Aalto oder Laitakari etwas zustößt, kannst du gleich nach Hause gehen. Die Flasche zum Samstag wird heute nicht gekauft. Und schlafen könnt ihr das nächste Mal, wenn man den Verräter verhaftet hat. Ist das klar?«, verkündete Ketonen in scharfem Ton und marschierte hinaus, ohne Kommentare abzuwarten.

»Das dürfte eine sogenannte rhetorische Frage gewesen sein«, sagte Piirala an der Tür.

Wrede war sich nicht sicher, ob Piirala einen speziellen Sinn für Humor hatte oder ein bierernster Typ war.

Riitta Kuurma ging schnell in ihr Zimmer und schloss die Tür. Sie fühlte sich ausgenutzt. Im vorletzten Sommer war sie noch ein Grünschnabel gewesen, der nicht einmal auf die Idee gekommen wäre, Befehle des Chefs der SUPO in Frage zu stellen. Jetzt begriff sie, dass die Menschen wichtiger waren als die

Arbeit. Sie würde Befehle nicht mehr schlucken wie Öl. Riitta Kuurma entschied sich, Ratamo zu vertrauen, und verließ ihr Zimmer.

Sie versuchte sich zu beruhigen. Wenn sie ohne jede Dramatik von Ketonens Verdacht erzählte, würde vielleicht auch Arto die Nachricht gelassen aufnehmen. Ketonen versuchte ja auch nur seine Arbeit zu machen. Sie klopfte an die Glasscheibe und schob die Tür auf.

Ratamo stand am Fenster und schaute hinaus. »Diese Dunkelheit im Winter ist deprimierend. Wenn doch schon der Sommer käme und die Kondomwerbung«, sagte er. Riitta Kuurma musste lächeln. Er nahm einen Stapel Unterlagen vom einzigen Besucherstuhl in seinem Zimmer, legte ihn auf ein Regal und bat Riitta, Platz zu nehmen. Ein wenig beschämt erzählte er von den Ereignissen am Vormittag in Tommilas Keller. Die Betäubungsspritze hatte ihn völlig überrumpelt.

Riitta Kuurma bedankte sich noch einmal für das Abendessen am Donnerstag und erzählte dann, man habe Tommila entführt und im Zusammenhang mit Holms Verschwinden gebe es Unklarheiten. »Eigentlich bin ich gekommen, weil ich jetzt genauso zwischen Baum und Borke stecke wie im vorletzten Sommer. Ketonen hat dich und Aalto in Verdacht, dass ihr etwas mit dem Datendiebstahl zu tun habt.«

Ratamo erstarrte. Das hatte er nicht verdient. Um etwas Nützliches zu tun, hatte er die ruhige und sichere Arbeit des Wissenschaftlers aufgegeben, und nun verdächtigte man ihn, ein Verräter zu sein. Hatte Ketonen ihn deswegen mit in die Ermittlungen einbezogen? Wollte der Mann einen möglichen Feind in seiner Nähe haben? Er wusste nicht, was er sagen sollte. »Danke Riitta. Schön, dass du es mir gesagt hast.«

Riitta Kuurma hatte erwartet, Ratamo würde sich darüber freuen, dass sie sich Ketonens Befehl widersetzte, aber der

Mann wartete ja ganz offensichtlich nur darauf, dass sie ging. Einmal mehr wünschte sie sich, die Finnen würden auf Probleme reagieren wie Italiener – indem sie darüber redeten.

Wollte Ratamo ihre Nachricht erst einmal verdauen, oder war er nur ein undankbarer Mistkerl? Riitta Kuurma drehte sich um und marschierte ohne Abschied hinaus.

31

Das verfallene Holzhaus wirkte verlassen. Schnee bedeckte den Weg auf dem Hof. Es sah so aus, als wäre seit langem niemand in der Hütte gewesen. Bis zur Straße waren es nur dreihundert Meter, aber ein Fichtenwäldchen mit einer Schneeglasur verdeckte die Sicht auf das Haus. Das nächste bewohnte Gehöft lag kilometerweit entfernt.

Simo Tommilas Fuß- und Handgelenke waren mit dicken Lederriemen an den Beinen und Armlehnen eines antiken Stuhls festgebunden. In der Lehne des mit Ornamenten verzierten massiven Eichenstuhls befanden sich in Kopfhöhe zwei dekorative Löcher, durch die ein breiter Lederriemen gezogen war, der den Kopf des Gefangenen an den Stuhl presste. Über seine Hüften spannte sich ein Gürtel mit einer Metallschnalle. Der Gefangene hatte nichts weiter an als seine Unterhosen, die einmal weiß gewesen sein mussten.

Im Keller war es feucht und kalt. Ein Stück von einem schwarzen Müllsack verdeckte das einzige Fenster, und die nackte orangefarbene Glühbirne verbreitete nicht viel Licht. Tommila schnaufte, der Wind heulte, und in einer Ecke des Kellers surrte ein Computer.

Igor Sterligow saß einen Meter vor seinem Gefangenen auf einem Hocker und wartete darauf, dass der junge Mann wieder zu sich kam. Es war seinen Helfern gelungen, Tommila so zu kidnappen, dass die SUPO nicht sicher sein konnte, ob der junge Mann entführt worden oder freiwillig verschwunden war. Zum Glück hatte es Swerdlowsk leichter, in Helsinki zu operieren als Guoanbu. Die SUPO kannte alle Agenten der Chinesen in Helsinki, aber kein einziges Mitglied der Aufklärungsabteilung von Swerdlowsk.

Sterligow holte aus der Tasche seines mit Schaffell gefütterten Ledermantels eine silberne Dose, schüttelte zwei Pillen auf seine Hand und steckte sie in den Mund. Die Tabletten blieben ihm im Hals stecken, aber er hatte keine Lust, Wasser zu holen. Es war wichtig, dass Tommila beim Aufwachen sein Gesicht sah.

Ihm blieb nicht viel Zeit. Guoanbu hatte für die Entführung Tommilas ehemalige Mitarbeiter des SVR-Büros in Tallinn engagiert, das wusste er von Irina. Die Esten hatten ihn erkannt. Nach dem Zusammenbruch der Sowjetunion war seiner Nachrichtendienstfiliale in Helsinki befohlen worden, Agenten für Estland auszubilden. Er war für das Projekt verantwortlich gewesen. Jetzt wusste Guoanbu, mit wem man um das Passwort kämpfte. Zu allem Überfluss war Anna-Kaisa Holm aus dem Krankenhaus geflohen, bevor seine Helfer sie besucht hatten. Die Frau könnte der SUPO über ihn berichten. Das würde die Operation noch weiter erschweren.

Tommila ächzte und öffnete die Augen einen Spalt, wachte aber noch nicht auf. Aus seinem Mundwinkel floss ein dünnes Speichelrinnsal, und die blonden Barthaare glänzten feucht.

Sterligow kannte die Unnachgiebigkeit der Chinesen und die Effizienz ihres Nachrichtendienstes, er wusste, dass man ihn früher oder später selbst in einem vereisten Erdloch in der sibirischen Taiga finden würde. Allerdings hatte er seine Spuren so gründlich beseitigt, wie das ein Agent mit zwanzig Jahren Berufserfahrung eben konnte. Die morsche Bude im abgelegenen Kulomäki in der Gemeinde Nurmijärvi gehörte einem Finnen im Dienste von Swerdlowsk, der aber nicht wusste, dass Sterligow die Hütte nutzte. Der Telefonanschluss und der Zugang zum Internet waren mit gefälschten Papieren besorgt worden, und die EDV-Spezialisten hatten ihm versichert, dass niemand den Standort des Computers lokalisieren könne. Er war allein mit Tommila in die Hütte gekommen, ohne dass ihnen jemand gefolgt wäre. Den Mietwagen und Tommila hatte er auf alle bekannten Geräte kontrolliert, mit denen man sie orten könnte. Sie waren im Keller der in allen Fugen knarrenden und wackligen Hütte vollkommen von der übrigen Welt abgeschnitten. Er hatte sogar den Akku aus seinem Telefon herausgenommen, damit er kein Signal an die Basisstation sendete und das Telefon nicht als Mikrofon aktiviert werden konnte.

Tommila riss die Augen auf und schaute Sterligow angstvoll an. Er stammelte etwas Unverständliches und versuchte sich zu bewegen. Die Lederriemen gaben nur ein paar Millimeter nach. Durch den Schock und die Angst war sein jungenhaftes Gesicht zu einer grotesken Grimasse verzerrt.

Sterligow stand auf, hielt dem jungen Mann seinen erhobenen Zeigefinger vors Gesicht und bewegte ihn erst nach rechts und dann nach links. Die Augen seines Gefangenen folgten dem Finger. Urplötzlich schlug er Tommila mit dem Handrücken ins Gesicht, dass es klatschte. Jetzt war der junge Mann völlig wach.

Sterligow setzte sich hin und starrte seinen Gefangenen an wie ein Totem. »Willkommen, ›Hund‹. Man hat Sie entführt. Sie befinden sich hier, weil ich möchte, dass Sie auf dem Computer, den Sie dort in der Ecke sehen, das Passwort eingeben, mit dem die Hintertür von Charon aktiviert wird. Die erforderlichen Kontendaten und Kundennummern befinden sich schon auf dem PC.«

Tommila schaute den Mann an, der ein gerötetes Gesicht und blutunterlaufene Augen hatte. Im Tonfall seiner Stimme hörte man unterdrückte Wut. Die Haare seines Peinigers waren pechschwarz, die Wangen hohl und die Nase hakenartig und spitz. Der Mann erinnerte an einen Geier. In dem orangefarbenen Licht sah der Keller aus wie der Vorhof der Hölle. Für einen Augenblick hatte Tommila den Verdacht, verrückt geworden zu sein. In seinem Kopf rauschte es, und der ganze Körper schmerzte. Was sollte er dem Geier sagen? Sollte er auf Zeit spielen? Würde der Geier ihn auf jeden Fall umbringen? Angst durchfuhr ihn, und die Kälte des Kellers wich der Hitze der Panik. Gerade als er den Mund aufmachte, klatschte die Hand wieder in sein Gesicht. Tommila schrie auf.

»Sie werden mir die Informationen geben, die ich will; auf welche Weise das geschieht, dürfen Sie wählen. Ich weiß, dass Sie der ›Hund‹ sind und dass es für Sie ein Kinderspiel ist, das Passwort zu schreiben«, sagte Sterligow.

»Hund?« stammelte Tommila, obwohl er kaum bei Bewusstsein war. »Was für ein Passwort?«

Sterligow antwortete nicht. Er glaubte nicht, dass Tommila der »Hund« war. Protaschenko hatte gemäß der Eintragung im Kalender kurz vor seinem Tod ein Treffen mit einer Frau gehabt. Aber Tommila könnte ihm das Passwort geben. Das hatte der »Hund« schon vor längerer Zeit in einer E-Mail bestätigt.

»Sie haben zwei Stunden Zeit, sich daran zu erinnern.«

Die ruhige Stimme des Geiers, sein starrer, psychotischer Blick und die manischen Gesten ließen Tommila zu der Überzeugung gelangen, dass der Mann verrückt war. »Ich kann Ihre Bitte nicht erfüllen«, erwiderte Tommila mit undeutlicher Stimme. Zitternd erwartete er einen neuen Schlag, aber der

Geier seufzte, räusperte sich und setzte sich auf den Hocker. Wer war dieser Wahnsinnige? Aus irgendeinem Grund hielt Tommila ihn nicht für einen Finnen, obwohl er ein akzentfreies Finnisch sprach. Der Geier hatte die Haltung eines Soldaten. War er ein Russe? Verwirrt überlegte Tommila, ob der Geier beim Töten von Zivilisten in Tschetschenien oder Afghanistan den Verstand verloren hatte. Stammte diese hässliche Narbe in seinem Gesicht aus dem Krieg? Plötzlich schoss ihm etwas durch den Kopf, was überhaupt nichts mit all dem zu tun hatte: Soldaten legten beim Grüßen deswegen die Hand an den Mützenschirm, weil die Ritter im Mittelalter das Visier ihres Helmes öffneten, wenn sie am König vorbeiritten.

»Natürlich können Sie das. Ich helfe Ihnen dabei. Beispielsweise kann ich Ihnen Holzstöckchen unter die Zehennägel schieben, ihre Nägel herausreißen, Strom in der Leistengegend anlegen und Ihnen die Haut an der Wade abwickeln. Wenn Sie zusätzliche Hilfe benötigen, könnte ich Ihren Adamsapfel spalten. Das ist ein altes chinesisches Überredungsmittel, man sagt, dass es auf besonders schmerzhafte Weise zum Tode führt. Aus dem Adamsapfel fließt nicht viel Blut heraus, so dass sie noch mehrere Tage am Leben bleiben. In der Zeit leiden Sie unter höllischen Schmerzen, wenn Sie essen, trinken, schlucken oder atmen. Ich mag diese Methode jedoch nicht, sie ist zu zeitaufwendig. Bevorzugen würde ich ein anderes Verfahren: Ich setze Ihnen eine Ratte auf den Bauch und stülpe einen gusseisernen Topf darüber. Wenn ich den Topf mit dem Schneidbrenner erhitze, wird das Nagetier entweder gebraten oder kratzt sich einen Weg aus dem Backofen hinaus. Raten Sie mal, wie es unter dem Topf herauskommt.« Sterligow betrachtete mit ausdrucksloser Miene Tommilas Gesicht.

Die Stille wurde durchbrochen, als ein Tropfen fiel. Kurz danach floss ein Rinnsal von dem Folterstuhl auf den Fußboden.

Tommilas Unterhosen waren nass, und er zitterte. Hatte irgendwann jemand so eine Folter durchmachen müssen? Passierte ihm das wirklich? Er hatte nicht einmal gewusst, dass es eine solche Angst gab. Keinen Augenblick zweifelte er daran, dass dieser Wahnsinnige tun würde, was er ankündigte. Tommila hätte alles nur Erdenkliche unternommen, um zu Vater und Mutter nach Käpylä zu kommen. Er war gezwungen, auf Zeit zu spielen; zu etwas anderem sah er sich nicht imstande. Sein Gehirn war wie erstarrt. »Ich mache, was Sie wollen, aber zwei Stunden reichen vielleicht nicht«, erwiderte er mit schriller Stimme.

»Doch, das reicht. Ich habe Sie gerade motiviert, eine Höchstleistung zu vollbringen. Unterschätzen Sie mich nicht. Wenn Sie ein falsches Passwort schreiben, führt das nur zu einer noch strengeren Bestrafung. Meine Assistenten überprüfen und testen Ihr Ergebnis, sobald sie es bekommen. Der Computer ist an das Internet angeschlossen, und seine Sicherheitssysteme sind besser als Inferno.«

Der Anfang war ungefähr so verlaufen, wie es Sterligow erwartet hatte. Er wollte Tommila eigentlich nicht mit Gewalt erpressen, weil er aus Erfahrung wusste, dass sich dabei nur langsam Ergebnisse einstellten. Chemikalien waren viel wirkungsvoller, aber die durfte er jetzt nicht einsetzen: Tommila musste bei vollem Verstand sein, um das Passwort schreiben zu können.

Sterligow war überzeugt, dass Tommila in zwei Stunden nicht fertig sein würde. Finnen versuchten immer, einen aufs Kreuz zu legen. Er glaubte jedoch, dass ein paar Foltertricks reichen würden, um den Widerstand des Burschen zu brechen. Im Grunde waren die Finnen feige. Der hier dürfte ein besonders großer Feigling sein.

Es war 13.12 Uhr am Sonnabend.

32

Das rote Lämpchen an Ketonens Tür brannte auch nach dem zweiten Knopfdruck. Ratamo fühlte sich wie ein Dampfkessel, der jeden Augenblick platzen konnte. Das »Besetzt«-Schild leuchtete wieder aufreizend, als er zum dritten Mal auf den Knopf des Summers drückte. Jetzt war das Maß voll. Er riss die Tür auf und marschierte zum Schreibtisch seines Vorgesetzten.

»Ich danke Ihnen, Frau Präsidentin.« Ketonen beendete das Telefongespräch. »Die Lampen an der Tür sind nicht zur Dekoration da«, sagte er und unterdrückte mühsam seinen Zorn.

In Ratamos Kopf rastete etwas aus. »Du glaubst doch nicht etwa ernsthaft, dass ich ein Verbrecher bin, verdammt noch mal!«, brüllte er. Als er seine Wut herausgelassen hatte, fühlte er sich sofort erleichtert. Er wollte zeigen, dass man mit ihm nicht wie mit einem Rekruten umspringen konnte, auch wenn er seine Zukunft in Ketonens Hände gelegt hatte.

»Versuch nicht, deinem Vater beizubringen, wie man pinkelt, mein Junge!« Ketonen zwang sich, ruhig zu bleiben. Diese Angelegenheit musste geklärt werden, indem man miteinander redete, sonst wären Ratamos Tage bei der SUPO gezählt. Er saß mit gefalteten Händen da, die Füße auf der Schreibtischkante. Musti legte in ihrem Korb die Ohren an und betrachtete Ratamo misstrauisch. Ketonen fragte sich in aller Ruhe, was er mit dem Mann machen sollte. Ehrlichkeit war ein kostbares Geschenk der Natur, das immer seltener wurde. Es erforderte Mut, in sein Zimmer hineinzustürmen und kein Blatt vor den Mund zu nehmen; das geschah nicht oft. Und das durfte es auch nicht, in der SUPO mussten bei Autorität und Befehlsgewalt klare Verhältnisse herrschen. Das war hier kein Kaffeekränzchen. Er stand auf und ging zu Ratamo hin.

»Du hast als junger Mann in einem kommunistischen Staat

in der Nähe der chinesischen Grenze anderthalb, vielleicht auch zwei Jahre verbracht. Du sprichst eine Sprache, die nur ein paar Finnen beherrschen und in der etwas auf Unterlagen geschrieben wurde, die man einem finnischen Unternehmen gestohlen hat. Dein bester Freund steht im Verdacht, die Unterlagen verkauft zu haben, und der Käufer ist das Chinesische Sicherheitsministerium«, sagte Ketonen in aller Ruhe.

Ratamo erschrak. Die Fakten sprachen unbestreitbar gegen ihn. »Sind alle Menschen potentielle Verräter, bis das Gegenteil bewiesen ist?«, fragte er verdrossen.

»Ja.«

»Dann sag mir, wie ich beweisen kann, dass ich kein Krimineller bin. Ich will voll an den Ermittlungen beteiligt sein. Hast du schon mal das Wort ›Vertrauen‹ gehört?« Selbstsicher starrte er Ketonen an.

Kampfgeist besaß er jedenfalls, dachte Ketonen. Wenn Ratamos Worte und sein Blick nicht echt waren, dann hatte er das Zeug zum Oscar-Gewinner. In der Regel spürte Ketonen instinktiv, wenn jemand log. Er war es jedoch nicht gewöhnt, die Sicherheit des Staates zu riskieren, weil er Menschen oder seinem Gespür mehr vertraute als Fakten.

»Na gut. Dann wollen wir mal sehen, was man mit Vertrauen erreicht«, sagte er schließlich. Seine Entscheidung verstieß gegen etliche Dienstvorschriften der SUPO. Wenn die von Wrede beschaffte Schriftprobe verriet, dass Ratamo kriminell war, würde man ihn schneller ins Rentnerdasein befördern, als er Musti aus seinem Arbeitszimmer holen konnte.

Ratamo war überrascht. Das Seelenleben des Chefs schien mehr Tiefgang zu haben, als er angenommen hatte. Vielleicht brachte das zunehmende Alter doch eine Sichtweise mit sich, die er selbst noch nicht hatte. Ein bisschen bereute er seinen Auftritt jetzt auch.

Musti spürte, dass sich die Spannung entladen hatte und tapste zu Ratamo hin, um sich kraulen zu lassen.

Ketonen legte die Füße wieder auf die Schreibtischkante. »Ich wollte gerade in dein Zimmer kommen und dir erklären, was Sache ist, da kommst du hier hereingepoltert«, sagte er vorwurfsvoll. »Hast du in diesen Unterlagen von Truong etwas Interessantes gefunden?«

»Gar nichts, obwohl ich sie zweimal durchgelesen habe. Von Piirala habe ich mir noch bestätigen lassen, dass die technischen Aufzeichnungen nichts Wichtiges enthalten.«

»Du bist von jetzt an vollberechtigtes Mitglied der Ermittlungsgruppe. Und gib mir keinen Anlass, diese Entscheidung zu bereuen«, sagte Ketonen mit ernster Miene.

Ratamo war schon am Gehen, als ihm noch etwas einfiel: »Aalto und Laitakari werden doch wohl genauer überwacht als Tommila?«

»Ich habe es doch schon mal gesagt. Das sind die Sorgen des Generals, also überlass es ihm, sich darum zu kümmern«, erwiderte Ketonen laut und schroff. »Mit Aalto redest du nicht. Und du erzählst auch niemandem etwas von der Entführung Tommilas.«

Ratamo antwortete nicht. Vertrauen schuf man nicht mit Worten, überlegte er, dann streichelte er Musti und ging hinaus.

Ketonen lächelte. Ratamo war ein zäher Bursche. Der Mann tat das, was er für richtig hielt. Er wusste, wer Ratamo von seinem Verdacht und Tommilas Schicksal erzählt hatte. Auch Riitta Kuurma hatte also beschlossen, Ratamo zu vertrauen. Das überraschte ihn nicht; die jungen Leute waren eindeutig ineinander verliebt. Ketonen bemerkte, dass er sich wünschte, sie würden es sich eingestehen. Ihm wurde regelrecht warm ums Herz, vielleicht könnte er sogar zur Entstehung einer neuen Familie beitragen. Wurde er jetzt alt und senil? Wollte er stillschweigend übergehen, dass Riitta Kuurma gegen seine Befehle verstoßen hatte, weil er sich wünschte, dass aus seinen beiden Mitarbeitern ein Paar wurde? Das ärgerte und amüsierte ihn zugleich.

Die Lage bei den Ermittlungen bot keinen Grund zur Freude. Sie steckten in der Sackgasse. Guoanbu nutzte Helfer von außerhalb, die der SUPO nicht bekannt waren und deswegen nicht überwacht werden konnten. Und auch die Gangster von Swerdlowsk kannten sie nicht. Doch nun besaß er die Vollmachten, die ihm die Präsidentin erteilt hatte. Die SUPO verfügte jetzt über alle Befugnisse für die Untersuchung des Falles und des Verschwindens von Anna-Kaisa Holm. Künftig würde er über den Stand der Ermittlungen direkt der Präsidentin berichten. Genau wie früher, als die SUPO die Polizei des Präsidenten war. Damals hatte auch der Abteilungsleiter für Polizei im Innenministerium gewusst, wer der SUPO Befehle erteilte. Dasselbe wäre immer noch möglich, das wusste er. Ihre Ausgaben wurden kontrolliert, aber die Alltagsarbeit überwachte niemand.

Die SUPO konnte den Fall Inferno nicht mit eigenen Kräften aufklären. Davon war Ketonen nach seinem Gespräch mit dem Leiter der Kommission für IT-Straftaten bei der Kriminalpolizei und dem Chef der Elektronik- und IT-Abteilung der Streitkräfte überzeugt.

Er hatte noch nie mit der NSA, der Nationalen Sicherheitsbehörde der Vereinigten Staaten, zusammengearbeitet, aber jetzt benötigte er die Hilfe der effizientesten Spionageorganisation der Welt.

Die elektronische Aufklärung der NSA konnte vielleicht ermitteln, wer der Verräter war und was Guoanbu und Swerdlowsk planten. Er hatte in den letzten Tagen alle im Hause vorliegenden Berichte über die NSA gelesen. Die Behörde war zu einer wesentlich wirkungsvolleren elektronischen Spionage fähig als FAPSI, FBI oder irgendein anderer Aufklärungsdienst. Sie war der weltweit größte Käufer von Computern und Arbeitgeber für Mathematiker. Man nahm an, dass sie ihren Konkurrenten gegenüber technisch einen Vorsprung von mehreren Jahren besaß.

Eckpfeiler der elektronischen Spionage der NSA war das Spionagenetzwerk Echelon, das aus Satellitenüberwachungsstationen überall in der Welt bestand. Mit Hilfe des Systems, das von den USA, Großbritannien, Kanada, Australien und Neuseeland genutzt wurde, konnten die Nachrichtendienste dieser Länder Telefonate abhören, Faxe und E-Mails abfangen, den Verkehr im Internet überwachen und Truppenbewegungen verfolgen. Das Echelon sammelte Informationen mit einhundertvierzig verschiedenen Programmen. Es war imstande, mit seinen Antennen innerhalb weniger Stunden die gleiche Menge an Informationen zu sammeln, wie sie in einer Universitätsbibliothek herumstand und verstaubte.

Das Echelon holte sich die Daten aus fast allen vorstellbaren Informationsquellen. Seine Satelliten saugten selbst aus den Kabeln für den Datenverkehr, die auf dem Meeresboden lagen, Informationen heraus. Man vermutete, dass die NSA auch in der Lage war, supersichere Lichtleiter abzuhören. Manche verdächtigten die NSA sogar, in strategisch bedeutungsvollen Computerprogrammen wie Windows Hintertüren versteckt zu haben. Und angeblich verfügte sie über einen unglaublich effizienten Quantencomputer, der jede beliebige Verschlüsselung knacken konnte.

Auch der Vorwurf der Industriespionage war der NSA nicht erspart geblieben. Man behauptete, sie habe sich in den letzten zehn Jahren systematisch darauf konzentriert, solche kommerziellen Informationen aufzuspüren, die im Ausland tätige amerikanische Unternehmen interessierten. Verschiedene europäische Staaten hatten den Verdacht, dass mit Echelon gesammelte Informationen bei internationalen Ausschreibungen zum Vorteil amerikanischer Unternehmen verwendet wurden. Die Franzosen hatten sich beschwert, als Airbus einen umfangreichen Auftrag aus Saudi Arabien an das amerikanische Unternehmen Boeing verlor und Thomson-CSF eine Bestellung von Satelliten an die amerikanische Firma Raytheon. In beiden Fällen handelte es sich um ein Milliardengeschäft.

Ketonen wusste, dass die Echelon-Spionage riesige, kaum vorstellbare Dimensionen besaß. Für viele war es eine Überraschung, dass erst jetzt, nach dem Ende des Kalten Krieges, allmählich alle die Kontrolle über die Spionage verloren. Zum Glück für die Nachrichtendienste interessierten sich Unternehmen, Presse und Bürger nicht sonderlich für die elektronische Spionage, obwohl darüber heutzutage viele Informationen zugänglich waren.

Ketonen suchte aus einem Hängeordner das Fax, das er am Montag von der NSA erhalten hatte. Es war halb zwei, also kämen die Yankee-Ermittler an der Ostküste vielleicht schon in etwa zwei Stunden zur Arbeit. Dann würde er anrufen. Er las langsam die Kontaktdaten seines amerikanischen Kollegen: Jeremy S. Murray, Special Agent, National Security Agency, Fort George G. Meade, MD, USA.

33

Aus Irinas Kehle drang ein lauter Seufzer, als Tang Wenge kam. Sie öffnete ihre Beine, mit denen sie seine Hüften umklammert hatte, und der einhundertzwölf Kilo schwere, schwitzende Chinese drehte sich schnaufend auf den Rücken.

Tang war sicher, dass Irina ihren Orgasmus nur vortäuschte, die Frau konnte wohl kaum immer genau zur gleichen Zeit wie er kommen. Ihm reichte es jedoch, dass er Irinas vollkommenen Körper dann benutzen konnte, wenn er Lust darauf hatte.

Das war das letzte Mal, beschloss Irina. Ihr war übel. Sie schaffte es nicht mehr, während des Aktes an etwas anderes zu denken. Außerdem verstand Tang unter sicherem Sex, dass die Bettkante gepolstert war. Lieber hätte Irina alle afrikanischen Waisenkinder adoptiert als Tangs Nachwuchs auszutragen.

Irina stand auf und sagte, sie gehe duschen. Tang zündete sich eine Zigarette an und trank einen großen Schluck seines Lieblingsgetränks Maotai. Er konnte nicht verstehen, dass die Leute aus den westlichen Ländern behaupteten, der Hirseschnaps schmecke nach Lampenöl und rieche wie Liniment. Nach dem Sex fühlte er sich immer sehr entspannt, doch die angenehme Stimmung war sofort dahin, als er an den Fall Inferno und an Igor Sterligow denken musste. Seine angeheuerten Helfer aus Tallinn hatten bei dem Versuch, Tommila zu entführen, versagt, einer war bei dem Autounfall ums Leben gekommen, und zu allem Überfluss hatten sie zugelassen, dass Swerdlowsk ihnen Tommila vor der Nase wegschnappte. Oder war das Absicht gewesen? Hatte Igor Sterligow ihm ergebene Helfer schon damals angeworben, als er im Auftrag des SVR Agenten für dessen Büro in Tallinn ausbildete? Aber wenn es so wäre, warum hätten die Männer aus Tallinn dann verraten, dass sie Sterligow gesehen hatten? Das war das einzige brauchbare Ergebnis, das sie zustande gebracht hatten.

Er war dem Erfolg so nahe. Der Einbruch in Wiremoney wäre für China nicht nur ein ökonomischer, sondern auch ein wirtschaftspolitischer Sieg. Wenn die National Bank eines der weltweit gefragtesten Systeme für den elektronischen Zahlungsverkehr schließen müsste, wäre das Vertrauen des

Marktes in die Sicherheit des Online-Handels erschüttert. Erst wenn absolut zuverlässige Datenschutzprogramme zur Verfügung ständen, würde man das Internet weiterentwickeln. China gewänne Zeit, um den technischen Vorsprung des Westens aufzuholen. Und wenn es Guoanbu schaffte, eine Kopie des Inferno-Programms herzustellen, könnte die an Entwicklungsländer im Fernen Osten und in Afrika verkauft werden. Und das alles wäre sein Verdienst.

Tang war jedoch überzeugt, dass es ihm nicht gelingen würde, Igor Sterligow das Passwort wegzuschnappen. Aber in Peking würde man einen Weg finden, um Swerdlowsk Paroli zu bieten. Sollte er veranlassen, dass sein Vorgesetzter die Verantwortung für die Lage und für die Kriegserklärung an Swerdlowsk übernahm? Würde man ihn in Peking für unfähig halten, wenn er die Leitung seiner ersten großen Aufklärungsoperation nach oben abgab, sobald Probleme auftauchten? Auch das war immer noch besser als ein totaler Misserfolg. Das Gesicht zu verlieren war das Schlimmste, was einem Chinesen widerfahren konnte. Alternativen gab es nicht, er brauchte unbedingt Unterstützung. Seinem Vorgesetzten würde er berichten, dass es noch nicht zu spät war. Sterligow hatte Anna-Kaisa Holm getroffen, aber das Passwort nicht erhalten. Warum hätte Swerdlowsk Tommila sonst entführt? Guoanbu blieb immer noch Zeit.

Tang benötigte noch mehr Maotai, um seine Entscheidung zu untermauern. Der Fall musste vor dem Neujahrsfest gelöst werden: Schon zwei Jahre hatte er das größte chinesische Fest nicht zu Hause in Harbin feiern dürfen. Doch er wollte vermeiden, wegen der gebotenen Eile eine Fehleinschätzung zu treffen. Oder? Die Swerdlowsk-Mafia zahlte angeblich fürstliche Honorare. Tang starrte auf die Kalligraphie, die an der Wand hing. Der Künstler hatte seinen Lieblingsspruch mit viel

Feingefühl gestaltet. »Am besten ist die Tür geschlossen, die du auflassen kannst«, las er zum hundertsten Male.

Irina kam aus der Dusche, warf das Handtuch auf den Stuhl und sammelte ihre Kleidungsstücke vom Fußboden auf. Ihre festen Brüste wippten vor Tangs Augen. Er spürte, wie ihm das Blut in die Lenden schoss, beherrschte sich aber und begnügte sich damit, ihr auf dem Weg ins Bad einen Schlag auf den Hintern zu geben.

»Mudak!«, zischte Irina, da sie sicher war, dass er es nicht hörte. Als im Bad das Wasser rauschte, durchwühlte sie Tangs Taschen. In seinem Kalender fand sich nichts Überraschendes. Ihr Entschluss, Tangs Joch zu entfliehen, war mit jedem Tag und mit jedem Akt fester geworden. Dafür gab es nur einen Weg: ein Verbrechen. Sie hatte sich fast zwei Jahre lang um Arbeit bemüht. Jedes beliebige ausländische Unternehmen wäre ihr recht gewesen; sie hatte ihren Lebenslauf sogar einem bulgarischen Headhunter geschickt. Aber sie fand nirgendwo einen Job, dafür hatte der SVR gesorgt. Und nach Russland würde sie nicht zurückkehren.

Rasch drehte sich Irina mit Machorka eine Samokrutka, machte ein paar gierige Züge und betrachtete das chinesisch eingerichtete Schlafzimmer. Da die Farben der Trauer, Schwarz, Weiß und Blau, völlig fehlten, wirkte die Wohnung merkwürdig. Irina hatte über ihren Bruder der größten kriminellen Organisation in Sankt Petersburg ein Verkaufsangebot für die Kontendaten, die Kundennummern und das Passwort gemacht und erwartete, dass man es in den nächsten Stunden annahm. Aber Guoanbu war es immer noch nicht gelungen, Tommila zu entführen, Protaschenkos Unterlagen zu finden oder die Identität des »Hundes« zu klären. Tang war als Leiter so eines anspruchsvollen Projekts überfordert. Musste sie sich das Passwort bei Sterligow besorgen?

Igor Sterligow war ein Mann, den niemand zum Feind haben wollte. Ihn herauszufordern wäre Wahnsinn, überlegte Irina. Der KGB hatte Hunderttausende Mitarbeiter gehabt, aber es gab nur wenige Agenten, deren Ruf in der ganzen Organisation bekannt war. Der Waisenjunge aus Weißmeerkarelien hatte seine Ausbildung zum Spion am Moskauer Institut für Internationale Beziehungen und in der Schule Nr. 101 des KGB, der heutigen Akademie der Sicherheitsdienste der Föderation, erhalten. Sofort nach Abschluss des Studiums war der junge Mann in der Abteilung 8 des Auslandsnachrichtendienstes, der sogenannten V-Abteilung, eingesetzt worden, die auf Mordanschläge und Attentate spezialisiert war.

Über Sterligow kursierten viele seltsame Geschichten, die meisten waren zweifellos übertrieben. In einer Organisation mit der Struktur einer Armee haben Gerüchte und Legenden die Tendenz, wie eine Lawine anzuwachsen.

Als Sterligow von den anspruchsvollsten Einsätzen, die es in der Praxis gab, abgezogen wurde, gab es dafür einen guten Grund. Oberst Michail Ramanow erhielt im Dezember 1979 von KGB-Chef Juri Andropow den Befehl, eine Truppe zu formieren, die nach Afghanistan geschickt werden sollte. Auch Sterligow wurde dafür gebraucht. Man beorderte ihn in ein Spezialkommando aus Mitgliedern der Alfa- und Zenit-Einheiten, das ein Attentat gegen Hafizullah Amin ausführte, den Präsidenten der gerade gegründeten Volksrepublik Afghanistan. Als Moskau Babrak Karmal anstelle des liquidierten Amin einsetzte und die Mujahideen den Krieg gegen die Sowjetunion begannen, wurde Sterligow von der Guerilla gefangengenommen. Sie folterten ihn wochenlang, in seinem Körper gab es kaum noch einen heilen Knochen, als die russischen Speznaz-Einheiten ihn schließlich befreiten.

Nach seiner Genesung wollte Sterligow eine Schreibtischarbeit und beantragte eine Stelle in der dritten Abteilung der Hauptverwaltung »Auslandsaufklärung«, deren Aufgabe die Spionage gegen Großbritannien, Finnland, die skandinavischen Länder, Neuseeland und Australien war. Der blonde Mann, der Finnisch sprach, wurde der Gruppe zugeteilt, die man Suomi-Mafia nannte. Finnland war damals eine Art Versuchslabor für die Auslandsaufklärung des KGB und ein begehrter Einsatzort.

Es gab Gerüchte, Sterligow sei danach den Drogen verfallen. Jedenfalls zog er sich in seine eigene Welt zurück. Irina wusste, dass der Psychopath das alles mit Hilfe von Methadon durchstand. In Finnland hatte Sterligow jedoch glänzende Arbeit geleistet, bis wegen der Ebola-Helsinki-Katastrophe alles vorbei war.

Igor zu linken wäre nicht einfach. Zum Glück hatte sie Sterligow die erforderlichen Kontendaten und Kundennummern geliefert und ihm von dem »Hund« erzählt und verraten, wie man zu ihm Kontakt aufnehmen konnte. Sterligow würde sie nie verdächtigen, dass sie das Passwort selbst haben wollte. Doch Igor Sterligow war als Gegner ein anderes Kaliber als Tang. Irina kannte ihren ehemaligen Vorgesetzten besser als vielleicht jeder andere: Vier Jahre lang war sie auch seine Geliebte gewesen. Sterligow sprach nie über seine Geheimnisse, aber er hatte sie viele Dinge hören und sehen lassen, die seine Arbeitsweise und Züge seiner Persönlichkeit verrieten. Irina bebte vor Erregung, als sie an Sterligow im Bett dachte. Der Mann war so ausdauernd wie ein Pferd.

Ihr musste etwas einfallen, wie sie an das Passwort kam. Sonst würde sie Tang umbringen. Oder sich selbst.

34

Jussi Ketonen schüttelte, bewegte das Becken nach hinten, schloss den Hosenstall und hörte verblüfft, wie jemand an der Toilettentür klopfte. Er drückte auf die Spülung und öffnete die Tür. Vor ihm stand Mikko Piirala. Ketonen wusste nicht, was er sagen sollte: Im WC hatte ihn noch niemand sprechen wollen.

»Es tut mir leid, dass ich an einem Ort stören muss, der so einen privaten Charakter hat, aber wir haben endlich etwas gefunden«, sagte Piirala in seiner höflichen Art.

Ketonens Schuhsohlen quietschten, als er eilig zum Waschbecken lief. Er konnte sein Lachen nicht unterdrücken, zum Glück wurde es aber vom Plätschern des Wassers übertönt. Piirala war ein kompetenter Mann, aber mit seinem Benehmen fiel er unter den großschnäuzigen Polizisten mit ihrer unverblümten Ausdrucksweise auf wie ein Rennpferd in einer Elefantenherde. Der Mann benahm sich ja wie ein Aristokrat aus einem alten finnischen Film.

Die Handtuchrolle knirschte, als Ketonen eine saubere Stelle hervorzog. Er trocknete sich die Hände ab, steckte einen Nikotinkaugummi in den Mund und wandte sich Piirala zu.

»Na, sag schon.«

»Der Deckname des Verräters ist ›Hund‹«, verkündete Piirala feierlich, als hätte er herausgefunden, worin der Sinn des Lebens bestand.

»Wo hast du das in Erfahrung gebracht?«, fragte Ketonen ganz begeistert.

»Jemand hat mir eine E-Mail geschickt.« Piirala hob ein Blatt Papier hoch. »Protaschenko benutzte für die Person, die ihm die Daten von DataNorth verkaufte, den Decknamen ›Sobaka‹«, las er vor und erklärte, dass Sobaka auf Finnisch Hund bedeutete. »Protaschenkos Kalendernotiz bedeutet also vielleicht gar nicht, dass er kurz vor seinem Tod eine Frau traf. Das Wort ›Hund‹ ist im Russischen femininen Geschlechts. Möglicherweise bezog sich Protaschenko auf den Decknamen ›Hund‹.«

Ketonen war wie elektrisiert. Sein Instinkt sagte ihm, dass sie jetzt etwas gefunden hatten, das Gold wert war. Piirala könnte recht haben. Guoanbu gab seinen Helfern nur dann einen Decknamen, wenn die Person so wichtig war, dass ihre Identität unter keinen Umständen verraten werden durfte. Erhielt eine Person einen Decknamen, dann wurde ihr richtiger Name niemals verwendet.

»Das heißt, der Verräter kann auch ein Mann sein. Und der Absender der Nachricht?«, fragte Ketonen gespannt.

Piiralas Eifer schien verflogen zu sein. »Elektronische Spuren lassen sich im Internet leicht verwischen. Wir versuchen immer noch, herauszufinden, wo die Nachricht herkommt, aber ich glaube nicht, dass es gelingen wird.«

Mustis innere Uhr schien unüberhörbar zu läuten, als Ketonen sein Zimmer betrat. Die Hündin strich mit wedelndem Schwanz um ihn herum und gab Töne von sich, die zur Hälfte ein Bellen und zur Hälfte ein Heulen waren. Ketonen musste lachen, obwohl er das Ritual kannte. Wenn er sich doch auch so über Kleinigkeiten freuen könnte.

Der Schuldige konnte jeder der drei Inferno-Verantwortlichen sein. Warum wollte jemand sichergehen, dass die SUPO den Decknamen kannte? Damit Protaschenkos Eintragung im Kalender nicht auf eine Frau hinwies? Enthielt der Deckname etwas, was den Verräter entlarven würde? Oder war der »Hund« für die Entführer Tommilas nutzlos geworden und sollte nun verraten werden? Es gab viele Fragen, aber wenige Antworten. Er brauchte zusätzliche Informationen.

Ketonen spürte die belebende Wirkung des Adrenalins. Jetzt besaßen sie wenigstens etwas Greifbares, einen roten Faden, dem sie folgen konnten.

Musti verschlang ihr Hundefutter mit der gleichen Leidenschaft wie immer. Sie stieß den Napf mit der Schnauze vom Teppich auf das Parkett, jagte die rutschende Schüssel über den glänzenden Eichenholzboden und wedelte dabei heftig mit dem Schwanz.

Ketonen schaute auf die Uhr und erschrak. Es war 14.03 Uhr, er kam zu spät.

Ratamo, Wrede, Kuurma und Piirala erwarteten ihn im Foyer der ersten unterirdischen Etage. Verdutzt bemerkte Ketonen, dass Ratamo einen schwarzen Anzug und ein weißes Hemd mit einem schlichten dunkelblauen Schlips trug. »Du siehst ja aus, als wolltest du zu einem Begräbnis gehen«, witzelte er.

»Meine Großmutter wird um vier beigesetzt. Wahrscheinlich komme ich nicht dazu, mich zu Hause umzuziehen«, erwiderte Ratamo mit ernster Miene.

Ketonen war das sichtlich peinlich, er stammelte etwas, das sich anhörte wie eine Entschuldigung. Er musste das Verhältnis zu seinen Mitarbeitern verbessern. Früher hatte er solche Dinge im Voraus erfahren.

Schnell informierte er die anderen über die Nachricht, die Piirala erhalten hatte, und warf seinen Kollegen den Ball zu.

Die Europol-Zentrale für Datenaustausch klärte derzeit, welche Helfer Swerdlowsk und Guoanbu früher bei ihren Operationen in Europa eingesetzt hatten, berichtete Wrede. Ratamos Gesichtsausdruck verriet, dass er noch nichts von dieser Einrichtung gehört hatte. Die zentrale Einheit von Europol in Den Haag unterhalte ein Datensystem, in dem man Informationen über Verbrechen und brisante Hinweise zu Personen sammelte, die verdächtigt wurden, Straftaten begangen zu haben oder zu planen, und darüber hinaus zu all jenen, die mit ihnen in Verbindung standen, erklärte Wrede dem Neuling. Es ärgerte ihn maßlos, dass der Chef Ratamo an der Besprechung teilnehmen ließ.

Das FBI habe der SUPO eine Kopie vom Videoband einer Überwachungskamera im »Marriott Biscayne Bay« geschickt, fuhr Wrede fort. Bui Truong sei in Miami mit Protaschenko zusammengewesen. Der Vietnamese war sofort nach Protaschenkos Tod über Bangkok in seine Heimat geflogen.

Ketonen empfand Freude und Genugtuung. Es war also richtig gewesen, Ratamo zu vertrauen. Wahrscheinlich stammten die vietnamesischen Aufzeichnungen von Truong.

Wredes Gesichtsausdruck wurde verlegen. »Anna-Kaisa ist in der Clariden-Bank gewesen und hat ein Schließfach ausgeräumt.« Die Züricher Polizei hatte wegen des Mordverdachts einen Gerichtsbeschluss erwirkt, nach dem die Bank gezwungen war, diese Information herauszugeben. Allerdings wusste man in der Clariden-Bank nicht, was in dem Schließfach gelegen hatte.

Ketonen schnaufte. Er wollte sich immer noch nicht damit abfinden, dass sein Schützling ein Verbrechen begangen hatte. Wo mochte das arme Mädchen bloß stecken?

Riitta Kuurma präsentierte die nächste schlechte Nachricht. Der Generaldirektor von DataNorth hatte für fünfzehn Millionen Finnmark Aktien seiner Firma verkauft.

»Das ist doch eine Straftat! Der grobe Missbrauch von Insiderwissen«, schimpfte Ratamo. Irgendeine Grenze musste es doch auch für die Habgier geben. Die anderen Vorstandsmitglieder der Firma wussten auch von dem Datendiebstahl. Wenn sie gleichfalls anfingen, Aktien zu verkaufen, würden die Medien auf alle Fälle Wind von dem Verbrechen bekommen. Das wäre das Ende von DataNorth.

»Vielleicht nimmt er lieber eine Gefängnisstrafe auf Bewährung in Kauf, als seine Millionen zu verlieren«, entgegnete Riitta Kuurma und schaute Ratamo groß an.

Ketonen sah so aus, als wollte er nun das Verhör beginnen, doch als sich Piirala hörbar räusperte, fiel ihm ein, was er vergessen hatte. »Gibt es neue Informationen über die Inferno-Verantwortlichen?«

Der Computerspezialist, ein Mann um die Fünfzig, begann mit seiner Zusammenfassung über Pauliina Laitakari. Am Vortag habe die Frau bis um acht Uhr abends gearbeitet. Danach sei sie mit einer Freundin im Restaurant »Papà Giovanni« gewesen, habe Pasta mit Pesto und Garnelen sowie Chianti-Wein bestellt und über ihre für den März gebuchte Wochenendreise nach Mailand und einen sexuell aktiven Banker namens Harri gesprochen. Nach Hause zurückgekehrt, habe Laitakari eine SMS an den Banker Harri geschickt und im Internet in Chatgroups gesurft. Danach habe sie sich dreizehn Minuten die Nachrichten von CNN angesehen und sei anschließend schlafen gegangen. Piirala rückte seinen eleganten Schlips zurecht und schaute sein Publikum an, als wollte er gelobt werden. »Der Hintergrund des Bankers Harri wurde überprüft. Der Mann ist harmlos, nimmt es allerdings nicht sehr genau, wenn es um nachtaktive weibliche Personen geht«, sagte er sachlich und trocken.

Riitta Kuurma konnte sich ein Lachen nicht verkneifen.

Die SUPO-Mitarbeiter hörten konzentriert zu, als Piirala zusammenfasste, was Aalto und Tommila am Vortag getan hatten. Zum Schluss stellte er fest, dass keiner der Verdächtigen einen Hund besaß.

Jetzt nahm Ketonen die Zügel in die Hand. »Beginnen wir mit der Frau. Ich leite das Verhör, ihr könnt ergänzende Fragen aus eurem Zuständigkeitsbereich stellen.« Er marschierte in den Verhörraum, wo Pauliina Laitakari wartete. Vor ihr stand ein Pappbecher mit Kaffee. Sie trug eine dünne Seidenbluse, die alle Kurven ihres Körpers betonte.

»Hören Sie mal, ich habe auch noch anderes zu tun, als in diesem stinkenden Kellerloch herumzusitzen. Ich habe mit einem Anwalt gesprochen. Wenn ich nicht unter Verdacht stehe, eine Straftat begangen zu haben, bin ich nicht verpflichtet, immer hierherzukommen, wenn Ihnen gerade mal einfällt, dass Sie Gesellschaft brauchen«, sagte sie wütend.

Ketonen schaltete auch die restlichen Leuchtstoffröhren an der Decke ein, setzte sich Pauliina Laitakari gegenüber und starrte sie durchdringend an. »Wenn du möchtest, können wir dich unter dem Verdacht des schweren Diebstahls und unter Mordverdacht verhören.«

Pauliina Laitakari trank ihren Kaffee und schien sich zu beruhigen. Sie drückte mit der Handfläche auf ihren Scheitel, um sich zu vergewissern, dass die Frisur dank des Haarfestigers hielt.

»Bist du der ›Hund‹?«, fragte Ketonen und beobachtete die Reaktionen der Frau genau. Laitakari zuckte zusammen und sah erschrocken aus. Hatte sie ihren Decknamen erkannt?

»Was ... meinst du damit?«

»Anscheinend bist du überrascht. Nennt dich jemand ›Hund‹?« Ketonen ließ nicht locker.

»Ich mag Hunde nicht. Sie sabbern alles voll, und überall liegen ihre Haare herum. Ich konzentriere mich auf meine Arbeit und nicht aufs Saubermachen«, erwiderte die Verhörte stockend.

»Wo ist Simo Tommila?«, rief Ratamo. Ketonen warf ihm einen wütenden Blick zu.

Jetzt schien auch Pauliina Laitakari hellwach zu sein. »Ist es Tommila gewesen?«

Ketonen erklärte in strengem Ton, alle drei Inferno-Verantwortlichen seien immer noch in gleicher Weise verdächtig. Er wollte nichts von Tommilas Entführung sagen, damit die Verdächtigen nicht noch vorsichtiger würden. Dann wäre es unwahrscheinlich, dass der ›Hund‹ einen Fehler beging und sich verriet. Zeit blieb jedoch nicht viel: Es ließe sich nicht vermeiden, dass Aalto und Laitakari in Kürze von der Entführung erfuhren.

Ratamo wurde ungeduldig. Sie saßen hier drin herum und beschäftigten sich in aller Ruhe mit ungefährlichen Dingen, während Tommila womöglich Schlimmes ertragen musste. Er schaute zu Riitta hin, ihre Blicke trafen sich. Sie hatte Ketonen seinetwegen die Stirn geboten, glaubte er. Zwischen ihnen war immer noch etwas. Ihm wurde ganz heiß, und das lag nicht nur an den Leuchtstoffröhren. Er riss sich zusammen und zwang sich, wieder an das Verhör zu denken.

Piirala stellte einige technische Fragen, und dann versuchte Riitta Kuurma Schwachstellen in Pauliina Laitakaris Vergangenheit zu finden. Doch die antwortete kurz und knapp und energisch und wurde immer ungeduldiger.

Ketonen war von den Ergebnissen des Gesprächs enttäuscht, wenngleich er keinen Durchbruch erwartet hatte. Es geschah selten, dass der Widerstand eines Verhörten brach. Jedenfalls dann, wenn die Polizei so wenig Beweise hatte wie sie. Er hätte aggressiver sein müssen, ärgerte sich Ketonen.

Wrede begleitete die Frau hinaus und kehrte mit Timo Aalto zurück. Ratamo war gegangen, er wollte seinen Freund nicht verhören. Ketonen stellte die SUPO-Mitarbeiter vor und betrachtete dann eine Weile den Softwaredirektor, der überanstrengt wirkte.

»Wir wissen, dass dein Deckname ›Hund‹ ist«, sagte Ketonen völlig überraschend.

»Das ist ja schön. Und wie ist dein Deckname – Schwarze Maske?«, fragte Aalto, ohne eine Miene zu verziehen. Seinem Gesicht war deutlich anzusehen, wie sehr er unter Stress stand.

Ketonen hatte große Lust, dem Mann eine hinter die Ohren zu geben, aber er beherrschte sich und konzentrierte sich auf das Verhör. Aalto hatte nicht einmal mit der Wimper gezuckt, als er den Decknamen hörte, sondern echt entrüstet reagiert, anders als Laitakari. »Wir sind nicht zum Scherzen hier. Ein Mensch ist wegen Inferno und wegen dir ermordet worden. Du hast Gennadi Protaschenko in Miami die Inferno-Unterlagen gegeben. Wir wissen, dass dein Deckname ›Hund‹ ist«, sagte Ketonen, der es diesmal aggressiver versuchte.

»Ich bin kein Hund, ich mag Hunde nicht, und mein Name ist auch nicht ›Hund‹. Ist das alles, was ihr in vier Tagen herausgefunden habt? Dass jemand den Decknamen ›Hund‹ trägt?« Aalto starrte die SUPO-Mitarbeiter ungläubig an.

Ketonen beschloss, seinen Trumpf auszuspielen: »Du hast euren Software-Ingenieur Ryan Draper am Montagvormittag nicht getroffen. Der ist schon am Sonntag nach Kanada abgereist. Es ist ein verdammt belastender Umstand, wenn man sich durch eine Lüge ein Alibi verschaffen will. Sag mir einen Grund, warum ich dich nicht sofort verhaften sollte?«

Aaltos Schultern sanken nach vorn. Er überlegte einen Augenblick und starrte dabei an die Decke. »Weil ich mich mit einer Frau getroffen habe.«

»Wir überprüfen dein neues Alibi. Wenn das auch eine Lüge ist, landest du schneller hinter Gittern als Benzin entflammt. Der Name der Frau?«

Ketonen gab Wrede ein Zeichen, die Angaben zu notieren. Ein paar graue Haare klebten auf seiner Stirn. Er lockerte seine Krawatte.

Zum Schluss stellte er noch einige Fragen zum Verkauf der

Firma Aaltos. Der Mann gab nicht zu, betrogen worden zu sein. Im Gegenteil. Er behauptete, mit dem Geld für den Verkauf habe er die Schulden seiner Firma bezahlen können. Woher hätte er im Voraus wissen sollen, dass aus seiner Software so erfolgreiche Produkte werden würden. Die Weiterentwicklung der Programme und die Vermarktung wären für ihn sehr teuer geworden, und er sei schon bis über beide Ohren verschuldet gewesen. Sogar die Wohnung habe als Sicherheit für die Kredite seiner Firma gedient.

Ketonens Verdacht wurde stärker. Aalto hatte seine Haltung geändert. Plötzlich schien der Mann SH-Secure gar nichts mehr nachzutragen. Der Chef gab Piirala das Wort.

»Laut Register der Volkshochschule haben Sie sechs Jahre lang Russisch gelernt«, sagte Piirala.

»Ich spreche fünf Sprachen fließend«, erwiderte Aalto leise.

Piirala räusperte sich und stellte in seinem förmlichen Stil noch einige Fragen. Dann waren Riitta Kuurma und Wrede an der Reihe. Aaltos Antworten klangen folgerichtig und überlegt und wirkten nicht eingeübt.

Aalto wurde hinausgeführt, und Ketonen verteilte die Arbeit. Seine nächste Aufgabe war es, bei der NSA anzurufen.

35

Der Druck im Kopf des »Hundes« nahm zu, als würde er langsam immer tiefer im Meer versinken. Er war in eine Situation geraten, die er nicht unter Kontrolle hatte. Ihm blieb nichts anderes übrig, als zu warten.

Jetzt war er sicher, dass auch Guoanbu nicht wusste, wer sich hinter dem Decknamen verbarg. Ansonsten hätte man ihn schon gefunden und das Passwort aus ihm herausgepresst. Am liebsten hätte er Protaschenkos kaltes Gesicht geküsst. Der Tote hatte ihm, ohne es zu wissen, die Chance zu einem perfekten Verbrechen gegeben, weil er sein Wissen mit niemandem teilen wollte.

Am Tag zuvor war dem »Hund« klar geworden, dass er jetzt selbst in Wiremoney einbrechen könnte, ohne dass Guoanbu, Swerdlowsk oder irgendjemand anders wüsste, wen man verdächtigen sollte. Protaschenkos Tod hatte die Situation völlig verändert, jetzt kannte niemand mehr seine Identität. Die Entscheidung war schnell getroffen: Er würde Wiremoney selbst ausrauben. Schon bis hierher hatte er sich schwerwiegender Verbrechen schuldig gemacht, jetzt wollte er auch den Nutzen daraus ziehen. Als Milliardär brauchte er nicht jahrelang mit der Angst vor der Verhaftung zu leben und auf die Verjährung seiner Verbrechen zu warten. Aber woher sollte er sich die Kundennummern und Kontodaten der Kunden der National Bank beschaffen? Darüber hatte er die ganze Nacht fieberhaft gegrübelt. Wenn er doch seinerzeit daran gedacht hätte, Sam Waisanen um eine Kopie der Daten zu bitten.

Trotz der Rückschläge war der »Hund« zuversichtlich. Am Morgen hatte er sich mit seinem Partner verständigen können, dass sie den Diebstahl selbst versuchen würden, wenn es ihnen gelänge, die Kontendaten und Kundennummern zu beschaffen. Auch der Weg, auf dem das Geld in Sicherheit gebracht werden sollte, war schon vorbereitet. Für das von Protaschenko versprochene kleine Honorar hatte der »Hund« schon vor ein paar Monaten auf seinen Namen Konten eröffnet, die niemand rückverfolgen konnte. Ihm war aber klar, wie genau er überwacht wurde. Es wäre fast unmöglich, von der SUPO unbemerkt Zahlungsanweisungen vorzunehmen. Und ihm fiel kein Mittel ein, wie er sich die Kontodaten und Kundennummern besorgen sollte.

Doch eines wusste der »Hund« genau: Wie er das perfekte Verbrechen vollenden würde. Wenn er die Chance dazu erhielt.

Frechheit siegt, sagte er sich.

36

Simo Tommila zitterte. Die kahlen Betonwände des Kellers strahlten Kälte aus. Das Licht der nackten Glühbirne erinnerte an einen Sonnenuntergang, wärmte aber nicht. Er schob die Hände unter die Achseln. Die feuchten Unterhosen juckten, und er hatte überall Gänsehaut. Die Angst war so groß, dass er sich zwingen musste, langsam und ruhig Luft zu holen und tief durchzuatmen. Er fühlte sich wieder als kleiner Junge. Damals war er so einsam gewesen, dass er gelernt hatte, Selbstgespräche zu führen. Aus dem Hobby war eine Krankheit geworden, als er anfing, Stimmen zu hören. Die Therapie hatte erst später, während des Studiums, geholfen, sodass die Stimmen verschwanden, doch er war immer noch nicht fähig, seine Gedanken unter Kontrolle zu halten. Allerdings glaubte er nicht mehr, dass alles, was nicht umbringt, Angst macht.

Er musste wieder an die Schulzeit in der Unterstufe in Käpylä denken. Die Jungen hatten ihn gezwungen, in die Kiste mit dem Streusand zu steigen, und sich dann auf den Deckel gesetzt, um ihn zu verspotten. Der Sauerstoff war knapp geworden, und die Dunkelheit glich der ewigen Nacht eines Blinden. Damals hatte er gelernt, dass es nicht half, wenn man sich sträubte und wehrte. Doch jetzt konnte er nicht in seiner eigenen Welt Zuflucht suchen, sondern musste die Befehle des Geiers befolgen. Sein Vater würde ihm nicht zu Hilfe kommen und den Geier bestrafen. Das hier musste er allein durchstehen. Seine Angst war so groß, dass er sie als heftigen Schmerz in der Brust spürte.

Der Geier saß etwa einen Meter schräg hinter ihm und achtete mit Argusaugen darauf, dass er nicht ins Internet oder ins E-Mail-Programm huschte. Mit seinem Schafspelzmantel und der Waffe sah das Fleckengesicht genau so aus, wie man sich einen Terroristen vorstellte.

Waren die zwei Stunden schon um? Würde der Geier gleich anfangen, ihn zu foltern? Er vermochte immer noch nicht richtig zu begreifen, dass er gekidnappt war und jeden Augenblick gequält werden konnte. Natürlich wusste er um die Unberechenbarkeit des Lebens. Ein LKW-Reifen konnte sich selbstständig machen und einen nichtsahnenden Jogger töten, oder ein geplatztes Blutgefäß im Gehirn konnte das Leben innerhalb von Sekunden beenden, aber dass so etwas wie hier in diesem Keller wirklich möglich war, konnte sich niemand vorstellen. Er hatte Angst. Wenn er auf seine Mutter gehört hätte, zu Hause nicht ausgezogen wäre und an der Universität arbeiten würde, dann säße er jetzt nicht hier. Ach, wenn er doch nur in seinem alten Zimmer im warmen Bett läge, dachte er sehnsüchtig, und ihm fiel ein, dass man beim Schlafen mehr Energie verbrauchte als beim Fernsehen. Auch durch die unmittelbare Nähe des Todes wurden seine Gedanken anscheinend nicht so klar und geordnet, wie es die Schriftsteller immer behaupteten.

Tommila sah seine Eltern vor sich und wäre um ein Haar in Tränen ausgebrochen. Er schluckte und spürte, wie seine Augen feucht wurden. Schnell stopfte er seine Finger wieder in die Achselhöhlen, damit der Geier nicht glaubte, er wolle Zeit gewinnen.

Die zwei Stunden waren gleich um, bemerkte Sterligow, als er die letzte der Pelmeni aus der Tüte herausholte. Die mit

Rind- und Lammfleisch gefüllten Teigtaschen schmeckten himmlisch. Zum Glück gab es im Helsinkier Stadtteil Kallio einen Laden, der echte Pelmeni verkaufte.

Sterligow war sicher, dass er gleich eine ganze Flut von Ausreden hören würde. Der Junge war so ein Typ, der glaubte, ein Held zu sein, bis es hart auf hart kam. So waren die Finnen. Keiner von ihnen hätte das, was man ihm in Afghanistan angetan hatte, ausgehalten. Er war der erste Speznaz-Soldat, den die Mujahideen nach der »Befreiung« Afghanistans durch die Sowjetunion gefangen genommen hatten. Wie ein Mönch auf sein Gebet, so hatte sich der Anführer der Guerilla-Truppe darauf konzentriert, ihn innerlich zu brechen. Die Augen Bizmullahs waren nie aus seinem Gedächtnis verschwunden. Ebenso wenig wie der Schmerz aus seinem Körper. Man hatte ihn mit Methoden gefoltert, zu denen nur wenige fähig waren. Zwei Monate lang wurde er durch die Region Hazarajat und über die Hänge und Pässe des Hindukusch von einem Mujahideen-Lager ins andere geschleppt und misshandelt. Die Höhlen waren feucht und kalt gewesen, genau wie dieser Keller. Seine gebrochenen Knochen wuchsen an den falschen Stellen zusammen. Nach seiner Befreiung hatte er Monate im Krankenhaus gelegen und war Dutzende Male operiert worden. Man hatte die Knochen wieder gebrochen, damit sie richtig zusammenwachsen konnten. Den täglichen Schmerz hatte er mit Methadon ertragen. Vor zwanzig Jahren wussten auch die Ärzte noch nicht, dass das zu einer Abhängigkeit führte wie bei Heroin.

»Die Zeit ist um. Sind Sie fertig?«, fragte Sterligow ganz ruhig, obwohl er die Antwort schon vorher wusste. Er beschloss, nicht lange mit dem Grünschnabel zu spielen. Orel duldete keine Misserfolge. Ihm blieb nicht viel Zeit, und kein einziger Finne würde ihn jemals wieder lächerlich machen.

»Nicht ganz. Ich brauche ...«, sagte Tommila, da packte Sterligow ihn an den Haaren und zerrte ihn zum Folterstuhl. Tommila flog mit dem Kopf voran an die Stuhllehne. Aus einer Platzwunde im Augenwinkel floss warmes Blut erst in die linke Augenhöhle und dann in die Kotelette. Er blinzelte benommen, während der Geier seine Hand- und Fußgelenke an den Stuhl fesselte und die Riemen um die Stirn und die Hüften schnallte. Tommilas Herz flatterte wie die Flügel eines Kolibris, und im Mund spürte er einen bitteren Geschmack. Die Welt da draußen schien zu verschwinden, und die Angst verschlug ihm den Atem. Aus seiner Kehle drang ein immer lauteres Heulen, und er zerrte wütend an den Riemen.

Sterligow ging in die Kellerecke, kramte in seiner Ausrüstung, fand, was er suchte, und trat lächelnd vor Tommila hin. »Eine Gartenschere von Fiskars. Schnipp, schnapp.« Er setzte die Schere am Gelenk von Tommilas rechter großer Zehe an.

Tommila hörte das Knacken, als der Knochen zerbrach, und dann seinen eigenen tierischen Schrei. Der Schmerz explodierte, er übergab sich auf seine Brust und glaubte das Bewusstsein zu verlieren.

Sterligow legte eine schmale Plastikklemme um den Zehenstumpf und zog sie so straff, dass die Blutung zum Stillstand kam. Dann öffnete er Tommilas Fesseln, holte eine Metalldose aus der Tasche und ließ zwei Pillen auf die Hand des stinkenden Gefangenen fallen.

»Sie bekommen noch eine Stunde Zeit. Wenn Sie dann nicht fertig sind, steche ich Ihnen ein Auge aus.«

37

Die Ampel wechselte auf Grün, und der Käfer ruckte erst ein paarmal, ehe er endlich bereit war loszufahren. »Känguruhbenzin und am Steuer eine Huppdohle«, witzelte Ratamo, aber Nelli lachte nicht. Hoffentlich würde sie das gut überstehen und nicht zu deprimiert sein, dachte Ratamo. Es war Nellis erstes Begräbnis nach dem Tod ihrer Mutter.

Nur Augen, Nase und Mund schauten aus Nellis Kapuze hervor. Ratamo hatte angeordnet, sie solle sich warm anziehen. Das Begräbnis, das Treffen mit dem Vater, Tommilas Entführung und Holms Verrat lagen ihm schwer auf der Seele, aber er versuchte, an etwas Positives zu denken. Riitta hatte bewiesen, dass sie ihn mochte, und Ketonen wollte ihm vertrauen.

Ein paar Minuten später war es im Auto immerhin so warm geworden, dass Ratamo sein Radio einschaltete, in der Hoffnung, es könnte jetzt funktionieren. Auf den Frequenzen seiner Lieblingssender war in dem Blaupunkt-Gerät nur ein Kratzen und Rauschen zu hören. Irgendein weltberühmter Sopran schmetterte eine Arie, dass es in den Ohren dröhnte. »Jetzt reicht's, rief der Schamane und aß die Schale mit Banane«, sagte Ratamo, Nelli lächelte, und er schob eine Kassette in den Rekorder.

Das Auto musste repariert werden, nahm er sich vor. In diesem Zustand war der Käfer genauso praktisch wie ein Rollstuhl, den man schieben musste. Es kam ihm gar nicht in den Sinn, ein neues Auto zu kaufen. Er würde den VW in Ordnung bringen lassen und mit seinem Käfer zusammen älter werden und Rost ansetzen.

Bob Marleys lockerer »Buffalo soldier« entspannte ihn trotz der unangenehmen Ereignisse. Immerhin war es positiv, dass er den brennenden Wunsch hatte, wieder an den Ermittlungen beteiligt zu sein. In seinem früheren Leben hatte er möglichst wenig Zeit am Arbeitsplatz verbracht und war jeden Morgen schlechtgelaunt in die Forschungsanstalt gefahren. Jetzt wartete er nicht nur einmal im Monat auf die Lohntüte, sondern hatte eine Arbeit, die ihn stimulierte. Vielleicht könnte er helfen, Simo Tommila zu finden. Weiß der Himmel, was man mit dem Mann gerade anstellte. Den Chinesen die Suppe zu versalzen wäre besonders wohltuend. Die Besetzung Tibets und das Blutbad auf dem Tiananmen waren kleine Vergehen verglichen mit jenen Grausamkeiten, zu denen die Bevölkerungsplanung des Landes in den letzten zwanzig Jahren geführt hatte: Nach Schätzungen waren in China Dutzende Millionen neugeborener Mädchen ermordet worden. Er konnte nicht verstehen, warum sich die Chinesen nicht gegen den Staat erhoben.

Nelli griff nach der Hand ihres Vaters auf dem Schalthebel. Ratamo schaute sie an und lächelte. Dann fiel ihm ein, dass er Marketta anrufen musste. Seine Ex-Schwiegermutter sollte auch heute auf ihre Enkelin aufpassen. Nelli musste sich allmählich daran gewöhnen, dass er nicht jeden Abend zu Hause sein konnte. Das Leben der Tochter eines alleinerziehenden Vaters war nicht leicht.

In der Nähe der neuen Kapelle von Hietaniemi fand sich kein Parkplatz, also musste er einen halben Kilometer entfernt in der Sammonkatu parken. Am Väinämöinen-Sportplatz erklang Musik, und auf dem Eis herrschte reger Betrieb. Wurde in Helsinki etwa wieder das beliebte paarweise Schlittschuhlaufen organisiert? Ratamo war so begeistert, dass er versprach, Nelli in einer Woche zum Eislaufen in den Tehtaanpuisto-Park zu bringen. Hoffentlich war der Fall Inferno bis dahin gelöst.

Der kurze Spaziergang tat gut. Schneeflocken schwebten durch die frostige Luft, und die Wolken waren da ganz hell, wo sich die Sonne dem Horizont näherte. Die Straßenbeleuchtung war schon eingeschaltet.

Der Priem flog in den Schnee, und Vater und Tochter betraten den Vorraum der Kapelle ein paar Minuten vor vier Uhr. Die Trauergäste wandten ihnen die Köpfe zu, als sie Hand in Hand in den Kirchensaal gingen. Die Krawatte spannte an Ratamos Hals.

Nelli setzte sich mit ernster Miene und mucksmäuschenstill auf die harte Holzbank. Ratamo schoss der Gedanke durch den Kopf, was es für ein Gefühl wäre, bei Tommilas Begräbnis zu sitzen, wenn es der SUPO nicht gelang, ihn zu retten. Entschlossen verdrängte er das Bild. Tommila würde gefunden und gesund und munter befreit werden.

Die Orgel setzte urplötzlich ein und dröhnte mit solchem Getöse, dass Nelli zusammenzuckte. Kurz darauf war es Ratamo, der überrascht wurde: Sein Vater stand im Gang, lächelte gutgelaunt und setzte sich auf den Platz vor ihnen. Dem Alten schien es ja prächtig zu gehen. Er sah braungebrannt aus und hatte zugenommen. Dass der sich nicht schämte, in der Kirche so großspurig aufzutreten. Der einzige religiöse Kommentar, den er von dem Alten gehört hatte, lautete: »Wenn wir alle Gottes Geschöpfe sind, dann muss er eine große Kelle haben.«

Ratamos Laune verschlechterte sich. In der Hektik der letzten Tage war es ihm gelungen, jeden Gedanken an seinen Vater zu verdrängen. Sie hatten über Jahre keinen Kontakt gehabt. Nachdem er mit neunzehn von zu Hause weggezogen war, hatte sein Vater ein paar Jahre lang einmal in der Woche angerufen, dann wurden die Anrufe seltener und hörten schließlich ganz auf. Das letzte Mal hatten sie sich vor fast fünf Jahren beim Begräbnis von Kaisas Vater getroffen. Der Alte hatte sich nicht einmal die Mühe gemacht, zu Kaisas Beerdigung zu kommen.

Das Stimmengewirr in der Kirche brach ab: Es war Zeit für den ersten Choral. Ratamo schlug das Gesangsbuch auf und zeigte Nelli die Nummer. »Behüte uns, Jesus, du guter Hirt«, sang das Mädchen mit klarer Stimme.

Ratamo starrte auf den Hinterkopf seines Vaters und wurde allmählich wütend. Nach dem Tod seiner Frau war der Alte völlig zusammengebrochen. Sein einziges Kind war mit sieben Jahren praktisch zur Vollwaise geworden, da sich der Vater in seine Arbeit vergrub. Und wenn er einmal zu Hause war, was selten genug vorkam, hatte er seinen Sohn nur angebrüllt und Befehle erteilt. Ratamo erinnerte sich, als wäre es gestern gewesen, wie er mit elf Jahren seinem Vater ganz begeistert erzählt hatte, dass er bei einem Leichtathletikwettkampf zwischen mehreren Schulen Silber im Hundertmeterlauf und im Weitsprung und Bronze beim Speerwerfen gewonnen hatte. Und warum nicht Gold? Das war die einzige Reaktion des Vaters gewesen. Damals hatte er beschlossen, dem Alten nie wieder etwas von seinen Angelegenheiten zu erzählen. Wenn du einem Ferkel das Singen beibringen willst, verschwendest du deine Zeit und quälst das Schweinchen nur, dachte Ratamo.

Er schreckte aus seinen Gedanken auf, verfolgte die Beisetzungsfeier weiter und sah, wie seine Tante zum Altar schritt, um die Gedenkrede zu halten. Eine Erinnerung aus seiner Jugend kam ihm in den Sinn. Mit dreizehn war er von Tante Leenas gegorenem Sima das erste Mal in seinem Leben betrunken gewesen.

Die Tante hielt eine sehr schöne Rede, alle waren gerührt, und das anschließende Oboenkonzert von Marcello verstärkte diese Empfindungen noch. Ratamo war verlegen, als um ihn herum geweint wurde. Er starrte auf die Urne mit der Asche und dachte, dass bald auch von ihm nichts weiter übrigbleiben würde als ein Häufchen Staub. In hundert Jahren würde man sich nicht einmal mehr daran erinnern, dass er gelebt hatte. Er kam sich vor wie ein Idiot, weil er das Leben manchmal so ernst nahm.

Als die Kränze niedergelegt wurden, musste Ratamo die Tränen unterdrücken, und am Ende der Einsegnung schluchzten viele hörbar. Er war erleichtert, als die Feier zu Ende ging. Ihn überkam ein erdrückendes Gefühl der Leere. Seine Oma war die einzige Verwandte gewesen, zu der er ein enges Verhältnis besaß. Als Kind hatte er die meisten Feiertage und Sommerferien bei ihr in Munkkiniemi oder in der Sommerhütte in Inkoo verbracht und erleben dürfen, wie ein richtiges Familienleben aussah.

Die Gedenkfeier fand in Munkkiniemi statt. Ratamo und Nelli trafen mit als erste im Gemeindehaus ein, und Ratamo beeilte sich, Marketta anzurufen. Er bat sie, auf Nelli aufzupassen. Das erste Mal war Marketta ungehalten und sagte, er müsse lernen, ihr rechtzeitig mitzuteilen, wann sie das Kinderhüten übernehmen solle.

Vater und Tochter gingen herum und gaben Bekannten und Verwandten die Hand, holten sich ein Stück vom Sandwichkuchen und etwas zu trinken und setzten sich dann an den Tisch von Ratamos Cousinen. Die Mitglieder der kleinen Familie trafen sich selten, es gab also genug zu erzählen. Ratamos Lebenssituation und die Ereignisse von vor zwei Jahren fanden großes Interesse.

Die Trauergäste verstummten, als aus den Lautsprechern der Trauermarsch »Peltoniemen Hintriikka« erklang, den sich die Oma gewünscht hatte. Ratamo konnte sich nicht entsinnen, jemals eine schönere Melodie gehört zu haben.

Nach drei Stücken von der Sandwichtorte, dem Verlesen der Kondolenzschreiben und zwei Kirchenliedern verabschiedete sich Ratamo von den Verwandten und ging in Richtung Flur.

Er half Nelli in ihren Mantel, als plötzlich sein Vater vor ihnen auftauchte.

»Grüß dich, Arto. Willst du deinem alten Vater nicht guten Tag sagen?«

»Wieso sollten wir jetzt plötzlich etwas zu besprechen haben?«, erwiderte Ratamo barsch.

»Schließlich könntest du wenigstens etwas dankbar sein für all das, was du von mir bekommen hast«, entgegnete Tapani Ratamo entrüstet.

Ratamo spürte, wie seine Selbstbeherrschung zerbröckelte. Der Groll, der sich über Jahre angestaut hatte, brach nun aus ihm hervor. »Ich habe von dir verdammt schlechte Erinnerungen, Geld und eine goldene Armbanduhr bekommen. Erinnerungen kann man nicht zurückgeben, und Geld habe ich nicht im Überfluss, aber die Uhr kannst du haben!«, zischte er, griff nach dem Arm seines Vaters und drückte ihm seine Uhr in die Hand.

Tapani Ratamo starrte die goldene Uhr verdutzt an. Auf der Rückseite waren zwei Wörter eingraviert: »Arto Ratamo«.

Er erinnerte sich dunkel, dem Jungen die Uhr gegeben zu haben, als die Mutter gestorben war.

38

Die Rushhour von Manhattan, der Lärm und die Größe der gläsernen Wolkenkratzer in der Park Avenue bedeuteten Stress für Jeff Murray, der an die Ruhe von Maryland gewöhnt war. Er fluchte als ein Auto durch eine Pfütze raste und seine Hosen bespritzte. Schon eine Ewigkeit stand er vor dem Hauptgebäude der National Bank und hielt Ausschau nach einem Taxi. Eine erschöpfte Pennerin schob ihren randvollgepackten

Einkaufswagen über Murrays Schuh hinweg. Er rümpfte die Nase, als ihm der Gestank der Beutel-Alma in die Nase stieg. Warum streifte eine Obdachlose durch das Bankviertel von Manhattan? Plötzlich entdeckte er ein freies gelbes Taxi und winkte mit beiden Händen. Endlich weg aus dem Regen.

Der Fahrer war ein Ausländer. Er murmelte irgendetwas, als Murray ihn bat, zum Flughafen La Guardia zu fahren. Murray zog seinen nassen Mantel aus und strich sich das Wasser aus den gelockten Haaren. Die Reise war umsonst gewesen, und das ärgerte ihn. Er hatte viele ehemalige Kollegen Sam Waisanens gebeten, an ihrem Arbeitsplatz zu erscheinen, und ihnen damit den Samstag verdorben. Die Gespräche hatten nichts Interessantes ergeben; Waisanens Verhalten war vor der Datensicherheitskonferenz von Miami ganz normal gewesen.

Murray steckte in einer Sackgasse. Waisanens zerquetschter Wagen war aus dem Meer gehoben worden. Außer einer Tasche mit ein paar Kleidungsstücken und einem kaputten Computer wurde nichts gefunden. Waisanens Kinder und seine Ex-Frau hatten von dem Mann wochenlang nichts gehört. Es ließ sich nichts ausfindig machen, was Waisanen oder die National Bank mit dem Fall Inferno in Verbindung gebracht hätte. So konnte er Waisanens Vorgesetzten nur auffordern, in der nächsten Zeit außerordentlich vorsichtig zu sein. Allmählich hatte er schon den Verdacht, dass es doch nur ein Unfall gewesen war.

Das Taxi fuhr am Hauptgebäude der UNO vorbei und näherte sich der Queensboro-Bridge. Murray hatte keine Lust zu fragen, warum der Fahrer nicht den Midtown-Tunnel benutzte; er hatte es nicht eilig. Vorläufig würde er Waisanen und den mysteriösen Fahrer des LKW vergessen und sich auf die Ereignisse in Finnland konzentrieren.

Früh hatte ihn der Chef der finnischen Sicherheitspolizei angerufen und um die Hilfe der NSA bei der Aufklärung des

Falls gebeten. Die Finnen waren bei ihren Ermittlungen nicht weitergekommen, obwohl er ihnen den Hinweis auf den »Hund« gegeben hatte. Das überraschte ihn nicht. Die finanziellen und personellen Mittel der Geheimdienste kleiner Staaten betrugen einen Bruchteil dessen, was der NSA zur Verfügung stand, ganz zu schweigen von der gesamten Aufklärungskapazität der Vereinigten Staaten. Die NSA hatte jedoch gute Erfahrungen mit den Finnen gemacht. In den achtziger Jahren hatte die SUPO verhindert, dass sich die Sowjetunion westliche Spitzentechnologie aus finnischen Firmen beschaffte. Deshalb hatte man gewagt, den Finnen ständig neueste Technologie zu liefern. Die Sicherheitspolizei hatte also entscheidend dazu beigetragen, dass sich Finnland zu einem Vorreiter auf dem Gebiet der Informationstechnologie entwickelte.

Der Datenverräter mit dem Decknamen »Hund« war gewieft. Er verstand es, die elektronische Übermittlung solcher Informationen zu vermeiden, die seine Identität oder das Ziel des Raubs enthüllt hätten. Die NSA hatte sogar versucht, die Heimcomputer der Inferno-Verantwortlichen auszuspionieren. Elektrischer Strom erzeugte immer ein Magnetfeld, und Computer ein besonders starkes. Die ausgesandten digitalen Impulse konnte man mit einer Richtantenne auffangen; ein Fernsehmonitor zeigte dann an, was auf dem Computer geschrieben wurde. Zu ihrer Enttäuschung war die elektromagnetische Strahlung der Computer aller Inferno-Verantwortlichen nach dem Tempest-Standard verringert worden und konnte nicht aufgefangen werden.

Die Männer von der NSA wussten jedoch von dem »Hund« mehr als ihre finnischen Kollegen. Sie hatten gehört, wie Protaschenko seiner Frau am Telefon erzählte, warum die finnische Kontaktperson diesen Decknamen gewählt hatte. Die

Erklärung war amüsant. In der Regel hatte Protaschenko bei seinen Anrufen nach Moskau einen Mischer verwendet, diese Vorsichtsmaßnahme aber irgendwann in betrunkenem Zustand vergessen. Leider hatte der Mann nur selten getrunken. Das Inferno-Problem ließe sich leichter lösen, wenn die NSA die Möglichkeit gehabt hätte, mit den Finnen zusammenzuarbeiten. Sie konnte der Sicherheitspolizei jedoch nicht offen helfen. Man wollte nicht das Risiko eingehen, dass China von einer gegen Guoanbu gerichteten Zusammenarbeit Wind bekam. Die empfindliche Balance der Beziehungen zwischen den USA und China durfte nicht gestört werden. Der Befehl kam von ganz oben. Murray hielt diese Entscheidung für richtig: Die NSA konnte nicht der offizielle Kontrolleur der ganzen Welt sein. Wenn bekannt würde, dass sie die Finnen unterstützten, würden bald auch alle anderen Länder um ihre Hilfe betteln.

Die NSA hatte zwei Möglichkeiten: Sie konnte der SUPO helfen, den »Hund« zu fassen, oder ihn selbst suchen und die Bedrohung eliminieren. Die oberste Führung der NSA hatte sich in dieser Phase für eine gewaltfreie Lösung und die Achtung der territorialen Integrität Finnlands entschieden.

Zum Glück konnte die NSA der Sicherheitspolizei Hinweise so zukommen lassen, dass niemand imstande wäre herauszufinden, woher die Informationen stammten. Es sollte so aussehen, als hätten die Finnen das Inferno-Problem selbst gelöst.

Plötzlich blieb das Taxi stehen, und Murray schreckte aus seinen Gedanken auf. »La Guardia«, rief der Fahrer mit starkem Akzent und klopfte auf den Taxameter. Murray griff nach seinem Portemonnaie. In Kürze war es Zeit für einen zweiten Hinweis.

39

Am Samstagabend Viertel nach sieben öffnete Irina das Fenster ihrer Wohnung und sah, wie der Asphalt der Lauttasaarentie im Licht der Straßenlaternen glitzerte. Sie musste lüften. Nach Tangs Anruf hatte sie drei Samokrutka geraucht und konnte die Wendung im Fall Inferno immer noch nicht glauben: Man servierte ihr auf dem silbernen Tablett die Möglichkeit, an etliche Millionen zu kommen!

Die Luft war eisig. Irina zitterte vor Kälte und schloss das Fenster. Der Rauch war verschwunden, aber den Duft der Machorka hatte sie immer noch in der Nase, und das war angenehm. Der Geruch in den Kleidern und den Haaren erinnerte sie an die Kommunalka, die karge Gemeinschaftswohnung in einem Plattenbauviertel Leningrads. Während ihrer ganzen Kindheit hatte die vierköpfige Familie in einem Zimmer gewohnt. Die Küche wurde von vier Familien genutzt, die Klos von allen, und heißes Wasser aus der Leitung gab es in dem sechzehnstöckigen Haus nicht. Die Klosetts und Flure stanken wie ein Heringstrawler, und es wimmelte von Schaben und Ratten, so groß wie Igel. Der Gestank war derart grauenhaft, dass ihr der Geruch der Machorka vorgekommen war wie der Duft eines teuren Pariser Parfüms.

Eben hatte Tang ihr erzählt, er habe aus Peking den Befehl erhalten, alle Maßnahmen im Zusammenhang mit dem geplanten Raub in der National Bank einzustellen. Tangs Vorgesetzter hatte getobt: Die Volksrepublik China sei durch den Tod Protaschenkos mit dem Inferno-Datendiebstahl in Verbindung gebracht worden, und in Finnland wisse man, dass der bei dem Autounfall ums Leben gekommene Este für Guoanbu gearbeitet hatte. China könne es sich nicht leisten, bei einer Industriespionageoperation erwischt zu werden, deren Ziel es sei, eine amerikanische Bank auszurauben. Der Handel mit den USA sei eine existentiell wichtige Voraussetzung für das Wirtschaftswachstum Chinas, und die Weltbank und der Internationale Währungsfonds, die unter US-Einfluss standen, könnten ihre Kreditpolitik gegenüber China ändern. Industriespionage sei zwar die Hauptaufgabe von Guoanbu, aber man dürfe sich dabei nicht erwischen lassen. Jedenfalls nicht auf frischer Tat. Und auch die SUPO sei jetzt auf der Hut, denn man hatte versucht, eine ihrer Ermittlerinnen zu ermorden, und ein finnischer Bürger war gekidnappt worden.

In Peking hatte man sich jedoch schon einen geschickten Schachzug ausgedacht, der einen Ausweg aus der schwierigen Situation wies. China würde einen wertvollen Propagandasieg erringen, wenn der Eindruck entstünde, dass es der Sicherheitspolizei und den Amerikanern die Zusammenhänge im Fall Inferno verriet.

Tang hatte präzise Befehle erhalten: Er sollte der SUPO die Information zuspielen, dass Swerdlowsk die Inferno-Daten gestohlen, die National Bank ins Visier genommen und Tommila entführt hatte und dass Igor Sterligow die Verantwortung für die Operation trug. Zum Glück für Irina hatte Tang gerade sie mit dieser Aufgabe betraut. Und ihr damit die Schlüssel zur Schatztruhe überreicht.

Irina sprühte sich »Miracle« an den Hals und die Handgelenke. Als sie von den Befehlen aus Peking erfuhr, hatte sie kurz erwogen, Sterligow zu erpressen. Sie hätte ihm drohen können, der SUPO das Ziel des Raubes mitzuteilen, wenn er ihr das Passwort nicht gab. Doch den Gedanken hatte sie schnell wieder fallengelassen. Sterligow von Angesicht zu Angesicht herauszufordern wäre Selbstmord gewesen.

Wenn sie an das Passwort käme, würde sie es zusammen mit den Kundennummern und Kontendaten der größten Kunden der National Bank für drei Millionen Dollar an den Arbeitgeber ihres Bruders verkaufen. Andrej hatte ihr mitgeteilt, dass ihre Preisforderung akzeptiert worden sei. Die Computerspezialisten der Petersburger Organisation trafen schon ihre Vorbereitungen.

Tang würde ihren Betrug mit seinem Leben bezahlen. Sie hatte Konten mit gefälschten Vollmachten eröffnet und als einzigen Verfügungsberechtigten Tang angegeben. Nach dem Raub würde sie Geld auf diese Konten überweisen, Guoanbu mitteilen, dass sie Tang des Betrugs verdächtigte, und andeuten, er habe die Inferno-Daten verkauft. Sie würde bestreiten, jemals von Tang den Befehl erhalten zu haben, der SUPO Informationen über den Raub zuzuspielen. Die Beweise würden Tangs Unschuldsbeteuerungen entkräften. Er würde einen teuren Preis dafür zahlen, dass er ihren Körper benutzt hatte. Und sie selbst würde mit ihren Millionen in irgendeiner Diktatur so sicher leben wie eine Kuh in Indien.

Irina schaltete den Fernseher ein und zappte sich durch die Kanäle, bis sie MTV fand. Die Musik half ihr, sich zu konzentrieren. Stille war sie nicht gewöhnt. »... we're starting up a brand new day ... turn the clock all the way ...«, sang Sting sentimental.

Wie sollte sie an das Passwort kommen, ohne das ihr glänzender Plan nichts wert war. Sie konnte ihren Helfern nicht befehlen, etwas zu unternehmen, das wäre zu gewagt, denn Tang würde Kenntnis davon erhalten. Ein Einbruch bei der SUPO war deshalb ausgeschlossen. Und Tang durfte nicht erfahren, dass sie keinen Kontakt zur SUPO aufgenommen hatte.

Ihr blieb wenig Zeit.

Sie war gezwungen, Sterligow anzurufen.

40

Simo Tommila saß am Computer, sein schmächtiger Körper zitterte und sein Herz schien da zu schlagen, wo sein rechter großer Zeh gewesen war. Die Pillen, die der Geier ihm gegeben hatte, unterdrückten den Schmerz fast gänzlich, nur ab und an spürte er ein heftiges Ziehen, das durch den ganzen Körper schoss. Was hatte ihm der Geier da gegeben, und warum schluckte dieser Verrückte mit den hohlen Wangen selbst Pillen?

Er strich über die blutverschmierte Kotelette, tippte mit der anderen Hand, was ihm gerade einfiel, und unterdrückte die Tränen. Die Angst war so groß, dass er glaubte den Verstand zu verlieren: Er war Gefangener eines Psychopathen in einem dunklen orangefarbenen Keller. Tommila war überzeugt, dass er sterben würde. Das Gefühl der Einsamkeit lähmte ihn. Er bemerkte, dass der Geier den Bildschirm anstarrte wie ein Denkmal. Es erschien unbegreiflich, dass auch dieser Mann eine Mutter haben musste, die ihren Sohn einst umsorgt hatte. Der Geier wäre ein gutes Studienobjekt für Vererbungsforscher, eine derartige Grausamkeit war bestimmt nicht erblich.

Im Keller stank es widerlich. Der Geier hatte das Erbrochene auf seiner Brust nicht weggewischt, und er selbst besaß nichts, womit er sich hätte säubern können. Auf seine Unterhose wollte er nicht verzichten, obwohl sie nass war. Er hatte sich mit den Händen abgewischt, und die Tastatur war vom Erbrochenen schon ganz klebrig.

Sein linkes Augenlid öffnete sich nur ein wenig, so sehr er auch zwinkerte. Der Geier hatte ein Stück von einem Papiertaschentuch auf die Wunde gedrückt und das Blut in der Augenhöhle erst weggewischt, als er sich beklagte, dass er nicht richtig sehen konnte, was er schrieb. Ihm fiel ein, dass ein Delphin mit einem offenen Auge schlief und ein Kamel drei Augenlider hatte, die das Eindringen von Sand in das Auge verhinderten.

Er bewegte seinen Fuß und schrie vor Schmerz auf. Der Geier lächelte. Tommila überlegte, wodurch der Blick des Mannes so grausam wirkte. Schließlich wurde ihm klar, dass sich der starre Blick des Geiers nicht änderte, selbst wenn sein Gesichtsausdruck wechselte. Er wusste nicht, was er mehr fürchtete, den Tod oder die nächste Foltermethode. Doch er musste wenigstens versuchen, sich zu retten, und dafür gab es nur ein Mittel. Er war gezwungen, den Versuch zu wagen. Jetzt sofort. Er musste den Geier davon überzeugen, dass er das Passwort nicht auswendig kannte und sich deshalb nicht daran erinnern konnte. Jammern durfte er jetzt nicht, vielmehr musste er glaubhaft und ruhig wirken. Sein Leben hing davon ab. »Das ist lächerlich. Ich sitze nackt in einem eiskalten Keller, meine Zehe ist ab, überall ist Kotze, und ich versuche etwas, wozu ich nicht imstande bin, obwohl ich weiß, dass du mich gleich foltern wirst«, sagte Tommila und brach in ein hysterisches Weinen aus. Er wollte raus aus diesem Alptraum.

Tommila zwang sich, langsamer zu atmen, und schaffte es, trotz des Weinens zu sprechen. »Wie um Himmels willen kommst du darauf, dass ich eine Folge Hunderter von Zeichen einfach so im Kopf behalten könnte … Dazu ist niemand imstande … Jeder Fachmann wird dir bestätigen, dass es nicht möglich ist … Ruf an und überprüfe es.« Die Beine des Hockers knirschten, als Sterligow aufstand. Er hatte viele Menschen gefoltert und alles Mögliche gesehen und gehört. Der junge Mann war ein armseliger Schwächling, warum tippte er also das Passwort nicht ein? Sagte er etwa die Wahrheit? »Gehen Sie selbst zur Folterbank oder soll ich nachhelfen?«

Tommila erhob sich und humpelte zu dem eichenen Folterstuhl. Der Schmerz nahm zu, als er sich bewegte. Ihm wurde übel. Er setzte sich hin, und der Schmerz ließ beinah sofort nach, dafür wurde die Angst umso größer. Er hoffte, in Ohnmacht zu fallen. Was würde der Geier jetzt tun? Wie sollte er das aushalten? Würde er verrückt werden? Er wollte schreien, begriff aber, dass er das nicht durfte. Wenn er völlig zusammenbrach, würde er den Geier nie davon überzeugen können, dass es sinnlos war, ihn zu foltern. »Du verschwendest deine Zeit. Ich kann das Passwort nicht schreiben, selbst wenn du mich zu Tode folterst«, stammelte er. Die Angst verstärkte die Übelkeit. Er wollte sich aber nicht wieder übergeben.

Sterligow befestigte die Riemen um die Hand- und Fußgelenke, die Hüfte und die Stirn und überlegte dabei. So wie sich Tommila verhielt, hatte kein einziges seiner früheren Opfer reagiert. Der Junge war völlig zusammengebrochen und wollte dennoch das Passwort nicht schreiben. Konnte sich Tommila tatsächlich nicht daran erinnern? Er hatte nicht die Zeit, den jungen Mann tagelang zu überreden. Guoanbu oder die SUPO könnten sie finden. Der einzige andere Weg, an das Passwort zu kommen, bestand darin, die SUPO mit der Drohung zu erpressen, Tommila werde umgebracht. Diese Alternative war nicht verlockend: Das Passwort sicher gegen Tommila einzutauschen wäre äußerst schwierig. Das gäbe der SUPO eine glänzende Gelegenheit, ihm auf die Spur zu kommen. Möglicherweise suchte sie ihn schon. Vielleicht hatte Anna-Kaisa Holm Kontakt zur Sicherheitspolizei aufgenommen.

Sterligow fluchte auf Russisch so laut, dass es im Keller widerhallte. Und wenn der »Hund« nun gelogen hatte, als er behauptete, Tommila könne das Passwort selbst im Traum niederschreiben? Und warum hatte der »Hund« den Chinesen das Passwort nicht noch einmal gegeben? Er besaß die Kundennummern und Kontendaten der Kunden der National Bank und das Passwort und könnte selbst jederzeit in die National Bank einbrechen. Hatte er sich von dem »Hund« übers Ohr hauen lassen? Sterligow hob den Elektroschocker langsam vor Tommilas Gesicht und drückte den Stromschalter. »Erinnern Sie sich an das Passwort?«, fragte er ganz ruhig, als der Hochspannungsstrom zwischen den beiden Elektroden einen vibrierenden und knisternden Miniblitz erzeugte.

Tommila schluchzte nicht mehr, sondern heulte wie ein Wolf. Er zappelte auf dem Stuhl. Die Riemen spannten sich, als der kalte Schmerz durch seine Leistengegend jagte.

So, nun hätten wir also auch dieses Spielzeug ausprobiert, dachte Sterligow. Der Elektroschocker fiel zu Boden, und er schätzte die Lage ein. Als Erstes musste er sofort klären, wer log, der »Hund« oder Tommila? Er befürchtete schon das Schlimmste. Wenn der »Hund« gelogen hatte, dann war er gezwungen, sich das Passwort sofort bei der SUPO zu beschaffen und dafür zu sorgen, dass der »Hund« keine Gefahr für sein Wiremoney-Projekt darstellte. Er musste den schnellstmöglichen Weg für die Beschaffung des Passworts wählen. Orel interessierten nur Ergebnisse. Bei einem Misserfolg stand am Ende kein Dank, sondern das Kreuz auf seinem Grab.

Sterligow drückte den Zeigefinger auf die Halsschlagader des bewusstlosen Gefangenen: Manchmal konnte die Behandlung mit Strom zum Herzstillstand führen. Dann vergewisserte er sich, ob das Handy und der Akku in der Tasche seines Schafspelzmantels steckten. Um anzurufen, musste er weit von dem Gebäude wegfahren. Das Risiko, dass die Hütte lokalisiert wurde, konnte er nicht eingehen. Wenn sich herausstellte, dass Tommila doch imstande war, das Passwort zu schreiben, würde er zurückkehren und die Informationen aus dem Jungen herausholen, wenn es sein musste, jedes Zeichen einzeln. Falls Tommila die Wahrheit sagte, würde er die SUPO anrufen und Tommilas Leben als Gegenleistung für das Passwort anbieten.

Sterligow wusste, wen er als Überbringer des Schlüssels zur Hintertür verlangen würde.

41

Jussi Ketonen hatte mit rotem Filzstift »LAGEBESPRECHUNG. SAMSTAG. 19.30« auf das Flipchart geschrieben. Im Raum A 310 herrschte eine angespannte Atmosphäre. Ratamo und Riitta Kuurma saßen nebeneinander und schauten erst einander und dann den Chef an, der nervös auf und ab ging. Piirala machte Notizen. Wrede kam zu spät. Ketonen war enttäuscht, dass die NSA sich geweigert hatte, der SUPO zu helfen. Nach Auffassung von Special Agent Murray wäre für eine nachrichtendienstliche Zusammenarbeit die Genehmigung des Kongresses erforderlich. Die NSA und das FBI durften nur Informationen über die Ermittlungen im Mordfall Protaschenko herausgeben. Ketonen hatte das moniert und mehrmals darauf hingewiesen, dass man den Mord an Protaschenko nicht klären könne, ohne Guoanbu und Swerdlowsk zu überprüfen. Schließlich stünde Protaschenko auf der Gehaltsliste der Chinesen, und Swerdlowsk sei in den Fall Inferno verwickelt. Aber es half alles nichts. Seine Appelle waren auf taube Ohren gestoßen.

Sein Rücken tat so weh, dass er am liebsten sofort Dehnübungen gemacht hätte. Schon eine kurze Yoga-Pause führte dazu, dass sich der Bandscheibenvorfall bemerkbar machte. Sicher würden auch die nächsten Tage sehr hektisch werden. Die Entführung Tommilas hob die Ermittlungen auf eine neue Ebene. Jetzt wussten sie, was und wen sie suchen mussten. Ketonen war sich sicher, dass sie bei den Ermittlungen einen entscheidenden Schritt vorankämen, wenn Tommila aufgespürt würde. Dieser Fall war einer der schwierigsten und schwerwiegendsten in seiner Laufbahn. Man hatte einen finnischen Bürger entführt und versucht, eine finnische Polizistin umzubringen. Und die SUPO war noch weit von einer Lösung entfernt. Er war frustriert und verunsichert. Hatte er sich selbst eine Falle gestellt, als er die Präsidentin um Vollmachten bei der Leitung der Inferno-Ermittlungen gebeten hatte? Was geschah, wenn er versagte? Wenn der Datendiebstahl so große Schäden verursachte, wie es die Computerspezialisten vermuteten? Das finnische IT-Wunder könnte dahinschmelzen wie der Schnee im Frühjahr. War er schon zu alt, um die Ermittlungen in einem so wichtigen und brisanten Fall zu leiten? Ratamo beobachtete Ketonen und überlegte, ob er schnell zu Hause anrufen könnte, um sich zu vergewissern, dass Marketta bei Nelli war. Seine Ex-Schwiegermutter war noch nicht da gewesen, als er sich nach dem Begräbnis zu Hause umgezogen hatte. Nelli war sauer, weil sie für eine Weile allein bleiben musste. Es ärgerte ihn auch, dass er seinen Vater so angeschnauzt hatte. Der Alte war ihm fremd und würde nie verstehen, warum er derart aus der Haut gefahren war. Und er wollte das auch nicht erklären. Sollte der doch in Spanien vor sich hin modern wie bisher, dachte er, strich dabei über seine Bartstoppeln und starrte vor sich hin.

Schnaufend kam Wrede hereingestürmt und wäre um ein Haar mit Ketonen zusammengestoßen. Er bemerkte, dass er sein Halfter nicht abgeschnallt hatte, und fluchte innerlich. Der Chef duldete keine Waffen bei den Besprechungen. »Ich habe mir von Loponen die letzten Informationen über Guoanbu geholt, es gibt nichts ...«.

Ketonen knallte die Tür zu und unterbrach ihn: »Mikko.

Gibt es Neuigkeiten vom ›Hund‹?«, fragte er und eröffnete damit die Besprechung.

»Ich habe wichtige …« Wrede versuchte es noch einmal, verstummte aber, als Ketonen den Zeigefinger hob. Es sah so aus, als wäre Wredes Gesicht jetzt genauso rot wie seine Haare. Der Chef machte sich nicht die Mühe, sonderlich rücksichtsvoll zu sein, sondern zeigte ganz offen, wer mehr Sterne auf dem Kragenspiegel hatte.

Mikko Piirala stand auf, zog seine Krawatte zurecht, nahm das oberste Blatt seines Papierstapels und schaute Ketonen an. »Wie ich vermutet habe, sind wir nicht in der Lage, den Absender des Hinweises auf den ›Hund‹ zu ermitteln. Die Spuren der E-Mail verlieren sich in einem peruanischen Internet-Server. Wir wissen auch nicht, warum der Deckname ›Hund‹ verwendet wird. Wahrscheinlich wurde er willkürlich gewählt, wie zumeist«, erklärte Piirala und warf zwischendurch einen Blick auf seine Notizen. Die Abteilung für Informationsmanagement hatte die Datenprofile der Verdächtigen sicherheitshalber noch einmal über Kreuz geprüft, aber bisher noch nichts Wesentliches gefunden. Die einzige neue Information bestand darin, dass Holm, Aalto und Laitakari am Institut für Informationstechnologie der Technischen Hochschule im gleichen Studienjahr gewesen waren. Das hatte in Holms letzter Zusammenfassung gefehlt.

Ketonen bedankte sich bei Piirala und saß in Gedanken versunken da. Er war nicht überrascht, dass Piiralas Abteilung keine entscheidenden Hinweise zur Lösung des Falles gefunden hatte. Ihre Gegner waren ein großer und effizienter Geheimdienst, drei absolute Cracks auf dem Gebiet der Verschlüsselungstechnik – die Inferno-Verantwortlichen – und eine kriminelle Organisation, deren Fangarme man nicht zu fassen bekam. Er wurde in seinen Überlegungen unterbrochen, als Wrede mit seiner Zusammenfassung begann. Es ärgerte ihn, dass der Mann nicht abgewartet hatte, bis er ihn dazu aufforderte.

»Aalto hat bei seinem Alibi schon wieder gelogen. Die Frau aus Miami bestreitet energisch, ein Verhältnis mit Aalto gehabt zu haben. Sie war wegen meiner hartnäckigen Nachfragen so empört, dass sie den Hörer hingeknallt hat. Ich musste das FBI um Unterstützung bitten. Man hat mir versprochen, die Frau taktvoll zu einem Gespräch über die Angelegenheit einzuladen.«

»Was für eine Frau?« Ratamo hatte nicht die geringste Ahnung, wovon Wrede sprach. Seine Kollegen schauten betreten drein. Es blieb automatisch an Ketonen hängen, ihm die Geschichte zu erklären. »Timo Aalto hat bei dem Verhör am Nachmittag behauptet, er wäre zum Zeitpunkt des Mordes an Protaschenko mit seiner Geliebten zusammen gewesen.«

Erst wunderte sich Ratamo, warum man ihm das nicht schon eher erzählt hatte, aber dann wurde ihm klar, dass er auf eigenen Wunsch nicht bei Aaltos Verhör dabei gewesen war. Er verstand nicht, warum Himoaalto die Polizei hätte belügen sollen. Um ein noch größeres Vergehen zu verheimlichen? War Timo der ›Hund‹? Er wollte diese Möglichkeit einfach nicht in Erwägung ziehen. Schließlich hatte er schon genug Menschen verloren, die ihm nahestanden.

»Soll Aalto eingelocht werden?«, fragte Wrede.

»Noch nicht. Vorläufig nützt er uns mehr, wenn er frei ist«, erwiderte Ketonen mürrisch und fragte dann, ob Wrede noch anderes zu berichten hatte.

Wrede sagte, er wisse immer noch nicht, ob Tommila von Guoanbu oder Swerdlowsk gekidnappt worden sei. Die Augenzeugen hätten den Entführer, der wie Tommila ausgesehen hatte, im Fotoarchiv nicht gefunden. Auf die Berichte der estnischen Polizei und von Europol warte man noch. Die Züricher Polizei habe nach der Beschreibung eines Gastes im Restaurant ein Phantombild von dem Mann angefertigt, den man kurz vor dem Mordversuch an Holms Tisch gesehen hatte. Das Bild sei an alle Polizeistationen in der Schweiz und in Finnland geschickt worden, sagte er und verteilte Kopien der Zeichnung an seine Kollegen. »Man sollte annehmen, dass ein Mann mit schwarzen Haaren, hohlen Wangen und Hakennase, der einen handtellergroßen Fleck am Hals hat, erkannt wird.« Die SUPO-Mitarbeiter betrachteten das mosaikartige Gesicht eine Weile prüfend. Das am Computer durch die Kombination grundlegender Gesichtsmerkmale zusammengestellte Bild wirkte unpersönlich und undeutlich.

Da niemand reagierte, fuhr Wrede fort. Tommilas Erkennungsmerkmale und Foto waren außer an die Polizeistationen auch an die Grenzwacht, die Grenzübergangsstellen, die Flughäfen und Schiffsterminals geschickt worden. Alle Beobachtungen würden der SUPO mitgeteilt. »Die ersten Hinweise werden gerade überprüft«, sagte er zuversichtlich. Eine Fahndung lohne sich nicht, da schon eine halbe Stunde vergangen war, als man die Entführung bemerkt hatte. Das Fahndungsgebiet wäre zu groß geworden.

»In der chinesischen Botschaft ist es so still wie im Leichenschauhaus, und Aalto und Laitakari haben nichts Erwähnenswertes unternommen. Allerdings hat ein ehemaliger Geliebter Laitakaris angerufen und sich lautstark darüber gewundert, wie viel Geld sie angeblich ausgibt. Offensichtlich lebt das Fräulein schon seit Jahren wie eine Prinzessin. Der Mann hat irgendwo von den Ermittlungen erfahren und meinte nun, er wolle helfen. Ich habe den Verdacht, die Laitakari hat ihn abblitzen lassen, als er scharf auf sie war«, sagte Wrede zum Schluss zynisch.

Mit einer Handbewegung erteilte Ketonen Piirala das Wort, der die Hand hob wie in der Schule.

Er kramte eine Weile in seinen Unterlagen, bis er das Gesuchte fand. Die Angaben zur finanziellen Situation Pauliina Laitakaris würden den Hinweis ihres Ex-Freundes stützen, sagte Piirala. Ihre monatlichen Ausgaben während der letzten zwei Jahre lagen im Durchschnitt bei sechsundzwanzigtausendzweihundertvierunddreißig Finnmark. Davon seien nur sechstausenddreihundertsechsundfünfzig Finnmark obligatorische Ausgaben: Kreditrückzahlungen, Energiekosten und Ähnliches. Ihr Monatsgehalt bei Finn Security betrage fünfunddreißigtausend Finnmark im Monat, davon blieben nach Abzug der Steuern zirka siebzehntausend übrig. Dennoch sei ihr Konto niemals im Minus gewesen.

Ketonen sprang auf. »Warum hast du das nicht früher gesagt! Das ist doch eine verdammt wichtige Information. Wie sollen die Ermittlungen vorankommen, wenn ihr nicht imstande seid, wesentliche Dinge zu berichten. Suche Laitakaris Einnahmequelle. Wenn sie mit Guoanbu oder Swerdlowsk zusammenhängt, dann haben wir den ›Hund‹ gefunden«, wetterte Ketonen.

Piirala sah beleidigt aus. Er hatte angenommen, Holm habe der Ermittlungsgruppe schon erklärt, dass Laitakari mehr ausgab, als sie verdiente. Er ordnete seine Unterlagen und wich Ketonens starrem Blick aus.

Das Beispiel des Generaldirektors von DataNorth habe die anderen Vorstandsmitglieder glücklicherweise nicht dazu angeregt, Aktien zu verkaufen, erklärte Riitta Kuurma. Der Aktienkurs des Unternehmens sei wieder auf den Stand des Vortags gestiegen, nachdem der Generaldirektor eine Presseerklärung abgegeben hatte, in der er mitteilte, er habe lediglich die in seinem Optionsprogramm zulässige jährliche Aktienmenge verkauft, wie auch in den Jahren zuvor. Nach ihren Informationen war diese Erklärung eine Lüge.

Ketonen überlegte eine Weile und beschloss dann, den Generaldirektor erst nach der Lösung des Falls bei der Abteilung für Wirtschaftskriminalität der Kriminalpolizei wegen des Missbrauchs von Insiderwissen anzuzeigen.

Der Summer ertönte, und an der Tür des Beratungsraumes leuchtete eine rote Lampe auf. Ketonen riss die Tür auf. Ein Mitarbeiter der Abteilung für Informationsmanagement reichte ihm ein Blatt mit der Bitte, es Piirala zu geben.

Ketonen schaute auf das Blatt: Er hatte das Recht, alles zu wissen, was in der Sicherheitspolizei geschah. Es war eine kurze E-Mail. Er las den Text erst auf Englisch, dann in Finnisch vor. »VERHÖREN SIE DIE ELTERN DER VERDÄCHTIGEN.«

»Ist der Vater oder die Mutter von einem der Inferno-Verantwortlichen der ›Hund‹?«, fragte Ratamo verdutzt.

Ketonen wandte sich an Wrede »Hat man sie befragt?«

»Ich wollte ...«

»Das hätte man längst tun müssen«, fuhr Ketonen ihn an und befahl Piirala, für die Eltern ein ähnliches Datenprofil anzufertigen wie für die Tatverdächtigen.

Piirala sah wegen der Vorwürfe, die man ihm gemacht hatte, immer noch niedergeschlagen aus.

Wer zum Teufel schickte diese Hinweise, überlegte Ketonen. Und warum? Wollten Guoanbu oder Swerdlowsk sie auf die falsche Fährte locken? Die Hinweise ließen sich jedoch nicht einfach ignorieren. Der Absender könnte jemand sein, der wollte, dass der Schuldige gefasst wurde. Jeder Spur musste nachgegangen werden. Plötzlich fiel ihm Simo Tommilas Mutter ein, der er mittags mitgeteilt hatte, dass ihr Sohn entführt worden war. Die Frau hatte regelrecht hysterisch reagiert. Eltern waren ja immer schockiert, wenn ihren Kindern etwas zustieß, aber Aino Tommilas Hysterie trug krankhafte

Züge. Die Frau hatte geschrien, als hätte man ihr mitten im Telefongespräch die Kehle durchgeschnitten. Seine Sekretärin hatte ihm gesagt, Aino Tommila rufe in Abständen von fünf Minuten seine Nummer an.

Ketonen seufzte und starrte seine Mitarbeiter eine Weile an. »Macht euch an die Arbeit. Geschlafen wird erst dann, wenn der Fall aufgeklärt ist«, sagte er und ging zu Ratamo, um sich zu erkundigen, wie das Begräbnis verlaufen war.

Wrede schüttelte den Kopf, als er sah, wie sich der Chef fast freundschaftlich mit einem Verdächtigen unterhielt. Ketonen war zu weich geworden. Er wäre ein strengerer Chef.

Als die anderen hinausgingen, blieben Ratamo und Riitta Kuurma im Beratungsraum zurück, als hätten sie eine stillschweigende Übereinkunft.

Ratamo Blick war offen und ehrlich. »Danke, dass du mir vertraust. Es ist dein Verdienst, dass ich bei diesen Ermittlungen dabei sein darf. Vielleicht kann ich mich irgendwie revanchieren.« Es war ihm noch nicht ein einziges Mal gelungen, Riitta Kuurma anzuschauen, ohne an die Nacht damals in ihrer Wohnung zu denken. Er würde alles dafür geben, könnte er das noch einmal erleben. Möglichst bald. Wenn es sein musste, würde er dafür sogar an einem Kurs des gefragten Motivationstrainers Jari Sarasvuo teilnehmen, wo ihn sonst keine zehn Pferde hinbrächten.

Versuchte Arto ein Date vorzuschlagen oder sich zu bedanken? Riitta Kuurma wusste nicht, was sie sagen sollte.

»Kommen die Ermittlungen in einem wichtigen Fall immer so schleppend voran?«, fragte Ratamo, um das drückende Schweigen zu brechen.

Riitta Kuurma lachte. »Wichtige Fälle sind immer so. Warte erst mal, was passiert, wenn wir den ›Hund‹ nicht erwischen. Dann wird man die Schuldigen dafür suchen, Unschuldige bestrafen und Leute auszeichnen, die nicht an den Ermittlungen teilgenommen haben«, sagte sie im Scherz.

Ratamo beschloss, Riitta zu bitten, wieder mit ihm essen zu gehen, sobald der »Hund« gefunden war.

42

Die nackte Gestalt in der trostlosen Einsamkeit des schaurigen orangefarbenen Kellers schrie auf. Der brennende Schmerz durchfuhr Tommilas Körper und wurde jedes Mal schlimmer, wenn er seine Nackenmuskeln anspannte. Entweder ließ die Wirkung der Pillen des Geiers nach oder die Anstrengung führte dazu, dass der Schmerz den Wall der Medikamente durchbrach. Es stank so widerwärtig nach Erbrochenem und Urin, dass er durch den Mund atmen musste.

Er hatte den Kopf schon so lange ruckartig hin und her bewegt, dass die Hals- und Nackenmuskeln ganz steif geworden waren. Aber die Mühe hatte sich gelohnt, der dicke Stirnriemen war etwas lockerer geworden, er konnte die Stirn schon runzeln. Die Angst, dass der Zehenstumpf und die vom Strom verbrannte Leistengegend nicht seine einzigen verletzten Körperteile bleiben würden, ließ ihn noch heftiger an den Fesseln zerren. Wenn er brav in der Kellerhölle auf die Rückkehr des Wahnsinnigen wartete, könnte schon bald Moos über ihm wachsen. Er wusste genau, was er tun musste. Im Geist hatte er schon alle Probleme gelöst.

Von der Anstrengung auf dem Folterstuhl war Tommila schweißnass. Das orangefarbene Licht machte ihn verrückt. Die Wunde im Augenwinkel brannte, und der Fuß pochte. Schließlich gab der feucht gewordene Lederriemen so weit nach, dass er seinen Kopf nach unten drücken konnte. Ein paar

Haare gerieten unter den Riemen. Er ruckte weiter, und nun rutschte der Riemen über den Haaransatz, noch ein paar schnelle Bewegungen, und sein Kopf war frei. Es kam ihm so vor, als hätte er gerade den Boston-Marathon gewonnen.

Er holte ein paarmal tief Luft, atmete dann gründlich aus und beugte sich vor zu seiner rechten Hand. Mit Mühe und Not reichte er so weit, dass er in den Riemen am Handgelenk beißen konnte. Das dicke Leder schmeckte ekelhaft, aber er nagte an ihm, als wäre es ein Leckerbissen. Er befeuchtete den Riemen mit Spucke und kaute mit den Eckzähnen auf dem Rand herum, bis seine Wangenmuskeln verkrampften. Die Anstrengung führte dazu, dass der Zehenstumpf und die verbrannte Haut pulsierende Schmerzwellen durch den ganzen Körper jagten. Er machte eine kurze Pause und atmete tief durch, doch dann ließ ihn die Angst noch ungestümer an dem Leder nagen. Nach Minuten, die ihm wie eine Ewigkeit erschienen, entstand am Rand des Riemens ein Riss, den er Millimeter für Millimeter vergrößerte, bis er den Riemen durchtrennt hatte. Als eine Hand frei war, fiel es leicht, die restlichen Riemen zu öffnen.

Er stand auf und wäre um ein Haar in Ohnmacht gefallen. Es dauerte eine Weile, bis das Blut in den Kopf zurückkehrte. Er spuckte auf den Handteller und bestrich die verbrannte Haut mit Speichel. Ein schneidender Schmerz schoss durch seinen Körper. Er setzte sich auf den Hocker des Geiers, holte tief Luft und zwang sich, klar zu denken.

Tommila stieg vorsichtig die Treppe hinauf, humpelte in die Küche und sah den Wasserhahn. Er hielt den Kopf darunter und trank gierig. Das Wasser belebte ihn ein wenig. Ihm fiel ein, wie 7 UP zu seinem Namen gekommen war: Die ursprüngliche Limonadenflasche fasste sieben Unzen, und die Blasen in dem Getränk stiegen nach oben. Er säuberte sich, so gut es ging, und zitterte vor Kälte. Hier oben war es noch eisiger als im Keller. Die Hütte sah so aus, als könnte sie jeden Augenblick zusammenfallen. Die Decke war gewellt, die Tapeten zogen Blasen, und die Dielen des Fußbodens ragten in alle möglichen Richtungen. Bei dieser Bruchbude half nur noch der Bulldozer.

Der eiskalte Fußboden betäubte seine Fußsohlen, als er zur Haustür hinkte. Kleidungsstücke oder Schuhe hatte er nirgendwo gefunden. Die schneidende Kälte der Luft traf seinen nackten Körper, als er die Tür öffnete. Der Geier hatte behauptet, sie seien kilometerweit vom nächsten bewohnten Haus entfernt. Tiefe Dunkelheit, hoher Schnee und dichter Wald umgaben die Hütte. In der Ferne leuchtete ein mattes Licht. Er sah nicht eine Landmarke, die er der Polizei mitteilen könnte. Wenn er jetzt losging, würde er das nie überstehen, sondern im Schnee erfrieren. Eine instinktive Reaktion hätte ihn beinahe dazu getrieben, Hals über Kopf in die Dunkelheit hinauszurennen, aber es gelang ihm, sich zu beherrschen. Er wusste, dass er dieser Hölle nur mit Hilfe seines Verstandes lebend entrinnen konnte.

Tommila humpelte zurück in den Keller. Er würde im Internet in die ICQ-Chatgroup eine Nachricht schreiben, die den Geier überzeugen sollte, dass er nicht in der Lage war, ihm das Passwort zu geben. Vielleicht durfte er dann weiterleben. Dann würde er der Polizei eine E-Mail schicken. Darauf durfte er aber keine großen Hoffnungen setzen, weil er nicht die geringste Ahnung hatte, wo er sich befand oder wie lange die Fahrt von Kaivopuisto hierher gedauert hatte. Er war erst im Keller wieder zu Bewusstsein gekommen. Dennoch könnten die Spezialisten der SUPO mit Hilfe der Nachricht irgendeine elektronische Spur finden, obwohl der Geier versichert hatte, dass sich der Computer nicht lokalisieren ließe.

Zuletzt würde er im Siliziumherzen des Computers die Kundennummern und Kontendaten der National Bank suchen. Laut Sterligow befanden sie sich im Speicher.

Er musste das tun: Das war die Chance seines Lebens, aus alldem als der wahre Sieger hervorzugehen.

43

Der Fahrer eines sportlichen Geländewagens parkte sein funkelnagelneues Auto in der Kuninkaanlahdentie im Espooer Stadtteil Westend hinter einem alten Lada und schaute misstrauisch auf den rothaarigen Mann, der aus der Rostlaube ausstieg. Erik Wrede versuchte gar nicht erst, die Türen des Lada zu verschließen. Er ging auf dem vereisten Randstreifen zur Westendintie und dann weiter nach Lyökkiniemi. Der Seewind zwickte ihn ins Gesicht, Wrede drückte seine Hände auf die Wangen. Die prächtigen Doppelhäuser und Eigenheime wurden immer größer, je näher er dem Meer kam. Es sah so aus, als dürfte man hier nur deutsche Autos besitzen.

Das hell erleuchtete Haus des Vaters von Pauliina Laitakari war riesig. Laut Personenprofil der Abteilung für Informationsmanagement war Pekka Laitakari ein siebenundsechzigjähriger ehemaliger Geschäftsführer, der seine Rentnertage entweder in der Hauptstadtregion als Berater der Unternehmensleitung oder in Marbella beim Golfen verbrachte. Pauliina Laitakaris Eltern waren seit Anfang der neunziger Jahre geschieden. Im vergangenen Herbst hatte Pekka Laitakari wieder geheiratet. Seine Ex-Frau wohnte im Winter in der Toskana, ihre Telefonnummer hatte die SUPO noch nicht ermittelt. Wrede hoffte, sie eventuell von Pekka Laitakari zu bekommen.

Das Grundstück des massiven Eigenheims aus dunklen Ziegeln umgab ein hoher Metallzaun, aber aus irgendeinem Grund stand das Tor offen. Die Klingel dröhnte wie Kirchenglocken. Ein eher kleiner, eleganter graumelierter Herr öffnete, und Wrede stellte sich vor. Pekka Laitakari schien nicht überrascht zu sein, dass die SUPO ihn aufsuchte. Wrede wunderte sich, dass der ehemalige Geschäftsführer nicht einmal nach dem Anlass seines Besuchs fragte. Laitakari sagte, er verbringe einen einsamen Abend zu Hause, trug aber dennoch dunkelblaue Hosen mit korrekter Bügelfalte und ein weißes Hemd. Er führte seinen Gast ins Wohnzimmer, schaltete den Fernseher aus und bot etwas zu trinken an. Wrede lehnte dankend ab, und der Hausherr verschwand in der Küche.

Das Haus musste ein Dutzend oder mehr Zimmer haben. Die Einrichtung sah aus wie auf einem Foto im Lifestyle-Magazin »Gloria«. Die bis zur Decke reichenden Panoramafenster im Wohnzimmer gaben den Blick frei in den Garten, der am Meeresufer endete. Am Horizont leuchteten die Hochhäuser von Keilalahti. Wrede war überzeugt, dass sich der Rasen im Sommer in einem tadellosen Zustand befand. Am Ufer sah man einen Bootssteg auf stabilen Steinpfeilern und daneben eine Blockhaussauna. Die Immobilie musste Millionen wert sein.

Laitakari kehrte mit einem Drink in der Hand zurück, und Wrede nannte den Anlass seines Besuchs. Dabei bemerkte er, wie das Rot im Gesicht des Hausherrn immer dunkler wurde, je mehr er von dem Whisky trank. »Sie haben doch nicht etwa ernsthaft den Verdacht, dass Pauliina etwas verbrochen hat?«, erwiderte Laitakari entrüstet.

Daraufhin erklärte ihm Wrede ganz ruhig, dass die SUPO mehrere Verdächtige hatte, deren Hintergrund untersucht werden musste, um den Schuldigen zu finden. Laitakari schnaufte und verkündete, in seiner Familie gebe es keine Diebe. Wrede begann mit Routinefragen zu Pauliinas Kindheit, zu ihren Hobbys und Freunden, zu Ausbildung und Karriere. Laitakari antwortete offen und ehrlich, wirkte aber ziemlich unsicher. Anscheinend kannte der Mann seine Tochter nicht sonderlich gut.

»Unterstützen Sie Pauliina finanziell?«, wollte Wrede wissen.

»Warum fragen Sie danach?« Laitakari war offensichtlich erschrocken.

»Pauliina gibt schon seit Jahren mehr aus, als sie verdient. Wissen Sie, ob Ihre Tochter noch über andere Einnahmequellen verfügt als das Geld von Finn Security?«

»Ich begreife nicht, warum das Mädchen immer noch in dieser Firma herumhängt. Finn Security dümpelt vor sich hin und hat seit Jahren mit wirtschaftlichen Schwierigkeiten zu kämpfen, obwohl die Möglichkeiten der Firma enorm sind. An ihrem Marketing kann irgendetwas nicht stimmen.« Laitakari überlegte einen Augenblick. »Können Sie das, was ich Ihnen jetzt sage, vertraulich behandeln?«, fragte er verlegen. «Ich möchte nicht, dass die Steuerbehörden davon erfahren.«

»Diese Ermittlungen sind ganz sicher wichtiger als Ihre Steuererklärung. Sie können auf meine Verschwiegenheit vertrauen«, antwortete Wrede, obwohl er da möglicherweise zu viel versprach.

»Ich habe Pauliina in den letzten Jahren ziemlich freigebig unterstützt. Sie ist mein einziges Kind, und es hat sich nun mal so ergeben, dass ich einigermaßen vermögend bin. Ich habe ihr Bargeld gegeben. Pauliina ist so die Erbschaftssteuer erspart geblieben und mir die Schenkungssteuer.«

Enttäuscht musste Wrede registrieren, dass die geheimnisvolle Einnahmequelle Pauliina Laitakaris nur der Papa war. Er erkundigte sich, was für Summen Pekka Laitakari seiner

Tochter gegeben hatte. Der Vater vermutete vage, es könnten jährlich mehr als hunderttausend Finnmark gewesen sein, die er ihr während der letzten drei Jahre geschenkt habe, in denen es bei Pauliina finanziell sehr eng zugegangen sei.

»Ich muss doch nun nicht ins Gefängnis?«, fragte Laitakari scheinbar leichthin. Wrede sah jedoch, dass der Mann besorgt war.

Mitten in diesen umfangreichen und komplizierten Ermittlungen habe er keine Zeit, sich mit solchen Kleinigkeiten zu befassen, erwiderte Wrede und nahm sich vor, in dieser Angelegenheit dem Finanzamt irgendwann später vielleicht einen Wink zu geben. Schon nach dieser kurzen Begegnung war klar, dass Pekka Laitakari nichts so sehr treffen würde wie der Verlust von Geld.

Laitakari wirkte zufrieden. »Außerdem habe ich Pauliinas Unterstützung eingestellt. Mal sehen, wie sie ihren protzigen Lebensstil künftig finanziert.«

Wrede richtete sich auf dem Sofa ruckartig auf. »Was meinen Sie damit?«

Laitakari hatte seiner Tochter im letzten Herbst mitgeteilt, er werde den Geldhahn endgültig zudrehen. Pauliina war nicht zu seiner Hochzeit erschienen und hatte seinen Geburtstag zum dritten Mal hintereinander vergessen, da war sein Maß voll gewesen. Zu allem Übel trieb sie sich auch noch mit allen möglichen Gigolos herum. Immerhin habe er neben all dem Bargeld ihre Ausbildungskredite bezahlt und die Rückzahlung der Schulden für das Haus übernommen, von all den anderen Rechnungen ganz zu schweigen, erklärte Laitakari aufgebracht. Es war offensichtlich, dass sich die Tochter nur für sein Geld interessierte und nicht für ihn. Laitakari sagte, er habe auch sein Testament geändert. Es sei sehenswert gewesen, was Pauliina für ein Gesicht gemacht habe, als sie erfuhr, dass sie vom

Eigentum ihres Vaters nur den ihr gesetzlich zustehenden Teil erhalten würde.

Wrede hätte am liebsten einen Jubelschrei ausgestoßen. Pauliina Laitakari hatte ein starkes Motiv! Vielleicht wies Protaschenkos Kalendernotiz doch auf eine Frau hin und nicht auf den Decknamen. Möglicherweise war die Enthüllung des Decknamens ein Ablenkungsmanöver gewesen.

Wrede verabschiedete sich und sagte, er müsse vielleicht auf die Sache zurückkommen. Endlich freute er sich einmal, dass er nicht wohlhabend war. Pekka Laitakaris Leben erschien genauso abgekapselt wie das einer Ölsardine.

Der Besuch war die Mühe wert gewesen, dachte Wrede zufrieden. Er hatte für Pauliina Laitakari ein Motiv gefunden. Und vielleicht den »Hund«.

Es war 20.30 Uhr am Samstag.

44

Die Scheinwerfer der entgegenkommenden Autos wurden von der glänzenden Straßenoberfläche so stark reflektiert, dass ihm die Augen weh taten. Sterligow lenkte den Volkswagen Passat, den seine Helfer gemietet hatten, vom Hämeenlinnanväylä auf den Ring Drei in Richtung Osten. Er wollte aus einem fahrenden Auto anrufen, weil dann die Basisstation des Handys von Zeit zu Zeit wechselte, und diese Stationen lagen hier weit auseinander. Wer das Telefon orten wollte, könnte die Position des Autos nur mit großer Verzögerung verfolgen und würde auch nur erfahren, dass dieses Gespräch aus einem beweglichen Objekt irgendwo auf dem Ring Drei geführt wurde. In der City wäre eine genaue Lokalisierung bis auf den Häuserblock möglich.

Am Industriegebiet von Tuupakka steckte Sterligow den Akku in das Telefon und schaltete es ein. Erst jetzt meldete sich das Handy mit einem Signal bei der nächstgelegenen Basisstation an, und nun könnte die Position des Telefons verfolgt werden.

Sterligow machte sich keine Sorgen, dass sein Telefon möglicherweise abgehört werden könnte. In seiner SIM-Karte befand sich ein Mechanismus, der das Gespräch beendete, sobald sich jemand einschaltete, um es abzuhören.

Nach Ansicht des Verschlüsselungsspezialisten von Swerdlowsk war es äußerst unwahrscheinlich, dass Tommila das Passwort auswendig konnte. Sterligow wurde klar, dass er mit dem jungen Mann Zeit verloren hatte, die Gold wert war. Warum hatte der »Hund« ihn angelogen und behauptet, Tommila könnte das Passwort sogar im Schlafe aufschreiben? Wollte der »Hund« selbst in Wiremoney einbrechen? Er musste ihn sofort finden.

Doch zunächst sah sich Sterligow gezwungen, eine Entscheidung zu treffen: Wie sollte er das Passwort beschaffen? Er beschloss, die Taktik zu ändern. Jeder gute Soldat musste nötigenfalls imstande sein, die Fakten schnell neu einzuschätzen und die Pläne zu ändern. Er hatte die Gruppe seiner Helfer auf dem Parkplatz des Fußballstadions Toivola in Klaukkala getroffen und mit den Männern bis ins kleinste Detail festgelegt, wie die Übergabe des Passwortes durch die SUPO erfolgen sollte.

In der Überwachungszentrale der SUPO meldete sich schon nach dem ersten Rufzeichen eine energische Frauenstimme. Sterligow war so überrascht, dass er um ein Haar Russisch gesprochen hätte. Er räusperte sich und sagte leise: »Verbinden Sie mich mit Jussi Ketonen. Es geht um Simo Tommila.«

Es knackte in der Leitung, reichlich zehn Sekunden vergingen, dann meldete sich Jussi Ketonen schnaufend.

»Simo Tommila ist in meiner Gewalt. Ich bin bereit, ihn gegen die bei Protaschenko gefundenen Unterlagen einzutauschen«, sagte Sterligow ganz ruhig, während er gleichzeitig ansetzte, um ein Gefährt zu überholen, das aussah wie der Tourbus einer Rockband und dessen Auspuff qualmte wie ein Fabrikschlot.

Ketonen dachte konzentriert nach. Er kannte den Mann nicht, obwohl er sich an die Stimme erinnerte, in irgendeinem Zusammenhang hatte er sie schon gehört. Die Überwachungszentrale zeichnete alle Telefonate auf, sofort nach Beendigung des Gesprächs würde eine Stimmanalyse des Anrufers vorgenommen werden. Die Stimme eines Menschen war genauso individuell wie sein Fingerabdruck. Man würde sie mit allen Proben vergleichen, die sich im Stimmenarchiv befanden. Die Identität des Mannes musste ermittelt werden.

»Du musst erst sagen, wer du bist. Viele Leute wissen, dass Simo Tommila gekidnappt wurde. Du kannst irgendein Neurotiker sein, der scharf darauf ist, an die Öffentlichkeit zu kommen.« Musti setzte die Vorderpfoten aufs Knie ihres Herrchens, aber Ketonen schob sie weg und zeigte in Richtung Korb.

»Befehlen Sie Arto Ratamo, mir die Unterlagen zu bringen. Ich will …« Die Verbindung wurde unterbrochen. Sterligow sah auf dem Handy, dass der Empfang gut war. War das nur ein kurzes Funkloch gewesen, oder versuchte jemand, das Gespräch abzuhören?

Ketonen starrte verdutzt auf den Hörer. Warum sollte gerade Ratamo die Unterlagen übergeben? War er doch ein Maulwurf? Wo zum Teufel hatte er die Stimme des Anrufers schon einmal gehört? War das etwa …

Das Telefon schrillte. »Ist Tommila der ›Hund‹?«, fragte Ketonen, obwohl er wusste, dass es vergeblich war. Er musste aber auf Zeit spielen, damit die Überwachungszentrale herausfinden konnte, woher das Gespräch kam.

»Ich will mit Tommila reden«, verlangte Ketonen, als der Anrufer nicht auf die Frage reagierte.

»Es interessiert mich nicht, was Sie wollen. Tommila ist am Leben. Ich rufe in drei Minuten wieder an. Treffen Sie bis dahin Ihre Entscheidung, oder Tommila stirbt.« Sterligow beendete das Gespräch.

Ketonen hielt den tutenden Hörer noch einen Augenblick am Ohr und versuchte in den Tiefen seines Gedächtnisses das Gesicht zu finden, das zur Stimme des Anrufers gehörte. Seine Augen schlossen sich und sein Gehirn arbeitete auf Hochtouren. Wenn Tommila der »Hund« war, dann hatte sich der junge Mann freiwillig zu seinen Helfern abgesetzt, aus Angst, die SUPO könnte ihn schnappen. Wollte der Entführer jetzt, dass sein Gehilfe Arto Ratamo zu ihm kam? In dem Falle musste Guoanbu die Entführung organisiert haben. Die Swerdlowsk-Mafia gab es noch nicht, als Ratamo in Vietnam studiert hatte und angeworben worden war. Ketonens Gehirn spuckte Theorien aus wie ein Teilchenbeschleuniger.

Unvermittelt tauchte aus einem versteckten Winkel seines Gedächtnisses das Gesicht vor ihm auf. Der Anrufer war Igor Sterligow! Er lebte also! Ketonen suchte das Phantombild aus dem Papierstapel auf seinem Schreibtisch hervor. Er hatte sein Gesicht verändern lassen. Die früher schneeweißen Haare waren jetzt schwarz, die gerötete Haut zeigte das undeutliche Bild nicht, das ganz von dem Fleck beherrscht wurde, der wie eine Brandnarbe aussah. Es überraschte ihn nicht, dass er den Mann nicht erkannt hatte.

Igor Sterligow hatte in Zürich versucht, Anna-Kaisa Holm mit Fentanyl zu töten. Der Mann stand jetzt in den Diensten von Swerdlowsk. Ketonen wusste, dass die Ermittlungen nun zum offenen Kampf wurden. Sterligow hielt sich an keinerlei Regeln, weder an die der Kriminellen noch an die der Spione und vermutlich auch nicht an die des Krieges. Er spürte zu seiner Überraschung eine ungeheure Erleichterung, weil Ratamo kein Verräter war. Ketonen bereute es schon, dass er ihn wieder für einen Augenblick verdächtigt hatte, obwohl er natürlich als Profi alle Möglichkeiten in Betracht ziehen musste. Sterligows Beteiligung bestätigte, dass Ratamo kein von Swerdlowsk ausgebildeter Maulwurf war. Wären sie Komplizen, dann hätte Ratamo das Gegenmittel gegen den Ebola-Virus Sterligow damals freiwillig übergeben. Urplötzlich überkam ihn ein unbezähmbarer Appetit auf eine Zigarette. Das war jetzt nicht der richtige Augenblick für einen Kaugummi. Ketonen holte aus dem Schubfach seines Schreibtischs eine Schachtel »Nortti«, zündete sich eine Zigarette an und seufzte. Er gab sich die Erlaubnis zu rauchen, bis zum Abschluss der Ermittlungen.

Das Nikotin schien die Drehzahl seines Gehirns noch zu erhöhen. Er rief Wrede an und befahl ihm, im polizeiinternen Verzeichnis der Videoüberwachung des Stadtzentrums alle Kameras in Gegenden, wo Bekannte Sterligows wohnten, herauszusuchen. Im Zentrum befanden sich etwa fünfhundert Überwachungskameras, mit deren Hilfe jährlich Dutzende Verbrechen aufgeklärt wurden. Zum Glück für die Polizei war zur Überwachung öffentlicher Räume keine Genehmigung erforderlich. Und außerdem galt Finnland neben Großbritannien als das europäische Land mit den meisten Überwachungskameras.

Wenn Sterligow einer der Entführer war, dann überraschte die Forderung nicht, dass Ratamo die Unterlagen überbringen sollte. Der Russe wollte sich bestimmt an Ratamo für die Zerstörung seiner Karriere beim SVR rächen. In Protaschenkos Unterlagen musste irgendetwas außerordentlich Wichtiges versteckt sein. Sonst würde Sterligow so einen gefährlichen Austausch nicht vorschlagen. Eines war sicher, dachte Ketonen, sobald der Dieb die Unterlagen in der Hand hätte, würde irgendetwas geschehen. Wenn er doch nur wüsste, was.

Bei diesem Spiel war er gezwungen, sich an die Regeln zu halten, die der Anrufer vorgab, aber er war nicht gezwungen, Ratamo ins Feuer zu werfen. Sterligow würde ihn ganz sicher umbringen. Sollte er es wagen, Ratamo als Köder zu benutzen? Der Russe wollte Ratamo aus persönlichen Gründen in die Finger bekommen. Wenn der Überbringer jemand anders wäre, würde Sterligow möglicherweise einen seiner Helfer vorschicken. Ketonen überlegte fieberhaft, ob ihm jetzt ein Mittel eingefallen war, wie man Sterligow finden könnte, doch da unterbrach das Klingeln des Telefons seine Gedankengänge.

Der Diensthabende in der Überwachungszentrale verband ihn.

»Ich erwarte eine Antwort«, sagte Sterligow.

»Wir machen das so, wie Sie es sagen. Ich bereite Ratamo auf seine Aufgabe vor. Wenn Sie in einer halben Stunde anrufen, können wir zu dritt über Ihre Anweisungen reden«, erwiderte Ketonen und versuchte so, Zeit zu gewinnen.

»Der Dirigent dieses Orchesters bin ich«, erwiderte der Anrufer in scharfem Ton. In seinen Worten lag eine psychotische Kraft, die Ketonen zusammenfahren ließ. Jetzt war er sicher, dass es sich um Sterligow handelte. Er hatte die richtige Entscheidung getroffen. Oder doch nicht? Er beabsichtigte, einen alleinerziehenden Vater, der gerade die Polizeischule absolviert hatte, in tödliche Gefahr zu bringen. Ratamo konnte so hart wie ein Nagelkopf sein, aber gegen einen Wahnsinnigen wie Sterligow hätte er keine Chance.

»Ich schicke Ratamo innerhalb der nächsten Stunde ein Telefon, über das ich Anweisungen erteile. Versuchen Sie nicht, es zu präparieren. Das bemerken wir sofort«, sagte Sterligow und beendete das Gespräch. Er wendete den Passat auf dem Hof der Tankstelle von Mullypuro und fuhr zurück in Richtung Westen. Als Nächstes würde er die bevorstehende Operation noch einmal mit seinen Helfern durchgehen, und dann wollte er Kontakt zum »Hund«, dem Verräter, aufnehmen.

Schon bald bekäme er die Gelegenheit, mehrere Finnen hinzurichten.

45

Sorgfältig vollendete Irina ihren Lidschatten. Der Farbton »Rosy Wings« passte zu ihr. Sie zog die Konturen ihrer Lippen nach, malte sie rot an und tupfte sich ein wenig mehr Puder auf Stirn, Nasenspitze und Wangen. Es war schwierig, sich genauso dezent zu schminken wie finnische Frauen.

Sie war noch nicht dazu gekommen, Kontakt zu Sterligow aufzunehmen. Ihr Bruder hatte aus Petersburg angerufen und mitgeteilt, dass eine Gruppe von drei Experten bereitstand und sofort in Wiremoney einbrechen würde, wenn sie das Passwort, die Kontendaten und die Kundennummern schickte. Die Männer würden nur ein paar Stunden brauchen, um den Spielautomat der National Bank zu leeren. Sie war so aufgeregt, dass sie einen Schluck Whisky aus der Flasche trank. Ihr blieb nicht viel Zeit, nur dieser Abend und die kommende Nacht. Spätestens am nächsten Morgen, bevor Tang in sein Büro kam, müsste sie Swerdlowsk bei der SUPO denunzieren.

Sie war gezwungen, sich das Passwort jetzt sofort bei Sterligow zu beschaffen. Würde er wenigstens verraten, ob er es überhaupt bekommen hatte? Irina erwog, ihren Plan doch lieber zu begraben, aber dann sah sie das fette, stöhnende Gesicht des verschwitzten Tang vor sich und traf ihre Entscheidung.

Vielleicht verdächtigte Sterligow sie nicht, ein Verräter zu sein, selbst wenn sie ihn ausfragte. Schließlich hatte sie einen guten Grund, ihn anzurufen.

Sie ging die Geschichte, die sie sich zurechtgelegt hatte, zum hundertsten Mal durch, drückte die Samokrutka im Wasserglas aus und tippte Sterligows Nummer ein.

»Schlechte Nachrichten«, sagte Irina sofort, als sich Sterligow meldete. Sie erzählte, man habe ihr den Befehl gegeben, der SUPO zu verraten, dass Swerdlowsk Tommila entführt hatte, hinter der Operation Inferno steckte und die National Bank ausrauben wollte. Der Verkehrslärm im Hintergrund verriet ihr, dass der Mann im Auto saß.

Sterligow biss sich auf die Lippe, drückte das Handy noch fester an sein Ohr und bremste, als sich ein langsamer Transporter vor ihn drängte. Ein Schwall russischer Flüche flutete durch das Auto. Er hoffte, dass Irina fähig war, auf Zeit zu spielen, das musste sie einfach können. Er war dem Erfolg nun schon so nahe. »Wie lange kannst du noch warten?«

»Wie viel Zeit brauchst du? Hast du das Passwort schon aus diesem Burschen herausgeholt?«, erkundigte sich Irina und fürchtete, dass in Sterligows Kopf die Alarmglocken läuteten.

»Tommila kannst du vergessen. Arto Ratamo von der SUPO wird mir das Passwort heute Nacht übergeben. Kannst du bis morgen früh warten?«

Irina glaubte ihren Ohren nicht zu trauen. Sterligow hatte ihr genau das erzählt, was sie hören wollte. Ihre Glückssträhne ging anscheinend weiter. »Ich denke schon. Wenn Tang anruft und Druck macht, kann ich sagen, dass die Verschlüsselung der Nachricht tagsüber leichter ist, weil in Europa dann in der elektronischen Kommunikation viel mehr Betrieb herrscht. Ich lasse mir schon etwas einfallen. Tang stand nicht als erster in der Schlange, als der Verstand verteilt wurde.«

Sterligow beendete das Gespräch und entspannte sich ein wenig. Irina war von seinen Helfern in all den Jahren die beste gewesen. Jetzt hatten die Computerspezialisten die ganze Nacht Zeit für ihren Einbruch in Wiremoney, und er konnte sich um Ratamo kümmern. Er hatte die Situation völlig unter Kontrolle.

Irina wurde klar, dass ihr noch weniger Zeit zur Verfügung stand, als sie geglaubt hatte. Arto Ratamo musste sofort gefunden werden. Mit jeder Minute wuchs das Risiko, dass Tang irgendeine Dummheit beging. Chinesen trafen ihre Entscheidungen stets im Verborgenen und setzten sie urplötzlich um, ohne Vorwarnung. Außerdem war Tang so neugierig, dass er selbst beim Niesen die Augen offen hielt.

Sie war sicher, dass sie Ratamo die Unterlagen wegschnappen würde wie einem Parlamentskandidaten die Wahlwerbung. Sie schaute sich in ihrer öden Zwei-Zimmer-Wohnung um und beschloss, nichts mitzunehmen, außer dem alten kupfernen Samowar, den man Anfang des neunzehnten Jahrhunderts in Tula hergestellt hatte. Die einzige Erinnerung an ihre Familie war seitdem von Generation zu Generation weitervererbt worden.

Irina musste lachen, als sie daran dachte, dass Tang bald vor dem Richter stehen würde. Die Chinesen kannten für Landesverrat nur eine Strafe.

46

Ketonen saß auf einer langen Bank im Bereitschaftsraum der zweiten unterirdischen Etage und aß gierig seine Portion Kartoffeln mit Wurst- und Fleischstücken, die unter einem Berg von Ketchup, Senf und Gurkensalat nur hier und da zu sehen waren. Seine Laune konnte kaum schlechter sein: Den ganzen

Abend schon war die Presse hinter ihm her. Er hatte sich geweigert, irgendeine Erklärung zum Fall Inferno abzugeben, und fürchtete nun, damit einen Fehler begangen zu haben. Vielleicht würden die Journalisten aus Mangel an Informationen Geschichten erfinden, die ihre Ermittlungen noch mehr erschwerten. Aus der Führungsspitze der Polizei hatte niemand mehr angerufen, nachdem er den Innenminister über die von der Präsidentin erteilten Vollmachten unterrichtet hatte. Offensichtlich hatte der Minister den Abteilungsleiter Korpivaara informiert. Ketonen war überzeugt, dass er seinen Anruf bei der Präsidentin noch bereuen würde. Korpivaara nahm es ihm ganz sicher übel, dass er ihn übergangen hatte. Auch eine Nachricht, die eigentlich die beste an diesem Tag war, ärgerte ihn. Wrede hatte berichtet, dass sich bei Pauliina Laitakari ein starkes Motiv fand – Geld. Warum hatten sie das nicht schon früher herausgefunden? Wo klemmte es in der Organisation der SUPO? Wer zum Teufel schickte ihnen Nachrichten und belehrte sie bei der Arbeit, als wären sie Amateure? Oder führte man sie absichtlich in die falsche Richtung?

Wenigstens Ratamos Unschuld war endgültig Gewissheit geworden. Der Handschriftenspezialist hatte bestätigt, dass nicht Ratamo der Verfasser der vietnamesischen Notizen auf Protaschenkos Unterlagen war, sondern Bui Truong. Ketonen beschloss, sich keine Vorwürfe zu machen, weil er Ratamo fälschlicherweise verdächtigt hatte. In seiner Arbeit war er oft gezwungen, von Menschen das Schlimmste anzunehmen. Und außerdem hatte er sich ja schließlich doch entschieden, Ratamo zu vertrauen.

Ratamo zog über das T-Shirt und die Unterhosen einen dünnen feuerfesten Nomex-Overall und warf einen Blick auf die TAG-Heuer-Uhr, die zur Ausrüstung eines Einsatzkommandos gehörte – es war 21.22 Uhr. Riitta Kuurma schaute den Kurier mit ernster Miene an, und Ketonen erteilte ihm mit vollem Mund eine Menge Anweisungen für den Fall, dass Sterligow die Unterlagen entgegennahm, aber Tommila nicht freiließ.

Riitta Kuurma half Ratamo, die Bänder der kugelsicheren Kevlar-Weste zu befestigen. Sie war ihm so nahe, dass er ihren Duft wahrnahm. Er brachte die mit Keramikplatten verstärkten Knie- und Ellenbogenschützer an und zog dann seine Alltagskleidung darüber: Jeans und ein Baumwollhemd. Jetzt sah er ein wenig dicker aus als sonst. Riitta Kuurmas Anwesenheit beruhigte ihn.

Ein Stück von dem gegrillten Fleisch flog aus Ketonens Mund in die Styropor-Packung. »Ein verdammt zähes Rind. Als würde man eine Schuhsohle kauen.«

»Das Rindvieh lief gerade bergan, als es erschossen wurde. Der Gang ist noch drin«, witzelte Ratamo, aber seine Stimme verriet die Anspannung.

Riitta Kuurma war nicht zum Lachen zumute. Wenn die SUPO-Mitarbeiter Überstunden machten, holten sie sich meist Fast Food von Tuomas-Burger in der Iso-Roobertinkatu. Riitta hatte ihr Kontingent an vegetarischen Hamburgern jedoch schon lange aufgebraucht.

Zum zweiten Mal innerhalb von zwei Jahren machte sich Ratamo auf den Weg, um Informationen gegen einen entführten Menschen einzutauschen. Er hatte Angst. Beim ersten Mal war er wenigstens bewaffnet gewesen. Diesmal hätte er die Pistole sogar richtig benutzen können; zu seiner Überraschung war er auf der Polizeischule einer der besten Schützen seines Jahrgangs gewesen. Hätte Sterligow ihn und Nelli damals nach Erhalt der Informationen freigelassen oder hingerichtet? Würde er jetzt mit Tommila zusammen frei sein und gehen können, wenn er die Unterlagen übergab? Ratamo versuchte sich einzureden, dass die Situation diesmal ganz anders war als im vorletzten Sommer. Er wusste nichts über Inferno, und es würde Sterligow nichts nützen, wenn er ihn umbrachte. Anders als Holm, die irgendwie in das Inferno-Verbrechen verwickelt war, überbrachte er nur eine Nachricht. Es sei denn, der Mann gab ihm die Schuld an seinem Rauswurf beim SVR. Sterligow musste aber doch einsehen, dass er seinen Misserfolg dem estnischen Killer und Jussi Ketonen zu verdanken hatte. Und wenn nicht?

Plötzlich wurde Ratamo klar, dass er sein Leben für einen wildfremden Millionär aufs Spiel setzte, den seine Kollegen als eigenwilliges, wichtigtuerisches und vorlautes Muttersöhnchen beschrieben? Warum ging er, ohne mit der Wimper zu zucken, bereitwillig das Risiko ein, dass Nelli zur Vollwaise würde? Wäre Marketta imstande, sich um Nelli zu kümmern? Warum hatte er nicht einen Augenblick gezögert, als Ketonen ihm den Auftrag anbot? Versuchte er sich selbst etwas zu beweisen? Seine Angst wuchs, zugleich war er aber stolz auf das, was er vorhatte. Kam dieses erhabene Gefühl daher, dass er sich für einen anderen Menschen in Gefahr begab? Er hatte das Gefühl, so intensiv zu leben wie lange nicht.

Die »Internationale« erklang, und Ketonen meldete sich an seinem Handy. Die estnische Polizei hatte bestätigt, dass der Mann, der bei der versuchten Entführung Tommilas umgekommen war, und der Fahrer des Unfallautos in Diensten der Chinesen standen. Seine Vermutung war also richtig gewesen. Guoanbu hatte den Wettstreit um Tommila gegen Swerdlowsk 5:0 verloren, in Helsinki war das für Sterligow immer noch ein Heimspiel. Er holte die Nortti-Schachtel aus der Hosentasche und schaute seine Mitarbeiter mit hochgezogenen Augenbrauen an. Eigentlich hatte er ja aufgehört zu rauchen, aber zu dem Thema wollte er jetzt keinen einzigen Witz hören.

Ratamo fühlte sich nicht völlig schutzlos, obwohl er Sterligow allein treffen würde. Die SUPO-Mitarbeiter hatten fieberhaft nachgedacht, wie sie ihm folgen könnten. Sie wollten versuchen, das von Sterligow gelieferte Telefon abzuhören, obwohl der behauptet hatte, er würde es bemerken. Dann sollte er beweisen, dass es stimmte. Eine andere Vorsichtsmaßnahme waren die drei hauchdünnen Chips von der Größe einer Pastille, die in seiner Bekleidung versteckt waren und ein Hochfrequenzsignal aussandten. Außerdem würde Loponen versuchen, ihm auf dem Weg zu dem Treffen zu folgen. Wenn überhaupt ein Treffen stattfand. Tommila war es auf unerklärliche Weise gelungen, der SUPO eine kurze E-Mail zu schicken. Der junge Mann wusste nicht, wo er sich befand, aber Piirala und seine Kollegen bemühten sich mit allen Kräften, den Computer zu lokalisieren, den er benutzt hatte. Wenn man Tommila fand, würde Ratamos Einsatz sofort abgebrochen. Es sei denn, Loponen verlor ihn aus den Augen: Dann gäbe es keine Möglichkeit mehr, Kontakt zu ihm aufzunehmen. Die Nortti erlosch zischend im Ketchup. Jussi Ketonen wirkte nach außen ruhig, aber in ihm kochte es. Er schickte einen Anfänger, seinen unerfahrensten Mitarbeiter, den Vater eines kleinen Mädchens, zu einem Treffen mit einem eingefleischten Killer. Und was geschah, wenn Ratamo keinen Erfolg hatte? Er schaute ihm in die Augen und sah einen ehrlichen, aufrichtigen Mann. Der Neuling, der ins Feuer geschickt wurde, schien sich weniger Sorgen zu machen als er. War es an der Zeit, dass er die Aufgaben eines Chefs an Jüngere abtrat?

»Der Arzt hat gesagt, du sollst die mit viel Wasser nehmen.« Ketonen reichte Ratamo einen Plastikbecher, in dem sich ein Dutzend Pillen befand. »Schluck die jetzt.«

Er antwortete stockend auf Ratamos unausgesprochene Frage. »Die sind ... für den Fall, dass du dich verletzt. Sie beschleunigen die Blutgerinnung und so weiter.«

Ratamo knöpfte seinen Wintermantel zu. Die beiden Männer schauten sich mit ernster Miene an und drückten sich fest die Hand.

»So, mein Junge. Vergiss nicht, wo du herkommst«, sagte Ketonen und marschierte hinaus auf den Flur. Riitta Kuurma nahm Ratamos Hand und legte ihren Rosario hinein.

47

Sterligow gab seinen Männern zum Abschied nicht die Hand. Er herrschte durch Angst. Jetzt war alles bereit; bald würde er Arto Ratamo gegenüberstehen.

Der Passat verließ den Parkplatz von IKEA und beschleunigte. In Höhe von Lommila bog Sterligow vom Ring Drei auf die Turunväylä ab, weil sein letztes Telefongespräch lange dauern würde. In Verkkosaari rief er den Leiter der IT-Gruppe an, der sich sofort meldete. Sterligow hatte an seinem Telefon Kopfhörer mit einem Mikrofon befestigt. Er beauftragte seinen Kollegen, dem »Hund« eine E-Mail in den Chatroom II des About-Portals zu schicken. »ICH HABE DAS FEHLENDE STÜCK GEFUNDEN. TREFFEN WIR UNS?«

Der »Hund« würde mit einer Nachricht unter einem Decknamen in verschiedenen Chatgroups reagieren – falls er antwortete. Niemand war imstande, alle Chats im Internet zu überwachen, und seine Nachricht und die des »Hundes« konnten nicht miteinander in Verbindung gebracht werden. Die Kommunikation funktionierte auch, wenn sie kontrolliert wurde, es war fast ausgeschlossen, erwischt zu werden. Der »Hund« hatte geschrieben, dass er die Websites abends mehrmals durchsuchte, in dieser heißen Phase der Operation würde er die Nachricht also möglicherweise schon sehr bald lesen.

Sterligow ärgerte es, dass er wertvolle Zeit opfern musste, um die Bedrohung zu eliminieren, die der »Hund« darstellte. Wie könnte er ihn herauslocken? Darüber hatte er sich lange den Kopf zerbrochen und dann beschlossen zu behaupten, er habe das Passwort in seinen Besitz gebracht. Wenn der »Hund« selbst in die National Bank einbrechen wollte, wäre sein Plan nun in Gefahr.

Er glaubte nicht, dass sich der »Hund« auf ein Treffen einlassen würde. Nach Protaschenkos Tod hatte er weder auf seine Nachrichten noch auf die von Guoanbu geantwortet. Wenn er sich verriet, bedeutete das für ihn unmittelbare Lebensgefahr. Sterligow musste jedoch alles versuchen. Einen Misserfolg würde Orel mit Fentanyl belohnen. Es gab noch eine andere Methode, sein Ziel zu erreichen. Wenn er den »Hund« nicht herauslocken konnte, würde er alle drei Inferno-Verantwortlichen töten. Doch das könnte er erst wagen, wenn er das Passwort besaß. Falls bei der Übergabe der SUPO-Unterlagen etwas schiefging, würde er den »Hund« möglicherweise noch brauchen.

Sterligow fuhr an der Brücke über den zugefrorenen Hiidenvesi und an der Hiidenpirtti vorbei und war allmählich schon sicher, dass er seine Zeit vergeudete, da klingelte das Telefon.

Der »Hund« hatte auf die Nachricht in der Chatbox geantwortet: »TREFFEN OK. WARUM? WO? WANN?« Sterligow schmunzelte. Jetzt war zumindest sicher, dass Tommila nicht der »Hund« sein konnte. Der Verräter war entweder Pauliina Laitakari oder Timo Aalto. Er wunderte sich, dass der »Hund« geantwortet hatte. Täuschte er die Bereitschaft zu einem Treffen nur vor, um Zeit zu gewinnen, oder wollte er überprüfen, ob man ihn belog?

Im Zentrum von Saukkola wendete Sterligow den Passat, er

fuhr zurück in Richtung Helsinki und kratzte sich am Kopf. Die schwarze Haarfarbe reizte die Kopfhaut. Er rief seinen Kollegen an und sagte ihm, er solle dem »Hund« eine E-Mail mit folgendem Text schreiben: »DU BEKOMMST DEIN HONORAR. AUF DER EISBAHN DES SPORTPLATZES VON BRAHE. JETZT SOFORT.« Dann schickte er zwei seiner nicht sehr sanft zupackenden Männer nach Kallio. Sterligow vermutete, dass sie auf dem Sportplatz von Brahe nichts anderes als Eis sehen würden. Irgendetwas war hier faul, das roch er, und der Geruch kam nicht von ihm.

48

Durch den starken Wind wirkte die Kälte noch durchdringender. Ratamo überquerte die Pohjoinen Rautatiekatu, betrat das Foyer des Hotels »Helkka« und nannte seinen Namen.

Der Angestellte an der Rezeption sagte, es sei schon alles bezahlt, und beschrieb ihm dann den Weg zum Wellnessbereich in der obersten Etage. »Viel Spaß. Platz haben Sie jedenfalls genug«, rief der Mann ihm freundlich hinterher.

Die Bemerkung überraschte Ratamo, er hatte angenommen, dass die Saunen, die man für mehrere Stunden reservieren konnte, am Samstagabend proppenvoll wären. Im Umkleideraum zog er sich langsam aus und schaute sich unauffällig um, bemerkte aber nichts Außergewöhnliches. Es war 21.49 Uhr. Die Duschräume und die Whirlpools waren leer. Er schien der einzige Besucher zu sein, und offenbar beobachtete ihn niemand. Plötzlich begriff er, was der Mann an der Rezeption gemeint hatte: Die ganze Saunaabteilung war einzig und allein für ihn reserviert worden. Wie kontrollierte Swerdlowsk, dass er sich an die erteilten Anweisungen hielt? Überwachte man ihn mit Kameras? Ein Gefühl der Unsicherheit beschlich ihn, aber er wollte weitermachen. Die erste große Aufgabe bei der SUPO war die wichtigste. An ein Versagen würde man sich immer erinnern. Beim nächsten Mal wäre es noch schwieriger, erfolgreich zu sein.

Seine Anweisungen hatte er über das gelieferte Handy von einem Mann mit tiefer Stimme und starkem Akzent erhalten. Die Verbindung war dreimal unterbrochen worden, und der Russe hatte wütend gebrüllt, dass Tommila sofort umgebracht würde, wenn die SUPO nicht aufhörte, das Telefon abzuhören. Offensichtlich hatte man getan, was der Anrufer verlangte, denn beim nächsten Telefonat funktionierte alles reibungslos. Ratamo schloss daraus, dass sein erstes Auffangnetz nicht mehr existierte.

Weisungsgemäß saß Ratamo kurz in der Sauna, goss aber reichlich auf, und ging dann unter die Dusche. Warum hatte Ketonen ihn für den Auftrag ausgewählt und nicht einen erfahrenen alten Fuchs? Anscheinend war er der Köder, den man für Sterligow ausgeworfen hatte. Das Wasser floss über sein Gesicht wie die Letzte Ölung. Das Gefühl, ein für die Schlachtung vorbereitetes Opferlamm zu sein, setzte Adrenalin frei. Er musste den Auftrag dennoch ausführen, oder seine Karriere bei der SUPO wäre zerstört, noch bevor sie richtig angefangen hatte. Ganz zu schweigen von seinem Selbstwertgefühl. Andererseits kam es ihm so vor, als würde er Nelli verraten, wenn er sich in Lebensgefahr begab. Dann wurde ihm aber klar, dass er das Versprechen, sich um Nelli zu kümmern, gar nicht seiner Tochter gegeben hatte, sondern sich selbst.

Er war stolz auf seinen Auftrag, hatte Angst und machte sich Sorgen um Nelli. Jetzt musste er das tun, was er offensichtlich am besten konnte: Die Gefühle verdrängen und sich auf die Arbeit konzentrieren. Er drehte den Hahn auf. Das kalte Wasser sorgte für einen klaren Kopf.

Fünf Minuten später kehrte er in den Ankleideraum zurück, schob sich einen Priem unter die Oberlippe und trocknete sich schnell ab. Dann holte er aus der Brusttasche die Inferno-Unterlagen und hielt Riitta Kuurmas Rosenkranz in der Faust. Man hatte ihm klargemacht, dass er nichts mitnehmen durfte, was ihm gehörte. Vielleicht konnte er den Rosario doch behalten, wenn Sterligows Männer überprüften, dass er keinen Sender enthielt.

Er ließ das dicke Frotteehandtuch fallen. Dann schoss ihm der Gedanke durch den Kopf, dass die Übergabeoperation Stunden dauern könnte. Rasch holte er aus seiner Hosentasche die Kautabakdose. Anschließend zog er schnell die viel zu großen Jeans, das Flanellhemd und die Segeltuchjacke an, die Sterligows Männer im Umkleideraum bereitgelegt hatten. Die Inferno-Unterlagen und den Rosario steckte er in die innere Jackentasche, die einen Reißverschluss hatte, und die Dose mit dem General-Kautabak in die Hosentasche.

Die Entführer Tommilas hatten jetzt alle Sender in seiner Bekleidung und auf seiner Haut eliminiert. Auch das zweite Netz, das ihn auffangen sollte, war weg.

49

Simo Tommila stapfte in Unterhosen auf dem stockdunklen Waldpfad durch den kniehohen Schnee. Nachdem er seine Arbeit im Internet erledigt hatte, war ihm eingefallen, dass er in der Nähe des Hauses vielleicht irgendein Fahrzeug finden könnte. Die Chance war gering, das wusste er, aber der Geier hatte ja nicht damit rechnen können, dass er sich aus dem Höllenstuhl befreite. Vielleicht gab es hier eine Garage oder einen Schuppen, vielleicht entdeckte er einen Motorschlitten, ein

Fahrrad oder ein Moped. Seine Angst war so groß, dass er sie nicht mehr unter Kontrolle halten konnte. Selbst wenn der Geier nun glaubte, dass er nicht imstande wäre, ihm das Passwort zu geben, könnte er ihn trotzdem umbringen. Warum sollte er einen Zeugen am Leben lassen?

Der Frost betäubte den Körper und die Sinne. Tommila war froh, dass er seinen ekelhaften Gestank nicht mehr roch. Zum Glück waren durch die dünne Eisschicht auf dem Schnee seine Fußsohlen schon ganz gefühllos geworden. Der nackte Fuß ohne große Zehe hatte ihn am Anfang nur wenig behindert, jetzt wurde der Schmerz schon so heftig, dass er nach jedem Schritt einen Augenblick warten musste. Die Wirkung der Medikamente ließ nach. Er hatte Angst.

Tommila fühlte sich schlapp. Seit dem Mittag hatte er nichts mehr gegessen, zudem zehrten die Furcht und auch der Stress an seinen Kräften. Der Mond und die Sterne beleuchteten den Pfad nur von Zeit zu Zeit, wenn sich in dem dichten Wolkenvorhang eine Lücke auftat. Bis zur nächstgelegenen Straße und bis zu einem Ort, wo er in Sicherheit wäre, mussten es noch Kilometer sein.

Plötzlich sah er, wie der Lichtkegel eines Autos noch weit von ihm entfernt die völlige Dunkelheit durchbrach. Das Auto kam näher und blieb schließlich vor einem kleinen Schuppen stehen. War der Geier zurückgekehrt? Er hatte den Schmerz umsonst ertragen. Sollte er sich ducken und warten, bis der Geier in die Hütte ging, und dann zur Straße stürzen? Wie viel Zeit bliebe ihm, bis der Mann ihn verfolgte. Ein paar Minuten? Er würde es auf keinen Fall schaffen, sich rechtzeitig in Sicherheit zu bringen. Das nächste Haus war viel zu weit entfernt. Auf einer offenen Schneefläche oder im Wald würde er schnell eine Hypothermie erleiden.

Er kehrte um und lief zurück zur Hütte. Den Rückweg

musste er schneller hinter sich bringen. Er trat in seine alten Fußspuren und biss die Zähne zusammen, als sich die pulsierenden Schmerzwellen verstärkten. Würde der Geier im Dunkeln bemerken, dass noch eine Fußspur mehr von der Hütte weg führte? Mehrmals hätte er vor Schmerzen beinahe geschrien, bis er endlich die Tür erreichte.

Jemand stieg aus, und Tommila hörte, wie etwas auf den Wagen gezogen oder geworfen wurde. Wenn er doch ein Auto ohne Zündschlüssel genauso geschickt starten könnte wie junge Kriminelle. Er hörte Schritte.

Sterligow entschloss sich, seine Ausrüstung zu überprüfen, bevor Ratamo kam. Er entsicherte seine Sig Pro-Pistole und vergewisserte sich, dass der Lademechanismus funktionierte. Dann schaute er durch das Nachtsichtgerät der Marke Night Falcon. Es war an einem Plastikring befestigt, der auf dem Kopf saß wie ein Hut. Die Hütte war deutlich vor dem grünen Hintergrund zu erkennen. Das Nachtsichtgerät nutzte Infrarotlicht und die Wärme des Objekts. Anders als ein Dämmerungsfernglas, das nur das vorhandene Restlicht verstärkte, funktionierte das Nachtsichtgerät auch im Stockfinsteren und konnte eine dunkle Gestalt vor einem dunklen Hintergrund erkennen.

Tommila wischte sich den Schnee von den Füßen, schloss die Tür, humpelte in den Keller und sank auf die Folterbank. Das orangefarbene Licht umzingelte ihn wie in einem Alptraum. Er zog die Riemen um die Fußgelenke fest, denn er wagte es nicht, alle Riemen offen zu lassen, möglicherweise würde sich der Geier wundern, wenn er keine einzige Schnalle sah. Als der Gürtel um die Hüften befestigt war, legte er den Riemen, den er durchgebissen hatte, um sein linkes Handgelenk und versteckte die Schnalle darunter. Oben ging die Tür. Er versuchte den Riemen auf der Stirn an dieselbe Stelle zu schieben wie vorher. Doch der Riemen saß so straff, dass er ihn nicht über den Kopf ziehen konnte. Der Geier polterte schon im Obergeschoss herum, als er den Gürtel und die Riemen der Fußgelenke hastig öffnete, um den Stuhl herum ging, die Schnalle des Stirnriemens öffnete und ihn um ein Loch weiter machte.

Tommilas Puls hämmerte wie ein Technobeat. Ihm fiel ein, dass bei einem Igel das Herz dreihundert Mal in der Minute schlug, und er wünschte sich, so eine Stachelkugel zu sein, die sich im Schutz ihres Nestes zusammenrollte. Rasch befestigte er den Gürtel um die Hüften und die Riemen um die Fußgelenke, zog den Riemen an seiner linken Hand straff und legte den Stirnriemen um. Auf der Treppe waren schon Geräusche zu hören. Er drehte den Kopf hin und her, damit der Riemen bis in die Mitte der Stirn rutschte, doch der saß immer noch zu straff, und der Geier war kaum mehr ein paar Meter entfernt. Er stieß den Kopf mit aller Kraft gegen den Riemen, so dass der noch ein Stück weiter glitt.

»Wie geht es dem Gefangenen? Ich habe gute Nachrichten. In Kürze bekomme ich das Passwort von der Sicherheitspolizei. Ich brauche Sie nicht mehr zu foltern. Sie dürfen gemeinsam mit einem SUPO-Mitarbeiter sterben, auch wenn Sie nicht der ›Hund‹ sind.«

Tommila öffnete die Augen einen Spalt. Der Geier schaute ihn an, reagierte aber nicht auf die Position des Stirnriemens. Als er ihm den Rücken zukehrte, drehte er seine rechte Hand so, dass er die Schnalle unter dem Handgelenk verstecken konnte. Für einen Augenblick fühlte er sich erleichtert, der Geier schien nicht bemerkt zu haben, dass er sich gesäubert hatte. Ein paar Haare waren unter dem Stirnriemen geblieben, aber er wagte nicht mehr, den Kopf zu drehen. Er saß still auf der Folterbank wie eine Laus im Schorf, tat so, als schliefe er und versuchte zu verstehen, was der Geier gerade gesagt hatte. Er würde sterben. Zusammen mit einem SUPO-Mitarbeiter. Aber er durfte nicht sterben. Nicht jetzt, wo alles Erforderliche schon getan war. Er konnte sich nicht beherrschen, als wäre ein Damm gesprengt worden, brachen die Tränen und ein Wolfsgeheul aus ihm hervor.

Russische Flüche hallten von den nackten Betonwänden des Kellers wieder, Sterligow schlug Tommila ins Gesicht, dass es klatschte, und befahl, der Jammerlappen solle aufhören zu heulen, sonst werde er seine Zunge verlieren. Das Geschrei verstummte.

Tommila schnappte nach Luft, schluchzte ein paarmal und hörte dann auf zu weinen. Vielleicht gab es für ihn noch Hoffnung. Vielleicht würde die SUPO ihn retten. Dann begriff er, dass er für den Geier ein Tauschobjekt war und nötigenfalls ein lebender Schutzschild im Kugelhagel, und ihm entfuhr ein kurzes Wimmern. Sterligow holte aus der Tasche des Schafspelzmantels die Pillendose und steckte sich zwei Methadon in den Mund. Der Gefangene brauchte sie nicht mehr. Sterligow fühlte sich nicht gestresst, aber die Ungewissheit machte ihn unruhig. Er war daran gewöhnt, dass die Dinge so abliefen, wie er es wollte. Alle Dinge. Doch jetzt gab es in seinen Plänen einen Unsicherheitsfaktor: den »Hund«. Der könnte ihm zuvorkommen und die National Bank ausrauben. Natürlich überwachten seine Männer Wiremoney ständig. Sollte es geschlossen werden, hatte der »Hund« zugeschlagen.

Der Zigarrenrauch schwebte wie eine Wolke in der kalten Luft. Sterligow versuchte sich zu beruhigen und schaute auf die Uhr. Es war kurz vor zehn. In ein paar Stunden würde er verschwinden wie Atlantis und irgendwo in einer warmen Gegend mindestens eine Woche ausruhen. Beispielsweise in der Karibik. Auf Antigua gab es alles, was die Natur zu bieten hatte. Und was man mit Geld bekommen konnte. Doch jetzt war erst ein kurzes quälendes Warten an der Reihe, und anschließend ein paar Hinrichtungen, die er genießen könnte. Seine Helfer würden Ratamo in die Hütte bringen, sobald sie sich vergewissert hatten, dass der Mann sauber war und ihnen niemand mehr folgte. Ratamo würde mit Tommila zusammen sterben. Und wenn dann noch der »Hund« auf die Eisbahn von Brahe käme, wäre alles an seinem Platz. Sollte der Verräter nicht erscheinen, würden alle Inferno-Verantwortlichen liquidiert, sobald seine Experten die Echtheit des Passwortes bestätigten, das Ratamo gebracht hatte. Anna-Kaisa Holm stellte für den Raub keine Bedrohung mehr dar. Zu gegebener Zeit würde man sie finden und töten.

Sterligow wusste, dass er viel riskierte, aber er hatte keine Alternative. Außer dem Abbruch der Operation. Das würde ihm Orel nicht verzeihen.

Und er wollte in den Augen von Finnen nie wieder als Verlierer dastehen.

50

Eine Gruppe von Teenagern zog vor dem Hotel »Helkka« an Ratamo vorbei in Richtung Hietaniemi, in ihren Plastikbeuteln klirrte es. Mussten die Minderjährigen auch heutzutage noch bei dem Frost draußen bibbernd herumstehen, wenn sie sich Mut für den Abend antranken, fragte sich Ratamo verwundert.

Er ging auf der Fredrikinkatu zur nahe gelegenen Metrostation Kamppi, fuhr bis zur Endstation Ruoholahti, wartete einen Augenblick auf dem Bahnsteig und stieg dann in den Zug nach Osten ein. Trotz des Frostes waren am Samstagabend noch viele Leute unterwegs.

Das Handy klingelte kurz vor dem Bahnhof Kaisaniemi;

man befahl ihm, in den Zug umzusteigen, der in die entgegengesetzte Richtung fuhr. Wie konnte der Anrufer wissen, dass die Metrozüge in Kaisaniemi zur gleichen Zeit hielten? Innerhalb der nächsten Viertelstunde musste er noch zweimal auf verschiedenen Bahnhöfen in der gleichen Weise den Zug wechseln. Schließlich erhielt er die Anweisung, in Hakaniemi auszusteigen, mit dem Aufzug allein nach oben zu fahren und während der Fahrt den Notschalter zu betätigen.

Auf dem Fußboden des Fahrstuhls lag ein Bündel Sachen. Ratamo setzte eine Brille mit breitem Gestell auf, zog einen langen grauen Übergangsmantel an und drückte sich einen schwarzen Schlapphut auf den Kopf. Er schaute den Mann an, der ihn aus dem Spiegel des Aufzugs anstarrte, und lächelte unwillkürlich. Niemand würde ihn auf den verschwommenen Bildern der Überwachungskameras erkennen. Er legte den Notschalter wieder um und trat hinaus, als sich die Türen öffneten. Es war genau 23.00 Uhr.

Loponen hatte ihm ganz sicher nicht folgen können, jedenfalls nicht so, dass es die Entführer Tommilas nicht bemerkt hätten. Auch das dritte, das letzte Auffangnetz war verschwunden.

Er war wieder allein auf dem Weg zu einem Treffen mit Igor Sterligow. Jetzt spürte er die Angst ganz tief in seinem Inneren. Er ging unbewaffnet und freiwillig zu einem kaltblütigen Killer. War er mutig oder dumm?

Ratamo zuckte zusammen, als das Telefon klingelte. Er bekam die Anweisung, bis zum Ende des Sinebrychoff-Parks an der Iso-Roobertinkatu zu gehen und in einen grünen Peugeot Kombi einzusteigen.

Irina kannte den Trick der Männer von Swerdlowsk, mit dem sie ihre Beschatter abschüttelten. Sterligow hatte ihn ihr beigebracht. In vier Helsinkier Metro-Stationen konnte man zum Umsteigen nicht einfach nur quer über den Bahnsteig gehen. Auf den Bahnhöfen von Ruoholahti, Sörnäinen und Kaisaniemi musste man zum Zug in die andere Richtung die Rolltreppe benutzen, und in Itäkeskus gelangte man nur außen herum auf den anderen Bahnsteig. Auf diesen Stationen hatten die Männer von Swerdlowsk kontrolliert, dass niemand anders außer Ratamo umstieg. Über ihre Kehlkopfmikrofone hatten sie die Position der Züge ihrem Kollegen mitgeteilt, der mit Ratamo im selben Zug, aber in einem anderen Wagen fuhr. Der rief Ratamo an und gab ihm den Befehl umzusteigen, als er hörte, dass die Züge zur gleichen Zeit auf einem leicht zu überwachenden Bahnhof hielten.

Irina brauchte Ratamo nicht nachzugehen. Sie war dem Mann gefolgt, der mit Ratamo zusammen im selben Zug fuhr, bis die Umsteigemanöver aufhörten. Auf den Bahnsteigen hatte sie die Männer von Swerdlowsk leicht erkannt. Sie war sich ziemlich sicher, dass man sie nicht bemerkt hatte, und absolut sicher, dass die Leute von der SUPO nicht imstande gewesen waren, Ratamo zu folgen. In den Metro-Wagen befanden sich keine Überwachungskameras, und auf den Bahnsteigen hatten die Männer von Swerdlowsk die Linsen der Überwachungskameras zugesprayt, kurz bevor Ratamo gefilmt werden konnte.

Es war auch gefährlich gewesen, dem Mann, der Ratamo beschattete, auf den Fersen zu bleiben, denn der hatte in seiner Ausbildung gelernt, wie er Leute erkennen konnte, die ihm folgten. Doch am Samstagabend waren die Metro-Wagen zum Glück voller Menschen, die in Restaurants gehen wollten oder aus der Stadt zurückkehrten. Außerdem hatte Irina ihre Haare mit abwaschbarer Farbe blondiert, zu einem Pferdeschwanz gebunden und sich nicht geschminkt. Mit der Goretex-Jacke und dem Rucksack auf dem Rücken sah sie aus wie eine finnische Studentin.

Als sie Ratamo erblickte, der mit seinem Filzhut in Hakaniemi auf die Metro wartete, wusste sie, was das bedeutete: Sterligows Männer waren nun sicher, dass ihm niemand mehr folgte.

Jetzt konnte sie zuschlagen.

Ratamo stieg in Kamppi aus und sah, wie zwei Männer einer Wachfirma die unterhalb der Decke angebrachte Überwachungskamera überprüften. Er lief in Richtung Sinebrychoff-Park. Die frische Luft und die vertraute Gegend stärkten seine Entschlossenheit.

Auf der Kalevankatu, am Holzgebäude des Schulmuseums, hörte Ratamo hinter sich plötzlich eilige Schritte, die näher kamen, er drehte sich um und sah ein paar Meter vor sich eine blonde junge Frau mit einer Waffe in der Hand. Noch ehe Ratamo etwas tun konnte, hatte sie ihn schon am Hals gepackt und stieß ihm den Lauf der Waffe ins Genick. Der Filzhut und die Brille flogen zu Boden. Die Angreiferin drückte seinen Kopf so heftig nach hinten, dass er vor Schmerz aufschrie. Die Angst breitete sich in ihm aus wie Tinte im Wasserglas. Ratamo sah auf der anderen Straßenseite eine betagte Frau. Er überlegte einen Augenblick, ob er um Hilfe rufen sollte, begriff aber sofort, dass die Greisin ihm nicht helfen konnte.

»Gib mir ganz ruhig die Unterlagen«, sagte die Angreiferin in schlechtem Finnisch. Ratamo dachte fieberhaft nach. Die Frau konnte keine Helferin Sterligows sein. Was für einen Sinn hätte es gehabt, die Beschatter mit soviel Aufwand abzuschütteln und ihn dann auf offener Straße zu überfallen. Er konnte das Risiko nicht eingehen, dass Sterligow die Unterlagen nicht bekäme. Dann würde es Tommila schlecht ergehen. Das Adrenalin spülte die Angst weg.

»Wohin soll ich gehen?«, zischte Ratamo. Nur Sterligows Bote kannte die Antwort. Die Frau stieß den Lauf der Waffe noch einen Zentimeter tiefer in sein Genick, und er schrie auf. Eine Antwort kam nicht. Ratamo tat so, als würde er ihrem Befehl gehorchen, schob die linke Hand zur Innentasche des Mantels, zog sie rasch zurück und setzte die Bewegung mit aller Kraft bis nach hinten fort. Als sein Ellbogen mit voller Wucht das Kinn der Frau traf, bückte er sich, griff nach ihrer Hand, mit der sie die Waffe hielt, und drehte sie um. Die Pistole flog in einen Schneehaufen auf dem Fußweg, zwei Meter von der Frau und noch weiter von Ratamo entfernt. Eine Oma öffnete gerade die Haustür des nächstgelegenen Wohnhauses. Ratamo spürte, wie ihm die Magensäure in den Mund stieg. Er traf seine Entscheidung und stürmte durch den Schneematsch auf die Oma zu. Als er sich umschaute, griff die Frau schon nach der Pistole. Ein Schuss war aber nicht zu hören. Er erreichte den Hauseingang.

Die alte Frau hätte fast der Schlag getroffen, als Ratamo sie beiseiteschob und nach dem Schlüsselbund griff, das im Schloss steckte. Er nahm die Schlüssel mit, machte die Haustür hinter sich zu und rannte die Treppen hinauf. Diese Gegend und ihre Gebäude kannte er gut: Ein paar Freunde aus seiner Kindheit hatten hier gewohnt.

Als Ratamo die Hälfte der Treppen hinter sich hatte, hörte er, wie unten im Hausflur Glas splitterte. Seine Verfolgerin war im Treppenhaus. Nach der vierten Etage endete die Treppe an einer Stahltür, die zum Dachboden führte. Die Schritte hinter ihm wurden lauter, als er den ersten Schlüssel probierte. Sein Herz hämmerte ihm in den Ohren wie eine Bongotrommel, und die Hände zitterten. Der zweite Schlüssel passte nicht. Und der dritte auch nicht. Er warf einen Blick über die Schulter und sah kurz den blonden Pferdeschwanz neben dem

Treppengeländer in der vierten Etage. Der vierte Schlüssel passte. Er zog die Tür hinter sich zu und tastete im Dunkeln nach dem Lichtschalter. Sollte er über das Handy Sterligow oder die SUPO um Hilfe bitten? Den Gedanken verwarf er sofort wieder. Damit würde er nur wertvolle Sekunden vergeuden. Die Frau wäre mit den Unterlagen längst über alle Berge, bis Hilfe eintreffen würde.

Die Lampe ging an, seine Verfolgerin rüttelte an der Tür, und Ratamo schaute sich im spärlichen Licht um. Er lief ein Stück weiter und fand, was er suchte. Die etwa zwei Meter lange Leiter endete an einer Dachluke aus Aluminium. In seiner Kindheit war es eines der spannendsten Spiele der Jungs gewesen, trotz elterlicher Verbote auf den Dächern herumzuklettern. Er zog den Mantel aus, stieg die Leiter hinauf und öffnete die Dachluke. Sie war mit einer Eisenkette am Rahmen befestigt, damit sie nicht hinunterrutschte und auf die Straße fiel. Das Dach hatte eine starke Neigung und war hier und da mit Schnee bedeckt. Er setzte den Fuß auf das Blech, es war glatter als eine Teflonpfanne. Vorsichtig richtete er sich auf und schloss die Luke von außen, in dem Moment war an der Tür ein Schuss zu hören. Die Frau versuchte, das Schloss aufzuschießen.

Beim Blick hinunter hatte er das gleiche Gefühl im Magen wie damals als junger Bursche. Schornsteinfeger und Leute, die den Schnee entfernten, benutzten Gurte, wenn sie auf dem Dach arbeiteten, aber Ratamo musste sich mit den Tritten begnügen, von denen viele vereist waren. Er hatte keine Zeit, auf allen vieren zur nächsten Bodenluke auf dem Dach nebenan zu klettern, er musste schnell vorankommen. Wie viel Zeit würde vergehen, bis der Frau klar wurde, dass er aufs Dach gestiegen war? Würde sie schießen? Wenn er abstürzte, bekäme sie die Unterlagen vielleicht nicht. Oder würde sie es riskieren, in der Hoffnung, dass er nicht hinunterfiel, sondern auf dem Dach liegen blieb?

Ratamo trat rasch von einem Trittrost auf den nächsten, den Blick auf die Füße geheftet. Der Wind pfiff ihm um die Ohren, aber er hörte nur das hämmernde Geräusch seines Pulses. Plötzlich erklang hinter ihm ein metallisches Knirschen. Er blieb stehen und sah, wie die Dachluke geöffnet wurde. Sofort beschleunigte er sein Tempo und eilte jetzt im Laufschritt über das Dach. Die Farbe des Bleches wurde heller, er hatte also das Dach des nächsten Gebäudes erreicht. Er hob den Kopf, um zu sehen, wie weit die rettende Luke entfernt war, verfehlte dabei den Dachtritt, rutschte aus und fiel mit dem Bauch auf das Blech, dass es krachte. Seine Füße fanden auf der glatten Fläche keinen Halt. Fast wäre er ins Leere gestürzt, wenn er nicht im letzten Moment unter seiner Hand einen Tritt gefühlt hätte, an dem er sich mit aller Kraft festklammerte. Das Blut wich ihm aus dem Kopf. Wenn er nur ein paar Zentimeter weiter getaumelt wäre, hätte er dasselbe Schicksal erlitten wie Protaschenko.

Ratamo zog sich auf die Trittroste zurück und rannte gebückt zu der nur noch ein paar Meter entfernten Luke. Als er nach ihrem Griff fasste, sah er, dass die Frau aus zwanzig Meter Entfernung auf ihn zielte, und schaute dem Tod ins Auge.

Die Zeit schien stehenzubleiben. Ein Finger wurde gekrümmt, und alles war zu Ende. Ihre Blicke trafen sich. Irgendwie spürte Ratamo, dass die Frau nicht schießen würde. Er zog die Luke auf und stieg vorsichtig auf die Leiter. Eine Frau, der er nie begegnet war, hatte seinem Leben eine Verlängerung gewährt. Zu seiner Überraschung hatte er das Gefühl, seiner Verfolgerin Dank zu schulden.

Die Panik ließ jedoch noch nicht nach. Die Frau hatte wahrscheinlich nicht geschossen, weil sie dann gezwungen gewesen wäre, seine Taschen mitten auf einer verkehrsreichen Straße zu untersuchen. Vermutlich wollte sie ihn in dem Haus abfangen.

Ratamo stürzte zur Tür des Dachbodens, raste die Treppen hinunter und stürmte auf den Innenhof hinaus. Eine niedrige Ziegelmauer trennte die Höfe der Häuser voneinander. Er kletterte über die Mauer und raste durch den nächsten Torweg auf die Abrahaminkatu. Der Frau würde nicht sofort klar werden, dass er hier war. Er sprintete auf der Straße bis zum Bulevardi, rannte zur Albertinkatu und von dort auf die Iso-Roobertinkatu. Dann blieb er stehen, beugte sich vor und schnappte nach Luft.

Als er wieder ruhiger atmen konnte, bemerkte er, dass er vor dem Wohnhaus seines ehemaligen Schuldirektors stand. Eine absurde Erinnerung tauchte auf. Er und Himoaalto hatten in der neunten Klasse in Eiswürfelbeutel uriniert, das Ganze eingefroren und dem Schuldirektor die Pisswürfel in den Briefkasten geworfen. Die Rache dafür, dass sie nicht zu einem Eishockeyspiel fahren durften, war Himoaaltos Idee gewesen, aber erwischt hatte man nur ihn.

Er hörte das klopfende Geräusch eines Dieselmotors, sah am westlichen Ende der Straße den Peugeot Kombi und stieg ein.

Der Fahrer kannte die Adresse.

51

Der dunkelhaarige Mann um die Dreißig in dem Peugeot hielt auf einem schmalen, stockfinsteren Waldweg an und befahl Ratamo auf Englisch auszusteigen. Sie waren am Zentrum von Nurmijärvi vorbei und dann noch ein ganzes Stück auf kleinen Straßen und Schleichwegen in Richtung Norden gefahren. Das nächstgelegene Haus musste mehr als einen Kilometer entfernt sein, nahm Ratamo an. Dennoch war Helsinki noch ziemlich nah, kaum dreißig Kilometer weit weg. Wie könnte er Ketonen seine Position mitteilen? In einer halben Stunde wäre die SUPO hier.

Auf dem Weg hierher hatten sie irgendwo in Nord-Vantaa an einer verlassenen Kiesgrube angehalten, und Ratamo musste sich ausziehen. Es war erniedrigend gewesen, als der Mann im hellen Licht der Halogenscheinwerfer des Autos jeden Winkel seines nackten Körpers untersucht und auch mit einem Scanner geprüft hatte. Ratamo kannte das Gerät »Bodysearch«, er hatte es bei der SUPO gesehen. Sein Röntgenstrahl mit geringer Leistung drang ein paar Millimeter unter die Haut und fand dort versteckte Sender. Schließlich hatte sich Ratamo wieder neue Sachen anziehen müssen. Der Fahrer bekam einen Wutanfall, als er in dem ausgezogenen Mantel und der Hose neben den Unterlagen auch Riitta Kuurmas Rosario und die Kautabakdose fand. Er hatte sich aber wieder beruhigt, als sich herausstellte, dass darin kein Sender versteckt war. Den Rosenkranz und den Kautabak hatte er in die Kiesgrube geworfen und Ratamos Proteste ignoriert. Das Telefon von Sterligow landete im Handschuhfach. Alle Details waren sorgfältig geplant, jedes Risiko eliminiert.

Im Laufe der Nacht hatte der Frost zugenommen. Der Atem dampfte, und die tagsüber geschmolzene oberste Schneeschicht war vereist und knirschte, als die beiden Männer auf dem Waldweg durch die Dunkelheit stapften. Der Fahrer lief hinter Ratamo, in einer Hand hielt er seine Waffe, in der anderen eine Taschenlampe.

Während der Fahrt hatte Ratamo fieberhaft nachgedacht, wer hinter dem Überfall im Zentrum stecken könnte. Der Mann von Swerdlowsk hatte nichts dazu gesagt, sondern nur gefragt, wie die Frau aussah. Ratamo tippte auf die Chinesen, aber weshalb war der Versuch so dilettantisch gewesen. Warum sollte Guoanbu ihm eine Frau hinterherschicken und kein erfahrenes Kommando? Der Vorfall hatte jedoch auch bestätigt, dass es Sterligows Männern gelungen war, Loponen abzuschütteln. Er war jetzt allein wie ein Steppenwolf.

Als er sich nach dem Überfall retten konnte, hatte er für eine Weile die Angst vergessen, aber jetzt packte sie ihn erneut wie ein Migräneanfall. O verdammt, auf was für einen Wahnsinn hatte er sich da eingelassen? Er war auf dem Weg in den sicheren Tod; zu einem Mann, der vor anderthalb Jahren seine Tochter entführt hatte und jetzt Tommila gefangen hielt. Würde Sterligow ihn und Tommila freilassen, wenn er die Unterlagen bekommen hatte? Sein Instinkt warnte ihn. Irgendetwas stimmte hier nicht. Die Angst in ihm war wie ein schwarzer Klumpen, der immer größer wurde. Er musste sich etwas einfallen lassen.

Die Hütte tauchte erst aus der Dunkelheit auf, als sie schon fast davor standen. Der Fahrer hämmerte mit der Faust ein paar Klopfzeichen gegen die klapprige Holztür und bedeutete Ratamo dann mit der Pistole hineinzugehen. In der Hütte war es dunkel, nur von der Treppe her, die nach unten führte, schimmerte orangefarbenes Licht. Dorthin stieß der Mann Ratamo.

»Willkommen. Die Umstände, unter denen wir uns treffen, sind wieder bedauerlich«, sagte Sterligow und lächelte herablassend. Er stand mit der Pistole in der ausgestreckten Hand neben Tommila wie ein Großwildjäger, der seine Beute präsentierte. Dann sagte er seinem Helfer etwas auf Russisch, und der reichte ihm die Unterlagen. Sie wechselten ein paar Worte, Sterligow warf einen Blick auf die Dokumente und gab sie dem Mann zurück.

Für einen Augenblick sah Ratamo nichts anderes als Sterligows Gesicht. Die Narbe war abstoßend, die Verletzung musste sich der Russe bei der Explosion in Hernesaari zugezogen haben. Seinetwegen. Ratamos Angst nahm noch zu und vermischte sich mit Abscheu. Sterligows gleichgültiges, stolzes, hageres Gesicht war ihm in seinen Alpträumen allzu oft erschienen. Die schwarz gefärbten Haare ließen ihn noch kränker aussehen. Das Kellerloch im orangenen Licht kam ihm vor wie der Vorhof zur Hölle. Die Erinnerung an die Explosion und an den Moment, als er geglaubt hatte, Nelli sei tot, ließ ihn nach Luft schnappen. Reiß dich zusammen, befahl er sich. Er musste etwas tun, und zwar jetzt, bevor Sterligow seine Entscheidung traf.

Ratamos Blick wanderte zu Simo Tommila, verdutzt und bestürzt betrachtete er den jungen Mann in Unterhosen, der an einen massiven Stuhl gefesselt war. Der blutige Stumpf am rechten Fuß, wo die große Zehe gewesen war, sah widerlich aus, und der Mann stank wie ein Plumpsklo an einem heißen Sommertag. Tommila schaute ihn an und bekam ein kurzes klägliches Lächeln zustande. Seine Augen wirkten glasig, und er zitterte vor Kälte. Nackt sah Tommila noch jünger aus als auf den Fotos. Ratamo empfand tiefes Mitgefühl, aber dann stiegen Wut und Hass in ihm hoch und verdeckten alle anderen Empfindungen. Er machte einen Schritt auf Sterligow zu, der gelassen die Waffe auf ihn richtete.

Sterligow zog einen wackligen Stuhl in die Mitte des Kellers und befahl Ratamo, sich zu setzen. Der Fahrer band seine Handgelenke an die Stuhllehne. Die Schnur grub sich tief in seine Haut. Dann gab Sterligow seinem Helfer neue Anweisungen, und der Mann verschwand schnell auf der Treppe.

Ratamo spürte, wie es in ihm brodelte. Wie konnte jemand einem anderen Menschen so etwas antun? Wie hatte der junge Mann die Folter ausgehalten? Tommila tat ihm leid, aber er empfand auch eine Art Erleichterung, dass man den jungen

Mann wenigstens nicht seinetwegen gequält hatte. Oder doch? Vielleicht wollte sich Sterligow über Tommila an ihm rächen? Er hatte einen gallebitteren Geschmack im Mund.

Sterligow war zufrieden. Auch der »Hund« würde schon sehr bald sterben. Der Doppelverräter war nicht auf die Eisbahn in Brahe gekommen. Vermutlich hatte der Renegat die Gefahr geahnt. Sobald seine Computerprofis die Echtheit des Passworts bestätigten, würden alle Inferno-Verantwortlichen liquidiert.

Jetzt besaß er alles, was er zum Einbruch in Wiremoney benötigte, das einzige, was ihm vielleicht fehlte, war Zeit. Könnte es ein Fehler gewesen sein, Verbindung zum »Hund« aufzunehmen? Hatte er ihn dadurch alarmiert und dazu gebracht, selbst in Wiremoney einzubrechen? Wer würde diesen Wettlauf gewinnen?

Sterligow trat vor Ratamo hin. »Bedauerlicherweise müssen wir eine Weile warten. Ich kann Sie nicht liquidieren, bevor ich nicht die Bestätigung erhalte, dass Sie die richtigen Unterlagen gebracht haben. Ich bedaure es, dass ich gezwungen bin, Sie zu erschießen, also auf eine sehr phantasielose Weise zu töten, aber für eine stilvollere Methode fehlt mir die Zeit. Ich kann Ihnen jedoch versichern, dass Ihr Freund Timo Aalto für Sie mitleiden wird.« Er zog den Hocker weiter weg von Tommila, so dass die Stühle ein Dreieck bildeten, setzte sich hin und heftete den Blick auf Ratamo. Die Pistole, die auf seinem Knie lag, zeigte auf Ratamos Stirn.

Tommila stöhnte. Die Schmerzen waren kaum mehr zu ertragen, sein Fuß schien in Flammen zu stehen. Er bat den Geier um ein Medikament, aber die Antwort war nur ein Schnaufen. Tommila holte tief Luft, er musste noch eine Weile durchhalten. Jetzt waren sie zu zweit. Jetzt hatten sie gegen den Geier eine Chance. Der SUPO-Mann wusste garantiert, was in derartigen Situationen zu tun war. Er durfte sich jetzt nicht in seine Gedankenwelt zurückziehen. Sonst jederzeit, aber nicht jetzt. Der Plan war ausgeführt. Falls er das hier überleben würde, lägen alle Puzzlestücke des Lebens an der richtigen Stelle. Er würde nie überführt werden, wenn der Geier starb. Auch deshalb musste er es wagen. Nur seine Fußgelenke waren gefesselt. Wie könnte er das dem SUPO-Mann klarmachen? Ihm fiel ein, dass Pinocchio auf Finnisch Holzauge hieß.

Ratamo wäre vor Wut fast geplatzt. Er schloss die Augen, atmete tief durch und versuchte sich zu beherrschen. Er war Vater eines kleinen Mädchens. Und Polizist. Auch das Leben anderer hing davon ab, was er tun würde. Er musste an Himoaaltos Familie denken. Wie zum Teufel konnte er so naiv sein, anzunehmen, dass ein Psychopath sein Leben verschonen würde? Er hätte sich nicht auf einen Ringkampf mit einem Schwein einlassen dürfen, dabei wurden beide schmutzig, aber der Sau gefiel das. Warum hatte Ketonen ihn hierher geschickt? Was sollte er tun? Fiel ihm irgendetwas ein? An den Stuhl gefesselt, hätte er kaum eine Chance gegen einen bewaffneten Killer, obwohl er seine Beine frei bewegen konnte und der Stuhl ziemlich leicht aussah. Doch er war nicht sicher, ob er Sterligow selbst bei vertauschten Rollen ausschalten könnte. Aber irgendetwas musste er unternehmen, sonst würde man ihn und den jungen Mann abschlachten wie vom Rinderwahnsinn befallene Kühe.

Ratamo warf einen Blick auf Tommila und bemerkte, dass der mehrmals seine Augenlider öffnete, als wollte er ihn auf etwas aufmerksam machen. Er schaute sich in dem Raum um, was versuchte der Mann ihm zu sagen?

52

Am Taxistand auf dem Erottaja krakeelten ein paar Betrunkene. Die gutgekleideten Männer sahen nicht so aus, als würden sie handgreiflich werden, also bot Irina Iwanowa dem Trio einen Fünfhundert-Mark-Schein an, für den Fall, dass sie das erste Taxi, das kam, nehmen dürfte. Der Anblick der schönen Frau, die Finnisch mit russischem Akzent sprach, löste den Männern sofort die Zunge, und sie überschütteten Irina mit immer phantasievolleren Angeboten, die sie sich anhören musste, bis endlich ein Taxi vorfuhr. Zum Glück gaben sich die Männer mit dem Fünfhunderter zufrieden.

Irina setzte sich in den Mercedes und zischte dem Fahrer die Adresse zu. Alles war total schiefgelaufen, obwohl sie dem Ziel schon so nahe gewesen war. Sie hatte Ratamo zu lange gesucht, der war sicher schon bei Sterligow. Falls sie es überhaupt wagte weiterzumachen, musste sie den Psychopathen jetzt hinters Licht führen. Irina war nicht sicher, ob sich das lohnte: Ratamo hatte sie gesehen und würde zusammen mit der alten Frau auf der Kalevankatu gegen sie aussagen. Andererseits war es unwahrscheinlich, dass Ratamo am Leben blieb: Irina kannte Sterligows Gefühle für den Mann. Sie schaute auf ihre Uhr. Spätestens in sechs Stunden musste sie der SUPO die ausgewählten Einzelheiten des Inferno-Verbrechens mitteilen, sonst würde Tang begreifen, dass sie eine Verräterin war. Hatte sie noch genug Zeit, sich das Passwort zu beschaffen und zu fliehen? Am meisten Angst hatte sie jedoch davor, Sterligow herauszufordern. Sie beschloss, eine kalte Dusche zu nehmen und einen Drink und dann genau zu überlegen, was sie tun sollte. Wenn man unter Stress stand, durfte man nichts überstürzen.

Um Mitternacht gab es auf den Straßen nur wenig Verkehr,

Irina war schnell zu Hause. In der Lauttasaarentie bezahlte sie das Taxi mit einem Hundert-Mark-Schein und wartete nicht auf das Wechselgeld. Sie lief mit großen Schritten die Treppe hinauf in die erste Etage und suchte den Schlüssel. Jacke, Rucksack und Schuhe landeten im Flur auf dem Fußboden.

Plötzlich roch sie etwas. Der Duft war ihr vertraut, aber sie wusste nicht woher. Sie nahm an, dass er sie an irgendetwas in Russland erinnerte, schob diese Gedanken dann aber beiseite. Jetzt gab es Wichtigeres zu tun.

Der Lichtschalter im Schlafzimmer knackte, und Irina schrie vor Angst auf, als sie in dunkle Augen schaute, die sie aus kürzester Entfernung anstarrten. Sie konnte noch ihre Hände ein Stück heben, dann spürte sie einen Stich in der Brust. Mit angstverzerrtem Gesicht blickte Irina nach unten. Die Injektionsspritze steckte genau in Herzhöhe. Der Kolben war durchgedrückt: Das Gift befand sich schon in ihrem Blut.

»Schönen Gruß von Igor.« Das waren die letzten Worte, die Irina Iwanowa hörte.

53

In Aino und Johannes Tommilas gemütlichem Holzhaus, das in der Nachkriegszeit gebaut worden war, duftete es nach Kräutertee. Das Ehepaar hatte den Tisch gedeckt und bot seinem Gast einen Hefezopf, Boston-Gebäck und mehrere Sorten Kekse an. Riitta Kuurma biss ein Stück von einem Keks ab und betrachtete Aino Tommila ratlos. Ketonen hatte sie gewarnt, die Frau befände sich in einem Schockzustand. Aber die Wirklichkeit übertraf einmal mehr die Phantasie. Aino Tommila konnte jeden Moment völlig zusammenbrechen. Sie war nicht fähig, ihre Verzweiflung zu kontrollieren: Das Weinen brach ungehemmt aus ihr heraus, mal als reißender Strom, mal als Serie von Schluchzern. Der Ehemann hielt ihre Hand und betrachtete sie, als wäre sie der letzte Pandabär.

Riitta Kuurma hatte in der Nähe über eine Stunde warten müssen, bis die Tommilas nach Hause gekommen waren. In der Hoffnung, dass Aina Tommila danach besser einschlafen könnte, hatten sie einen langen Abendspaziergang unternommen. Das Ehepaar war erschrocken gewesen, als es mitten in der Nacht an seiner Haustür einer Frau begegnete, die sich als Ermittlerin der Sicherheitspolizei vorstellte. Aino Tommila war auf der Treppe zusammengebrochen und hatte ohrenbetäubend laut geweint. Riitta Kuurma musste die beiden lange beruhigen, bevor sie ihr endlich glaubten, dass sie keine neuen schlechten Nachrichten brachte.

Die Tommilas wirkten wie ein liebenswürdiges Ehepaar. Wenn sie einander ansahen, dann strahlten ihre Blicke Wärme aus, genau wie ihre Worte. Es schien so, als wären sie zu einer Person verschmolzen. Riitta Kuurma spürte ein wenig Neid. Wenn sie doch auch mit dem Mann, den sie liebte, alt werden könnte. Sie bemerkte, dass sie ihre Gastgeber ungehörig lange anstarrte, und schaute sich im Wohnzimmer um. Es war ziemlich bescheiden eingerichtet, aber gemütlich. Überall sah man Fotos ihres Sohnes Simo in Rahmen, einer dekorativer als der andere. Es war ihr zuwider, dass sie die verstörten Eltern mit den bei Ermittlungen obligatorischen Routinefragen belästigen musste. Sie hätte doch erst die Eltern von Timo Aalto besuchen sollen. Ihrer Ansicht nach war Aalto der »Hund«, allerdings hatte sie von ihrem Verdacht Ketonen nichts gesagt, und Ratamo erst recht nicht. Himoaalto machte auf sie einen zu beherrschten, berechnenden Eindruck. Sein Gesicht verriet aber, dass er unter einem enormen Druck stand.

Aino Tommila goss mit zitternden Händen dem Gast dampfenden Tee ein, dann ihrem Mann und schließlich sich selbst und bot Gebäck und Kekse an. Riitta Kuurma nahm aus Höflichkeit ein Stück vom Boston-Gebäck, obwohl sie so etwas in der Regel nicht aß. Sie trank Tee dazu und fand, dies sei der passende Augenblick, mit den Fragen zu beginnen. Sie erklärte den Grund für ihren Besuch so entschärft wie möglich. Die SUPO führe Routinebefragungen zu den Mitarbeitern der drei Unternehmen durch, um zu klären, wie die Daten nach außen gelangen konnten. Noch sei niemand angeklagt worden, und Verdächtige gebe es viele.

Die Tommilas erschraken nicht über Riitta Kuurmas Erklärung. Johannes Tommila lachte. »Mit Simo müssten sie reden. Der Junge hat einen Verstand so scharf wie ein Skalpell. Er versteht Dinge, die wir anderen nicht begreifen«, sagte er, so als würde er etwas ganz Selbstverständliches feststellen.

Die Mutter weinte wieder, versuchte es zu unterdrücken und sprach stockend: »Wenn Simo ... noch zu Hause wohnen würde ... dann hätte man ihn ... in so etwas nicht hineingezogen.«

Riitta Kuurma nickte und sagte etwas voller Mitgefühl. Die Tommilas wären nie und nimmer auf den Gedanken gekommen, ihr Sohn könnte ein Verbrechen begangen haben. »Mit Simo haben wir schon gesprochen. Jetzt wollen wir nur die Angehörigen einiger Beteiligter aufsuchen. Wir müssen unsere Informationen ergänzen und sicherstellen, dass nichts unberücksichtigt geblieben ist. Das Gedächtnis ist ein sehr komplizierter Mechanismus. Jeder erinnert sich an etwas anderes, und auch die gleichen Dinge hat jeder ein bisschen anders in Erinnerung.«

Die Tommilas schienen zu verstehen, was sie meinte. Also begann sie mit den Routinefragen zu Simos Kindheit und Jugend.

Es stellte sich heraus, dass Simo, das einzige Kind der Familie, von klein auf sehr sensibel, zurückhaltend und intelligent gewesen war. Mit acht Jahren hatte er seinen ersten Spiele-Computer bekommen und sich danach immer mit Computern beschäftigt, wenn sich die Gelegenheit dazu bot.

Riitta Kuurma wurde allmählich nervös. Ratamo befand sich in Lebensgefahr, und sie saß hier herum, schlürfte Tee und hörte sich das Gerede der liebenswerten Eltern eines Verdächtigen an. Sie suchte ihren Rosenkranz in der Tasche, erinnerte sich daran, dass sie ihn Ratamo gegeben hatte, und wurde noch unruhiger. »Hatte Simo denn keine Freunde?«, fragte sie und wunderte sich selbst, warum. Tat ihr das hochnäsige Wunderkind leid? War der junge Mann eine sensible und einsame Intelligenzbestie und so sehr anders als alle anderen, dass er sich in sein Schneckenhaus zurückzog, um sich selbst zu schützen?

»Simo hatte wohl ein paar Freunde«, antwortete Aino Tommila zögernd. »Aber in der Regel verbrachte er seine ganze Zeit mit dem Computer, oft auch die Nacht hindurch. Irgendwann habe ich dann aufgepasst, dass er vor Mitternacht schlafen ging. Außerdem war er ja mit uns zusammen, und das hat Simo genügt. Intelligente Kinder fühlen sich unter Erwachsenen wohler als unter Gleichaltrigen. Und er hatte ja Tommila.« In ihren Augen glänzte die Sehnsucht, und sie schluchzte.

»Er hatte ja Tommila?«, wiederholte Riitta Kuurma langsam.

»Wir haben ihm zu seinem sechsten Geburtstag einen Dackel geschenkt, obwohl wir beide, Johannes und ich, uns nicht weiter für Hunde interessiert haben. Es hat uns gerührt, dass Simo so sehr einen Freund haben wollte. Sie waren dann auch dreizehn Jahre lang ein unzertrennliches Gespann. Simo und Tommila. Der Junge hatte schon mit sechs Jahren so einen ausgezeichneten Sinn für Humor, dass er dem Hund seinen eigenen Familiennamen gegeben hat. Stellen Sie sich mal vor,

Tommilas Hund heißt Tommila«, sagte Aino Tommila, und ihre Mundwinkel zuckten nach oben.

Riitta Kuurma setzte ihre Tasse so heftig ab, dass um ein Haar das Porzellan zersprungen wäre. Tommilas Hund heißt Tommila. Tommilas Hund heißt Tommila … der Hund ist Tommila, wiederholte sie innerlich.

Für Simo Tommila bedeutete ein Hund Tommila. Der Deckname des Mannes war sein eigener Familienname. Angebrannt, rief der Teufel beim Versteckspiel. Riitta Kuurma sprang auf. Jetzt waren sie einer Lösung nahe. Sie bedankte sich bei ihren Gastgebern und wies darauf hin, dass sie über ihren Besuch mit niemandem reden durften.

Die Tommilas hätten sich gern noch länger über ihren Sohn unterhalten. Und es war ja auch noch so viel Tee und Gebäck übrig.

Riitta Kuurma zog ihren Mantel an, band sich das Tuch um den Kopf und rannte zu ihrem Auto. Die verrosteten Scharniere der Ladatür waren eingefroren, sodass sie mit aller Kraft an der Tür zerren musste, bis sie endlich knirschend aufging. Das chemische Zeichen für verrosteten Stahl war L.A.D.A., der Witz fiel Kuurma ein, als sie den Wagen startete. Sie steckte das Handy in den Mischer und tippte die Nummer der Überwachungszentrale ein. Es war 23.56, also immer noch Samstag, und das Passwort, das die Überwachungszentrale erwartete, lautete Delta.

Der Diensthabende meldete sich, Riitta Kuurma nannte ihren Code und das Passwort. Das Gespräch wurde auf eine geschützte Verbindung umgeleitet, und sie verlangte Ketonen. Zu ihrer Überraschung meldete sich der Chef fast sofort.

»Jussi. Simo Tommila ist der ›Hund‹.«

In der Leitung herrschte Schweigen. Ketonen hatte in der Überwachungszentrale auf die Meldungen seiner Mitarbeiter gewartet, aber auf diese Neuigkeit war er nicht vorbereitet. Er zündete sich eine Zigarette an, bat Riitta Kuurma, alles zu erzählen, und hörte konzentriert bis zum Schluss zu.

»Gute Arbeit, liebe Kollegin. Dann erwischen wir wenigstens einen der Schuldigen. Ob wir das Geld auch kriegen, weiß ich nicht. Der Raub ist passiert. Inferno ist geknackt worden«, berichtete Ketonen knapp. Er erzählte ihr, dass die National Bank soeben ihr Wiremoney geschlossen hatte. Das Verbrechen war entdeckt worden, als ein Backoffice-Angestellter der Finanzverwaltung des japanischen Großkonzerns Nippon Yusen Kabushiki Kaisha in Tokio um sechs Uhr morgens die Salden der Hauptkonten des Unternehmens überprüft hatte. Die Diebe hatten sieben Überweisungen von jeweils knapp einhunderttausend Dollar vorgenommen. Allein NYK war eine Summe im Wert von über vier Millionen Finnmark gestohlen worden. Man wusste noch nicht, bei wie vielen Unternehmen die Diebe zugeschlagen hatten; die Beute könnte enorm sein. Die Abteilung für Informationsmanagement vermutete, dass die Diebe sicherheitshalber die Konten von Firmen geleert hatten, deren Hauptsitz und Finanzverwaltung sich in Ländern befanden, in denen zum Zeitpunkt des Einbruchs Nacht herrschte.

Das Telefonat war zu Ende, und Riitta Kuurma seufzte hörbar. Sie war nahe dran gewesen. Wenn die Tommilas gleich zu Hause gewesen wären, hätte sie das Verbrechen vielleicht verhindern können.

Die Sportseiten im Videotext verschwanden, als Ketonen auf die Fernbedienung drückte. Er faltete »Ravit«, das Trabsport-Magazin, zusammen und tätschelte Musti den Scheitel. Jetzt begann der letzte Akt. Mit dem Raub bei der National Bank hatte sich das Motiv für den Datendiebstahl bei DataNorth geklärt. Die nächsten Tage würden zeigen, welche Auswirkungen das für die finnischen Firmen hatte. Das erste Mal in seinem Leben interessierte sich Jussi Ketonen für die Börsenkurse. Wenn alle Unternehmen, die das Inferno-Programm verwendeten, ihre Datensysteme schlossen, würden DataNorth, Finn Security und SH-Secure in einer Flut von Klagen ertrinken. Würde der Online-Bankraub zu einer Welle der Unsicherheit an den Börsen der Welt führen?

Jetzt war bei ihren Ermittlungen alles so straff gespannt wie eine Angelschnur, an der ein Königslachs zerrte.

Wegen dieser Augenblicke hatte er es über dreißig Jahre lang bei der Polizei ausgehalten.

SONNTAG

54

Sterligow las die E-Mail auf dem Computer im Keller und sah zufrieden aus. Er hatte denselben Fehler wenigstens nicht ein zweites Mal begangen; Irina würde nur Gott wiederbeleben. Oder der andere Seelensammler. Auf dem Bildschirm wurde angezeigt, dass eine neue Nachricht eingegangen war. Sterligow überflog sie und spürte, wie Wut und Hass in ihm hochschossen. Wiremoney war geschlossen worden.

Plötzlich stand er auf und blieb reglos stehen, weil ein dumpfes rhythmisches Knattern zu hören war. Er lauschte angestrengt. Ein Hubschrauber. War ihm jemand auf der Spur? Guoanbu oder die SUPO? Was zum Teufel war hier im Gange?

Metall knirschte, als der an den Stuhl gefesselte Ratamo auf Sterligow zu stürzte und ihn mit dem Kopf in die Seite rammte. Beide flogen an die Kellerwand, krachten zu Boden und lagen sich gegenüber. Ratamo roch Sterligows Atem und fühlte blinden Hass. Für einen flüchtigen Moment starrten sie einander an, und Ratamo sah in Sterligows Augen den gleichen Hass. Plötzlich fuhr die Hand des Russen durch die Luft, und um Ratamo herum wurde es Nacht.

Sterligow streckte die Finger nach seiner Waffe aus, doch da trat ein Fuß auf seine Hand. Er blickte nach oben und sah ängstliche Augen. Sterligow lächelte: So einen schwächlichen Gegner hatte er schon seit einer Ewigkeit nicht töten dürfen. Völlig unvermittelt schlug Tommila ihm mit der Faust ins Gesicht. Er schwankte einen Augenblick am Abgrund der Bewusstlosigkeit, und als er sich wieder erholt hatte, schaute er in den Lauf seiner eigenen Waffe.

Tommilas Hand mit der Pistole zitterte. Er zielte auf das Bein des Geiers und erinnerte sich daran, dass der Oberschenkelknochen des Menschen härter war als Beton. Sein Herz hämmerte wie eine Pfahlramme. Er starrte den Mann an, der seine Zehe abgeschnitten und seinen Unterleib mit Strom gefoltert hatte. Bis gestern hatte er geglaubt, dass es solche Kreaturen nur in der allmächtigen Welt der Phantasie gäbe. Dieser Sadist verdiente es nicht zu leben. Davon war er so überzeugt wie noch nie in seinem Leben von irgendetwas. Er musste schießen. Auch der Plan erforderte es. Er hätte dann ein perfektes Alibi. Alles war bereit. Dennoch zögerte er abzudrücken. Was hielt ihn auf?

Ratamo hatte sich auf die Knie erhoben. Aus seinem Mund floss Blut. Der Geschmack war bitter, aber vertraut: Seine Lippen waren nach Unfällen beim Eishockey oft genäht worden. Mit der Zunge fühlte er scharfe Kanten, ein Zahn war abgebrochen. »Schieß, verdammt noch mal! Schieß doch!«, brüllte er. Hatte Tommila immer noch nicht kapiert, wie gefährlich Sterligow war? Der Mann konnte dem Jungen die Waffe im Handumdrehen entreißen, und dann wären sie beide tot. Er bemerkte, dass er begierig den Tod des Psychopathen herbeisehnte. Hoffentlich würde es in Sterligows Hölle verdammt kalt sein.

Sterligow sah das Zittern von Tommilas Hand und die Unschlüssigkeit in seinem Blick. Er stand langsam auf und machte einen Schritt auf die Waffe zu. Tommila schoss. Der Knall hallte im Keller wieder, und Steinstaub flog durch die Luft. Sterligow zögerte einen Augenblick. Tommila zielte mit der Waffe auf ihn, und das Knattern des Hubschraubers dröhnte schon ganz in der Nähe. Der Russe fasste einen Entschluss und zog sich zur Treppe zurück, den Blick auf Tommilas Waffe geheftet. Er wollte nicht von der Hand eines finnischen Rotzjungen sterben. An der Treppe duckte er sich überraschend, sprang zur Seite und auf die Stufen. Ein Schuss war nicht zu hören. Der finnische Feigling traute sich nicht einmal, auf seinen Folterer zu schießen.

Sterligow stürmte die Treppe hinauf und rannte von einem Fenster zum anderen. Nichts war zu sehen, aber irgendwo am Himmel dröhnte der Hubschrauber. Sollte der die verlassene Hütte auf Grund eines Hinweises überprüfen, oder war es diesem verdammten Ratamo doch gelungen, irgendeinen Sender mitzubringen.

Es dauerte unerträglich lange, bis Tommila seine zitternden Hände endlich soweit unter Kontrolle hatte, dass er Ratamos Fesseln lösen konnte. Ratamo fragte, ob er in dem Haus noch andere Waffen gesehen hatte, und Tommila wies mit dem Kopf auf Sterligows Tasche. Eine der Pistolen war eine Smith & Wesson, zwar ein anderes Modell als Ratamos Dienstwaffe, aber er entschied sich für sie. Er würde Sterligow genau so ruhig erschießen wie einen Pappkameraden auf dem Schießstand. Für eine Sekunde tauchte Nellis Bild vor ihm auf, und er zögerte kurz, stürmte dann aber zur Treppe.

Sterligow fluchte, weil er alle Waffen in den Keller gebracht hatte. Doch das Nachtsichtgerät lag auf dem Küchentisch, und im Auto war eine Reservewaffe versteckt. Er schloss die Augen und sah vor sich die Einzelheiten des umliegenden Geländes. Im Hubschrauber befand sich möglicherweise eine Wärmebildkamera. Wenn er unbemerkt durch die Tür hinauskäme, könnte er sich von Baum zu Baum bewegen, so würde die Kamera ihn nicht erfassen. Er musste es bis zum Auto schaffen. Wenn er sich ohne Waffe versteckte, würde man ihn leicht fassen, falls das Gelände umstellt und durchkämmt wurde. Sterligow schüttete drei Methadon-Pillen auf die Hand und steckte sie in den Mund, als würde er die Schmerzen schon ahnen.

Wrede saß auf dem Platz des Co-Piloten in einem Hubschrauber der Grenzwacht und starrte auf den Monitor der Wärmebildkamera. Unter seinem Befehl stand ein acht Mann starkes Einsatzkommando der SUPO, eine Hundestaffel, das Sondereinsatzkommando »Karhu« der Polizei und ein auf Geiselnahmen spezialisierter Psychologe der Kriminalpolizei. Wrede trug über der Winterjacke der Polizei eine blaue Weste, auf deren Rückseite in großen weißen Buchstaben zu lesen war: POLIZEI, Einsatzleiter. Aus diesem Hinterhalt würde nicht einmal Igor Sterligow herauskommen, schwor er sich. Zu verdanken hatten sie das Ketonens Findigkeit. Eine der Pillen, die Ratamo im Bereitschaftsraum geschluckt hatte, enthielt einen Mikrochip, der alle fünf Minuten ein Signal aussendete. Der Sender schwamm in einer mit Gel gefüllten unverdaulichen Kapsel im Magen und konnte dort mit keinem Scanner entdeckt werden. Es sei denn, er sendete sein Signal gerade, wenn die Überprüfung im Gange war. Das Risiko hatte Ketonen jedoch eingehen müssen. Die digitale GPS-Ortung mit Hilfe von Satelliten gab die Position des Senders in Ratamos Magen mit einer Genauigkeit von unter zwei Metern an. Ein Spürhund der Polizei fand dann Tommilas Geruch in der Umgebung der Waldhütte. Ketonen hatte Ratamo von dem Sender nichts sagen wollen. Was er nicht wusste, konnte er auch nicht verraten.

Ratamo hob die Waffe mit ausgestreckten Armen und zielte auf Sterligow, der an der Tür stand. Ein berauschendes Gefühl der Allmacht erfüllte ihn. Es erschien ihm unglaublich, dass er die Macht hatte, zu töten. Oder doch nicht? Wer hatte ihm diese Macht gegeben? Aber Sterligow hatte zahllose Menschen umgebracht und würde es jederzeit wieder tun, wenn es ihm gelang, zu fliehen. Also befreite er die Welt von einem Parasiten, wenn er schoss. Wie viele Ähnlichkeiten gab es zwischen ihm und Sterligow?

Der Russe öffnete die Haustür einen Spalt. Mit dem Nachtsichtgerät konnte er seinen Wagen sehen, der wärmer war als die Umgebung, aber den Hubschrauber entdeckte er nicht, obwohl ihm das Geräusch des Rotors in den Ohren dröhnte. Er atmete ein paarmal tief durch und rannte dann hinaus auf den Pfad, der von der Hütte weg führte. Nach sechs Schritten blendete ihn grelles Licht. Es war unmöglich, sich zu verstecken. Er musste es bis zum Auto schaffen. Sterligow geriet nicht in Panik, er hatte Schlimmeres erlebt. Dann hörte man das Gebell von Hunden, er drehte sich um und sah in der Ferne grüne Gestalten, Polizisten mit ihren Hunden. Er rannte los in Richtung Auto. Der Hubschrauber ratterte so laut, dass ihm das Trommelfell weh tat.

Wrede schaute auf das Zielobjekt, das im Lichtkegel des Scheinwerfers durch den tiefen Schnee watete, und nahm das Mikrofon zur Hand: »*This is the police. Stop running and get down. Stop running. This is the police!*« Die Megaphone des Hubschraubers dröhnten, als er den Satz langsam und deutlich abwechselnd in Englisch und Finnisch wiederholte. Sterligow beschleunigte sein Tempo und verschwand von Zeit zu Zeit in dem Schneegestöber, das die Rotorblätter aufwirbelten. Der Mann dachte gar nicht daran, sich auf den Rücken zu legen wie eine junge Katze.

Den Hinterhalt hatten ganz sicher Finnen gelegt, überlegte Sterligow. Guoanbu würde es nicht wagen, auf dem Territorium eines fremden Staates so eine auffällige Operation durchzuführen. Sein Auto hatte man unbrauchbar gemacht. Motor- und Kofferhaube waren aufgeklappt und der Motor zertrümmert. Sterligow tauchte unter das Auto und riss das feuerfeste Klebeband ab, mit dem er die Maschinenpistole »Bizon-2« an der Ölwanne befestigt hatte. Er entsicherte die Waffe und ging zurück auf den Pfad. Nun würde er wenigstens nicht als einziger seinen letzten Weg antreten …

Man hatte die Hunde losgelassen. Sie hetzten auf Sterligow zu, und ihr Gebell verschmolz zu einem Heulen, das unausweichlich näher rückte. Mit einem Köter wäre er spielend fertig geworden, aber es waren fünf Hunde. Zu viele. Und sein Auto funktionierte nicht. Spezialeinheiten und Scharfschützen waren sicher auch schon hier. Er saß in der Falle. Wenn er gefasst wurde, bedeutete das die Auslieferung an Russland. Und somit das Todesurteil oder lebenslange Haft, was in Russland praktisch dasselbe war.

Sterligow schaute zu Boden und bekreuzigte sich, dann sah er eine Gestalt am Eingang der Hütte. Sie war breitschultriger als Tommila. Ratamo. Sterligow hielt die Maschinenpistole im Anschlag und stürmte los.

Ratamo ging in die Hocke und wartete darauf, dass die Scharfschützen das Feuer eröffneten. Wredes metallische Stimme wurde lauter. Die Befehle, stehen zu bleiben, blieben ohne Wirkung, Sterligow war schon etwa zwanzig Meter gerannt. Ratamo erhob sich. »Schießt endlich, verdammt noch mal!«, schrie er aus vollem Halse, als der Russe nur noch hundert Meter entfernt war. Ratamo zielte auf den rennenden Sadisten. Die Hunde hatten sich Sterligow bis auf wenige Meter genähert. Würden sie ihn noch rechtzeitig fassen? Das Dröhnen der Rotorblätter und die Befehle über das Megaphon rauschten in den Ohren, Schnee wurde aufgewirbelt.

Sterligow feuerte, Ratamo schoss, und am Waldrand blitzten Mündungsfeuer auf.

55

Ketonen und Kuurma rannten im zweiten Kellergeschoss der SUPO am Fitnessraum und Schießstand vorbei bis zur Garage und stiegen in einen Opel Omega, Riitta Kuurma auf den Fahrersitz. Das Krankenhaus Töölö war etwa zwei Kilometer von der Ratakatu entfernt, also würden sie auf den um diese Zeit fast leeren Straßen in wenigen Minuten dort sein. Simo Tommila musste sofort verhört werden, auch nachts um halb zwei, und dass der Mann nach Angaben des Arztes halb bewusstlos war, interessierte sie jetzt nicht.

Ketonen öffnete das Fenster ein Stück, eisiger Wind wehte herein. Er zündete sich eine Zigarette an und hielt die Glut an den Fensterspalt. In dem Luftstrom tanzten die Ränder von Riitta Kuurmas Kopftuch. Piirala hatte mit seinen Männern den Computer in der Hütte sofort überprüft, nachdem Sterligows Tod festgestellt worden war und der MediHeli Tommila und Ratamo weggebracht hatte. Der Einbruch in Wiremoney war von dem Computer im Keller der Hütte aus begangen worden. Die Zahlungsanweisungen waren zur gleichen Zeit erfolgt, als Tommila seine E-Mail an die SUPO abgesandt hatte. Und der Deckname »Hund« war ganz eindeutig von Tommila gewählt worden.

Die Puzzlestücke lagen an ihrem Platz. Tommila war der »Hund«.

Ketonen schämte sich. Warum hatte er Ratamo verdächtigt und nicht erkannt, was das für ein Mann war? Wrede hatte in der Hütte mit Tommila kurz ein paar Worte über die Ereignisse im Keller gewechselt. Ratamo hatte sich todesmutig auf Sterligow gestürzt und Tommila aufgefordert, den Russen zu erschießen, und schließlich war er Sterligow noch gefolgt. Sein Leben hing an einem seidenen Faden, als Sterligow seine letzte

Salve feuerte. Ketonen warf die Kippe zum Fenster hinaus und fragte sich, ob er als Rentner den Menschen vertrauen könnte oder bis zu seinem Tode jeden für einen mutmaßlichen Täter hielt.

Vor dem Restaurant »Elite« musste Riitta Kuurma mit einer heftigen Bewegung des Lenkrads einem betrunkenen jungen Mann ausweichen, der auf die Runeberginkatu schwankte.

Ketonen war stolz auf seine Mitarbeiter. Sie hatten glänzende Arbeit geleistet: Riitta Kuurma, als sie aufdeckte, dass Simo Tommila der »Hund« war, Ratamo bei seiner erfolgreichen Flucht vor der Frau in der Kalevankatu und Wrede als Leiter des Einsatzes in Nurmijärvi. Ihm unterstanden drei Top-Ermittler. Plötzlich wurde ihm klar, dass er todmüde war. Früher hatte der Adrenalinrausch dazu geführt, dass er tagelang wie ein Perpetuum mobile funktionierte, jetzt war er schon nach einigen Stunden müde. Es schien so, als würde er den Stress als Chef nicht mehr lange aushalten.

Der Omega bog von der Topeliuksenkatu ab und hielt bei der Notaufnahme. Ratamo saß auf einem Stuhl an der Tür, bibberte vor Kälte und blies warme Luft auf seine zitternden Hände. Seine Unterlippe war mit ein paar Stichen genäht. Riitta Kuurma hätte ihn am liebsten umarmt. Wieder war Arto als Köder benutzt worden. Zum Glück hatte sie ihn diesmal nicht belogen.

»Wisst ihr es schon?«, rief Ratamo, obwohl seine Kollegen noch weit entfernt waren. Er hatte im selben Augenblick auf Sterligow geschossen, in dem sich das Gelände vor der Hütte in ein Feuermeer verwandelte. Sterligow war durchlöchert worden wie ein Nadelkissen, aber Ratamo fürchtete dennoch, dass gerade seine Kugel den Mann getötet hatte. Er fühlte sich als Mörder. Es schien so, als hätte er sich etwas ganz anderes bewiesen als beabsichtigt. Eines Tages würde er klären, was es war.

Riitta Kuurma versuchte Ratamo zu beruhigen. Die auf Sterligow abgefeuerten Geschosse könnten erst nach der Obduktion untersucht werden. Sie erzählte ihm, wie Tommila an den Ereignissen beteiligt war und dass man von dem Computer in der Hütte einen gewaltigen Raub verübt hatte.

Ratamo wusste nicht, ob er lachen oder weinen sollte. Um ein Haar hätte er Nelli zur Waise gemacht, und das, um einen Kriminellen zu retten! Er hatte Sehnsucht nach seinem Kind, zum Glück war Marketta bei ihr.

Die SUPO-Mitarbeiter marschierten in die Ambulanz hinein und zeigten ihre Dienstausweise. Riitta Kuurma musste ihr ganzes diplomatisches Geschick aufbieten, damit der diensthabende Arzt ihnen eine halbe Stunde Zeit gab, um Tommila zu verhören. Ketonen ließ sein Handy an, obwohl es der Arzt verboten hatte.

Tommila lag auf dem Rücken, schlief und schnaufte wie ein Wasserscooter. Ratamo überlegte, was wohl den Geruch in einem Krankenhaus verursachte: die Desinfektionsmittel, die Medikamente oder die Patienten. Er brannte darauf, zu hören, was Tommila zu sagen hatte.

Die Internationale erklang feierlich, und Tommila wachte auf. Ketonen meldete sich am Handy und hörte aufmerksam zu.

Tommilas Blick irrte eine Weile von einem SUPO-Mitarbeiter zum anderen, dann beklagte sich der junge Mann: »Verdammt, könnt ihr einen nicht mal in Ruhe schlafen lassen!«

Ketonen beachtete Tommila überhaupt nicht. Er steckte das Telefon in seine Brusttasche. »Wredes Männer haben den Tatort untersucht. Die Umgebung wird überprüft, sobald es hell wird«, berichtete er seinen Kollegen und kämmte sich die grauen Haare aus der Stirn.

»Wusstet ihr, dass Kamm auf Japanisch Kusi* heißt?«, sagte

* kusi (finn.): Pisse (Anm. d. Ü.)

Tommila in schroffem Ton. Er befand sich nach Auskunft des Arztes in einem leichten Schockzustand, fühlte sich aber dank der Beruhigungsmittel gut. Der Pyjama war warm, man hatte ihn gewaschen, und die starken Medikamente betäubten den Schmerz. Das orangefarbene Licht und der Geier gehörten zu einem Alptraum, den er rasch vergessen wollte.

Ketonen zog den Besucherstuhl an das Kopfende des Bettes und starrte den Patienten eine Weile an. »Spiele hier nicht den Clown, Junge. Du wolltest bei den Großen mitmischen und bist erwischt worden. Wir wissen, dass du der ›Hund‹ bist und in Nurmijärvi einen Diebstahl mit einer Beute von etlichen Millionen Finnmark begangen hast«, sagte er ganz ruhig.

»Was für ein Hund? Was reden Sie da für Unsinn. Ich war nur ein paar Minuten frei und habe es gerade noch so geschafft, der SUPO eine Nachricht zu schicken«, stammelte Tommila verschlafen. Ketonen riss der Geduldsfaden, er packte den Patienten am Kragen der Pyjamajacke und schüttelte ihn.

Riitta Kuurma legte die Hand auf Ketonens Schulter und schüttelte den Kopf. Der Chef schnaufte und warf Tommila aufs Bett. Riitta Kuurma mochte Ketonens Temperament: Der Mann geriet genauso in Rage wie ihr italienischer Onkel Claudio.

»Ich werde Strafanzeige gegen Sie erstatten«, sagte Tommila mit Nachdruck.

Ratamo brach in Gelächter aus. Das fehlte noch. Er konnte es nicht lassen, mit der Zunge an dem abgebrochenen Zahn herumzuspielen. Es war ein merkwürdiges Gefühl, dass die vertrauten Kauwerkzeuge plötzlich ihre Form verändert hatten. Außerdem kitzelten die Stiche in der genähten Lippe. Der Stress und die Müdigkeit lasteten schwer auf ihm, und er musste wieder an den Moment denken, in dem er auf Sterligow geschossen hatte. Wenn es dem nun gelungen wäre, ihn mit seiner letzten Salve umzubringen? In dem Fall würde er jetzt nicht hier stehen und überlegen, ob es richtig gewesen war, zu schießen.

Ketonen hatte sich wieder beruhigt und trat erneut an das Bett heran. Jetzt log er und sagte, er werde dem Arzt mitteilen, dass Tommila zum Verhör in die Räume der SUPO verlegt werden müsste.

Das Verhalten des jungen Mannes änderte sich. »Der Geier hat irgendjemanden angerufen, den er ›Hund‹ nannte. Von dem hat er sich das Passwort für den Einbruch bei Wiremoney besorgt.«

»Wenn du mit Geier deinen toten Entführer meinst, dann hieß der Igor Sterligow«, entgegnete Ketonen in scharfem Ton und befahl Tommila, genau zu berichten, was sich ereignet hatte, obwohl er sicher war, dass der junge Mann ihnen Lügen auftischen würde.

Sterligow habe die Hütte erneut verlassen, nachdem er seinen Helfern das Passwort gebracht hatte, sagte Tommila. Danach hätten die Russen über eine Stunde am Computer im Keller gearbeitet. Er nehme an, dass sie wahrscheinlich Zahlungsanweisungen in Wiremoney vorgenommen hatten. Die Männer seien gegangen, kurz bevor Ratamo in den Keller gebracht wurde.

Beinahe wäre ein Lächeln über sein Gesicht gehuscht. Er fand seine Geschichte genial. Alles war ihm perfekt gelungen. Ob die SUPO-Mitarbeiter seine Geschichte glaubten, interessierte ihn nicht. Niemand könnte beweisen, dass er log oder die Zahlungsanweisungen ausgeführt hatte. Der Geier war tot, und seine Helfer hatten das Land hoffentlich schon verlassen. Auf der Tastatur des Computers befanden sich ganz sicher auch noch andere Fingerabdrücke als seine und die von Sterligow: Der Geier hatte nicht den Eindruck gemacht, als wäre er für die Computerinstallationen seiner Organisation zuständig.

»Du lügst wie ein des Dopings Verdächtigter. Warum zum

Teufel hätte Sterligow die Dokumente der SUPO haben wollen, wenn er die Bank schon ausgeraubt hatte?«, fragte Ketonen, um Tommila unter Druck zu setzen.

»Der wollte von der SUPO nur eins: Ratamo. Immer wieder hat er gesagt: Den verdammten Kerl bringe ich um.« Tommila verzog das Gesicht, als sein Zehenstumpf schmerzte.

Ketonen war sicher, dass Tommila log. Der eingebildete Jüngling hatte die ideale Gelegenheit gehabt, gleichzeitig mit der E-Mail an die SUPO auch die Zahlungsanweisungen abzuschicken. Außerdem glaubte Ketonen nicht, dass Sterligow die Operation, bei der es um Millionen ging, in Gefahr gebracht hätte, nur um sich zu rächen. Sterligow war ein brutaler Mörder, aber dumm war er nicht. Der Russe hatte anderthalb Jahre lang nicht versucht, Ratamo ausfindig zu machen. Sicher hätte er auch noch ein paar Monate warten können, um sich dann in aller Ruhe zu rächen.

Ketonen holte die Zigaretten aus der Tasche und wollte sich schon eine Nortti anstecken, als ihm klar wurde, dass er sich im Krankenhaus befand. Er musste sich eingestehen, dass Tommila intelligent war. Die SUPO hatte keinen anderen Beweis für seine Schuld als den Namen eines Dackels. Der wäre vor Gericht nicht viel wert.

Ein Lächeln spielte um Tommilas Lippen, als er Ketonen anschaute.

Beide wussten, wer die Zahlungsanweisungen vorgenommen hatte.

56

Jussi Ketonen hatte einen Eimer Kaffee getrunken und so viele Zigaretten geraucht, dass er mit den Füßen trampelte wie ein nervöses Rennpferd vor dem Start. Ein paar Stunden hatte er auf dem Sofa in seinem Arbeitszimmer geschlafen, und nun schmerzte sein Rücken so sehr, wie seit Monaten nicht. Den größten Teil der Nacht hatte er jedoch am Telefon verbracht. Die Präsidentin hatte hören wollen, was in Nurmijärvi geschehen war, und ihn gebeten, den Innenminister und den Abteilungsleiter für Polizei zu informieren.

Alle eintausendzweihundertsiebenunddreißig Inferno-Programme in sechsundvierzig Ländern waren geschlossen worden; die Katastrophe hatte ein globales Ausmaß. Die Spezialisten der NSA hatten die Hintertür im Charon der National Bank untersucht. Sie war das Werk eines Genies. Die Sicherheitsüberprüfung der Inferno-Programme der anderen amerikanischen Unternehmen lief noch.

Die National Bank hatte den größten Teil aller während der letzten vierundzwanzig Stunden im Wiremoney vorgenommenen Zahlungsanweisungen und Überweisungen überprüft. Die Beute war gewaltig. Man hatte widerrechtlich Summen mit einem Gesamtwert von mehr als hundertvierzig Millionen Dollar überwiesen.

Zwei Minuten vor neun drückte Ketonen die Zigarette aus und nahm sich vor, dass mit dem Rauchen nun wieder Schluss war. Auch Musti litt unter dem Qualm. Gleich würde die Besprechung der Ermittlungsgruppe beginnen. Alle außer Ratamo hatten die ganze Nacht durchgearbeitet. Er hoffte, dass seine Mitarbeiter gute Nachrichten mitbrachten, allmählich brauchten sie alle dringend Ruhe. Bei einem erfreulichen Ausgang der Ermittlungen hätten sie mit echtem Champagner gefeiert, aber jetzt stand niemandem der Sinn nach einer Flasche »Gelbe Witwe«. Auch das Schicksal von Anna-Kaisa Holm beschäftigte ihn ständig. Wie sollte er der Mutter erklären, dass ihre Tochter verschwunden war wie einst Raoul Wallenberg.

Ketonen betrat den Raum A 310, aber der war völlig leer. Er befürchtete schon, sich die Zeit nicht richtig gemerkt zu haben, doch da kam Riitta Kuurma herein und wünschte ihm einen guten Morgen. Sie sah erschöpft aus. Kurz danach trafen auch Wrede, Ratamo und Piirala ein. Ratamo fragte sofort, ob man die von ihm abgefeuerte Kugel in Sterligow gefunden hätte, und Ketonen erwiderte, die Obduktion fände gerade statt. Ratamo nahm seinen Priem heraus und warf ihn in den Mülleimer.

Die fünf wirkten niedergeschlagen wie eine Gruppe Partisanen, die sich gerade ergeben hatte: Alle saßen schweigend da und warteten, was der Chef sagen würde.

»Ist alles in Ordnung?« Ketonen betrachtete seine Mitarbeiter eine Weile mit hochgezogenen Augenbrauen, bevor er zur Sache kam. »Ihr habt gestern gute Arbeit geleistet. Ich habe heute Morgen mit der Präsidentin gesprochen, sie hat uns ihre volle Unterstützung zugesichert.« Ketonen versuchte seine Kollegen aufzumuntern, obwohl die Ermittlungen nicht gerade mustergültig verlaufen waren. Doch die Motivation der Ermittler durfte nicht nachlassen. Sie mussten Beweise für Tommilas Schuld finden. Ansonsten würde der Spruch, er ist glimpflich oder »wie ein Hund durchs Zauntor« davongekommen, buchstäblich zutreffen.

Piirala sagte, die Fähigkeiten des Diebes auf dem Gebiet der Informationstechnologie könne man nur bewundern. Die endgültige Beute betrage nach dem Tageskurs etwa achthundertfünfzig Millionen Finnmark. Keine der Zahlungsanweisungen überschritt hunderttausend Dollar, so waren sie nicht aufgefallen. Die geniale Hintertür des »Hundes« hatte einen der größten Raubzüge der Kriminalgeschichte ermöglicht. Sogar für Laitakari, Aalto und die Spezialisten der National Bank war Tommila zu geschickt gewesen. Theoretisch wäre es immer noch möglich, dass man einen Teil des Geldes zurückverfolgen könnte, Piirala glaubte das allerdings nicht. Zum Schluss berichtete er noch, der Raub sei im allerletzten Moment begangen worden. Als die National Bank Wiremoney schon schloss, hatte noch jemand versucht, Zahlungsanweisungen vorzunehmen.

Ketonen fühlte sich ein wenig erleichtert. Sie hatten also doch wenigstens etwas geschafft.

Ratamo war so erschöpft, dass es ihm schwerfiel, sich zu konzentrieren. Er hatte schlecht und nur ein paar Stunden geschlafen. Aber doch lange genug, um von einem Alptraum geplagt zu werden, in dem er selbst Sterligow zu Tode foltern musste. Mit Grausen erinnerte er sich daran, was es für ein Gefühl der Allmacht gewesen war, über Leben und Tod zu entscheiden. Was wäre wohl mit ihm geschehen, wenn er schon in der Hütte abgedrückt hätte, als Sterligow mit dem Rücken zu ihm stand?

Mitten in dem Alptraum hatte ihn Marketta früh um fünf wachgerüttelt und gefragt, wo er sich herumgetrieben habe und warum sein Gesicht so ramponiert sei. Zu seiner Überraschung hatte er Marketta alles berichtet. Aus irgendeinem Grund fiel es ihm leicht, seiner Ex-Schwiegermutter Dinge zu erzählen, über die er sich mit anderen nie unterhielt. Marketta hatte ihm eine Predigt gehalten, wie verhängnisvoll es für Nelli wäre, wenn ihrem Vater etwas Ernstes zustieße. Um sein schlechtes Gewissen zu lindern, hatte er Nelli ein Frühstück mit lauter Leckerbissen zubereitet, allerdings als Dank nur eisiges Schweigen und Schmollen geerntet. Wie lange würde er nach Abschluss der Ermittlungen brauchen, um Nelli wieder zu versöhnen?

»Was gibt es Neues?«, fragte Ketonen Wrede. Er überlegte, ob der Küchenmessermann seinen Westover vor Müdigkeit zu

Hause vergessen hatte oder seinen Bekleidungsstil ändern wollte.

Wrede wirkte frustriert und erschöpft. »Wir haben die Steckbriefe für Sterligows Helfer auf der Grundlage von Tommilas Beschreibung herausgegeben. Die ersten Hinweise werden derzeit überprüft«, berichtete Wrede leise, setzte sich hin und fuhr fort. In Sörnäinen seien Geschäftsräume gefunden worden, die höchstwahrscheinlich Sterligows Männer benutzt hatten. Die Kriminaltechniker untersuchten sie noch, und Piiralas Leute durchforsteten die Speicher der Computer in den Büroräumen »Hoffentlich finden sie etwas, womit wir den Mafia-Gangstern auf die Spur kommen können. Höchstwahrscheinlich haben sie das Land aber längst verlassen«, sagte er niedergeschlagen.

Soviel man wusste, war Guoanbu nicht in Wiremoney eingebrochen: Nach Auskunft der Computerspezialisten kamen alle eingegangenen Zahlungsanweisungen von dem Computer in der Hütte. Wrede sagte, er wisse nicht, was innerhalb von Guoanbu passiert sei, aber angesichts der Mengen an verschlüsselten Nachrichten, die in den letzten Stunden aus Peking an die chinesische Botschaft in Finnland geschickt worden waren, sei es ein Wunder, dass die Verbindung nicht zusammengebrochen war. Für Tang, den Aufklärungschef, sei schon ein Flug nach Peking gebucht. Wrede vermutete, dass dies personelle Veränderungen in der chinesischen Botschaft bedeutete. Wenn Tang aus Finnland abgezogen würde, brauchte man vielleicht keinen offiziellen Protest einzulegen.

»Darüber entscheiden andere Leute«, schnauzte Ketonen ihn an. Wrede berichtete noch, das FBI habe bestätigt, dass man in Protaschenkos Hotelzimmer keine Fingerabdrücke der Inferno-Verantwortlichen gefunden hatte und auch keine DNA-Spuren. Er hatte dem FBI Proben von Sterligow geschickt.

Ratamo strich mit dem Finger über die Nähte in seiner Unterlippe und schob verstohlen einen neuen Priem unter die Oberlippe, dabei fiel ihm plötzlich Riittas Rosario ein. Er nahm einen Notizblock vom Tisch und schrieb Riitta, wie leid es ihm tat.

»Gegenstände soll man nicht in sein Herz schließen«, flüsterte Riitta Kuurma und lächelte.

Ketonen sah den Stand der Ermittlungen mit gemischten Gefühlen. Es hörte sich so an, als hätten sie alles Mögliche getan, dennoch wussten sie nicht viel mehr als vorher. Wie sollten sie beweisen, dass Tommila die Schuld an dem Raub trug? Wo befanden sich Sterligows Helfer? Sein Gehirn war wie betäubt. Ein paar Stunden Mittagsschlaf würden ihm guttun. Er konzentrierte sich und erteilte seinen Mitarbeitern die nötigen Aufträge.

Ratamo hatte noch nicht alles verarbeitet, was in den letzten Tagen geschehen war. Er fühlte sich etwas wirr im Kopf. Der einzige Anlass zur Freude war, dass Himoaalto nichts Gesetzwidriges getan hatte.

»Arto«, sagte Ketonen. Ratamo schreckte aus seinen Gedanken auf und sah, dass die anderen schon gegangen waren.

»Gut gemacht. Willkommen bei der SUPO.«

57

Die Stimme seiner Mutter klang so warm wie immer. Sie verdrängte die Gedanken an den Geier und die Schrecken im Keller und sorgte dafür, dass sich Simo Tommila sicher fühlte. Er lauschte ihrem Rhythmus und Gefühl, hörte aber nicht auf die Worte. In seinem sauberen und hellen Schlafzimmer kam er sich vor wie im Paradies.

Sein Vater hatte sie gerade aus dem Krankenhaus nach Hause gebracht und war dann zur Nachtschicht gegangen. Ketonen und seine Helfer hatten Tommila den ganzen Nachmittag verhört. Der Arzt wollte ihn zur Beobachtung noch über Nacht im Krankenhaus behalten, aber er hatte ihm klargemacht, dass er gehen würde, entweder mit oder ohne ärztliche Erlaubnis. Den Psychologen vom Zentrum für Folteropfer der Diakonie hätte er nicht einen Augenblick länger ertragen. Der Mann hatte ihn gedrängt, über seine Erlebnisse zu reden, er hingegen hatte beschlossen, die Ereignisse der letzten Tage für immer aus seinem Gedächtnis zu löschen. Merkwürdigerweise hatte sich der Zehenstumpf nicht entzündet. Man hatte ihm außerordentlich starke Schmerzmittel verordnet und hochwirksame Beruhigungstabletten gegen eventuelle Panikattakken. Er hatte schon lange genug gewartet. Das Treffen musste an diesem Abend stattfinden. Nun, da er frei und bei sich zu Hause war, hätte er am liebsten der ganzen Welt verkündet, was er vollbracht hatte. Er war der exzellenteste Kodierer, einen besseren gab es nicht. Dank seiner unvergleichlichen Intelligenz war es ihm gelungen, im Authentifizierungssystem des Inferno-Programms der National Bank eine Hintertür zu verstecken. Er würde unter den Crackern zu einer legendären Gestalt werden. Kevin Mitnick war in die Datensysteme von Motorola, Novell, Fujitsu, Sun Microsystems und vielen anderen großen Konzernen eingebrochen, er aber hatte eine der größten Banken der Welt ausgeraubt. Nach seiner Befreiung aus dem Folterstuhl hatte er an dem Computer im Keller erst die Kontenangaben und Kundennummern der National Bank herausgesucht und dann das Passwort, das er schon vor langer Zeit in den Tiefen des Internets gespeichert hatte. Er war in Wiremoney eingebrochen und hatte mit elektronischen Zahlungsanweisungen über hundertvierzig Millionen Dollar auf die vereinbarten Konten überwiesen. Und er würde nicht gefasst werden so wie Mitnick. Die Verantwortung trug Swerdlowsk.

Die Benommenheit durch die Medikamente wurde erträglich, wenn er an das Treffen am Abend dachte. Seiner Mutter hatte er eine bereinigte Version der Entführung erzählt. Er lächelt sie an, putzte sich die Nase, und dabei fiel ihm ein, dass die Nasenhaare des Menschen im Laufe des Lebens durchschnittlich zwei Meter wuchsen.

Seine Mutter schluchzte und war immer noch entsetzt. Tommila überlegte schon, wie er ihr auf höfliche Weise beibringen könnte, dass er losgehen musste, um einen Freund zu treffen. Der Laptop surrte auf dem Schreibtisch und erinnerte ihn daran, dass einige Dinge noch nicht erledigt waren. Diese Fadenenden musste er noch vor dem Treffen miteinander verknüpfen. Er bat seine Mutter, ihm zu erzählen, was sie mit Vater zusammen in den letzten Tagen so alles gemacht hatte, und stellte sein Bett mit der Fernbedienung so ein, dass er sitzen konnte.

Es dauerte eine Weile, bis seine Mutter ihr Schluchzen unterdrücken konnte. »Wir hatten ... gestern ... einen interessanten Abend.«

»Wart ihr tanzen?«

»Das wäre ja wohl keine große Neuigkeit«, erwiderte Aino Tommila voller Eifer. »Ich dürfte eigentlich nicht darüber reden. Wir hatten gestern Besuch!« Sie genoss die Bedeutung des Augenblicks.

Besorgt fragte sich Tommila, wer Verbindung zu seinen Eltern aufgenommen hatte. Wenn sich nun die Organisation des Geiers für den Tod ihres Chefs rächen würde? »Erzähl mir sofort alles!« Er konnte sich nicht erinnern, jemals zuvor seine Mutter angeschrieen zu haben.

»Simo. Wie kannst du denn nur ... Natürlich erzähle ich es dir, mein Schatz. So etwas Besonderes war es nun auch wieder nicht. Eine Ermittlerin der Sicherheitspolizei war da und hat sich mit uns unterhalten.«

»Worüber habt ihr gesprochen?«

»Nur über dich. Wie du als Kind warst. Dass du einen Hund hattest, und all so was. Die Frau schien sehr interessiert zu sein, ist dann aber plötzlich gegangen, als wir noch mitten beim Teetrinken waren. Das fand ich ziemlich unhöflich.«

Simo Tommila spürte Angst. Die SUPO war ihm näher gekommen, als er geahnt hatte. Er zupfte an seinen Koteletten und dachte nach.

»Danke, Mutter, dass du es mir erzählt hast. Und entschuldige. Meine Nerven sind etwas angespannt.« Er musste seine Mutter sofort loswerden, um vor dem Treffen eine Weile in Ruhe nachdenken zu können. Doch er wollte nicht noch einmal unfreundlich zu ihr sein.

War es doch ein Fehler gewesen, den Decknamen »Hund« zu benutzen? Der Name war eine schöne Würdigung des Andenkens an seinen einzigen Freund. Die anderen Kinder, diese Idioten, hatten geglaubt, dass er gern mit ihnen zusammen gespielt hätte, in Wirklichkeit hatte er die Einsamkeit selbst gewählt. Ihre Spiele, die Pornolektüre, das Biertrinken im Wald, die langen Zungenküsse in der Limonadendisko und die anderen Hobbys der Jungs waren ihm zuwider gewesen. Oder jedenfalls wären sie ihm zuwider gewesen, wenn er es probiert hätte. Ihn interessierte etwas ganz anderes, er wollte alles über Computer lernen und das entwickeln, was seine Gabe war: eine Intelligenz, wie sie die anderen nicht besaßen.

Es dauerte eine Weile, bis er seine Mutter davon überzeugt hatte, dass er niemanden brauchte, der nachts an seinem Bett wachte. Schließlich ging sie und war ein wenig beleidigt, dass ihr Sohn allein sein wollte, um seine Nerven zu beruhigen.

Als Tommila die Haustür hörte, stand er vorsichtig auf.

Das Treffen würde in einer Stunde stattfinden.

58

Der Schnee knirschte unter Simo Tommilas Turnschuhen, als er vom Ufer am Kaivopuistonranta auf dem Eis hinüber zur Insel Harakka stapfte, einem Naturschutzgebiet. Es waren kaum hundert Meter, aber er kam nur langsam voran. Beim Laufen schmerzte der Zehenstumpf, obwohl er die dreifache Dosis Tramal genommen hatte. Schnee drang in die Turnschuhe. Doch sie waren seine größten Schuhe und die einzigen, die nicht auf die Wunde drückten.

Er blieb vor dem Ufer der Insel stehen und schaute zurück auf die Lichter der Stadt. Niemand folgte ihm. Er glaubte, dass keiner gesehen hatte, wie er hinten durch das Kellerfenster hinausgeklettert war auf die Ehrensvärdintie. Das Auto der SUPO stand vor dem Haus, auf der Merikatu. Das Treffen musste geheim bleiben.

Die alten, ursprünglich für die Armee errichteten Gebäude ragten wie schwarze Riesen auf den nackten Felsen der Insel in den Himmel. Im größten Haus brannte hier und da Licht. Die Stadt vermietete dort Wohnungen an Künstler. Tommila spürte seinen dampfenden Atem im Gesicht.

Er ging wie vereinbart am Westufer bis zur Südspitze der Insel. Der Lichtkegel der Taschenlampe erleuchtete nur einen kleinen Streifen, blendete ihn aber so, dass er in der ihn umgebenden Dunkelheit nichts sehen konnte. Er stieß gegen eine Krüppelbirke, bisher hatte er angenommen, dass die nur auf den Schären weit draußen im Meer und in Lappland wuchsen. Eine Passagierfähre, die ganz in der Nähe vorbeiglitt, ließ ihr Nebelhorn dröhnen.

Nachdem er die Südspitze umrundet hatte, blieb er an der Stelle stehen, wo eine schmale Wasserstraße Harakka von der winzigen Insel Vanha-Räntty trennte. Der Schnee schmolz in seinen Schuhen, die Socken wurden nass, aber das interessierte ihn genauso wenig wie der eisige Wind. Er sah, wie sich ein zweiter Lichtkegel näherte.

Es dauerte einen Augenblick, bis er das halb unter der Kapuze versteckte Gesicht erkannte. Es war genauso schön wie immer. Stolz erfüllte ihn, als er daran dachte, was für eine Freundin er hatte. Jetzt wurde er für all die einsamen Jahre entschädigt. Er hatte gewartet, bis die Richtige kam.

»Hallo Schatz!« Pauliina Laitakari küsste Tommila auf die Wange.

Er legte den Arm um Pauliinas Nacken und drehte ihren Kopf zärtlich. Er wollte einen richtigen Kuss. Dabei fiel ihm ein, dass für die Herstellung der meisten Lippenstifte Fischgräten verwendet wurden. Am liebsten hätte er sich an Pauliina geschmiegt, um ihren Atem und den Geschmack ihrer Haut zu spüren. Aber sie hatten so viel zu besprechen.

Pauliina löste sich aus seiner Umarmung und stellte voller Anteilnahme Fragen zu den Ereignissen des Vortags. Tommila berichtete stolz, was ihm gelungen war. So hatte er noch nie eine Frau beeindruckt.

»Es ist wunderbar, dass wir endlich zusammen sind«, sagte Pauliina, fasste in ihre Brusttasche und schaltete die Taschenlampe aus. »Schließ die Augen, Schatz, und mach die Lampe aus. Ich habe ein Geschenk für dich.«

Simo Tommila schloss glückselig die Augen. Er spürte, wie Pauliina zärtlich ihre Hand auf seine Schulter legte.

Der Stich kam schnell. Ein heftiger Schmerz durchfuhr ihn, wurde aber sofort unter der kalten Welle des Schocks begraben. Das Blut strömte in Intervallen aus den Schlagadern wie Wasser aus dem Abflussschlauch einer Waschmaschine. Sein Hemd wurde nass. Tommila brach zusammen.

Das Filetiermesser in der Hand des »Hundes« zitterte, als er im fahlen Licht der Taschenlampe zuschaute, wie Simo Tommila auf die Knie sank und irgendetwas Unverständliches röchelte. Der »Hund« mochte den jungen Mann nicht, weinte aber dennoch still vor sich hin. Wenn doch Sterligow Tommila getötet hätte, nachdem der die Zahlungsanweisungen vorgenommen hatte.

Der »Hund« wartete, bis Tommila verstummte. Auf dem starren Gesicht des jungen Mannes lag ein Ausdruck des Entsetzens und der Verwunderung. Die offenen Augen schauten ins Leere. Der »Hund« stieß Schnee auf die Blutspuren und zerrte die Leiche an den Armen in Richtung Ufer. Zwischendurch blieb er stehen und prüfte mit der Taschenlampe, ob die Richtung stimmte. Würde er imstande sein, mit dieser Tat zu leben? Wäre er doch nur ein genauso guter Kodierer gewesen wie Simo. Dann hätte er keinen Helfer gebraucht. Doch der »Hund« war gezwungen gewesen, Tommila zu verführen, um zu erreichen, dass der junge Mann die Hintertür in Inferno versteckte. Er selbst wäre nicht dazu fähig gewesen. Auf der Welt gab es nicht viele Kodierer wie Tommila. Vielleicht keinen einzigen.

Tommila tat Pauliina Laitakari leid. Sie hatte den unerfahrenen, einsamen Wunderknaben wie Schaumfestiger behandelt. Als sie sich trafen, war der arme Kerl noch Jungfrau gewesen. Ihr war klar geworden, dass sie Tommila zum Sündenbock machen könnte, sobald sie ihn als ihren Gehilfen eingespannt hatte. Deshalb hatte sie Guoanbu und Sterligow gegenüber gelogen und behauptet, Tommila kenne das Passwort auswendig. Es war ein genialer Geistesblitz gewesen, Tommilas herzige Geschichte von dem Dackel zu nutzen und sie dem Erpresser Protaschenko so zu erzählen, als stammte sie aus ihrer Kindheit.

Der Russe war schließlich einverstanden gewesen, dass Pauliina Laitakari den Decknamen »Hund« benutzte. Sie hatte vermutet, dass man Tommila für den Schuldigen halten würde, wenn jemand dem Decknamen auf die Spur kam. Ihre Vermutung hatte sich bestätigt.

Pauliina Laitakari legte Tommilas Leiche zwischen zwei große Ufersteine und bedeckte sie mit Schnee. Dann ging sie in Richtung des offenen Meeres und der Fahrrinne. Im Licht der Taschenlampe kam sie nur langsam voran, sie wollte nicht in das eisige Wasser fallen. Die Tränen gefroren auf der Haut und der schneidende Wind traf ihre Wangen, doch die Goretex-Jacke durchdrang er nicht. Als der Lichtkegel der Taschenlampe auf einen Schneewall traf, holte sie aus ihrer Tasche einen Plastikbeutel mit Nägeln, steckte das Filetiermesser hinein, drückte die Luft heraus und verknotete die Griffe. Der Beutel flog klatschend ins Wasser, und sie hoffte, dass ihr Messer sehr tief sank. Ihre Sachen würde sie heimlich im Ofen der Ufersauna ihres Vaters verbrennen. Den Schlüssel hatte sie immer noch.

Es war ihr gelungen, Tommila bei der wöchentlichen Besprechung am Morgen vor seiner Entführung mitzuteilen, dass sie selbst in Wiremoney einbrechen könnten, wenn sie die Kontendaten, die Kundennummern und die Gelegenheit dazu erhielten. Hinter Timo Aaltos Rücken hatten sie sich Zettel zugesteckt wie Schüler in der dritten Klasse. Irgendwie hatte es Tommila auch als Gefangener geschafft, ihr eine Nachricht in die ICQ-Chatgroup zu schreiben: Der junge Mann hatte

Zugang zu den Kontendaten und Kundennummern bekommen. Doch zu ihrem Ärger bestätigte er nicht, ob er die Zahlungsanweisungen vorgenommen hatte. So war sie gezwungen gewesen, auf Sterligows Nachricht zu antworten, um Zeit zu gewinnen.

Nach dem Raub war der Junge zu einer wandelnden Zeitbombe geworden. Tommila hatte die Rolle eines Mannes, der sie verabscheute, gut gespielt, aber er wäre nicht imstande gewesen, ihr gemeinsames Geheimnis sein ganzes Leben lang für sich zu behalten. Er hätte seiner lieben Mutter oder der Polizei spätestens dann von ihr erzählt, wenn sie die Beziehung beendet hätte. Tommila durfte nicht am Leben bleiben.

Pauliina Laitakari kletterte über den Uferwall aus Steinen am Kaivopuistonranta, überquerte die Ehrenströmintie und lächelte.

Wie nannte man einen Menschen, dem es gelang, ein Genie zu überlisten?

MITTWOCH

59

Ketonen kaute so heftig auf der Nicorette, dass seine vier Gäste das Schmatzen hörten. Alle Beratungsräume waren besetzt, deshalb wurde die Inferno-Besprechung in seinem Arbeitszimmer abgehalten. Musti war zu Risto Tissari, dem Chef der Sicherheitsabteilung, evakuiert worden. Ketonen fühlte sich schon besser, er hatte zwei Nächte gut geschlafen, und dank der Yoga-Übungen schmerzte sein Rücken nicht mehr. Doch er machte sich immer noch Vorwürfe wegen Tommilas Tod. In der Regel wurden Personen, die im Verdacht standen, einen schweren Raub begangen zu haben, in Untersuchungshaft genommen, wo sie auf den Prozess warteten. Er hatte Tommila jedoch nach den Verhören freigelassen, in der Hoffnung, der junge Mann würde die SUPO zu seinen Komplizen führen.

Riitta Kuurma und Ratamo fragten sich, was die ganze Besprechung eigentlich sollte. Normalerweise wurde für Verdächtige, deren Unschuld sich herausgestellt hatte, keine Informationsveranstaltung abgehalten.

Auf Ratamos Gesicht lag ein abwesender Ausdruck. Am Morgen hatte er auf Archivbildern die Frau erkannt, die ihn über die Dächer gejagt hatte. Irina Iwanowa war in ihrer Wohnung in Lauttasaari tot aufgefunden worden, ermordet mit Fentanyl. Soeben hatte er erfahren, dass seine Kugel Sterligow am Oberschenkel getroffen hatte. Nur dieses Geschoss war mit einer Waffe des Kalibers 38 abgefeuert worden. Überraschenderweise hielt sich seine Erleichterung in Grenzen. Er überlegte immer noch, ob er versucht hatte, Sterligow zu töten oder sich selbst zu schützen. Den Tod des Mannes bedauerte er freilich nicht.

»So. Ich habe Sie noch einmal in die Ratakatu gebeten, weil wir nun wissen, dass der ganze Raub von Nurmijärvi aus verübt wurde. Es besteht für uns kein Grund mehr, Sie des Datendiebstahls zu verdächtigen«, sagte Ketonen höflich. Dass die SUPO vergeblich nach Hinweisen auf eine Zusammenarbeit zwischen Tommila und Aalto oder Laitakari gesucht hatte, erwähnte er nicht. Er wusste selbst nicht genau, warum er die Inferno-Verantwortlichen noch einmal treffen wollte. Vielleicht hoffte er, auf irgendeine der offenen Fragen könnte sich zufällig eine Antwort finden. Ketonen trat vor Aalto hin. »Ihr Alibi für den Zeitpunkt des Mordes an Protaschenko ist bestätigt worden. Das FBI hat vorgestern Ihre Freundin getroffen, sie hat euer Verhältnis zugegeben. Als unser Ermittler angerufen hat, traute sie sich nicht, darüber zu sprechen: Ihr Mann war zu Hause gewesen.«

Ratamo kam sich wie ein Voyeur vor. Dann huschte ein Lächeln über sein Gesicht. Himoaalto hatte auch früher schon Probleme mit dem Alibi gehabt. Anfang der achtziger Jahre gab es in Helsinki nur ein paar Restaurants, in die junge Leute hinein durften, die gerade achtzehn geworden waren. Eines davon war das »Alibi«. Timo hatte sich dort betrunken auf der Toilette geprügelt und ein Lokalverbot für ein Jahr erhalten.

Er hoffte, dass Himoaalto aus dieser blödsinnigen Weibergeschichte vielleicht seine Lehren zog. Ansonsten würde er über kurz oder lang mit heruntergelassener Hose erwischt werden. Probleme bekam Himoaalto aber schon im Büro genug. Schließlich hatte er bei einem Projekt, das zur Katastrophe geworden war, eine führende Rolle gespielt. SH-Secure schien aber mit dem Schrecken davonzukommen. Die Firma trug nur die Verantwortung für das Funktionieren des Verschlüsselungsverfahrens, und in dem war kein Fehler entdeckt worden. DataNorth und Finn Security könnten keine Forderungen an SH-Secure stellen. Ratamo fuhr mit der Zunge über die neue Zahnfüllung. Sein Kauwerkzeug kam ihm nun wieder vertraut vor, und am nächsten Tag würde er endlich die Fäden loswerden, die in seiner Unterlippe juckten. Ketonen setzte sich hin und erzählte, das FBI habe bestätigt, dass der Entführer Tommilas dieselbe Person war, die den Russen in Miami ermordet und in Zürich versucht hatte, die Chefin der Abteilung für Informationsmanagement der SUPO, Anna-Kaisa Holm, zu vergiften. Er erwähnte nicht, dass auf Protaschenkos Kleidungsstücken Haare Sterligows gefunden worden waren und dass ein Kellner aus dem Züricher Restaurant Sterligow auf Fotos identifiziert hatte.

Pauliina Laitakari zuckte zusammen, als Ketonen sie anschaute. Sie zitterte und sah so aus, als ginge es ihr nicht gut. Ketonen wunderte sich über ihre zerknitterten Sachen und die unordentlichen Haare, bis er trotz der Pastillen, die sie kaute, den Geruch von altem Schnaps bemerkte. Er konnte kein Mitleid für sie empfinden, obwohl der Inferno-Skandal Finn Security am härtesten getroffen hatte. In ihren wässrigen Augen erkannte er den hungrigen Blick eines Menschen, der glaubte, besser zu sein als die anderen. Der Ruf des einzigen gut verkäuflichen Produktes von Finn Security war dahin. Der Kurs der Firmenaktien war abgestürzt, und auf dem Markt gab es Gerüchte, dass die Geschäftstätigkeit eingestellt werden sollte. Die anstehenden Schadensersatzforderungen würde die verschuldete Firma nie verkraften.

DataNorth hingegen befand sich zwar in einer Krise, könnte sie aber überstehen. Die Versicherungen des Großunternehmens deckten einen Teil der Schäden ab, und die Gewinne der letzten Jahre vielleicht den Rest. In dem Unternehmen erwartete man jedoch angespannt, wie groß die endgültige Anzahl der Schadensersatzklagen sein würde. Vieles hing auch davon ab, ob ihre Kunden es wagen würden, die Inferno-Software wieder in Betrieb zu nehmen, wenn ihre Zuverlässigkeit festgestellt wurde. Den Konkurs von DataNorth fürchtete man allerseits wie das Jüngste Gericht: Er wäre ein schwerer Schlag für die gesamte finnische Wirtschaft.

Der Aktienkurs der National Bank war ebenfalls abgestürzt, und der ganze Nasdaq fiel wegen des Raubs um acht Prozent. Die Diebe hatten nur bei großen Unternehmen zugegriffen, die diese Verluste vertrugen, ohne zusammenzubrechen, dadurch wurden größere Schäden in den USA verhindert. Der Absturz des Techno-Indexes HEXTech der Börse in Helsinki um sechsundzwanzig Prozent blieb möglicherweise eine regional begrenzte Kuriosität an einer kleinen Börse. Die nahe Zukunft würde zeigen, ob das Vertrauen des Marktes in den Internet-Handel dahin war und der Online-Raub die Entwicklung der Informationstechnologie verlangsamen oder eine Wirtschaftskrise verursachen würde. Plötzlich ging die Tür auf. Ketonens Sekretärin schwenkte einen rosafarbenen Zettel. Darauf notierte sie in der Regel wichtige Bitten um Rückruf. Ihr Chef nickte, und die Sekretärin brachte ihm den Zettel und legte gleichzeitig einen Stapel Post auf seinen Schreibtisch.

»Korpivaara. Dringend«, las Ketonen auf dem Zettel und spürte, wie ihm vor Ärger die Hitze ins Gesicht stieg.

»Wer hat Simo Tommila umgebracht?«, fragte Pauliina Laitakari. »In den Zeitungen steht nicht mal, wer verdächtigt wird.«.

»Wir vermuten, dass es Profis waren«, antwortete Ketonen leise. Die SUPO verfügte über keine anderen Hinweise auf den Mörder als die Spuren im Schnee. Am wahrscheinlichsten war, dass Guoanbu oder Swerdlowsk den Hund beseitigt hatten.

Pauliina Laitakari verstand nicht, warum Ketonen sie hierher beordert hatte, wenn ihnen dann nur gesagt wurde, dass man sie nicht mehr verdächtigte. Falls die SUPO damit erreichen wollte, dass sie unvorsichtig wurde, dann bemühte sie sich vergebens. Sie war gezwungen gewesen, Tommila zu töten. Das Brennen der Schuld würde sie aushalten, auch wenn sie es mit chemischen Mitteln betäuben musste. Doch jetzt konnte Tommila sie nicht mehr verraten. Nun brauchte sie nicht zu befürchten, gefasst zu werden und ins Gefängnis zu müssen. Sie könnte in Finnland warten, bis Gras über den ganzen Inferno-Skandal gewachsen war, und dann irgendwohin ziehen. Egal wohin, Hauptsache, es war dort warm.

Das Geld befand sich in Sicherheit. Insgesamt fabelhafte einhundertzweiundvierzig Millionen Dollar erwarteten sie auf Bankkonten in Aruba, auf den Niederländischen Antillen, den Cayman-Inseln, in Panama und auf den Bahamas. Tommila hatte das Geld auf Vermittlerkonten eingezahlt, von denen die Summen automatisch auf andere, von ihr festgelegte Konten überwiesen wurden. Die verschlungenen Wege der Überweisungen waren so lang und die Gesetze zum Bankgeheimnis in diesen Ländern so streng, dass nie jemand der Beute auf die Spur käme. Ihre Vorgesetzten und der Vater mit seinem Geld konnten ihr jetzt den Buckel runterrutschen genau wie die ganze Firma mit dem ewig und vergeblich erwarteten Anstieg des Aktienkurses und den Optionsgewinnen. Nun durfte sie leben, wie es ihrem Stil entsprach. Geld spielte keine Rolle mehr.

Die Atmosphäre wurde allmählich bedrückend, fand Ratamo. Anscheinend brachte Ketonen es nicht fertig, zu sagen, dass er die kooperative Haltung von Pauliina Laitakari und

Aalto schätzte. Ratamo schaute Riitta Kuurma an und sah, dass sie ihren neuen Rosenkranz durch die Finger gleiten ließ. Die Suche danach war ziemlich aufwendig gewesen. Riitta bemerkte seinen Blick. Sie lächelten sich an.

Auch Ketonen schien nun von diesem Treffen genug zu haben. Er streckte seine Hand über den Tisch und murmelte kurz ein Dankeschön. Die Gäste erhoben sich, um sich zu verabschieden, Ketonen ging zur Tür und öffnete sie. Er hörte, wie Ratamo und Aalto einen Saunaabend vereinbarten.

Als die Kollegen und Gäste sein Zimmer verlassen hatten, beschloss Ketonen, in die Kantine zu gehen, um Mittag zu essen. Es war schon nach elf Uhr. Unterwegs bat er seine Sekretärin, Musti aus Tissaris Zimmer abzuholen.

Wrede durfte die Verantwortung für die weiteren Ermittlungen zum Fall Inferno, zu den Morden an Simo Tommila und Irina Iwanowa und zum Verschwinden von Holm übernehmen. Er würde sich ab übermorgen reichlich zwei Wochen lang auf die Olympischen Winterspiele in Salt Lake City konzentrieren.

60

Jussi Ketonen rülpste gedämpft und schaute mürrisch auf den Makkaroniauflauf, der eher wie ein Einlauf schmeckte. Rasch löffelte er die Reste der Portion in sich hinein und legte dann die Gabel auf dem Teller auf halb fünf. Die Gurken- und Tomatenscheiben blieben fein säuberlich aufgereiht auf dem Tellerrand. Er wollte schließlich abnehmen. Vor dem Kaffeeautomaten schien eine Schlange zu stehen, also beschloss er, den Kaffee in seinem Zimmer zu trinken. Er war auch nicht in der Stimmung, mit jemandem einen Plausch zu halten; das Abflauen der Spannung bei den Ermittlungen hatte ihn auf einen

Schlag wieder mitten in die Alltagsroutine befördert. Und das war deprimierend.

Die Treppen brachten ihn so außer Atem, dass er an der Flurtür in der vierten Etage eine kurze Pause einlegen musste. Als er wieder normal Luft bekam, holte er aus der Kochnische eine Tasse Kaffee und eine Packung Fasupala-Kekse. Wenig später fraß Musti dankbar ihren Keks, und Ketonen legte den Stapel Post vor sich hin.

Das Telefon klingelte.

Wrede war aufgeregt. »Jetzt ist der Teufel los. Unter unserer öffentlichen E-Mail Adresse ist eine Nachricht von Sam Waisanen, dem Kodierer der National Bank, eingegangen.«

»Und was ist daran Besonderes?« Ketonens Neugier erwachte.

»Der Mann ist vor einer Woche gestorben. Und hör dir das an …« Wrede las Waisanens Nachricht im Eiltempo vor.

Ketonen stand langsam auf, als sein Kollege die Passage erreichte, in der Waisanen berichtete, Pauliina Laitakari habe ihn bestochen. Er hatte ihr verraten, dass die National Bank Inferno als Verschlüsselungsprogramm für Wiremoney verwenden wollte. In Ketonens Kopf rutschten die einzelnen Teile des Puzzles an ihren Platz. Er drückte den Pappbecher zusammen und fluchte, als er sich am Kaffee die Hand verbrannte.

Als Jussi Ketonen nach seinem Handy griff, war es 11.41 Uhr.

Die Rotorblätter des Sikorsky-Hubschraubers von Copterline standen still, und das Rauschen des Motors verstummte. Auf der Uhr in der Linnahall von Tallinn war es 12.18 Uhr. Die Maschine um elf Uhr hatte Pauliina Laitakari um wenige Minuten verpasst.

Als sie von Sam Waisanens Nachricht an die SUPO erfuhr,

hätte sie fast einen Schock erlitten. Sie hatte nicht die geringste Ahnung, ob schon nach ihr gefahndet wurde. Würde man sie bei der Passkontrolle verhaften? Sie starb fast vor Angst. Waisanen hatte sie wegen der Bestechung angeschwärzt und geschrieben, sie hätte sein Treffen mit Protaschenko organisiert. Den Rest konnte sich Ketonen denken, er wusste jetzt garantiert, dass sie der »Hund« war. Den Waisanen hatte sie nie gemocht: Dem Mann fehlte die Selbstdisziplin, er war nur noch ein Wrack.

Sie atmete tief durch und versuchte sich zu beruhigen. Gleich würde sie in Sicherheit sein. Wenn sie die Formalitäten an der Grenze überstand.

Der eisige Seewind zerrte an der Kleidung der Passagiere, als sie vom Landeplatz zum kleinen Terminal der Copterline liefen. Laitakari ging direkt zur Passkontrolle und bemerkte, dass der junge Grenzpolizist den Pass einer Geschäftsfrau, die es eilig zu haben schien, in das Lesegerät schob.

War die Fahndung schon eingeleitet? Dann würde der Magnetstreifen jedes weiblichen Passagiers aus Finnland gelesen, und man würde sie unausweichlich verhaften.

Jetzt war sie an der Reihe. Sie hielt ihren Pass hin und versuchte zu lächeln, aber ihr Gesicht war wie erstarrt, nur die Mundwinkel zuckten vor Anspannung. Nach der abendlichen Feier fühlte sie sich immer noch wacklig auf den Beinen. Ihr Mund war ausgetrocknet, und ihr Herz hämmerte. Sie hielt den Atem an und hatte Angst, auf der Stelle in Panik zu geraten. Der Grenzpolizist warf einen Blick auf den Pass, dann auf sie und gab ihr das Dokument mit einem Lächeln zurück. Sie wandte sich ab, machte ein paar Schritte zum Ausgang und seufzte tief.

Die Taxifahrt zum Hotel »Stroom« dauerte nicht lange. Dicke dunkle Wolken bedeckten den Himmel, in dem düsteren Licht sah das Zentrum von Tallinn noch trostloser aus als sonst.

Pauliina Laitakari eilte sofort zur Treppe. Sie war so ungeduldig, dass sie nicht die Nerven hatte, auf den Fahrstuhl zu warten. An der Tür zum Zimmer 317 klopfte sie und spürte, wie die Freude durch ihren ganzen Körper strömte.

Anna-Kaisa Holm öffnete die Tür und warf sich ihrer Freundin mit einem Aufschrei an den Hals. Die Frauen drehten sich im Kreise, als würden sie eine Polka tanzen, und lachten wie Verrückte.

Anna-Kaisa Holm löste sich als Erste aus der Umarmung. »Es ist ein Wunder, dass du durchgekommen bist. Man fahndet schon nach dir.« Vermutlich schickte die SUPO gerade Laitakaris Foto an die Polizei in ganz Europa. Zum Glück besaß Holm die Nutzerkennungen aller SUPO-Mitarbeiter. So konnte sie Waisanens E-Mail lesen und Pauliina kurz vor Toresschluss noch warnen.

Pauliina Laitakari wurde blass und sank auf einen Sessel. Sie konnte es kaum glauben, wie knapp sie der Verhaftung entgangen war. Das ließ sie erschauern, erregte sie aber auch. Wenn es möglich gewesen wäre, hätte sie den jungen Grenzpolizisten umarmt: Ohne es zu wissen, hatte er ihr eine Zukunft geschenkt.

Sie schreckte hoch, als es knallte. Anna-Kaisa stand vor ihr und hatte zwei Sektgläser aus Kunststoff in der Hand.

»Auf das Wohl der Siegerin!«, sagte sie.

Pauliina Laitakari trank auf ihren totalen Sieg. Und auf all die Vorgesetzten, diese Idioten, die nicht zugelassen hatten, dass sie in ihrer Karriere weiter vorankam, obwohl sie das Spiel der Männer mitgespielt hatte, nach den Regeln der Männer und besser als sie.

»Make-up, Kleidung, Brille und Perücke liegen im Bad«, sagte Holm, als die Gläser leer waren.

Ungeduldig wartete sie, während Pauliina ihr Äußeres veränderte. Sie betrachtete sich selbst im Spiegel und fuhr mit der Hand über ihren Kopf. Das pechschwarze ganz kurz geschnittene Haar stand ihr besser als der blonde Bubikopf. Die Allergiepickel, die sie seit Zürich plagten, waren immer noch nicht verschwunden. Sie freute sich, dass nun auch Pauliina fliehen musste, obwohl Waisanens E-Mail ihre eigene Zukunft genauso gefährdete. Doch sie hatte schon nach einer knappen Woche die Warterei in Tallinn sattgehabt. Die Luft in der Stadt war derart belastet, dass sich ihr Asthma verschlimmert hatte.

Wie sehr sie Pauliina brauchen würde, hatte sie erst nach dem Mordanschlag des Killers von Swerdlowsk erkannt. Pauliina war die Erste gewesen, der sie sich anvertraut hatte, als sie von den finanziellen Schwierigkeiten ihrer Schwester erfuhr. Damals konnte Pauliina ihr kein Geld leihen, aber sie hatte versprochen, dass Anna-Kaisa an etwas teilhaben könnte, das in der Zukunft Millionen bringen würde. Ihre Aufgabe war es gewesen, zu berichten, wenn die Polizei Wind von dem Inferno-Verbrechen bekäme. Und das hatte sie auch getan.

Nachdem sie im letzten Sommer eingewilligt hatte, Pauliinas Gehilfin und Komplizin zu werden, hatten sie über Chatgroups im Internet Kontakt gehalten. Der Besuch bei Finn Security und das Verhör Pauliinas waren für sie eine enorme Belastung gewesen: Sie besaß kein schauspielerisches Talent. Vielleicht würde man in der SUPO herausfinden, dass Pauliina während der Studienzeit ihre beste Freundin gewesen war. Das würde bei Ketonen sicher etliche Fragen aufwerfen, so wie auch ihr Verschwinden, aber beide Fakten würden nichts beweisen. Sterligow war tot, und sie würde man nie erwischen. Die Freude, alles überstanden zu haben, unterdrückte jedoch nicht das Gefühl der Trauer und der Scham. Sie schämte sich, dass sie

Ketonens Vertrauen enttäuscht hatte, und sie war traurig, dass sie ihre Familie jahrelang nicht sehen würde.

»Zeig mir die Pässe!«, rief Pauliina Laitakari aus dem Bad. »Die sind erstklassig! Besser als die der SUPO. Niemand sucht nach einer Sirpa Lindholm oder Titti Kojo!«

Am frühen Nachmittag fuhren Lindholm und Kojo mit einem Mietwagen los. Ihr Ziel war die Via Baltica, dann der Flughafen von Riga und die Freiheit.

EPILOG

Ratamo spürte Riitta Kuurmas weiche Brust an seiner Schläfe. Er konnte sich nicht erinnern, jemals mit so einem angenehmen Gefühl aufgewacht zu sein, und musste lächeln. Dann betrachtete er die nussbraunen Haare und das Gesicht mit den feinen Zügen auf dem Kopfkissen und genoss den Augenblick an diesem Sonntagmorgen in dem dunklen Zimmer. Das massive Eichenbett, das er im Antiquitätengeschäft »Fasan« entdeckt hatte, war eine gute Investition gewesen, überlegte er. Holzstangen mit einem schönen dunkelblauen Vorhang verbanden die hohen Eckpfosten.

Seit dem Verschwinden von Pauliina Laitakari waren fast drei Wochen vergangen. Ratamo nahm nicht mehr an den Inferno-Ermittlungen teil, die auf der Stelle traten, aber er litt noch unter den Folgen: Er machte sich weiter Vorwürfe, weil er geschossen hatte, und musste mit ansehen, wie Himoaalto immer niedergeschlagener wurde: Man hatte ihn gefeuert.

Ratamo selbst war zum normalen Alltagsrhythmus zurückgekehrt: Er kümmerte sich um Nelli, übernahm Aufträge bei der SUPO und beschäftigte sich mit seinem Studium – das alles füllte seine Tage aus. An der Polizeifachhochschule hatten die Kurse in allgemeiner Rechtswissenschaft, Kommunikation und Polizeiethik begonnen. Den Sprachunterricht brauchte er nicht zu besuchen, zum Glück wurden die Kurse anerkannt, die er beim Medizinstudium absolviert hatte.

Riitta seufzte im Halbschlaf, und Ratamo wollte sie schon

kitzeln, um da weiterzumachen, wo sie nachts aufgehört hatten, doch in dem Augenblick begann Nelli ihre Geige zu stimmen. Seine Tochter glaubte nicht an das Morgenmotto, das er immer wieder verkündete: »Der Vogel schnappt sich den frühen Wurm, also sollte man ausschlafen.«

»Nelli ist genauso eifrig wie ihr Vater«, sagte Riitta und bekam einen langen Kuss. Sie räkelten sich und zogen sich gemächlich an, um Frühstück zu machen.

Nelli war schnell wieder versöhnt gewesen, nachdem ihr Vater abends nicht mehr wegmusste. Zu seiner Erleichterung hatte sie Riitta rasch akzeptiert. Die Musik verband beide: Riitta spielte Klavier. Sie war die erste Frau, die nach Kaisas Tod bei ihnen übernachtete, und Ratamo hatte befürchtet, dass Nelli keine Konkurrentin dulden würde.

Nelli kam in die Küche gerannt, als Riitta Kuurma Brotscheiben in den Toaster steckte. Das Mädchen hatte eine Überraschung. Sie wollte ihr erstes Konzert geben, und die beiden Erwachsenen durften das Publikum sein.

Ratamo zog Nelli an sich, hob sie mit ausgestreckten Armen hoch und drehte sich mit ihr. Nelli lachte laut, ihr war ganz drehig im Kopf, sie hüpfte und schwankte wie ein Luftballon. Als sie sich wieder beruhigt hatte, gingen sie ins Wohnzimmer, und das Publikum nahm festlich gestimmt auf dem Sofa Platz.

Nelli bereitete sich sorgfältig vor. Sie stimmte ihre Geige, überprüfte eine Weile die Noten und verkündete dann, sie werde das »Morgenlied« spielen.

Ratamo war unheimlich stolz, als die ersten Töne erklangen. Er konnte nicht beurteilen, ob Nelli gut oder schlecht spielte, aber das interessierte ihn auch gar nicht. Das Kind war glücklich und spielte – das genügte.

Das Konzert dauerte nicht sehr lange. Ratamo fiel es schwer, sich mit Worten zu bedanken: Er hatte einen Kloß im Hals. Also drückte er dem Mädchen einen Kuss auf die Wange und überließ es Riitta, die Darbietung zu loben.

Ratamo fand, dass die Zukunft trotz allem vielversprechend aussah.

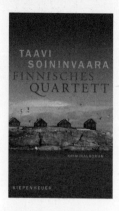

Taavi Soininvaara
Finnisches Quartett
Kriminalroman
Aus dem Finnischen
von Peter Uhlmann
379 Seiten. Gebunden
ISBN 3-378-00677-3

Sein Name ist Arto. Arto Ratamo!

Immer mehr Leser lieben den Ermittler der finnischen SUPO. Sein neuer Fall führt ihn bis nach Washington. Er muß all seinen Spürsinn aufbieten, um einen kaltblütigen Killer zu überführen. In Helsinki wird ein namhafter Kernphysiker ermordet. Der Killer tötet perfekt. Er nennt sich Ezrael und sieht sich als gottgesandter Todesengel. Noch tappt Arto Ratamo im dunkeln, doch bald stößt er auf eine heiße Fährte: Der Sohn der finnischen Verteidigungsministerin, ein radikaler Umweltaktivist, schwebt in Lebensgefahr. Auch ihn hat Ezrael bereits im Visier. Zu seinem Schutz wird Ratamo nach Den Haag geschickt. Doch die Spur des Killers führt nach Washington. Dort, im Herzen der Weltpolitik, taucht ein zweiter Mörder auf.

Mehr von Taavi Soininvaara:
Finnisches Roulette. Kriminalroman. ISBN 3-378-00668-4
Finnisches Requiem. Kriminalroman. AtV 2190
Finnisches Blut. Kriminalroman. AtV 2282-4

Mehr Informationen erhalten Sie unter
www.aufbau-verlag.de oder in Ihrer Buchhandlung

Taavi Soininvaara: Eiskalte Spannung von Finnlands neuem Krimi-Star

Taavi Soininvaaras Romane um den beliebten Kommissar Arto Ratamo wurden verfilmt und vielfach ausgezeichnet, u. a. mit dem finnischen Krimipreis.

Finnisches Requiem
Rasant erzählt und ausgezeichnet als »bester finnischer Kriminalroman des Jahres«: Kaltblütig wird ein deutscher EU-Kommissar in Helsinki erschossen. Arto Ratamo von der finnischen Sicherheitspolizei ist einem unsichtbaren Killer auf der Spur, der sein nächstes Opfer schon im Visier hat.
»Arto Ratamo hat Herz, Erfindergeist und einen untrüglichen Spürsinn.« PASSAUER NEUE PRESSE
Kriminalroman. Aus dem Finnischen von Peter Uhlmann. 372 Seiten.
AtV 2190

Finnisches Blut
Bei seinen Forschungen stößt der Wissenschaftler Arto Ratamo auf das tödliche Ebola-Virus. Als es ihm gelingt, ein Gegenmittel zu entwickeln, gerät er ins Visier von Terrorgruppen und Geheimdiensten. Eine blutige Hatz beginnt, bei der seine Frau ums Leben kommt und Ratamo vom Gejagten zum Jäger wird.
Kriminalroman. Aus dem Finnischen von Peter Uhlmann. 362 Seiten.
AtV 2282

Finnisches Roulette
Ganz Finnland feiert den Mittsommer, so auch Arto Ratamo. Doch der Ermittler der SUPO hat keine Zeit, seinen Rausch auszuschlafen, denn ein deutscher Diplomat wird kaltblütig in Helsinki ermordet. Was zuerst wie ein Erbschaftsstreit um ein Pharma-Unternehmen aussieht, entpuppt sich als ein fürchterliches Komplott, das bis nach Kraków, Verona und Frankfurt reicht.
»Eine genial gestrickte Story mit Charakteren, die so plastisch beschrieben werden, daß man sie anfassen will. Das Ganze wird so temporeich und spannend erzählt, daß man mitfiebern muß.« BILD
Kriminalroman. Aus dem Finnischen von Peter Uhlmann. 363 Seiten.
AtV 2356

Finnisches Inferno
Ein Mann stürzt aus dem 28. Stockwerk seines Hotels. Bei seiner Leiche: hochbrisantes Material über den Computercode »Inferno« – der größte Bankraub der Geschichte droht. Medienmanipulation, russische Geheimagenten, die Wirtschaftsmacht China – nicht zuletzt kämpft Ermittler Arto Ratamo mit einem skrupellosen Verräter in den eigenen Reihen.
»Ganz und gar nichts für schwache Nerven.« WESTDEUTSCHE ZEITUNG
Kriminalroman. Aus dem Finnischen von Peter Uhlmann. 344 Seiten.
AtV 2401

Mehr unter
www.aufbau-verlagsgruppe.de
oder bei Ihrem Buchhändler

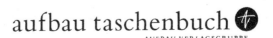

Deon Meyer
Das Herz der Jäger
Thriller
Aus dem Englischen von
Ulrich Hoffmann
409 Seiten. Gebunden
ISBN 3-352-00727-6

Spannung. Action. Südafrika.

Thobela führt ein bürgerliches Leben in Kapstadt. Er liebt Miriam, kümmert sich um deren Sohn und arbeitet in einer Motorradwerkstatt. Niemand weiß, daß Thobela ein Killer war, der im Namen der Befreiungsbewegung tötete. Bis die Tochter eines alten Freundes vor seiner Tür steht. Ihr Vater ist gekidnappt worden. Thobela eilt seinem Freund zu Hilfe und jagt auf einem Motorrad quer durch das Land.
Der Autor führt mit diesem Thriller dem Leser auch vor Augen, welche Veränderungen Südafrika in den letzten Jahren erfahren hat.

»Deon Meyer ist mit diesem Politthriller, Roadmovie und dieser Männergeschichte etwas Besonderes gelungen. Eingebettet in einen spannenden Plot, erzählt er doppelt Geschichte: die eines Helden und die blutige eines noch lange nicht zur Ruhe gelangten großartigen Landes.« ZEIT

Mehr von Deon Meyer im Taschenbuch:
Der traurige Polizist. Kriminalroman. AtV 2170-4

Mehr Informationen erhalten Sie unter
www.aufbau-verlag.de oder in Ihrer Buchhandlung

Deon Meyer
Der Atem des Jägers
Thriller
Aus dem Amerikanischen
von Ulrich Hoffmann
428 Seiten. Gebunden
ISBN 978-3-352-00746-0

Spannung. Action. Südafrika

Einst war Benny Griessel der beste Polizist Kapstadts, doch dann begann er zu trinken. Nun ist er am Ende. Einzig sein Chef glaubt noch an ihn und übergibt ihm den spektakulärsten Fall der letzten Jahre: Ein Killer läuft durch die Stadt und tötet in Selbstjustiz Kinderschänder. Griessel weiß, dass diese Ermittlung seine letzte Chance ist. Er versucht, die Prostituierte Christine und ihr Kind als Lockvogel einzusetzen. Doch bald ahnt er, dass er diesem Fall nicht gewachsen ist. Denn plötzlich gerät er selbst ins Fadenkreuz eines Drogenbarons …

»**Einer der besten Krimiautoren weltweit.**« ANTJE DEISLER, WDR

»**Deon Meyer zeigt uns auf spannende Weise, wie Südafrika riecht, schmeckt und klingt. Unwiderstehlich, tragisch, komisch.**« CHICAGO TRIBUNE

Mehr von Deon Meyer im Taschenbuch:
Der traurige Polizist. Thriller. AtV 2170
Tod vor Morgengrauen. Thriller. AtV 2280
Das Herz des Jägers. Thriller. AtV 2328

Mehr Informationen erhalten Sie unter
www.aufbauverlagsgruppe.de oder in Ihrer Buchhandlung

Martina André
Die Gegenpäpstin
Roman
457 Seiten
ISBN 978-3-7466-2323-8

Undenkbar: Eine Frau soll auf den Heiligen Stuhl

Die Archäologin und junge Israelin Sarah Rosenthal ahnt nichts Böses, als sie eines Morgens mit ihrem deutschen Kollegen zu einer Baustelle gerufen wird. Eine Kettenraupe ist eingebrochen. Offenbar befindet sich unter der Straße ein größerer Hohlraum. Als Sarah in das Loch hinabsteigt, verschlägt es ihr beinahe den Atem. Sie entdeckt zwei Gräber mit einer Inschrift, die auf eine Sensation hindeutet: Anscheinend hat sie die letzten Ruhestätten von Maria Magdalena und einem jüngeren Bruder Jesu gefunden. Doch damit beginnen die Verwicklungen erst. Wenig später wird ein Archäologe getötet, die beiden Leichname werden gestohlen und ein Gen-Test besagt, dass Sarah selbst eine Nachfahrin Marias ist. Sie gerät ins Visier einer skrupellosen Sekte, die mit ihrer Hilfe plant, den Papst aus Rom zu vertreiben. – Packend, brisant und hintergründig: ein Religionsthriller der besonderen Art.

»**Ein wirklich toller Thriller, spannend und intelligent.**«
                                                BERGISCHER ANZEIGER

Mehr Informationen erhalten Sie unter
www.aufbauverlagsgruppe.de oder in Ihrer Buchhandlung

» Man muß sich die Kunden des Aufbau-Verlages als glückliche Menschen vorstellen. «

SÜDDEUTSCHE ZEITUNG

Das Kundenmagazin der Aufbau Verlagsgruppe erhalten Sie kostenlos in Ihrer Buchhandlung und als Download unter www.aufbauverlagsgruppe.de. Abonnieren Sie auch online unseren kostenlosen Newsletter.